Rainer Maurus

Auf der Suche nach irgendwas

Single in München

BoD Verlag Norderstedt

1

Es war einer jener traumhaften Tage, wie sie nur Freunde des Winters liebten.
Die Sonne schien aus einem stahlblauen Himmel. In diesen ersten Tagen des Jahres stand sie sehr tief, tauchte die ganze Szenerie in ein scharfes, farbiges Licht. Die beträchtliche Kälte sorgte dafür, dass ein leichter Frühdunst mit den Sonnenstrahlen rang und dem Gesamtbild eine feine Pastellnote verlieh.
Alexander Schreier betrat das Terminal I des großen Flughafens. Sein erster Blick wanderte zum Tableau mit den Departures.
.
Der Flug nach München war pünktlich für 10:40 Uhr aufgerufen.
Ja, er flog nach München. Für viele d i e Traumstadt in Deutschland. Für Alexander früher auch.
Aber München galt auch als d i e Hauptstadt der Singles.
Und Alexander war vor einem Jahr auch Single geworden. Single wider Willen. Jetzt – hier am Flughafen – überkam ihn wieder dieses seltsame Gefühl der Sinnlosigkeit. Es war irgendwie sinnlos, jetzt nach München zu fliegen. Was erwartete ihn dort? Eine recht große Wohnung, für ihn nun z u groß. Eine süße dreifarbige Glückskatze; sie hieß Lisa. Ein Job, den er vor wenigen Tagen hingeworfen hatte nach allen privaten Turbulenzen der letzten Monate. Und sonst? Ein unübersichtliches Sammelsurium neuer Bekanntschaften. Und weiter nichts.
Ja – Alexander reiste ins Nichts. Die ganze Situation drückte um so mehr, da Alexander beim Einchecken umgeben war von gut gelaunten Urlaubern, die aus der ungemütlichen Heimat in sonnigere Gefilde flohen, um dort entspannende Tage zu verbringen. Aber schon übermorgen würde Alexander ja auch in die Sonne reisen.
Aber wie? Wieder allein.
Der Flug verlief problemlos, und am frühen Nachmittag war Alexander in seiner Wohnung in einem Nobelort am südwestli-

chen Rand Münchens angekommen. Lisa begrüßte ihn voller Inbrunst. Während seiner Abwesenheit wurde sie immer von seinem Nachbarn Günter betreut. Er war Katzenliebhaber und kümmerte sich rührend um das Tier. Lisa war fast die ganze Zeit allein und freute sich tierisch auf Alexanders Rückkehr.

Trotzdem brach die Einsamkeit, das Fehlen eines vertrauten menschlichen Wesens brachial über Alexander herein. Die Wände schwiegen ihn an, die Kühle aus den Tagen seiner Abwesenheit ohne Beheizung verstärkte das traurige Gesamtbild. Alexander fühlte sich verloren, er hatte hier nichts mehr zu suchen – und schon gar nichts mehr zu finden. Wie anders war es bis vor etwa einem Jahr gewesen, als er hier mit Rosemarie eine – davon war er felsenfest überzeugt gewesen und war es auch noch jetzt – glückliche und harmonische Beziehung voller Wärme, Aufmerksamkeit und Zuwendung geführt hatte!

Aber Alexander war ein disziplinierter Mensch. Trotz seiner Traurigkeit, ja Niedergeschlagenheit widmete er sich der angefallenen Büroarbeit und bearbeitete die Post der letzten Tage.

Plötzlich – oder endlich – schellte das Telefon. Waltraud wollte sich vergewissern, dass er wieder zuhause war. Sie war die treue Seele unter seinen neuen Bekanntschaften – wenig ansehnlich, auf Grund ihrer geringen Leistungsfähigkeit mit wenig Selbstbewusstsein ausgestattet, aber von recht unkompliziertem Charakter. Kurz nachdem er sie kennengelernt hatte, ließ sich Alexander sogar auf eine kurze Affäre mit ihr ein. Eine ernsthafte Beziehung stand für ihn aber nie zur Diskussion, das wäre angesichts Waltrauds Unpünktlichkeit und sonstiger Beeinträchtigungen eine Art Selbstzerstörung gewesen. Dabei wünschte er sich doch so sehr, nicht länger allein zu leben. Nun – Waltraud und er hatten es geschafft, eine kameradschaftliche Beziehung zueinander aufzubauen. Sex war kein Thema mehr, aber man telefonierte und traf sich regelmäßig, einfach um nicht allein zu sein.

„Wie war´s bei deinen Eltern?"-„Soweit okay, wir haben uns unterhalten, Autotouren am Niederrhein gemacht und sind essen gegangen."-„Sollen wir in den nächsten Tagen etwas unternehmen?"-

„Ja, können wir gern machen." Alexander atmete auf. Die Begegnungen mit Waltraud regten ihn nicht sonderlich an, die

Gespräche blieben an der Oberfläche und verliefen immer nach dem gleichen Strickmuster. Manchmal dachte Alexander, diese platonische Beziehung könnte für Waltraud womöglich eine Zumutung sein, sie hegte seit letztem Jahr vermutlich noch stärkere Gefühle für ihn und konnte mit der jetzigen Situation nicht zufrieden sein.

Jede Begegnung mit anderen kam für Alexander einer Art Rettung gleich. Es war für ihn wie ein Strohhalm, der ihn für einige Stunden davor bewahrte; in dieser Wohnung allein und sich selbst überlassen zu sein.

2

Kaum hatte er das Telefonat mit Waltraud beendet, klingelte es an der Haustür. Alexander hörte die schweren Schritte im Treppenhaus bis zu seiner Wohnung im 2. Stockwerk. Dann stand sein Nachbar Günter vor der Tür. Günter war mittelgroß. Er hatte stets wirres, deutlich ergrauendes Haar und einen teils sentimentalen, teils grimmigen Gesichtsausdruck.

Auf den ersten Blick mochte das erschrecken. Doch wenn man Günter näher kannte, wusste man, dass er äußerst gutmütig war – sicher in manchen Situationen zu gutmütig. Günter trug in der Regel gute und geschmackvolle Kleidung. Er hatte eine tiefe, vom Rauchen leicht heisere bayerische Stimme. Eingeweihte wussten, dass er aus dem Bayerischen Wald stammte und konnten seinen schweren niederbayerischen Tonfall entsprechend zuordnen. Ihm war ein halbes Jahr vor Alexander das gleiche Unglück widerfahren. Fast von einer Stunde zur anderen hatte seine hübsche dunkelhaarige Frau nach Jahrzehnte langer Ehe die Wohnung und ihn geradezu fluchtartig verlassen und war zu einem gemeinsamen Arbeitskollegen gezogen, mit dem sie – wie sich dann herausstellte – schon seit Monaten eine heimliche Liebesbeziehung unterhalten hatte.

Günter war kein Mann großer Worte. Zur Begrüßung ließ er sein obligatorisches sonores „Servus" hören. Und dann: "Wie war´s bei deinen Eltern?" Aber das interessierte ihn in Wahrheit gar nicht. Vielmehr liebte er es, Alexander von seinen kleinen oder auch etwas größeren Eroberungen zu erzählen. Einen Weg aus der unfreiwilligen Einsamkeit hatte er bisher aber auch nicht gefunden.

Beide Männer wussten, dass ihre Freundschaft(falls man überhaupt davon sprechen konnte) nur auf dem gemeinsamen Schicksal basierte. Da sie in der großen Anlage auch noch quasi „Wand an Wand" wohnten, lag es nahe, dass sie häufiger kurzfristig etwas zusammen unternahmen. Seltsamerweise sahen sie sich nicht an Wochenenden, sondern fuhren an Werktagen an dunklen Abenden in der Gegend herum, manchmal bis in die Stadt und quer durch Schwabing. Dann hörten sie im Autoradio romantische Songs von Percy Sledge. Sie fuhren am Apartment vorbei, in dem Günters Frau jetzt wohnte, und Günter sagte, wie schlecht es ihr in der winzigen Bude mit dem neuen Partner nun gehen müsse, verglichen mit der glänzenden Zeit, die sie mit ihm verbracht hatte. Manchmal kehrten sie dann ein in einem Szenelokal, wo die Gäste traurig auf die Theke oder ins Leere starrten. Meistens fahren sie aber einfach nur herum durch die abendliche Stadt, in der so viel los war und die sich doch nur als Sammelbecken für zahllose einsame Existenzen entpuppte. Heute Abend sollte es aber anders sein. Günter schlug einen Besuch im „Ysenegger" vor. Das war eine gemütliche Wirtschaft im Stadtteil Neuhausen mit gemischtem bürgerlichem Publikum aller Altersgruppen.

Okay, dachte Alexander, wieder ist ein einsamer Abend abgewendet. In 2 Stunden würden sie aufbrechen.

Kaum hatte Günter die Wohnung verlassen, rief Andreas an. Ihn hatte Alexander an seinem letzten Arbeitsplatz kennen gelernt.

Er war Urmünchner, mit bayerisch-rustikaler Ausstrahlung, dabei feinsinnig und ökologisch engagiert. Mit ihm konnte man intensive und erschöpfende Gespräche führen. Auch Andreas freute sich, dass Alexander wieder „im Lande" war. Man würde sich in den nächsten Tagen irgendwo sehen. Eine genaue Terminabsprache würde folgen.

Nach wenigen Minuten klingelte erneut das Telefon. Es meldete sich eine bisher unbekannte Frauenstimme. Sie stellte sich vor als neue Teilnehmerin der „Börse für Aktive".
Alexander wies sie nach kurzem Gespräch auf seine Terminfül-

le hin und kündigte einen baldigen Rückruf an. Er holte kurz Atem und stellte fest, dass das Single-Karussell bereits wenige Stunden nach seiner Rückkehr vom Niederrhein bereits wieder voll in Schwung geraten war. Nun stand noch ein kurzer Anruf bei Waltraud auf dem Programm. "Hast du Lust, heute Abend mit zum Ysenegger zu kommen?"-„Ja, gern, ich bringe noch die Birgit mit, die kennst du noch nicht."
Kurz nach 23 Uhr war Alexander wieder in seiner Wohnung. Er ließ den Abend Revue passieren.
Wieder hatten sie eine Frau kennengelernt. Aber was war das für eine Frau? Die hatte überhaupt keine Ausstrahlung, wie wenn sie gar nicht anwesend gewesen wäre. Ihr Äußeres war geradezu abschreckend, Einzelheiten wollte Alexander sich gar nicht mehr ausmalen. Dabei war er überhaupt kein Macho oder jemand, der andere Menschen gering achtete. Wenn jemand sich nicht gut „verkaufte", tat er (oder sie) ihm eher Leid. Was hatte sein Verkaufsleiter bei Mercedes vor vielen Jahren zu ihm gesagt, als er dort als jüngster Autoverkäufer weit und breit angefangen hatte:
"Sie verkaufen sich nicht gut genug." Was war das für ein oberflächlicher fader Blödsinn? Musste man sich in unserer heutigen Gesellschaft immer „verkaufen". Ja, fürchtete Alexander, man musste. An sich selbst hatte er ja soeben auch festgestellt, wie sehr ihn diese Person im Ysenegger abgestoßen oder – schlimmer noch – kaltgelassen hatte.

3

Am nächsten Morgen stand für Alexander ein Termin bei der Arbeitsagentur auf dem Programm.
Wie schon oft in seinem Leben suchte er einen Job. (Dabei war er ein fast schon besessen zuverlässiger Mensch, der seinen täglichen Ablauf brauchte und sorgfältig plante; mit den Arbeitsstellen hatte es einfach nie richtig gepasst).
Und wieder lernte er eine Frau kennen. Die junge, kräftig gebaute Arbeitsberaterin Frau Resch würdigte seine momentan schwierige Lebenssituation, hielt sogar eine passende Reha-

Maßnahme für denkbar. Soviel Verständnis tat gut. Vor allem empfand er es als weitere Bestätigung, welch einen heroischen Kampf gegen die anhaltend ungünstigen Umstände er führte.Andererseits: wäre es nicht noch heroischer, aus eigener Kraft wieder geregelte Bahnen einzuschlagen?

Sein nächster Weg führte Alexander zu seiner „Freundin" im nahe gelegenen Reisebüro.

„Freundin" war nicht das richtige Wort, sie war ja gar nicht seine Freundin. Alexander hatte keine Freundin. Doch war es bereits vor Weihnachten ein sehr angenehmer Kontakt mit der hübschen dunkelhaarigen Frau gewesen, als er die Djerba-Reise gebucht hatte. Nun bedankte er sich für die perfekte Beratung und schenkte ihr einen fränkischen Bocksbeutel(das sind die Weine in der witzigen und dabei stilvollen runden, bauchigen Flasche). Sofort kamen sie wieder ins Plaudern – über Gott und die Welt, über Reise, Job und Scheidung. Es gefiel ihm, wie sie ihre wohlgeformten Lippen beim Sprechen und beim Lächeln bewegte. Ja – diese Frau wäre etwas für ihn. Gemeinsame Interessen, anregende, unverkrampfte Gespräche. Warum verabredete er sich eigentlich nicht mit ihr?

Nein, das ging nicht, das passte einfach nicht, hier handelte es sich sozusagen um ein offizielles Gespräch, fachlich geboten auf Grund seiner Reiseplanung. Und so fand er den Kontakt einfach nur schön, ohne Melancholie oder Traurigkeit, dass es mit ihr „nichts werden konnte". Auch wenn er manchmal daran zweifelte(„wie kann es sein, dass ich Jahre lang hier als nutzloser Single herumhänge") - über Charme verfügte er offenbar doch.

Na ja, sein Aussehen ordnete er als durchschnittlich ein. Nach aktuellem Maßstab war er mit 1,77 Meter kaum mittelgroß. Als sportlicher Mensch empfand sich Alexander als trainiert, in den Augen mancher Damen war er aber nicht „durchtrainiert", versteht man darunter doch vor allem im Fitnessstudio erworbene Muskelmassen.

Nachmittags hatte Alexander eine Verabredung mit seinem Freund Andreas. Wie fast alle guten Bekannten oder Freunde, die er in den letzten Monaten kennengelernt hatte(nach dem Auszug seiner Frau stand er ja fast ganz allein da in dieser riesigen Stadt) war Andreas ein „Eingeborener", ein echter Bayer, ja sogar ein gebürtiger Münchner. Ihn hatte Alexander an seinem letzten Arbeitsplatz getroffen, dessen unselige Konstellation wohl den Auslöser für seinen privaten Crash geliefert hatte. Ob es auch die Ursache gewesen war? Wohl eher nicht. Andreas und er hatten sich dem Strom aus Anpassung und Gleichschaltung entgegengestellt, der an diesem Arbeitsplatz herrschte. Anfangs meinten sie – Andreas noch mehr als Alexander – sie könnten sich diesem Arbeitsklima entgegenstemmen und ihrer Vorstellung von Konzilianz und Miteinander zum Durchbruch verhelfen. Aber das entpuppte sich als Illusion. Hand aufs Herz: welchen Spielraum sollte es auch geben an einem Arbeitsplatz, wo acht Menschen – überwiegend in den 30ern – den Auftrag hatten, EDV-Programme zu schreiben und diese Aufträge fristgerecht zu erledigen? Vermutlich waren die beiden Träumer. Oder könnte es auch in einem derart technokratischen Umfeld möglich sein, stärker aufeinander zuzugehen und womöglich noch bessere Arbeitsergebnisse zu erzielen? Diese Frage blieb zunächst im Raum stehen. Und die Anzahl der offenen Fragen vergrößerte sich, je älter man wurde und je mehr Lebenserfahrung man hatte. Mit der Zeit entwickelten Andreas und Alexander an diesem Arbeitsplatz eine Wagenburgmentalität. Sie führten einen vergeblichen Kampf gegen das Unvermeidliche und Erforderliche und dieser Kampf schweißte sie zusammen, ließ sie Freunde werden. Alexander erinnerte sich gut. In diesem Arbeitsklima der Nüchternheit und Analytik war das immer mehr um sich greifende Duzen tabu gewesen. Obwohl das Team auf seine Weise homogen und nahezu gleichaltrig war, wurde das kühle und gesetzte „Sie" gepflegt.

An früheren Arbeitsplätzen hatte sich Alexander aus mehreren Gründen als Verfechter des respektvollen „Sie". empfunden. Bei diesem letzten Arbeitsverhältnis entwickelte es sich dann immer mehr zu einer Bedrohung, weil das ganze Szenario einen Albtraum für ihn darstellte. Die Schuld lag sicher nicht nur beim Team; Alexander war schwer gezeichnet von der freiwilligen Aufgabe seines vorherigen harmonischen und motivierenden Arbeitsplatzes. Hinzu kam die sich massiv verschärfende Krise in seiner Ehe, die bald in eine Katastrophe münden sollte. Diese klinische Atmosphäre in der Firma führte dazu, dass die keimende Freundschaft der beiden Außenseiter – manchmal fühlten sie sich gar wie Geächtete - Monate lang ebenfalls vom förmlichen „Sie" geprägt wurde. Das hatte schon bizarre Züge angenommen, ehe sie sich an einem Hochsommerabend in einem Innenhof nahe dem Rathaus bei einem Bier endlich auf das „Du" einschworen. Am Arbeitsplatz wurde diese neue Vertrautheit natürlich bald bemerkt, und die beiden Abweichler wurden noch misstrauischer beäugt. Alexander zog dann die Notbremse und verließ das Unternehmen, ohne einen neuen Arbeitsplatz gefunden zu haben.

Der einzige Grund, warum es Andreas dort – zumal auch noch ohne ihn – dort immer noch aushielt, bestand in der Tatsache, dass er in einer intakten Familie lebte mit Frau und zwei Kindern im Alter von 6 und 11 Jahren. Wegen seiner mäßigen Leistungen stand er ja auch fachlich und menschlich im Zwielicht. Wurde er dort eigentlich „gemobbt"? Nein – das war es auch nicht. Noch nicht einmal für diese moderne Form des Wegekelns von Mitarbeitern reichte dort die Emotion. Arbeitsklima und Ambiente waren einfach nur neutral, steril, klinisch. Für atmosphärische Menschen – das waren die, die um sich herum ein Wohlfühlklima brauchten(sei es bezüglich der Räumlichkeiten, das Ausblicks vom Arbeitsplatz oder einfach nur zwischenmenschlicher Qualitäten) erlebte man dort die Hölle. Da die Kollegen offenbar nicht zu den Atmosphärischen gehörten, sondern zu den Sachorientierten(und das ist ja keineswegs strafbar), ging es ihnen in diesem Umfeld gut. Zumindest schien es so.

Nun, da die gemeinsame Zeit in diesem Unternehmen hinter ihnen lag, durften sich die beiden Freunde unbefangen begegnen. Andreas war ein Jahr älter als Alexander, er stand kurz vor seinem 40. Geburtstag.

Bei ihm konnte man vom Idealbild eines bayerischen Mannsbildes sprechen. Alexander wurde von ihm fast um Haupteslänge überragt. Andreas war etwa 1 Meter 90 groß. Sein Kopfhaar hatte sich bereits stark gelichtet und war von zahlreichen silbernen Fäden durchzogen. Sein markantes Gesicht wurde von einem respektablen Vollbart eingerahmt. Teure Kleidung bedeutete Andreas nichts. Sein Äußeres wirkte leicht nachlässig und alternativ angehaucht. Unter dem Eindruck seiner lauten, fast brachialen Stimme konnte man in ihm einen energischen durchsetzungsstarken Menschen vermuten, der nur in Ausnahmefällen einen Blick nach rechts oder links wirft. Andreas entpuppte sich aber schnell als das genaue Gegenteil des äußeren Anscheins. Er war von vielen Selbstzweifeln geprägt, in manchen Situationen zögerlich und zerstreut. In seiner Ehe mit einer deutlich älteren Frau, die zudem auf einen höheren Bildungsgrad und eine bessere finanzielle Ausstattung verweisen konnte, fühlte er sich permanent als „Juniorpartner". Dabei profilierte er sich häufig als Zeitgenosse, der gesellschaftliche Verantwortung übernahm, zum Beispiel mit der Gründung von Selbsthilfegruppen für Menschen mit Rückenbeschwerden.

Wer ihm nicht wohl gesonnen war, konnte ihm hypochondrische Züge zuschreiben. Andreas befasste sich nachhaltig mit den Beschwerden und Zipperlein, die sein Körper ihm zumutete. Neben häufigen Rückenschmerzen (für die aber noch keine eindeutige Ursache diagnostiziert worden war), waren es zahlreiche allergische Reaktionen, zum Beispiel gegen Pollenflug im Frühling, gegen den Konsum von Alkohol oder Süßigkeiten, das führte dann sogar zu zahlreichen kleinen Schnittwunden an den Händen). Bei solchen Symptomen mochte eine Wechselbeziehung zu seinen hypochondrischen Ader bestehen. Tatsache war: Andreas tat etwas. In diesen Zeiten des „May Be" und des latenten Klagens und Lamentierens über Umstände, zu deren Lösung man letztlich nichts beitrug, hob er sich als Rufer in der Wüste hervor. Seine Rolle als Familienvater spielte er vielleicht nicht enthusiastisch, aber treu und vorbildlich.

Was Alexander am Freund besonders schätzte: er erwies sich immer wieder als guter und geduldiger Zuhörer. Darüber hinaus leistete er zu ihren Gesprächen feinsinnige und treffende Beiträge, ohne seinem Vis-à-vis dabei nach dem Mund zu reden, wie es viele taten in vermeintlichen und auch in richtigen Freundschaften. Ganz im Gegenteil konnte er sich sogar sehr kritisch zu dem Freund äußern.

Andreas hatte auch Ambitionen als Hobby-Psychologe und nannte es „den Finger in die Wunde legen".

Manchmal hatte man gar den Eindruck, er suche den Kontakt zu Menschen, die sich in einer Krise befanden oder irgendwie herumkrebsten, um den Finger in die Wunde legen und von seiner eigenen Unschlüssigkeit und Unausgegorenheit ablenken zu können. Das alternative Ambiente und die tiefe Stimme verliehen ihm etwas Tröstliches, nicht unbedingt Tröstendes. Als Tröster empfand Alexander ihn letztlich nicht, da drang dann Andreas´ Kritik durch, bevor er dem anderen zu viele Zugeständnisse machte. Und das war auch gut so, denn letztlich konnte, ja musste man sich aus eigener Kraft aus dem Sumpf ziehen(so bedrohlich das klang an Tagen, an denen man glaubte, wenig Kraft zu haben).

An diesem Winternachmittag genoss Alexander das Treffen mit seinem Freund in der Caféteria eines großen Kaufhauses. Aus dem 6. Stockwerk hatte man einen beeindruckenden, fast atemberauben- den, weil so nahen Blick über die Dächer und zu den wichtigsten architektonischen Erhebungen der Stadt. Die beiden legendären Türme der Frauenkirche wirkten zum Greifen nah vor dem bleigrauen, zu dieser Nachmittagsstunde bereits dämmernden schweren Himmel. Die Caféteria war überfüllt – kein Wunder, bot sie doch willkommene Entspannung nach vielleicht anstrengenden Einkäufen und vor allem eine wohlige Wärme als Kontrast zum nasskalten Wetter dieser ersten Januartage.

Auch Alexander empfand Wärme. Wärme war zwar nicht das Eigentliche, was der Freund ausstrahlte. Aber hier saß er mal nicht in einem Blind Date mit einer noch völlig unbekannten Person, von dem für sein weiteres Leben viel abhängen konnte, in dem es also um etwas ging. Und er befand sich auch nicht, wie nun ja wieder häufiger, in einem Vorstellungsgespräch, von dem auch viel ab-hing. Die Situation wirkte auf ihn wie Balsam. Mal nichts Großes tun müssen – einfach sitzen, schauen auf die nahe Skyline der Stadt, die herein- und herausströmenden Leute und vor allem auf den beruhigend wirkenden Freund, zuhören, selbst reden und dabei nicht jedes Wort auf die Goldwaage legen.

Andreas war für 2 Wochen krankgeschrieben. Er wirkte noch ruhiger, noch nachdenklicher, vielleicht auch noch zerstreuter als sonst, plauderte über kleine und mittlere Probleme in seiner Familie. Auf Kuchen musste er verzichten, wegen des darin enthaltenen Vanillin drohten ihm ansonsten wieder die lästigen

Schnittwunden an beiden Händen. So begnügte er sich mit einer Tasse Kamillentee.

Alexander verabscheute Tee, er hatte einen kleinen Espresso bestellt und – passend zur kalten Jahreszeit – ein kleines gemischtes Eis. So verging eine gute Stunde bei mildem Plaudern(diesmal gingen sie nicht ans Eingemachte), und in Alexander machte sich eine wohltuende Mischung aus Trägheit und Leichtigkeit breit. Und auch die Angst vor dem bald wieder beginnenden Alleinsein hielt sich in Grenzen. Heute Abend hatte er ja noch einen Termin und morgen würde er für eine Woche verreisen, „in die Sonne" fliegen.

Die beiden Freunde verabschiedeten sich. Die Dunkelheit hatte eingesetzt. Er marschierte durch das Stachus-Untergeschoss Richtung S-Bahn-Zugang, war umgeben von einer Masse eilender, schlendernder und gestikulierenden Menschen, und doch war er allein. Gerade an den belebtesten Punkten der Stadt machte sich die Einsamkeit und Haltlosigkeit stark bemerkbar, anfallen wie ein hinterlistiger Verbrecher tat sie einen, wenn man seine verlassene Wohnung betrat.

Zwei Stunden später hatte Alexander sein übliches Programm heruntergespult. S-Bahn-Fahrt, vom Bahnhof nach Hause geradelt, die Katze begrüßt und gefüttert, die Post durchgeschaut, ins Auto gesetzt und knapp 20 Kilometer nach Gilching gefahren. Nun saß er bei seinem Freund Wolfgang, den er in einem Single-Club kennengelernt hatte. Wolfgang war einige Jahre jünger als er, mittelgroß und kräftig. Er stellte fast das genaue Gegenteil zu Andreas dar, wirkte weniger bodenständig, dafür witzig und charmant. Dies waren genau die Eigenschaften, die ihm gute Chancen bei den Frauen einräumten. So hatte er auch an diesem Abend wieder Damenbesuch. Er stellt Dagmar vor, 27 jahre alt, groß, blond und nett. Um die beneidete Alexander ihn schon, er hatte ja zur Zeit keine feste Beziehung, sehnte sich aber nach Geborgenheit und Verlässlichkeit ebenso wie nach körperlicher Nähe. Aber er machte das Beste aus der Situation und genoss den Abend in Gesellschaft zweier angenehmer Menschen so gut er konnte. Zum Essen gab es Spaghetti Bolognese, die beiden Männer rauchten genüsslich Pfeife und tauschten sich über das Ziel der unmittelbar bevorstehenden

Reise aus. Kurz vor halb elf verabschiedete sich Alexander und trat die Heimfahrt an.

4

Am Freitag den Dreizehnten Januar kehrte Alexander von Djerba zurück - welch kurioses Datum für den Rückflug aus dem Urlaub und die Rückkehr in den unfreiwilligen Single-Alltag. Als Flugtourist im Winter erlebte man Sonderliches. Vor wenigen Stunden noch in frühlingshaftem oder gar sommerlichem Klima, nun im kalten und verschneiten München. Die S-Bahn-Fahrt vom Flughafen hatte Alexander unterbrochen und In der „Schäffler-Stube" am Hauptbahnhof Waltraud getroffen. So hatte Alexander den heftigen Aufprall ins Solodasein etwas abfedern können. Wie üblich war Waltraud sehr gesprächig gewesen; sie hatte sich zwei Katzen zugelegt und nun auch Gesellschaft in ihrer Bude(so nannte sie ihre recht schöne, aber stets grausam unaufgeräumte Wohnung – ihr fehlte die Kraft, Dinge wegzuwerfen, daher waren alle Räume von verschiedensten Gegenständen zugestellt, man musste eigentlich sagen zugemüllt, solche Menschen bezeichnete man als „Messie").

Nun saß Alexander in seiner Wohnung auf seinem Lieblingssessel – ein klassischer brauner Fernsehsessel zum Ausklappen für die Beine aus flauschigem robustem Material. Nachdem ihm sonst nicht viel geblieben war, hatte sich dieser Sessel für ihn zu *dem* Hort des Wohlbefindens und der Sicherheit entwickelt. Hier konnte er sich fallen lassen, die Welt mit ihren verwirrenden Facetten draußen lassen, darauf warten, dass ihm nach wenigen Sekunden die liebe Glückskatze Gesellschaft leistete. Da verlor sogar die zumeist niederschmetternde Tatsache des Alleinlebens ein wenig von ihrem Schrecken. Seit er allein lebte und keine Rücksicht auf eine Nichtraucherin mehr nehmen musste, zündete er sich – zumal im Winter – wieder häufiger eine Pfeife an, schaute den filigranen Rauchkringeln nach, schmeckte und atmetedas brillante Vanille-Aroma und ließ seine Gedanken kreisen. In solchen Augenblicken hatte

sein Leben sogar in den eigenen vier Wänden, wo ihn jeder Zentimeter an die viel bessere Zeit(die noch gar nicht lang zurücklag) erinnerte, eine gewisse Qualität.
Was hatte sie gebracht und vielleicht gar bedeutet – die Woche auf der tunesischen Insel Djerba? Die Erinnerungen waren noch ganz neu und frisch. Und doch nahm Alexander in diesem Augenblick jenen Gegenstand in die Hand, der ihm von allen am meisten bedeutete, obwohl er nur einen geringen materiellen Wert aufwiest – sein Tagebuch. In einigen Monaten würde es sich zum fünfundzwanzigsten Mal jähren, dass er begonnen hatte mit dem Tagebuch schreiben. Er führte es jeden Tag, den Gott kommen ließ, ohne Ausnahme. Und wenn er es mal vergessen hatte, aus welchem Grund auch immer, dann wurde es zwingend am nächsten Tag nachgeholt.
So blätterte er auch nun und ließ die vergangenen Tage Revue passieren.

Das Wetter auf Djerba war natürlich nicht vergleichbar mit dem mitteleuropäischen Wetter, jedoch war ihm schmerzhaft bewusst geworden, dass der Kalender Anfang Januar zeigte und Djerba eben weit nördlich vom Äquator lag. So war es oft windig und kühl, regnete sogar bisweilen. Glücklicherweise garantierte Cluburlaub eine sehr komfortable Unterkunft mit großem Veranstaltungsangebot. Alexander hatte täglich die große Sauna- und Wellnesslandschaft besucht. Er hatte Tennis gespielt und dabei kleine Wettkämpfe bestritten. Bemerkenswert war auch seine Teilnahme an einer Theateraufführung. Im Stück „Aladin" spielte er einen Gentleman. Dafür war er eigens geschminkt und mit einem Smoking ausgerüstet worden. Die Aufführung war ein Erfolg und wertete Alexander auf, hatte er sich doch in der Vergangenheit kaum als Darsteller vor Publikum in Szene gesetzt. Er kam während der Woche mit verschiedenen Leuten ins Gespräch(das gelang als Single eher als wenn man als Paar reiste), fand in der deutlich älteren Ingrid sogar so etwas wie eine „ständige Begleiterin", ohne jeglichen erotischen Hintergedanken, zumal von Anfang an die Ankunft ihres Lebensgefährten nach 5 Tagen avisiert war. Oft jedoch überfiel ihn die massive Traurigkeit über den Verlust seiner Ehefrau. In der zweiten Hälfte des Aufenthaltes nahmen diese Gefühle deutlich zu. Nun war er fast froh über die Rückkehr in sein geliebt-gehasstes Single-Paradies.

5

Mitte Januar erlebte man in Südbayern häufig seltsam warme Tage. Im bayerischen Oberland warf bisweilen der Fön Frühlings- oder gar Sommerluft über die Menschen. Vielen setzte das arg zu von Kopfschmerzen über Niedergeschlagenheit bis zur Depression. Die andere Form von warmem Januarklima zeigte sich in Schmuddelwetter mit Regen und häufig starkem böigen Wind. Eine solche Wetterlage bedeutete größte Belastung für Leute mit Herz- und Kreislauferkrankungen. Alexander befand sich – obwohl als Zugereister nach München gekommen – in der glücklichen Lage, von solchen Wetterkapriolen nicht geplagt zu werden. Jedoch zog auch er klare Kälte mit Schnee und blauem Himmel vor.

Dieser Donnerstag bot Schmuddelwetter. Als disziplinierter Mensch stemmte sich Alexander auf den ersten Blick recht erfolgreich gegen sein momentanes Schicksal, die Arbeitslosigkeit. So schrieb er zwei Bewerbungen und – wichtiger noch – führte ein wichtiges Telefonat mit dem Repräsentanten der Provinzial Versicherung am Niederrhein Herrn Gerster. Das Unternehmen bot ihm an, in seine Heimat zurückzukehren und eine große Agentur zu übernehmen.

Noch nie hatte er über „Beziehungen" – das oft zitierte „Vitamin B" eine neue Arbeitsstelle gefunden. Einige Möglichkeiten hatte es bereits gegeben, aber letztlich hatte er sich immer anders entschieden. Alles, was er bisher erreicht hatte, konnte er einzig und allein seinen Leistungen und Initiativen zuschreiben. Vielleicht würde es ja diesmal doch anders. Er kannte Landesdirektor Assmann aus seiner langen Mitgliedschaft während der Jugend im Tennisclub. Und der hatte ihm jetzt – auch über den Kontakt zu seinen Eltern – den Weg bereitet. Welch eine Chance – weg aus München, wo er nach guten Jahren innerhalb weniger Monate sein privates und berufliches Waterloo erlebt hatte.

Rückkehr in seine mit zunehmendem Alter immer mehr ersehnte Heimat. Und das alles auf einem gut bestellten Feld.

Er würde vom ersten Tag an mehrere Mitarbeiter haben und die Agentur in seinem Heimatort leiten, 300 Meter entfernt von der Wohnung seiner Eltern, die mittlerweile ins Rentenalter eingetreten waren und in mancher Lebenssituation die tatkräftige Unterstützung ihres Erstgeborenen sicher gut gebrauchen könnten. Seine beiden jüngeren Geschwister hatten ebenfalls die Heimat verlassen und lebten außerhalb guter Erreichbarkeit ihrer Eltern.

Alexander könnte wieder die gute niederrheinische Luft atmen. Er würde die Vorzüge der glänzenden Infrastruktur genießen – mehrere Großstädte im Umkreis weniger Kilometer und doch das „flache Land" mit wunderbarer behaglicher Parklandschaft unmittelbar vor der Haustür. Zudem könnte er endlich wieder problemlos die Heimspiele seines Lieblingsvereins in der Bundesliga besuchen.

Und doch – irgendetwas ließ ihn unsicher sein bei dieser Entscheidung. Hatte er nicht vielleicht doch noch etwas zu erledigen in diesem Haifischbecken München? Brauchte er am Ende sogar das Leiden an dieser Existenz als Single? Wirkte in ihm eine seltsame Droge, die ihn nach immer neuen Bekanntschaften gieren ließ? Was zog ihn verdammt noch mal an Stellensuche und folgender Einarbeitungszeit an? Oder war es schlicht die attraktive und spektakuläre Etikette „München", die ihn innerlich zaudern ließ, ohne Wenn und Aber seine Sachen zu packen und in die Heimat zurückzukehren? Klar – es war von allem etwas.

Aber als tragfähiges Alibi – wenn er den Schritt letztlich nicht tun sollte – fiel ihm noch etwas anderes ein. Der schwere Misserfolg, den er im Verkauf erlebt hatte, als angeblich jüngster Mercedes-Verkäufer im Außendienst, steckte ihm in den Knochen und würde ihm immer in den Knochen stecken.

Sicher – als Leiter der Agentur würde er nicht permanent mit der Verkaufsmappe unter dem Arm herumlaufen und Klinken putzen. Er würde der Chef sein. Und doch gab er sich keinen Illusionen hin, natürlich handelte es sich um einen Verkaufsjob...

Wie gut, dass er noch mindestens drei Wochen Zeit für die Entscheidung hatte, so musst er die schweren Gedanken zunächst nicht weiter führen. Wenn er jedoch ehrlich zu sich war, musste Alexander sich eingestehen, dass er sich mit Weg weisenden Entscheidungen schon wiederholt sehr schwer getan hatte.

6

Es stand noch ein Rendez-Vous auf dem Programm, dem Alexander mit einer prickelnden Mischung aus Vorfreude und dumpfem Herzklopfen entgegensah.
Kurz nach der Trennung von seiner Frau im letzten Jahr war er der „Börse für Aktive" beigetreten. Gegen einen maßvollen Mitgliedsbeitrag erhielt er jeden Monat eine Liste von 3 oder 4 Personen in München oder Umgebung, die ebenso wie er neue Kontakte suchten. In dem entsprechenden Brief wurden ihm nur die Rufnummer und einige Hobbys der betreffenden Personen mitgeteilt. Alexander hatte dann die Wahl, ob er anrief oder nicht. Bisher hatte er bei jeder Adresse angerufen. Er gehörte nicht unbedingt zu denen, die jederzeit mühelos auf andere zugingen. Wenn die Kontaktaufnahme aber einen „offiziellen" Charakter hatte, wenn er also wusste, dass die jeweilige andere Person auch neue Kontakte suchte, war er in seinem Element. Alexander sah sich als im positiven Sinne neugierigen Menschen, der sich über ganz neue Kontakte freute und deshalb völlig unvoreingenommen an diese Kontakte heranging. Daher hatte er auch keine Schwierigkeiten, die ihm bisher völlig unbekannten Menschen anzurufen. Solange er ihnen nichts verkaufen musste... Oder solange er sich als ernsthafte und gebildete Person verkaufen konnte...Inzwischen hatte man ihm auch schon mehrfach bescheinigt, eine sehr angenehme Stimme zu haben. Die Voraussetzungen für diese Form der Kontaktaufnahme könnten also kaum besser sein. Er hatte bereits einige konkrete Bekanntschaften mit Männern und Frauen gemacht, auch Waltraud und Peter, die er inzwischen als Freunde bezeichnete, hatte er auf

diesem Wege kennengelernt.
   An diesem Abend würde er nun Henriette treffen. Sie hatten ein etwa 20-minütiges erfrischendes Telefonat geführt, dabei auch ein wenig gewitzelt und geflirtet. Wenn es dann wie heute zu einem Treffen kam, war es ein klassisches „Blind Date" – man kannte die Stimme des anderen und Ansätze seines Temperamentes, hatte jedoch keine Ahnung, wie die nette Stimme aussah.
   Auch wenn die „Börse für Aktive" nachdrücklich betonte, keine Aufgaben einer Partnervermittlung wahrzunehmen, so hoffte insgeheim doch jedes Mitglied, denjenigen oder diejenige zu finden. Kein Wunder, dass Alexanders Herz lebhaft pochte, als er durch die mittlerweile dunkle Stadt nach Harlaching fuhr. Dort sollte er Henriette abholen; wie so viele Single-Frauen in der Stadt war auch sie nicht motorisiert und vertraute darauf, dass sie immer ein charmanter Begleiter abholte und auch wieder nach Hause brachte.

   Spannend bei Henriette: sie betrieb einen kleinen Second-Hand-Laden in einer mäßig befahrenen und locker bebauten Wohnstraße. Alexander hatte ein gutes Orientierungsvermögen und fand problemlos das kleine Haus im Stil der 50-er Jahre. Im Erdgeschoss sah er die noch beleuchteten Schaufenster des bescheiden anmutenden Ladens. Das erste und zweite Stockwerk beherbergten offenbar einfache Mietwohnungen. Henriette hatte ihm am Telefon jedoch bedeutet, dass sie nicht in diesem Haus wohnt, sondern stets mit einem Linienbus von Giesing herüberfuhr.
   Alexander fasste sich ein Herz, drückte die Klinke herunter und betrat den Laden. Es war ein behagliches kleines Geschäft. Zur Linken wurde an einem Ständer Herren-Bekleidung präsentiert, auf einem Wühltisch auf der rechten Seite erkannte er Hosen und Blusen für kleine Kinder, überwiegend für Mädchen. Hinter der Ladentheke stand eine blonde Frau, die ihn offenbar erwartet hatte. Alexander legte großen Wert auf Pünktlichkeit. Andere unnötig warten lassen – das konnte er sich nicht vorstellen, genauso wenig aber, wenn Andere ihn „auf Kohlen" sitzen ließen. Die blonde Frau ging langsam um die flache Theke herum und direkt auf Alexander zu. Da die

Öffnungszeit bereits eine Viertelstunde zurücklag und mit Kundenbesuchen nicht mehr zu rechnen war, sagte sie: "Sie sind sicher Alexander Schreier". Wie häufig bei einer Erstbegegnung mit Frauen(Alexander traf ja auch Männer) fühlte er schwelende Wärme in sich aufsteigen – Ausdruck der Aufgeregtheit, sicher nicht ungewöhnlich in einer solchen Situation. Alexander schaute die Frau kurz an und antwortet: "Ja, das ist richtig, und Sie sind Henriette Renner?" Nun standen sie einander gegenüber in dem eher sparsam beleuchteten, gut geheizten Raum. Zeit für eine erste Begutachtung, bevor das Gespräch – vielleicht schwungvoll, vielleicht schleppend – in Gang kam. Henriette Renner war eine großgewachsene Frau, ungefähr so groß wie Alexander und vielleicht ein paar Jahre älter, etwa Anfang Vierzig. Ihr Gesicht war auf eine eigenartige Weise fein geschnitten, wies einen irgendwie unnatürlichen, entrückten Ausdruck auf. Die blonden Haare erwiesen sich bei genauerem Hinsehen fast als honigfarben, ein weiteres etwas seltsames Merkmal. Sie hatte eine schlanke, offenbar feminine Figur. Da sie sich zum Tennis spielen verabredet hatten, trug Henriette bereits Sportkleidung, eine enganliegende lange weiße Leinenhose und einen pinkfarbenen Blouson. Die gepackte Sporttasche mit an der Außenseite verstautem Tennisschläger stand einen Meter neben ihr am Boden.

„Ja, die bin ich", antwortete sie mit ihrer Stimme, die ihn auch irgendwie seltsam berührte. Sie klang gut, fast wie bei einer Schauspielerin und vielleicht gerade deshalb auch etwas unnatürlich, wie aus einer anderen Welt. Bei Henriette erkannte man keinen bayerischen Akzent, aber das war in dieser Stadt bekanntermaßen nicht ungewöhnlich. Sie schaute ihn unverwandt an, Verlegenheit und Beklommenheit waren nicht zu leugnen. Das waren die Augenblicke, in denen im Inneren ein Fluchtreflex keimte und sich Luft machen wollte. Aber das ging ja nicht. Sie waren verabredet und würden jetzt zur Tennishalle spielen fahren. „Ja, dann packen wir es am besten gleich", hörte Alexander die honigblonde Frau wie aus großer Ferne sagen. „Ja, das sehe ich auch so." Erst jetzt bemerkte Alexander, dass sie sich bei der Begrüßung nicht die Hände geschüttelt hatten. Alexander fühlte sich insgeheim erleichtert, er liebte den Handschlag ohnehin nicht sehr. Seit ihm in jungen Jahren ein Chef bedeutet hat, sein Handschlag sei nicht fest, nicht männlich genug und er entziehe die Hand sofort wieder und das sei für das Gegenüber nicht sehr angenehm, empfand er beim Handschlag mit nicht oder wenig bekannten Personen jedes Mal ein unruhiges Gefühl. "Gehen Sie bitte vor, ich lösche noch das Licht und schließe den Laden ab."

Wenig später saßen sie im Auto. Alexander wusste, dass er mit seinem schlichten Fahrzeug der Kompaktklasse bei Frauen nicht unbedingt die größten Trümpfe im Ärmel hatte. Er musste es halt als gepflegter Unterhalter und mit einem hoffentlich vorhandenen gewissen Charme schaffen, sie zu beeindrucken. Soviel war klar – ein Macho oder Aufreißer war er nicht. Das Unbehagen verstärkte sich –mit einer wildfremden Frau wie ein altes Ehepaar abends im Auto sitzen…

Nicht reden ging nicht. wie fängt man also an: "Das ist ein netter Laden, den Sie da haben, wie lange machen Sie das schon?"-„Seit sechs Jahren, ich habe ihn damals von der Mutter einer guten Freundin übernommen".-„Wie ist Ihre Kundschaft, ich denke vor allem Mütter, die Sachen für ihre Kinder kaufen."-„Ja."- Die Antwort war korrekt, aber karg, das Gespräch kam zunächst zum Erliegen.

Alexander verfügte inzwischen aber über die Kraft, eine Zeitlang nichts zu sagen.

Bald erreichten sie die Tennishalle im Münchner Süden. Jeder ging in seine Umkleidekabine und machte sich spielfertig. Alexander liebte Tennis spielen in der Halle überhaupt nicht. Häufig roch es nach einer Mischung aus Kunststoff, Holz und Schweiß. Dazu gesellte sich ein eigenartiges Hallen der Stimmen der Spieler. Der Velours-Teppichboden beschleunigte das Springen der Bälle übermäßig, so dass an kontrolliertes und geistreiches Spiel oft gar nicht zu denken war. In dieser Umgebung hatten die brutalen, sturen Gewaltspieler die Vorteile auf ihrer Seite. Immerhin konnte Alexander an diesem Abend von Glück sagen, dass er mit einer Dame spielen durfte. Frauen spielen weniger hart, manch-mal gar unsicher und defensiv. Auch Henriette konnte in den ersten Minuten zahlreiche Bälle nicht über das Netz schlagen, lange hatte sie nicht mehr Tennis gespielt. Doch kam recht bald eine gewisse Beständigkeit und Kontinuität in ihr Spiel. Die gelben Bälle flogen nun behutsam, aber regelmäßig über das Netz.

Erstaunt war Alexander über ihren Dress. Diese im Grunde schicke Frau – Besitzerin eines Bekleidungsgeschäftes – trug ein weißes Tennishemd und – ganz eigenartig – eine weite kurze Hose bis knapp über die Knie. Das waren beileibe keine Hot Pants(die sie bei ihren offenbar hübschen Beinen hätte tragen können), es war aber auch keine Tennis- oder Trainingshose. Mit ihrer ganzen Erscheinung erinnerte Henriette an eine englische Kolonialdame im 19. Jahrhundert. Das Spiel indes machte zusehends Spaß. Alexander hatte früher Turniere gespielt, nicht auf allzu hohem, aber doch auf brauchbarem Niveau. Nun spielte er nur noch zum Spaß. Häufig missglückten ihm zu seinem eigenen Ärger viele Grundschläge, deren Gelingen eigentlich eine Selbstverständlichkeit hätte sein müssen. Heute aber spielte er sicher, konnte Henriette die Bälle so zuspielen, dass sich oft längere Ballwechsel entwickelten. Beim Auflesen der Bälle trafen sie sich immer wieder am Netz, wechselten ein paar Worte und lächelten sich manchmal auch zu. Im teuren München kostete eine Stunde Hallentennis 35 Euro. Henriette bestand darauf, das Geld mit Alexander zu teilen.

Sie setzten sich dann an der Bar nebeneinander. Hier ließ sich Alexander nicht lumpen und lud sie auf ein Getränk ein. Henriette bevorzugte Apfelschorle, Alexander gönnte sich ein Hefeweißbier. Kalorien und Alkoholgehalt würden ihm nicht in die Quere kommen, beim bevorstehenden Sauna-Besuch würde er alles ausschwitzen. „Nett ist es hier." Henriette schürzte ihre fein geschwungenen Lippen und zwinkerte Alexander zu. „Das Spannende ist, dass man hier unmittelbar neben den Tennisplätzen sitzt und den anderen zusehen kann."- „Nach getaner Arbeit kann man das ja auch besonders genießen", entgegnete er.-„Haben Sie früher oft gespielt?"-„Ja, ich habe sogar Turniere gespielt, aber das ganz große Talent war mir nicht vergönnt. Und durch die vielen Umzüge in den folgenden Jahren ist es nicht mehr so recht weitergegangen. Heute bin ich nur noch ein Gelegenheitsspieler. Sie spielen heute aber auch nicht zum ersten Mal."-„Nein, vor Jahren hatte ich einen Freund, mit dem ich zwei Mal in der Woche gespielt habe.

Sportlich bin ich auch immer geblieben. Wenn es Zeit und Wetter zulassen, jogge ich, so oft es geht."
Zwischen den beiden entwickelte sich eine lockere, dabei aber anregende und kurzweilige Plauderei.
Aus dem Blind Date war bereits eine Art Bekanntschaft geworden. Und wie immer bei neuen Bekanntschaften unter Singles – und Alexander vermutete einfach mal, dass Henriette auch Single war - stellte man sich bereits am Anfang die Frage, ob möglicherweise der lang ersehnte neue Lebenspartner vor einem saß. Zumindest Alexander fragte sich das. Die Frauen waren in dieser Hinsicht oft seltsam verhalten oder abwartend. So viel stand fest: man gefiel sich.
Der sensibelste Teil des Abends lag indes noch vor ihnen. 10 Minuten später trafen sich Alexander und Henriette in der angegliederten Sauna. Welch delikate Situation: Man kannte sich so gut wie gar nicht oder vielleicht nun ein kleines bisschen und würde sich nachher nackt sehen. Dieses Bewusst-sein prickelte in Alexander und ließ sein Herz deutlich pochen. Zugleich empfand er die Situation als völlig unangemessen. Mann und Frau sollten sich nach seiner Überzeugung, zumal in der Öffentlichkeit, erst dann einander nackt zeigen, wenn ein Mindestmaß an Vertrautheit zwischen ihnen existierte oder sie gar miteinander intim gewesen waren. Hier würde es aber nun anders laufen. Nun gut – es sollte ihm auch recht sein. Unbekannte, neue Situationen machten ja schließlich das Leben aus.
Zunächst musste eine gesunde Scheu demonstriert werden. Deshalb hatten sie vereinbart, sich vor der Tür zur Sauna zu treffen. Wie immer war Alexander mit dem Umkleiden schnell fertig geworden. So wartete er in seinem bewährten dunkelblauen Bademantel mit kleinen, aber feinen geometrischen Mustern vor der Eingangstür. Nach kaum einer Minute erschien auch Henriette. Sie trug einen langen cremefarbenen Bademantel, hatte zudem ein blaues Handtuch über den linken Arm gehängt und trug in der rechten Hand eine Seifenschale und Waschlotion. Henriette lächelte ihn verhalten an: „Dann wollen wir mal."-Alexander öffnete ihr die Tür und sie betraten das großzügig gestaltete Saunagelände. Zunächst suchten sie zwei nebeneinander angeordnete Liegen aus, auf denen sie ihre

Handtücher ausbreiten. Für einen Augenblick setzten sie sich nebeneinander auf die Liegen. Eine Übereinkunft gab es angesichts ihrer noch sehr kurzen Bekanntschaft nicht. So stand Henriette als erste auf: "Ich dusch' mich eben und mach' dann den ersten Saunagang."- Nun war es also so weit. Ohne Alexanders Reaktion abzuwarten, schlenderte sie zu den Duschen, die von ihren Liegen gut einzusehen waren. Sie zog den Bademantel aus und hängte ihn an einem Haken auf. Darunter trug sie nichts. Alexander war von ihrem geradlinigen, selbstbewussten Verhalten noch beeindruckt und zunächst auf der Liege sitzen geblieben. Aber warum sollte er nun nicht zur Dusche schauen? Er war überrascht. Henriette hatte einen wunderschönen Körper mit wohl geformten Rundungen an den richtigen Stellen. So attraktiv hatte er sie nach der englischen Kolonialhose nicht erwartet. Alexander schaute ihr aufmerksam, aber nicht aufdringlich zu, wie sie das Wasser über jede Körperpartie laufen ließ. Nun war er dran. Er ging zum Duschbereich, legte seinen Bademantel ab und ließ sich ebenfalls vom Wasser berieseln, sorgfältig darauf achtend, dass er nicht direkt neben Henriette stand und die nackte Frau in ein Gespräch verwickeln musste. Das wäre dann doch zu aufdringlich gewesen. Oder etwa nicht? Aber Henriette war schnell. Sie schlang sich das Handtuch um den Körper und verließ die Duschen Richtung finnische Sauna.

Wenige Minuten später wollte ihr Alexander in den heißen Holzverschlag folgen. Doch es hieß gerade: "Aufguss – momentan kein Zugang". Alexander wartete 2 Minuten. Als der Saunameister die Kammer verließ, durfte er eintreten – und kam in einen dampfgefüllten feucht-heißen, von Personen fast überquellenden Raum. Er konnte Henriette fast nicht erkennen und nahm auf einer der oberen Bänke einen der wenigen Restsitzplätze ein. Es roch fein nach herber Orange, aber die Mischung aus Hitze und Schweiß treibender Feuchtigkeit war mörderisch. Nun erkannte er Henriette, auf einer der unteren Bankreihen sitzend. Beide genossen die nächsten Minuten in der Sauna schweigend und schwitzend. Henriette verließ bald die Sauna als erste, dabei bewunderte Alexander gern ihre anmutige Rückseite.

In der nächsten Stunde gelang es ihnen, Peinlichkeiten auf Grund ihrer Blöße zu vermeiden. Sie fanden sich auf ihren Liegen wieder und setzten ihren gekonnten Small Talk fort - angeregt, aber nicht emotional, allgemein und nicht vertiefend. Nach dieser ersten gemeinsamen Unternehmung wurde es noch einmal spannend. Alexander brachte Henriette mit dem Auto nach Hause. Ihr Apartment lag in einem anderen Stadtteil als ihr Laden. Der Weg führte etwa 15 Minuten durch den mittlerweile fortgeschrittenen Winterabend. Hätte es nicht den um 22:20 Uhr noch lebhaften Autoverkehr gegeben, es wäre tiefe Nacht gewesen. Die Konversation verlief schleppend.

Gab es einfach nichts(mehr) zu bereden oder lag es an der bevorstehenden Entscheidung? Alexander wusste: vor ihrer Haustür würde er sie einfach aussteigen lassen oder er würde sie fragen, ob er noch „mit hoch kommen" solle. Aussteigen lassen wäre die stressfreie Lösung; man ging auseinander, dachte gern an den durchaus genussvollen und heiteren Abend zurück, würde ein Wiedersehen ankündigen, es aber letztlich offen lassen und aus der neuen Bekanntschaft unverbindlich und seelisch wie körperlich unversehrt wieder aussteigen. Single-Kultur halt. Das „Mit-Hoch-Gehen" würde deutlich mehr Stress auslösen. Alles andere als ein „Angriff", also der Versuch, einen intimen Kontakt auszulösen, müsste der Frau dann völlig unverständlich, ja lächerlich erscheinen.

Alexander war kein Draufgänger, keiner von der schnellen Sorte. Als Junge und auch noch als junger Erwachsener hatte er sogar riesige Probleme gehabt, Frauen zu gewinnen. Dummerweise lag die ganze Last, den „ersten Schritt" zu tun, ja immer beim Mann, es sei denn, man hatte etwas Unwiderstehliches an sich. Alexander war nicht unwiderstehlich, zumindest nicht in der Anbahnungsphase. So wäre es also schon darauf angekommen, die Initiative zu ergreifen, zum Beispiel die Frau einfach zu umarmen oder zu küssen, irgendetwas zu tun, das die nette Plauder- oder Kumpelbeziehung in eine andere Bahn gelenkt hätte, die Bahn der Erotik, Leidenschaft, Liebe und vielleicht später auch Beziehung.

Bei Alexander war es viele Jahre wie verhext. Immer wenn die entscheidende Minute, ja Sekunde anstand, wenn ihm ein bewundertes Mädchen gegenüberstand, möglicherweise gar mit schmachtendem Blick oder leicht geöffnetem Mund, spürte er geradezu körperlich eine Blockade, die ihn zurückriss, die verhinderte, dass er tat, was er so gern getan hätte und – schlimmer noch – was er hätte tun m ü s s e n, um den Kontakt auf eine neue, zärtliche Ebene zu heben. Waren diese Augenblicke(im wahrsten Sinne des Wortes), die Gelegenheit verpasst, der Zug abgefahren, entlud sich in ihm jedes Mal ein Gefühl der Verbitterung und des Verlustes. Er wusste dann jedes Mal, er hatte auch diese Beziehung verspielt, vergeigt, ja gar nicht erst entstehen lassen. Es war sogar vorgekommen, dass er auf den damals üblichen Teenagerparties beim Tanz zu einem Schmusesong die Mädchen eng umschlungen im Arm hielt, aber nicht imstande war, sein Gesicht dicht vor ihres zu bringen und sie zu küssen, ganz einfach, ohne Worte. Das hätte das „Zusammen-Gehen" besiegelt. Wenn das Mädchen entsprechend reagiert…Und genau da lag das Problem: was ist, wenn der Annäherungsversuch(wobei bei solchen Tänzen, auch „Stehtango" genannt, die große Nähe, das Schmusen ja schon bestand) von der jungen Frau abgeblockt und er damit abgewiesen wird?

Inzwischen wusste Alexander: was gab es in solchen Situationen zu verlieren? Es gab nichts zu verlieren, nur zu gewinnen? Wenn man keinen Vorstoß wagt, hat man schon verloren. Manchmal redete er sich danach selbst heraus mit dem Argument, dass es doch total ungerecht und unfair sei, dass sich immer der Mann aus der Deckung wagen und eine Abfuhr riskieren muss und nie die Frau. Aber was half ihm das? Hätte er es doch einfach als Spiel betrachtet nach dem Motto: „Schauen wir mal, was bei meinem Experiment herauskommt, ob sie anbeißt."

So weit war er damals aber nicht, seine Gedanken hatten immer wieder um diese krankhafte Blockade gekreist statt sich die Fragen zu stellen, die zur Befreiung aus vielen Situationen des Zauderns und Zagens herausführen können: „Was spricht dagegen, in dieser Situation diesen Schritt zu tun?" und – noch elementarer – „Was kann schlimmstenfalls passieren, wenn ich jetzt diesen Schritt tue, wenn ich es wage?" Hätten diese Fragen schon damals zu seinem Gedankengut gehört, er hätte gehandelt, ganz sicher, und ihm wären kummervolle, destruktiv verbrachte Monate und Jahre erspart geblieben. Wochen lang hatte er immer damit gehadert, gegrübelt, wie er womöglich doch noch den Weg zu der Angebeteten finden konnte. Dieses Hadern hatte aber nie zu einem Ergebnis geführt.

So musste er seine ganze Jugend und die Jahre Anfang 20, in denen die Schaffung eines beruflichen Fundaments ansteht und ein geregeltes und verlässliches Privatleben von entscheidender Bedeutung sein kann(es sei denn, man ist erfolgreicher und glücklicher Casanova), ohne Partnerschaft und ohne Sexualität zurechtkommen. Diese Zeiten lagen nun glücklicherweise hinter ihm. Er hatte sehr darum kämpfen müssen, sich zu trauen, hatte sich manch blutige Nase geholt bei Annäherungen, die mangels Erfahrung zunächst tölpelhaft ausfielen. Bald hatte er dann aber seine Traumprinzessin gefunden, die ihm alle Tränen weggeküsst, ihn geliebt und verwöhnt und ihn zu einem überglücklichen Mann gemacht hatte. Und dann war sie vor fast genau einem Jahr wieder gegangen…

Nun war Alexander ein Mann in mittleren Jahren, die Blockade gab es nicht mehr und er konnte seine Handlungen auf diesem pikanten Lebenssektor steuern, zumindest weitgehend. Seit der Trennung von seiner Frau hatte er einige Frauen „herumgekriegt", mit ihnen geschlafen. Er wusste also, er kommt endlich heran an die Frauen. In einem Fall hätte es sogar auf eine neue Lebensbeziehung hinauslaufen können. Frau mit 13-jähriger Tochter, die ihn fast schon wie einen Vater verehrte, große Gefühle bei der Mutter, gediegenes Reihenhaus in guter Wohnlage – er hätte mehr gehabt als vorher mit Rosemarie. Aber trotz seines vorher existierenden Gefühls der Einsamkeit und Verlorenheit – er hatte diese Beziehung aus den Händen gegeben, er hatte sie geradezu mit Füßen getreten. Er hatte die Frau einfach nicht gemocht, sie stets mit Rosemarie verglichen(Das Schlimme war, dass sie manche Gemeinsamkeit mit ihr hatte) und dabei stets schlecht abschneiden lassen.

Nun war sie also da – die Minute und irgendwann die Sekunde der Entscheidung bei Henriette. Wie erwähnt – Alexander konnte es nun (fast) steuern und er wählte die entspannendere Alternative. Er ließ sie sich verabschieden, bekundete, dass es ein schöner Abend gewesen sei und machte keine Anstalten, ihr einen Abschiedskuss, und sei es auch nur auf die Wange, zu

geben. Somit war nichts verloren(nun nicht mehr, noch einmal
– er konnte es jetzt ja steuern), und gewonnen war
ein schöner Abend mit Sport, lockerer Unterhaltung und der
Freude daran, diese Frau auch „in natura" gesehen zu haben,
ohne sich emotional zu verwickeln. Single-Philosophie pur!
So lief es in dieser Stadt – der Hauptstadt der Singles – sicher
jeden Abend Hunderte Male und jeden Monat tausendfach.
Viele sehnten sich danach, sich mit einem anderen Menschen –
möglichst sogar in Liebe – zusammenzutun. Aber fast keiner
will die Flanke öffnen, sich verwundbar machen, ein Risiko für
das geschundene oder versteinerte Herz eingehen. Da war es
doch einfacher, sich weiter zu sehnen, zu träumen und in seiner
Burg – häufig winzige Apartments in großen Wohnanlagen –
zu verharren. Um sich nicht als völlig einsam verstehen zu
müssen, wird abends zum Telefonhörer gegriffen und der – oft
genug ebenso unverbindliche – Freundeskreis abtelefoniert.
Der Begriff „Freundeskreis" ist dabei häufig übertrieben. „Bekanntenkreis" trifft es eher. Ein weniger geglücktes oder gar
missglücktes Treffen, und die entsprechende Person purzelt aus
der Adress- und Telefonliste heraus.

Alexander hatte sich überhaupt nicht als typischer Single empfunden. Er war vielmehr überzeugt, ein verlässlicher Familienmensch zu sein. Die Trennung vor einem Jahr hatte in ihm
indes eine völlig neue Lebensphase eingeläutet. Er hatte bereits
einige Regeln und Eigenartigkeiten dieses Single-Marktes
übernommen. Entsprechend fühlte er sich auf der langen Rückfahrt durch die Nacht bis zum Vorort, in dem er wohnte. Er
gratulierte sich dafür, Henriette nicht „angegriffen" zu haben(das Wort „angreifen" passte in diesem Zusammenhang
perfekt, es hatte ja auch mit einer speziellen Art von Überfall
oder Angriff zu tun) und fand auch Gründe dafür. Sie war sicher einige Jahre älter als er(seltsam - das waren die wenigen
Frauen seines bisherigen Lebens fast alle) und eine Beziehung
zu einer älteren Frau wollte er nicht mehr leichtfertig eingehen.
Doch musste er sich eingestehen, dass sie ihm arg gefallen
hatte mit ihrer schönen Figur, den vollen Lippen und den blauen Augen.

Um 0:40 Uhr ging Alexander ins Bett und schlief sofort ein.

7

Am nächsten Morgen stand er wie üblich um 6:00 Uhr auf. Vor ihm lag ein wichtiger Tag. Es stand ein wichtiges Vorstellungsgespräch auf dem Programm und damit die Chance, die existenzielle Seite seines Lebens wieder in Ordnung zu bringen. Mit der Entscheidung, bei Henriette letzte Nacht keinen Vorstoß unternommen zu haben, konnte er gut leben. Allein war er indes noch immer...
Nach einer erneuten längeren Fahrt fast durch das ganze Stadtgebiet traf er pünktlich um 10:00 Uhr zum Vorstellungsgespräch bei einer Papiergroßhandlung in einem südlichen Vorort ein. Im Dezember war er bereits zum ersten Gespräch geladen und hatte offenbar einen guten Eindruck hinterlassen. Alexander sah sich diesmal drei Gesprächspartnern gegenüber. Niederlassungsleiter Jost war der typische joviale Vorgesetzte, fast ein Grandseigneur. Er mochte Mitte fünfzig sein, bestenfalls mittelgroß und schlank, dichtes graues Haar, ein breites Gesicht mit Lachfalten, hessischer Akzent, hellgrauer Anzug, blaues Hemd und weinrote gepunktete Krawatte. Sein Stellvertreter Willi zu seiner Linken war der exakte Gegenentwurf. In den Vierzigern, recht groß, breitschultrig, grobe, auf eine unbestimmte Art brutale Gesichtszüge, beiges Sakko, schwarze Hose, weißes Hemd mit dunkler, leger gebundener Krawatte. Gegenüber dem ersten Gespräch war noch ein weiterer Gesprächspartner dazugestoßen. Herr Lutz aus der Zentrale des Unternehmens in Karlsruhe wirkte auf Alexander wie die graue Eminenz – unauffällig, diskret, sachlich und irgendwie bedrohlich. Vielleicht empfand man graue Eminenzen ja grundsätzlich als bedrohlich. Er war Anfang Vierzig, kräftig und ganz in Dunkelblau gekleidet, dazu ein weißes Hemd mit – natürlich – dunkelblauer Krawatte. Schnell hatte Alexander das Gefühl, dass er eigentlich schon eingestellt war und es nur noch um die Modalitäten seiner Arbeitsaufnahme ging. Die Graue Eminenz war EDV-Leiter in Karlsruhe und fragte ihn ohne Nachdrück-

lichkeit oder gar Hinterhältigkeit nach seinen bisherigen Erfahrungen auf dem Gebiet der Datenverarbeitung.

Trotz seiner permanent angespannten privaten Situation verlief dieses Acht-Augen-Gespräch für Alexander fast entspannend. Bei der Verabschiedung nach etwa einer Stunde legte ihm der Grandseigneur Jost die Hand an die Schulter und behandelte ihn schon wie einen künftigen Mitarbeiter. Vielleicht spürte er, dass er es bei Alexander ebenfalls mit einem Freidenker und Schöngeist zu tun hatte und freute sich bereits auf eine Zusammenarbeit, die nicht nur von der trockenen Rationalität des Tagesgeschäfts geprägt sein würde, sondern auch von Visionen und zwischenmenschlichen Qualitäten wie Feingefühl und Takt. Alexander würde als DV-Verantwortlicher für die ganze Filiale eine eigene Ein-Mann-Abteilung bilden und ihm direkt unterstellt sein. Auch die beiden ruhigeren Gesprächspartner schienen mit Alexanders Einstellung zufrieden zu sein, wenngleich sie sich eher bedeckt gaben. Am Ende des Gesprächs konnte er davon ausgehen, am 1. März mit seiner Arbeit im Unternehmen zu beginnen. Alexander empfand Dankbarkeit für die günstige Entwicklung bei der Stellensuche.

Wenn da nur nicht die schwierige Entscheidung über die Rückkehr in seine niederrheinische Heimat gewesen wäre…Aber noch hatte er 9 Tage Zeit.

8

Am 1. März fuhr Alexander morgens pünktlich quer durch die Stadt, unter anderem über den Mittleren Ring in den südlichen Vorort. Endlich hatte sein Leben wieder eine Ordnung. Er konnte nicht nur, nein, er m u s s t e morgens früh aufstehen. Im Gegensatz zu vielen Zeitgenossen liebte er das frühe Aufstehen, er liebte den Morgen, barst geradezu vor Energie und Ideen.

An diesem Tag verhielt es sich etwas anders. Ja – natürlich war er froh, so schnell wieder Arbeit gefunden zu haben. Doch gewann an diesem Aschermittwoch(welch sinniger Starttermin) Beklommenheit die Oberhand. Verglichen mit den goldenen und so schmerzhaft vermissten Zeiten konnte er sich nicht morgens auf das Fahrrad setzen und voller Freude und bisweilen auch Ausgelassenheit, eifrig strampelnd und die würzige Morgenluft aufsaugend, seinen Aufgaben entgegeneilen, und waren sie auch noch so knifflig gewesen. Den Job bei Klaas-Wegmann hatte er im Grunde nur schaffen können, weil er Hin- und Rückweg mehr als 8 Monate im Jahr per Fahrrad absolvierte auf einem traumhaften Weg über 11 Kilometer, an der westlichen Peripherie der Stadt entlang, durch Parks und Villengebiete mit ständig wechselnder Szenerie. Das war sein Akku gewesen, seine tägliche Frischkur vor und nach den fast exzessiven Konzentrationsübungen während des Arbeitstages.

Beim Radeln flossen ihm die Lösungen für den bevorstehenden Arbeitstag quasi zu, und unbefriedigende oder gar belastende Projekte eines zurückliegenden Tages wurden rückwirkend erträglich oder beim ausgelassenen Strampeln auch einer Lösung zugeführt. Besonders befriedigt hatte es ihn immer, wenn er die Hauptverkehrsadern der Stadt per Tunnel unterquerte.

Das Gefühl der Freiheit gegenüber den meisten anderen Arbeitnehmern hatte ihn getragen und zu der in seinem Beruf unerlässlichen geistigen Beweglichkeit und Kreativität zusätzlich beigetragen. In den allermeisten Fällen war er dann zufrieden, versöhnt und angenehm austrainiert zuhause angekommen.

Dank gleitender Arbeitszeit und 35-Stunden-Woche war es zudem immer zeitig am Nachmittag gewesen, so dass Rosemarie und er sie gemeinsam eine hohe Lebensqualität hatten genießen können. In den Wintermonaten hatte er die S-Bahn benutzt, mehr Zeit auf dem Weg zur Arbeit verbracht und einen nicht ganz so perfekt eingerichteten Alltag. Beklagen konnte er sich aber auch in diesen 3 bis 4 Monaten – je nach Witterung – beileibe nicht.

Nun war also alles anders, im Grunde durchweg schlechter. Rosemarie war nicht mehr da. Allein diese Tatsache stand für gefühlte 100 angenehme Dinge und Rituale in seinem Alltag, die verlorengegangen waren und nun fehlten. Und sein Fahrrad stand traurig irgendwo im Keller. Stattdessen musste er sich hinter das Steuer seines Autos setzen. Ausgelassenheit, Übermut und würzige Luft hatten ausgespielt. Sein jetziger Weg

führte über eine verkehrsreiche Zubringerstraße zum verstopften Mittleren Ring und dann ein kurzes Stück über die Salzburger Autobahn, schließlich durch den lang gezogenen, verkehrsreichen Vorort bis zum Arbeitsplatz. Er würde sich mit vielen neuen Kollegen arrangieren müssen. Kein leichtes Unterfangen für einen Mann in mittleren Jahren, der sich an seinem vorletzten Arbeitsplatz(den letzten musste er einfach vergessen), also in den goldenen Zeiten, ein gleichermaßen angenehmes wie produktives Umfeld aufgebaut hatte.
Er betrat das zweistöckige, lang gezogene Gebäude im Stil der 60-er oder 70-er Jahre durch den Haupteingang. Im 2. Stock wanderte er einen langen Gang entlang, vorbei an zahlreichen Büros, die teilweise durch eine Glasfront einsehbar waren. Schon beim Vorstellungsgespräch im Januar war er kurz herumgeführt worden. Nach der totalen Pleite bei seinem letzten Arbeitgeber würde ihm das nie mehr passieren: irgendwo anfangen, ohne das Umfeld gesehen und gespürt zu haben.
Am Ende des Ganges klopfte er am letzten Büro auf der rechten Seite. Dieses Büro war nicht einsehbar. Personalabteilung – das bedeutete Diskretion. Er hörte eine helle Stimme: "Herein!" und betrat ein mittelgroßes Büro mit breiter Fensterfront. Der Raum wirkte gut aufgeräumt. Hinter dem Schreibtisch erhob sich eine junge, hoch gewachsene junge Frau. Sie wirkte auf eine eigenwillige Art attraktiv. Mittellanges, braunes Haar, braune Augen und ein eher grob geschnittenes Gesicht mit einer kräftigen Nase. Sie war nicht unbedingt schlank, der Oberkörper war zierlicher gebaut als die breite Hüfte. Als suchender Single empfand Alexander wieder dieses bekannte flaue Gefühl im Magen, als sie sich vorstellte.
„Mein Name ist Cornelia Meinzer, ich leite hier die Personalabteilung. Sie sind sicher Herr Schreier?" Alexander fand neben seinem Lampenfieber schnell zu der in solchen Situationen gebotenen Routine. „Ja, ich bin Alexander Schreier. Grüß Gott, Frau Meinzer." Der gegenseitige Händedruck war kurz und kräftig und nach Alexanders Ansicht gelungen.
„Ich stelle Sie jetzt allen Kollegen in der Niederlassung vor, am besten, wir gehen sofort los." Beide verließen das Büro, Alexander folgte ihr, wobei er den geflissentlichen Blick auf ihre Rückseite durchaus angenehm fand. Bei ihrem Rundgang

begannen sie mit den Glasbüros. Der Betrieb hatte etwas Familiäres (da passte die etwas eigenwillige und kompliziert wirkende Frau Meinzer nicht wirklich hinein, aber sie hatte als Leiterin der Personalabteilung ja auch eine besondere Rolle). Alexander lernte viele Mitarbeiter jenseits der 50 kennen, der Mundart nach zu schließen überwiegend Bayern, aber auch einige Zugereiste wie er. Neben den Älteren stellte Frau Meinzer ihm auch junge Mitarbeiter vor, überwiegend Frauen. Danach konnte er sich nicht mehr an alles erinnern, aber es waren einige Auszubildende dabei. Jedenfalls fing es wieder an zu kribbeln – einige Mädchen knapp unter 20 Jahre, einige junge Frauen in den Zwanzigern, dabei überwiegend auf natürliche Weise frisch, nett und gut aussehend, das bedeutete wieder Kontaktpotential für Alexander. Aber eben auch nur Potential. Irgendwie empfand er die Situation fast eher als Druck, denn hier müsste ja eigentlich irgendwas „gehen". Zumal in seiner Funktion als Abteilungsleiter und sei es auch eine 1-Personen-Abteilung. Auch war er mit Ende 30 allemal noch im „aktiven Alter". Indes waren die Wunden nach der Trennung nach gut einem Jahr noch tief und sein Selbstbewusstsein als Mann angeschlagen und ja von Grund auf auch nicht so groß.

Weiterhin konnte von einem stabilen Gesamtbefinden bei ihm auch noch keine Rede sein. Möglich, dass er an manchen Tagen wie ein Wrack durch die Niederlassung wanken würde. Klar: unter diesen Umständen durfte er vielleicht manch flaues Gefühl und auch Herzflimmern den jungen Damen gegenüber zulassen. Konkrete Aktivitäten zum Aufbau einer Beziehung verboten sich aber bis auf Weiteres. Er würde sich sogar eine gewisse Unnahbarkeit zulegen müssen. Aber die hatte er seit jeher an sich, das dürfte kein großes Problem darstellen. Wie gut, dass es den Kreis der älteren Herrschaften gab, bei ihnen würde er sich seine emotionale Ruhe und damit die Arbeitsgrundlage holen.

Niederlassungsleiter Jost begrüßte Alexander so jovial und generös, wie er das schon vom Vorstellungsgespräch kannte. Er wies ihm sein Büro zu – ein recht kleiner Raum mit Südfenster. Bei dem fantastischen Vorfrühlingswetter konnte Alexander die Gipfel der Alpenkette deutlich erkennen. Dieser Blick ließ in ihm aber keine Freude keimen, sondern viel eher

Sehnsucht. Es würde der zweite Frühling ohne Rosemarie werden. Was hatte er mit ihr großartige und glückselige Stunden, Tage und Wochen bei verschiedensten Unternehmen in den Bergen erlebt! Das war alles verloren! Wenn er ehrlich war, dann klaffte die Wunde sperrangelweit. Wie sollte auch der Verlust einer derart innigen und intensiven(inzwischen kannte er das Wort „symbiotisch", was nichts Gutes bedeutete, weil zwei Menschen einfach zu stark aufeinander bezogen und damit auch voneinander abhängig waren) Beziehung innerhalb eines Jahres nachhaltig verkraftet werden?

Man hatte Alexander viel „Lesematerial" ausgehändigt über Profil und Aufgabengebiete seiner Ein-Personen-Abteilung. Auch hatte man einen „Einarbeitungsplan" für die ersten Wochen und Monate beigefügt. So saß er denn, verschanzt in seinem Einzelbüro, und las. Und schaute hinaus durch das Südfenster zu den Bergen. Und spürte, wie plötzlich wieder der Schmerz in ihm aufkeimte.

Ab und zu betraten Kollegen aus der Niederlassung sein Büro – teils, um sich verspätet vorzustellen, teils weil sie erste grundsätzliche Fragen zur Zusammenarbeit hatten. Schnell schloss Alexander aus den ausgehändigten Unterlagen, dass es an diesem Platz in den letzten Jahren eine hohe Fluktuation, also mehrere Wechsel, gegeben hatte. Diese Tatsache konnte keinen zusätzlichen Optimismus schüren.

Besonders schlimm aber war die Erkenntnis: er fühlte sich im Grunde krank, wie wenn ihn eine anhaltende schwere Grippe hemmen würde. Am Leib war er gesund, aber an der Seele nicht mehr, die schwelende Depression hatte er wahrlich noch nicht abgeschüttelt. Mit diesem Wissen erschien es ihm völlig schleierhaft, wie er an diesem Arbeitsplatz würde bestehen können.

Er spürte keinen Anreiz, die Mittagspause in der dunklen Kantine im Erdgeschoss zu verbringen, wo von einem örtlichen Caterer abgepackte Speisen geliefert wurden. Stattdessen schlenderte er zu einer nahe gelegenen, anmutig gestalteten Parkanlage, wo er auf einer Bank mit besänftigendem Blick über die kleinen Hügel und Teiche seinen Gedanken nachhängen und dabei frei atmen konnte, ohne die Gefahr, dass ein Mitarbeiter eintrat. Das herrliche Wetter, der wunderschöne

Park, ein neuer verantwortungsvoller Job, eine recht gute finanzielle Situation – alles hätte perfekt sein können. Er arbeitete ja auch Tag und Nacht daran, sich das zu suggerieren. Aber es war nicht perfekt. Es war überhaupt nicht perfekt. Bedrückt spazierte er zurück an seinen Arbeitsplatz. Dort setzte er in den Nachmittagsstunden das einsame Lesen fort. Der Kloß im Hals wurde dicker, nicht leichter. Besondere Vorkommnisse gab es an diesem ersten Arbeitstag aber nicht mehr. Er existierte ja eigentlich noch gar nicht in diesem Unternehmen.
Auf dem Rückweg geriet er auf dem Mittleren Ring in einen langen Stau. Die Beklommenheit wuchs sich schnell aus zu einer Art Hoffnungslosigkeit. Irgendwann kam er zuhause an und wusste nicht, wie der morgige Tag bewältigt werden sollte. Hauptsache war jetzt zuhause zu sein. Dabei offenbarte sich doch hier die Misere wie nirgendwo sonst. Egal – in diesem Augenblick war es seine Festung, wie für so viele Singles in dieser Stadt. Da bekam der Satz „My Home is my Castle" eine besondere Bedeutung. Jeder verbarrikadierte sich letztlich in seinen vier Wänden, und viele konnten sich nicht mehr wirklich auf andere einlassen. Den Abend hielt Alexander in seiner Wohnung aus, auch weil er einige Telefonate führte, um sich über seine ersten Erfahrungen am Arbeitsplatz Luft zu machen.

9

Alexander hatte mittlerweile einige Arbeitstage bei der Papiergroßhandlung absolviert.
In seinem Ein-Mann-Büro fand er immer wieder Zeit für Tätigkeiten, die mit seinem Job nichts zu tun hatten. So schrieb er vormittags einen langen Brief an Margit, die Schwester seiner – ja – Noch-Ehefrau Rosemarie, in dem er die letzten 18 Monaten schilderte; verschlimmern konnte er hier ja ohnehin nichts mehr. Der Scheidungsantrag von Rosemarie war vor einigen Wochen per Post bei ihm eingetroffen. Wenn er es sich überlegte – an seinem neuen Arbeitsplatz als Abteilungsleiter einen

Brief an seine Noch-Schwägerin zu schreiben – das ging gar nicht!

Nachmittags setzte er sich neben eine Anwenderin, um auch ihr Aufgabengebiet besser einschätzen zu können. Alexander war im Unternehmen zuständig für a l l e EDV-Probleme, die bei Anwendern auftraten, gleichgültig ob im Hardware- oder Softwarebereich, und ein solcher Job nannte sich "SAP-Organisator". Bei der Vielschichtigkeit des IT-Bereichs war es im Grunde gar nicht möglich, jedes Problem zu lösen. Nun gut, er würde sich an die Aufgabenstellungen herantasten – soweit sein Auffassungsvermögen für neue Sachverhalte und seine seelische Verfassung das zuließen.

Frau Chrysalianis war eine Ur-Bayerin und mit einem Griechen verheiratet – daher der exotisch anmutende Name. Das rustikale, geradlinige Verhalten der hageren Frau behagte Alexander. Schon bald hatte er sich ein Bild von ihrem Aufgabengebiet und seiner Abbildung in den einschlägigen Anwenderprogrammen gemacht.

Er wurde aus dem erfrischenden Kontakt herausgerissen, als Herr Jost eintrat und ihn zu einer kurzen Unterredung in sein Büro bat.

Alexander fiel das Herz in die Hose. Für den typischen Arbeitnehmer zieht meist eine bedrohliche Situation herauf, wenn der Chef zum Rapport bittet. Für Alexander galt das in besonderem Maße.

Wie oft hatte er in seinen Tätigkeiten im Verkauf den Erwartungen nicht entsprochen oder schlicht die Zielumsätze nicht erreicht. Die dann einberufenen "Gespräche" hatten für ihn dann etwas existenziell Bedrohliches. Keine Frage – es ging um seinen Job. Man gab ihm deutlich zu verstehen, dass er diesen mittel- oder sogar kurzfristig verlieren werde, wenn er nicht bessere Resultate liefere.

Das war ihm bereits am Anfang seiner beruflichen Laufbahn mehrmals passiert, hatte bei Mercedes sogar zu einer dramatischen Zuspitzung und seinem Ausstieg aus diesem Job geführt. Als Anwendungsentwickler bei Junkers war es dann ja viel besser gelaufen. Auch dort hatte am Anfang die Angst dominiert, er hatte sich auch schwer getan mit der Unzahl neuer Informationen und Anforderungen. So hatte er panische Angst kurz vor dem Ablauf der sechsmonatigen Probezeit gehabt, dass seine Ergebnisse wieder nicht reichten und er das Unternehmen verlassen müsse. Dank seiner Disziplin, systematischen Arbeitsweise und Zielstrebigkeit war es aber ganz anders gekommen. In maßvollem Tempo, aber Schritt für Schritt und unaufhaltsam h hatte er sich zunächst stabilisiert und dann sogar ein wenig hochgearbeitet. Jedes Jahr erhielt er zusätzlich zur Tariferhöhung eine zweite Gehaltserhöhung. Die Bedingungen wurden richtig gut, seine "Goldene Zeit" begann. Sie währte mehrere Jahre – bis zu dem fatalen Anruf an einem heißen Sommerabend. Ein Jahr vorher hatte er sich einfach mal beworben bei dem Großhändler für Autoteile. Einfach so, in guten Zeiten. Vielleicht auch, um in seiner nun starken Position seinen "Marktwert zu testen", wie man so schön sagt.

Er wurde zum Vorstellungsgespräch eingeladen Das Gespräch mit Herrn Neumann irritierte ihn zutiefst, der Gesprächspartner machte einen zerrissenen und irgendwie hinterhältigen Eindruck. Trotzdem erhielt er nach einigen Tagen eine Zusage – er wusste gar nicht genau warum, gab dem Unternehmen nach einigen Tagen Bedenkzeit auf Grund der schlechten Gesprächseindrücke auch eine Absage. Schließlich fehlte es ihm bei seinem Arbeitgeber ja auch an nichts – zum ersten Mal in seinem Leben. Und dann kam der Anruf ein Jahr später. Herr Neumannrief persönlich an, man habe ihn trotz seiner Absage nicht vergessen, ob er denn nicht jetzt kommen wolle. Alexander fühlte sich in seiner ohnehin starken Position zusätzlich bestätigt und auch ein wenig geschmeichelt. Andererseits hatten sich die Dinge an seinem bestehenden Arbeitsplatz noch weiter positiv entwickelt, und nun wäre er gar nicht mehr auf die Idee gekommen, sich bei einem anderen Unternehmen zu bewerben.

Aber die Chance auslassen, wenn man nach einem Jahr noch einmal auf ihn zugekommen war? Noch einige Hundert Euro mehr verdienen? Und nicht mehr die extrem detailversessene Denkarbeit machen wie in seinem jetzigen Job? Ja, das war der "einzige" Nachteil an diesem Arbeitsplatz, die Arbeit selbst; er spürte an sich, wie sie ihn prägte und veränderte, wie er zu einem Menschen wurde, der fast nur noch die Lösung komplexer logischer Probleme vor Augen hatte, wie die Feinfühligkeit schwand und einer Besserwisserei wich, wie auch die kindlich-übermütige Liebesbeziehung zu Rosemarie schleichend überschattet wurde von seiner Zweckorientierung und Nüchternheit. Beim neuen Arbeitgeber müsste er nicht mehr im eigentlichen Sinne programmieren und damit nicht mehr hinabgraben bis zum tausendsten Détail. Seine Aufgabe würde mehr organisatorischen Charakter haben. Er würde den Aufbau eines IT-Netzes bei der Errichtung eines Logistikzentrums in der Oberpfalz mit prägen, würde Schnittstellen konzipieren und Anwender schulen. Für ihn, der sich eher als Makro- denn als Mikro-Mensch empfand, der also lieber konzeptionell und in gröberen Zügen an ein Problem heranging, als sich im kleinlichsten Détail zu verlieren, konnte das nur einen Fortschritt bedeuten. Andererseits würde er sein wohltuendes Umfeld verlieren – die Kollegen, das Mittagessen mit anschließendem Spaziergang durch den angrenzenden Wald, den einzigarteigen Weg zur Arbeit mit dem Rad, der ihm zum Lebenselixier erwachsen war.

Ging das überhaupt, konnte er das überhaupt aufgeben? War er nicht geradezu geheilt nach den beruflichen Horrorjahren, die hinter ihm lagen? Würde nicht etwas Großes, Unersetzbares kaputtgehen? War er durch diese guten Jahre dermaßen gefestigt, dass er sogar ein Risiko eingehen und einen möglichen Fehlschlag verkraften konnte?

Wochen lang hatte er sich dann in die Entscheidung verwickelt, viele schlaflose Stunden zugebracht, manchen ihrer traumhaften Wochenendausflüge nicht mehr richtig genießen können. Sein Herz schrie "nein" zum Wechsel, der Kopf lieferte ihm ein nüchternes "Ja". Ihm war bewusst, dass irgendwann die Stunde, nein die Sekunde kommen musste, in der die Entscheidung nicht mehr zu umgehen war. Nicht-Entscheidung würde bedeuten, er bleibt bei seinem jetzigen Arbeitgeber.

An dem Tag, als die Entscheidung anstand, fühlte Alexander sich stark und irgendwie unverwundbar. Er gab dem Kopf Recht und entschied, den Arbeitsplatz zu wechseln. Wirklich schief gehen könne ja nichts, er wechselte zu einem in ganz Bayern bekannten und sehr erfolgreichen Unternehmen.

Die folgenden Monate setzten dann eine einzigartige Dynamik in Gang und brachten letztlich sein ganzes Leben zum Einsturz.

Am neuen Arbeitsplatz lief es schlechter, als man es sich in seinen schlechtesten Träumen hätte vorstellen können. Er bekam quasi keine Arbeit, saß den ganzen Tag nur herum, durfte an Besprechungen teilnehmen, ohne irgendwie zum Verlauf beitragen zu können, weil er ja in Ermangelung gestellter und bewältigter Aufgaben keine Bodenhaftung fand. Zu den Kollegen fand er keinen positiven Kontakt, es gab ja auch keine gemeinsame Arbeitsbasis. Den Weg zur Arbeit konnte er nicht mehr auf dem Sattel seines Fahrrades inmitten von Parks und mäandern-den Bachläufen genießen; er quetschte sich vielmehr in die überfüllte S-Bahn, sah in abwesende oder mürrische Gesichter und atmete den für die Triebwagen so typischen schneidenden Mief ein. Kurzum, sein Leben hatte sich auf verheerende Weise verschlechtert. Die grenzenlose Frustration konnte er sich schon bald nicht mehr aus den Kleidern schütteln. So wurde er zuhause im Umgang mit Rosemarie ungenießbar. Er hatte also das Gegenteil von dem Gewünschten erreicht, konnte seiner Frau nicht ein entspannteres und wieder freudigeres Leben bieten, sondern belastete sie zusätzlich mit Übellaunigkeit und Zügen von Nihilismus.

Dies schien ja alles noch verkraftbar, denn ihre Beziehung war ja der große, alles überwölbende Halt, ihre Liebe unzerstörbar in allen Lebenssituationen. Und genau in diesem Punkt hatte sich Alexander gründlich geirrt. Ihre Streits und auch gegenseitigen Verletzungen vermehrten und verstärkten sich rasant. In seiner eigenen Befangenheit und dem Gefangensein vom Kummer über seinen großen Fehler übersah Alexander immer mehr seine geliebte Frau. Er sah nur sich und sein Dilemma.

Rosemarie wurde aktiv – erstmals hinter seinem Rücken. Sie kannte eine ältere Frau, die Erfahrungen mit Trennung und Scheidung hatte, begann mit einer Therapie und ging auf Wohnungs-suche. Gut 3 Monate nach Alexanders Arbeitsplatzwechsel stellte sie ihn vor vollendete Tatsachen und zog aus der gemeinsamen Wohnung aus. Es war Anfang Januar. Sonntags fuhren sie raus bis hinter den Ammersee: Fast war es so wie bei ihren zahllosen wunderschönen gemeinsamen Ausflügen ins bayerische Oberland. Rosemarie zeigte ihm das 1-Zimmer-Appartment mit Gartenzugang in einem entlegenen Dorf 4 Kilometer vom See entfernt. Am Montag würde sie zur

Arbeit fahren und von dort nicht mehr in die gemeinsame Wohnung, sondern eben in ihr Apartment fahren. Es sei zunächst nur eine räumliche Trennung, um etwas "Abstand" zu gewinnen. Es wurden regelmäßige Treffen vereinbart, um den Kontakt nicht abreißen zu lassen. Diese Treffen fanden auch statt(in Landsberg am Lech und Schongau). Alexander hatte vom ersten Tag an Angst, sie ganz zu verlieren. Die Vereinbarung, sich ansonsten nicht zu sehen, überforderte ihn. Zweimal fuhr er unangekündigt zu ihrem Dorf, um sie in ihrem Apartment zu besuchen. er traf sie jeweils nicht an, hinterließ aber kurze Briefe. Diesen Bruch der Vereinbarung(die ja gar keine Vereinbarung, sondern eine von Rosemarie aufgestellte Forderung war), bestrafte sie mit der endgültigen Trennung. Wenn er auf ihre Wünsche nicht eingehen könne, gebe es keine gemeinsame Basis mehr

Nun brach die Katastrophe immer mehr über Alexander herein – Crash im Arbeitsleben und Crash in seiner Beziehung, die im letzten Jahrzehnt immer mehr zu seinem kompletten Lebensinhalt geworden war.

Alexander folgte Herrn Jost in sein geräumiges Büro am Anfang des Gangs. Am runden Besprechungstisch saß auch noch Herr Willi, der ausnahmsweise eine freundliche Miene aufsetzte.

Himmel, wollen die mich nach einer Woche schon wieder rauswerfen? fragte sich Alexander. Doch dann traute er seinen Ohren kaum.

Herr Jost ergriff das Wort: "Jetzt sind Sie seit einer Woche bei uns, Herr Schreier. Schon nach der kurzen Zeit kann ich Ihnen mitteilen, dass Sie sich bereits als Integrationsfigur für unsere Anwender erwiesen haben. Sie gehen auf die Menschen zu und schaffen einfach ein gutes Klima.

Alexander reagierte mit einer Mischung aus Erstaunen und Freude:" Und ich kann Ihnen bestätigen, dass ich mich hier nach einer Woche bereits wohler fühle, als es bei meinem letzten Arbeitgeber je der Fall war." Das stimmte, aber es hatte andererseits nicht viel zu bedeuten nach den Erlebnissen bei dieser Firma. Herr Willi hielt sich wie üblich in solchen Gesprächen zurück und Herr Jost fragte: "Herr Schick, gibt es von Ihrer Seite noch irgendwelche Anregungen oder Anmerkun-

gen?". Alexander hatte es sich im Laufe der Jahre abgewöhnt, immer noch irgendetwas sagen zu "müssen". Deshalb antwortete er: "Nein, es ist alles soweit in Ordnung!" So groß seine Sorgen auch waren, nach dieser kurzen Gesprächsrunde wandelte er wie auf Wolken aus Josts Büro und zurück an seinen einsamen Arbeitsplatz.
Das war zumindest mal kein schlechter Anfang.
Alexander verbrachte den Abend zuhause.
Kurz nach 20 Uhr schellte das Telefon. Ja – das geschah recht häufig. Er fühlte sich zwar einsam, hatte aber in den zurückliegenden 14 Monaten seit der Trennung viele Bekanntschaften gemacht. Er hob ab und war sehr überrascht, als er die Stimme von Elvira vernahm. Die rothaarige Frau hatte er letztes Jahr während seines stationären Aufenthalts in der psychosomatischen Klinik kennengelernt und sich sehr in sie verliebt. Diese Bekanntschaft hatte man kaum als Beziehung bezeichnen können. Sie hatten einige Male romantische Zärtlichkeiten ausgetauscht, einen Ausflug zusammen unternommen und am Tag seiner Entlassung eine Nacht miteinander verbracht, bevor sie am nächsten Morgen nach einer der zahlreichen Zwistigkeiten auseinandergegangen waren. Danach hatten sie sich noch einmal getroffen, aber wieder überwiegend gestritten.
"Du, Alexander, schön, dass ich Dich erreiche. Wie geht´s Dir?"- "Es geht schon, Elvira, ich habe einen neuen Arbeitsplatz, der ist ganz okay." In seiner labilen, schwierigen Lebensphase neigte Alexander durchaus dazu, sich zu verströmen, anderen gefragt oder ungefragt mehr von sich mitzuteilen, als in der jeweiligen Situation angebracht war. Aber bei diesem Telefonat würde er sich eher bedeckt geben, sie hatte ja angerufen und wollte sich ihm offenbar mitteilen. Vielleicht sprang ja auch nochmal ein amouröses Erlebnis heraus, man konnte nie wissen. An so etwas wie eine Beziehung mit dieser Frau war überhaupt nicht zu denken.
Elvira fuhr fort: "Mir geht´s schlecht. Beruflich ist kein Land in Sicht. Ich habe noch keine neue Stelle gefunden." Kein Wunder, dachte Alexander. "Auch privat ist es nicht das Gelbe vom Ei. Ich komme mit Thomas nicht vernünftig zusammen." Kein Wunder, dachte Alexander. Und dann wurde er hellhörig. "Was mir heute ganz wichtig ist – ich möchte mich für mein

Verhalten letzten Sommer entschuldigen. Ich habe halt immer wieder Probleme mit mir selbst. Du weißt vielleicht noch, dass ich unter Panikattacken leide" – natürlich wusste Alexander das noch – "aber das darf keine Entschuldigung dafür sein, dass ich andere Menschen häufig mit Aggressivität, Ungerechtigkeit und Ungeduld plage." Alexander gehörte nicht zu den Menschen, die anderen nach dem Mund reden. Deshalb beschönigte er nach ihren Bekenntnissen nichts, sondern erwiderte: "Es war tatsächlich oft schwierig mit dir. Schön, dass du angerufen hast, aber es ist wohl besser, wir belassen es dabei."

Immerhin – Alexander empfand große Genugtuung. Bei allen Selbstzweifeln beharrte er doch darauf, dass es weniger an ihm lag, wenn keine tragfähige neue Bindung zustande kam. Als er Rosemarie verloren hatte, war er nun einmal hineingeplumpst ins Haifischbecken, das „Single-Markt" hieß. Hineingeplumpst bedeutete, dass man nicht mehr die Kontrolle hatte über sein Beziehungsgeflecht. Man war wie neu geboren, aber in ein Umfeld, das jegliche Normalität und Loyalität ausschloss. Man begegnete fast ausschließlich Single-Krüppeln – Menschen, die entweder nicht mehr gewillt oder gar unfähig waren, sich auf andere ernsthaft einzulassen, geschweige denn eine Lebensgemeinschaft einzugehen. Alexander hegte die feste Überzeugung, dass er überhaupt nicht auf diesen Markt passte, dass er vielmehr der Inbegriff eines Familienmenschen sei. Umso schlimmer, diese Existenz fristen zu müssen. Rosemarie hatte ihn willkürlich in dieses Haifischbecken hineingestoßen.

10

Es gab Stunden und Tage, in denen Alexander seine Lebenssituation aus einem ganz anderen Blickwinkel betrachtete. Er gelangte dann zu der Erkenntnis, dass er im Grunde ein vielschichtiges, reiches Leben führte. Man konnte es ja auch so sehen: was hatte er für Erlebnisse und persönliche Gewinne, die einem Familienvater mit Reihenhaus, Garten, Ehefrau und

Kindern versagt blieben!
So besuchte er am folgenden Abend mit Waltraud im Olympischen Dorf einen Bibelkreis.
Ja – einen Bibelkreis. Alexander war ein gläubiger Mensch. Er glaubte an das Große, das Unabwendbare, die gewaltige Dimension dessen, was zwischen Himmel und Erde geschieht und was die Menschen nur bedingt beeinflussen können. Zur Kirche und ihren Institutionen und damit zu ihren „Lehrwerken" und Schriften, also auch zur Bibel, hatte er eine skeptische Einstellung. Demnach musste ein Bibelabend für ihn eigentlich ein Unding darstellen. Aber hier kam ihm seine Fähigkeit, sich allen Dingen, Ereignissen und Personen, die ihm begegneten, vorbehaltlos zu öffnen, zugute. Die Ruhe, Sorgfalt und Klugheit, die in diesem Kreise teils hochgebildeter, teils einfach und spontan veranlagter Menschen herrschte, tat ihm gut und bereicherte ihn. Wenn er in seinem täglichen Leben die Bibel aufschlug(was sehr selten geschah), um beliebige Verse zu lesen und ihren Sinn in sich aufzunehmen, blieb er stets auf der Strecke, fand einfach keinen Zugang und keine Essenz, die eine Wirkung auf sein Leben hätte ausüben können. In diesem Kreis der Eingeweihten erschlossen sich ihm die ausgewählten Passagen der Bibel in einer neuen Dimension. Dabei profitierte er von der Tatsache, dass er sich seit den beglückenden Latein-Lektionen auf der Schule immer gern mit Sprache, Formulierungen und Interpretationen von Texten auseinandergesetzt hatte.

Den Bibelkreis besuchte er einige Male und stets ging er gefestigt und besänftigt wieder nach Hause.

An diesem Donnerstagabend stand ein weiteres kleines Abenteuer auf dem Programm. Am letzten Wochenende hatte er in der Abendzeitung eine Bekanntschaftsanzeige geschaltet. Das tat er nicht in verbissener Regelmäßigkeit(dazu hatte er seit der Trennung von Rosemarie bereits viel zu viel erlebt), aber doch in Abständen von etwa sechs oder acht Monaten. Diesmal hatte er einen viel versprechenden Antwortbrief von einer Frau namens Hildegard erhalten. Er rief sie an und führte mit ihr ein etwa 20-minütiges, sehr angeregtes Telefonat. Einer Verabredung stand dann nichts im Wege. Sie einigten sich auf den nächsten Sonntagabend.

Freitag – das bedeutete einige Male im Jahr Treffen mit Peter. Peter war ein selbstständiger Bild-hauer, der bereits zwei Scheidungen hinter sich und schwere seelische Wunden davongetragen hatte. Er war 13 Jahre älter als Alexander und eine faszinierende Persönlichkeit. Seine Wohnung war ganz in Schwarz gehalten und entsprach damit seiner Seelenverfassung. Da er einige Motorräder besaß(und Alexander auch ohne Führerschein der Klasse 1 manchmal fahren ließ), war er in seiner Lederkluft auch meist schwarz gekleidet. Peter hatte nicht mehr viele Haare auf dem Kopf, aber sein Gesicht war von einem blonden Vollbart eingerahmt. Er war voller Träume und Visionen, war Genießer, Künstler(mit niemandem sonst hatte Alexander je Karaokeauftritte produziert, und sei es auch nur in der eigenen Wohnung unter Ausschluss der Öffentlichkeit), Zyniker und Nihilist. Seine Miene spiegelte eine Mischung aus Verbitterung, Energie und wütender Resignation.

Alexander hatte Peter im letzten Jahr über die „Börse für Aktive" kennengelernt. Mit großer Energie hatte er den kompletten Neuaufbau seines Privatlebens vorangetrieben und dabei einen kleinen, aber durchaus feinen Freundeskreis gewonnen.

An diesem Freitag genossen sie wieder einen klassischen Herrenabend. Zunächst aßen sie beim nahe gelegenen Griechen, der eine attraktive Mischung aus angenehmem Ambiente, gepflegten Speisen in großen Portionen und angemessenen Preisen bot. Danach saßen sie noch bei Alexander zusammen, machten Karaoke mit Songs von Michael Bolton(Peters Lieblingsinterpret) und Roy Orbison, sprachen über Gott und die Welt und noch mehr über die Frauen, vor allem über die Verflossenen. Das brachte sie nicht wirklich weiter. Doch bedeuteten diese Treffen mehr – sie bildeten eine Bastion gegen die bösen gnadenlosen Frauen und ein wenig gegen die harte, gefühlskalte Welt da draußen. Welchem Menschen würde es anders ergehen: Einigkeit macht stark!

Alexanders spannendes Leben legte keine Pause ein. Bevor er am Sonntagabend Hildegard treffen wollte, unternahm er am Samstag und Sonntag eine Wochenendreise mit Waltraud. Sie fuhren Richtung Osten. In Mühldorf am Inn schlenderten sie durch die sehenswerte Innenstadt, bewunderten den Inn-

Salzach-Stil in der Architektur mit den typischen abgeflachten Dachgiebeln.

Es ging weiter nach Burghausen, faszinierend oberhalb der Salzach gelegen mit der größten Burganlage Deutschlands und angeblich sogar Europas. Der Grenzübergang nach Österreich befand sich mitten auf der Salzach. Die Fahrt führte weiter durch ruhige, hügelige Landschaft in Oberösterreich. Bei Oberzell überquerten sie mit der Autofähre die Donau. Am Spätnachmittag erreichten sie – wieder in Deutschland - die berühmte Drei-Flüsse-Stadt Passau und stiegen ab im angenehmen Hotel König mit Blick auf die Donau.

Das Wetter war wunderschön – sonnig und für Anfang März recht mild. Waltraud wurde nach ihrer Ankunft von den obligatorischen Kopfschmerzen geplagt. So unternahm Alexander einen ersten Rundgang. Das geschlossene Stadtbild mit Gassen, Laternen und Allgegenwart der Geistlichkeit erinnerte ihn an den Stadtkern seines Studienortes Würzburg.

Er sinnierte. Waltrauds Begleitung auf dieser Reise tat einfach gut. Fast lebten sie schon wie ein Paar. Schade, dass sie als Lebensgefährtin nicht in Frage kam. Angesichts ihrer gesundheitlichen Einschränkung und verminderten Leistungsfähigkeit in vielen Situationen würde sie Alexander in kürzester Zeit zum Nervenzusammenbruch führen. Was hatte er an Unregelmäßigkeiten durchzustehen, wenn sie verabredet waren oder eine gemeinsame Unternehmung planten! Zudem war sie als Frau indiskutabel für ihn mit ihrem Aussehen und ihrem Gebaren. In großer Not war er einige Male mit ihr intim gewesen(wie hatte das geschehen können?) und hatte deshalb falsche Hoffnungen bei ihr geweckt. Eigentlich hätte er ein schlechtes Gewissen haben müssen, wenn er mit ihr zusammen war. Er konnte ihr beim besten Willen nicht geben, was sie sich von ihm erwünschte oder erträumte. Oder war es doch in Ordnung? Sie konnten kein Liebespaar sein, aber sie gaben sich gegenseitig Gesellschaft und – mehr noch – die Vertrautheit des Umgangs, die bei Paaren anzutreffen ist, befreit von den erfüllten oder eben nicht erfüllten Erwartungen, die permanent auf einer Liebesbeziehung lasten. Nein – das war schon richtig so. Schließlich gab er ihr vermutlich mehr als jeder andere Mann bisher. Waltraud hatte wohl viele kurzfristige sexuelle

Beziehungen gehabt, aber nie eine Partnerschaft aufbauen können, weil sie den Männern weder ein interessantes Äußeres noch eine tatkräftige und verlässliche Lebensbegleitung bieten konnte.

Abends – Waltraud hatte sich regeneriert – unternahmen sie einen gemeinsamen Stadtrundgang. In einer heruntergekommenen Brauereigaststätte nahmen sie ein lieblos zubereitetes Abendessen ein: Das Bier vom Fass konnten sie immerhin genießen.

Am nächsten Tag besuchten sie kurz einen Gottesdienst im Passauer Dom; dieser beherbergte laut Reiseführer die größte Orgel der Welt. Anschließend stiegen sie auf zur Veste Oberhaus und bewunderten den Zusammenfluss von Donau, Inn und Ilz. Kurz vor Mittag traten sie die Rückfahrt an. Die Strecke führte durch sanft hügelige niederbayerische Landschaft. In der Kreisstadt Pfarrkirchen wurden ihnen zum Mittagessen beim „Kirchenwirt" riesige Portionen vorgesetzt. Bereits am mittleren Nachmittag hatten sie Alexanders Wohnung im Münchner Vorort erreicht.

Wie immer nach Reisen – und seien sie noch so kurz – überfiel Alexander ein Gefühl der Mattigkeit und Ernüchterung. Dieses schlug aber bald um in eine aufgeregte Nervosität, denn heute Abend stand ihm ja ein Treffen bevor, das – gemessen an dem anregenden Telefonat – spannend werden konnte. Wieder spürte er kurz das schlechte Gewissen, als er Waltraud nach Hause brachte, um unmittelbar im Anschluss eine andere Frau zu treffen, und zwar mit der Absicht, gegebenenfalls mit ihr eine Beziehung einzugehen. Er hatte Waltraud von bevorstehenden Treffen erzählt. Sie war es ihm wert, dass er keine Geheimnisse vor ihr hatte. Und doch konnte es natürlich sein, dass er sie mit diesem Hinweis wieder verletzt hatte. Andererseits – zu sensibel durfte er auch nicht sein, er würde sich sonst ja selbst zerstören. Die Dinge lagen nun mal so, dass er die Beziehung zu Waltraud nicht vertiefen konnte.

Er traf Hildegard am Rotkreuzplatz – eine feine Gegend im Stadtgebiet und einer der von ihm am meisten geschätzten Treffpunkte. Hildegard hatte kurze blonde Haare und war etwas kleiner als Alexander, passte also in dieser Hinsicht ideal zu ihm. Soweit sich das bei der noch winterlichen Kleidung –

sie trug einen kurzen Wollmantel, darunter Jeans - beurteilen ließ, hatte sie eine schlanke Figur.
Sie spazierten ein paar hundert Meter zur Szenegaststätte „Ysenegger". Wegen ihrer noch sehr frischen Bekanntschaft wechselten sie dabei nur einige Allgemeinplätze.

11

Sie fanden einen guten Platz in einer der hinteren Ecken des Lokals und setzten sich „über die Ecke", wie man es bei einer Kontaktaufnahme oder Kontaktintensivierung tun soll. Nun wurde der Kontakt rasch intensiver. Sie saßen nah beieinander. Es ging nicht mehr anders, jeder musste den anderen aufmerksam betrachten. Auffallend für Alexander war ihr intensiver, fast verzehrender oder gar verschlingender Blickkontakt. War sie total ausgehungert nach Männern? Oder fand sie ihn sofort umwerfend und anziehend? Oder war sie irgendwie nicht ganz normal und von Dämonen besessen?

Das konnte Alexander natürlich noch nicht schlüssig beurteilen. Nur so viel war schnell klar: das würde keiner der vielen lauwarmen Kontakte. Hier braute sich etwas zusammen. Vielleicht eine neue Lebenspartnerschaft, vielleicht eine heiße sexuelle Beziehung, vielleicht ein irgendwie gearteter wilder Kampf. Hildegard hatte schöne, fein geschwungene Lippen in einem gereiften Gesicht(bald stellte sich heraus, dass sie im gleichen Jahr wie Alexander geboren war, nur einige Monate früher, und in wenigen Monaten ihrem 40. Geburtstag entgegensah). Ihre grünen Augen ruhten mit einer Intensität auf ihm, wie er sie noch nie – ja noch nie – bei einer Frau erlebt hatte. In einer gewissen Art machte dieser Blick sogar Angst. Die Unterhaltung verlief offen bis provokativ, dabei erfuhren sie auch viel voneinander. So stellte sich heraus, dass Hildegard als mobile Krankenschwester arbeitete und häufig bis in den späten Abend Dienst hatte – ein nicht gerade beziehungsfördernder Tatbestand. Noch stärker berührte ihn die Tatsache, dass sie aus dem Sauerland stammte und Klassenkameradin war von einer Frau, die Alexander in den letzten Monaten auch mehrmals getroffen hatte und mit der sogar ein Ski-Wochenende in Österreich verbracht hatte. (Unglaublich: da keine Einzelzimmer verfügbar waren, übernachteten sie gemeinsam in einem Doppelzimmer, ohne dass irgendetwas passiert war; das war eine jener vielen lauwarmen Bekanntschaften). So klein war die Welt in dieser riesigen Stadt.

Bei allen Informationen, die sie austauschten war aber das Gespräch nicht der wesentliche Bestandteil dieser Begegnung. Es lag etwas Magisches, vielleicht Diabolisches zwischen ihnen. Schon nach wenigen Minuten konnte Alexander sich vorstellen, mit dieser Frau zu schlafen(vermutlich sah es bei ihr nicht anders aus).

Der Gedanke an eine gemeinsame Zukunft fand in seinem Kopf nicht statt. Das war seltsam. In den meisten Fällen dachte er an den Aufbau der großen glücklichen Beziehung. Wie oft hatte er es dabei schon versäumt, im rechten Augenblick einfach zuzupacken! Nach zwei Stunden waren sie sich einig, dass man diesen ersten Abend nun ausklingen lassen solle, aber ebenso einig, dass man sich wiedersehen wolle.

Als sie sich am Rotkreuzplatz mit einem kurzen festen Händedruck verabschiedeten, bohrten sich Hildegards grüne Augen noch einmal mit Atem beraubender Intensität in Alexander hinein, so dass ihm Hören und Sehen verging. Auf der Heimfahrt und auch später in seiner Wohnung klang diese Begegnung heftig nach. Nein- mit Verliebtheit hatte das nichts zu tun. Doch gab es keinen Zweifel – Hildegard und er würden Einiges miteinander austragen, was auch immer das sein mochte…

12

Die neue Arbeitswoche bescherte Alexander wieder Veränderungen und die in seiner labilen Gesamtsituation willkommenen Abwechslungen.

In der Einarbeitungsphase stand für ihn eine Woche Aufenthalt in Nürnberg auf dem Programm. Dort sollte er in intensiver Zusammenarbeit mit dem EDV-Verantwortlichen der Filiale Nürnberg weiter auf seine Aufgabe vorbereitet werden.

Herr Lenz befand sich etwa in Alexanders Alter. Er war mittelgroß, recht unscheinbar und in seiner Art friedlich und umgänglich. Er stammte aus Köln und nahm seinen Job in der modernen Filiale im Nürnberger Hafen sehr ernst. Angesichts dieses linientreuen Mitarbeiters keimten in Alexander wieder Zweifel auf, ob er in seiner schwierigen Lebenssituation der Richtige sei für die breit gefächer-te und komplexe Aufgabe. Würde er die passende Einstellung mitbringen können, um nach allem, was er verloren hatte, einen Neuaufbau zu starten – zu einem deutlich geringeren Gehalt als bisher und auch vom fachlichen Anspruchsniveau unterhalb der Arbeit bei seinem „Traum-Arbeitgeber" in München, den er letztlich in eigener Entscheidung, die sich längst als falsch erwiesen hatte, verließ? Mit Rosemarie waren Liebe, Hoffnung, Glaube, Freude und Selbstbewusstsein aus seinem Leben verschwunden.

Nach Dienstschluss gingen sie in einem zentral gelegenen Steakhaus zusammen essen. Auch das gehörte zum Einarbeitungsprogramm. Später würden sie über ihre beiden Zweigstellen kooperieren und sich in Einzelfällen auch gegenseitig vertreten müssen. Es war ein unbedeutender Abend. Auch das Umfeld der Nürnberger Altstadt konnte ihm in Alexanders Augen keine Würze verleihen. Auf dem gemeinsamen Rundgang wurden ihm natürlich die imposanten Gemäuer der berühmten Burg ebenso gezeigt wie die zahllosen altersgebeugten geschichtsträchtigen Patrizierhäuser.

Indes hatte sich Alexander auch bei früheren Besuchen nie zu Nürnberg hingezogen gefühlt.

Die Mentalität in Mittelfranken und der überladene Lebkuchencharakter der Altstadt sprachen ihn einfach nicht an. Wie attraktiv war dagegen München mit seiner offenen, geradlinigen Ausdehnung und seiner Lebensphilosophie des „Leben und leben lassen"! Auch Würzburg als fränkisches Gegenstück hatte ihm stets weit mehr imponiert mit barocker Pracht und intellektuell-bodenständigem Wohlleben. An diesem kalten Märzabend kam auch noch ein lästiges Schneetreiben hinzu, dass die letzte Freude an einem historischen Stadtrundgang verscheuchte.

Am späten Abend stieg Alexander im „Südwestpark-Hotel" ab. Es lag im Südwestpark, einem ausgedehnten, gesichtslosen

Gewerbegebiet in der Nähe des Norisrings. Das Hotel war noch nicht ganz fertiggestellt. Irgendwann einmal würde es wohl hohen Komfort anbieten. Noch aber roch es überall nach Farbe und verkörperte ein Muster an Sterilität ohne jegliche Atmosphäre. Alexander war froh, sein großes Zimmer beziehen zu können und schlief bald ein.

Zwei Tage später verbrachte Alexander mit Herrn Lenz einen produktiven Arbeitstag. Er lernte neue Abteilungen, neue Namen, neue Zusammenhänge, neue Prozeduren in den Programmen und Konventionen kennen. Das Schlimme: Sein Kopf fühlte sich müde und leer an. Alexander war ausgepowert von diesem aufwühlenden Leben. Veränderung und neue Eindrücke bereicherten ein Leben, er selbst hatte diese Veränderungen ja immer herbeigeführt. Und nun wurde er von ihnen überrollt. Dabei plagte ihn das schwelende Gefühl, dass Emotionen und Antrieb erloschen waren.

Am Abend desselben Tages wurden diese Gefühle dann wieder komplett auf den Kopf gestellt.

Mit Waltraud hatte er sich am Nürnberger Hauptbahnhof verabredet. Schnell fand er sie in der Menge aus hastenden und suchenden Menschen.

Die Begrüßung war wie immer zwischen ihnen, freundlich und ein bisschen befangen: „Hallo Waltraud, wie war die Fahrt?".- „Na ja, nicht so toll bei den Schneeschauern. Aber ich freu´ mich, dass wir uns hier treffen." Sie verhielten sich beinahe wie ein altes Ehepaar. Für Alexander war das gut so, es gab ihm wenigstens etwas Halt ohne den Druck, eine Liebesbeziehung aufbauen zu bauen. Für Waltraud sah es bekanntermaßen ganz anders aus. Sie wäre gern „Richtig" zusammen gewesen mit Alexander, hatte sich aber auch längst mit der Situation arrangiert und war sicher auch froh, dass diese besondere Beziehung existierte. „Du, da vorne kommt ja schon Annemarie. Hoffentlich hat sie mich schon erkannt." Aus der Menschentraube löste sich urplötzlich eine Frau in dunkelblauem Ledermantel. „Hallo Waltraud, toll, dass es heute geklappt hat." Sie umarmte Waltraud kurz und heftig, wie man es bei Frauen häufig sieht. Waltraud wandte sich dann Alexander zu: "Darf ich vorstellen, das ist Alexander. Alexander, das ist Annemarie." Alexander sah die Frau und war schlagartig wie betäubt. Er schaute in rehbraune Augen und fing einen ungeheuer lebhaften, fast unsteten Blick auf. Annemarie war recht klein, unter ihrem Ledermantel zeichnete sich eine sehr weibliche Figur ab. Sie sprach schnell, in einer Mischung aus fränkischem und vielleicht oberpfälzischem Dialekt. Waltraud stellte sie vor als Inhaberin einer kleinen Modeboutique. Entsprechend chic und geschmackvoll wirkte ihre ganze Erscheinung. Das halblange mittelbraune Harr umspielte ein hübsches Gesicht mit dunklem Teint und vollen Lippen.

„Waltraud, ich find' es toll, dich wiederzusehen", sagte dabei einen raschen Seitenblick auf Alexander. „Aber du verstehst sicher, ich habe nicht viel Zeit. Unmittelbar nach Ladenschließung bin ich reingefahren nach Nürnberg, und zu spät darf ich auch nicht heimkommen, du weißt schon, mein Mann.." - Zumindest Alexander wusste in diesem Augenblick noch nicht, was los war mit ihrem Mann. Der Zeitpunkt war auch viel zu früh, um eine entsprechende Frage zu stellen. Vielleicht wusste Waltraud mehr und würde ihm später davon berichten. Nun war aber eine Lösung angesagt. Alexander schlug vor: „Dann lass' uns doch in das Café gehen, das ich hinter dem Bahnhof gesehen habe. Ich hab' dort auf eine kleine Speisenkarte geschaut, wir können also auch unseren Bärenhunger – soweit vorhanden – stillen." Dabei warf er einen ebenso fragenden wie herausfordernden Blick auf Annemarie. Sie warf den Kopf in der für sie typischen Art – das hatte Alexander bereits in den wenigen Minuten ihrer Bekanntschaft festgestellt – zur rechten Seite und versuchte kurz zu prüfen, ob Alexander das ernst meinte mit dem Bärenhunger oder ob er sie nur provozieren wollte. An ihrer Stelle antwortete Waltraud, die Alexander kaum noch beachtet hatte: „Das ist doch eine gute Idee, ich habe auch Hunger."

Gesagt, getan. Sie betraten das geräumige Café, das zu dieser frühen Abendstunde gut gefüllt war von Menschen jeglichen Alters und offenbar jeglicher Herkunft und nahmen an einem runden Tisch Platz, so dass alle drei jederzeit Blickkontakt hatten. Waltraud begann die Konversation mit dem unerheblichen, ja langweiligen Smalltalk, den Alexander so gut kannte und irgendwie auch schätzte, weil er nicht genau zuhören musste und für einen gewissen Zeitraum vor der Einsamkeit bewahrt wurde.

„Ein nettes Café", plauderte sie vor sich hin. „Und so sauber ist es hier drin." Alexander passte diese Berieselung wieder mal gut ins Konzept, so konnte er mit klopfendem Herzen Annemarie beobachten, vielleicht sogar ohne dass diese es merkte. Waltraud plapperte weiter. „…das siehst du doch sicher auch so, Alexander." Alexander war schockiert. Plötzlich war er in das Gespräch – oder besser Waltrauds Monolog – einbezogen worden und musste seine heimlichen prickelnden Beobachtungen abbrechen. „Könntest Du das bitte wiederholen, ich habe dich akustisch nicht verstanden."-„Dir würde es doch sicher auch gefallen, wenn Annemarie uns in München mal besucht."- Alexanders Aufregung nahm spürbar zu, das waren ja konkrete Perspektiven. Diese Frau zu Besuch in München, bei ihm…Waltraud müsste man dann irgendwie ausbooten, wie er es gewohnt war und wie es auch schäbig war. Aber Waltraud war die einzige Frau, bei der er ein schwelend schlechtes Gewissen hatte. Natürlich durfte er sich nicht anmerken lassen, wie sehr ihn diese Idee elektrisierte. Zunächst schaute er wieder Annemarie an, nun durfte er es ja ganz offen tun.

Ihre wunderschönen vollen geschwungenen Lippen bewegten sich unruhig, schienen fast zu zucken. War sie tatsächlich so gespannt auf seine Antwort? Oder war es wieder nur ihre große Nervosität und Unruhe? Es sollte kühl und emotionslos klingen, als Alexander antwortete: "Klar, das wäre prima." Dabei schaute er eher Waltraud als Annemarie an. Er war zu gespannt auf Annemaries Reaktion, um den offenen Blickkontakt zu riskieren. Dann hörte er sie sagen: "Klar, ich komme gern mal nach München!"-Gesagt ist es leicht, getan nicht so einfach, dachte Alexander. Sie saßen noch eine Viertelstunde zusammen; an die Gesprächsinhalte konnte er sich später nicht mehr erinnern. Nur so viel wusste er: sie hatten sich – natürlich zu dritt – für den nächsten Nachmittag wieder verabredet.

Später auf dem Hotelzimmer durchführ es Alexander mit voller Wucht: Annemarie erinnerte ihn stark an Rosemarie. Ja, das war es! Alles an ihr ließ das Bild seiner Noch-Ehefrau wieder vor ihm aufleben – das Mädchenhafte, die Spontaneität, das quirlige Verhalten, die dunklen Haare, die vollen Lippen, die

geringe Körpergröße(Alexander hasste große Frauen, vielleicht weil er auch nicht sehr hochgewachsen war), der sportlich-pfiffige Modestil. Sogar der fränkische Dialekt weckte in ihm die Assoziationen. Das Faszinierende: trotzdem empfand er Annemarie nicht etwa als Kopie oder gar schlechten Abklatsch der von ihm immer noch bewunderten und geliebten Rosemarie. Nein, trotz dieser Vergleichbarkeit sah er sie als andere, wahnsinnig interessante, weibliche Person.
Als er sich ins Bett begab, spürte er, wie die Stirn brannte und das Herz klopfte. Mit Ende Dreißig nahm er solche Symptome mit einer Mischung aus Beklommenheit und Dankbarkeit wahr. Er war tatsächlich noch so vital, dass er ein kolossales Beben an sich wahrnehmen konnte. Schon bald wurde sein vibrierender Körper vom Schlaf übermannt.
Am Freitagmorgen weckte ihn ein hüpfendes Gefühl der Vorfreude. Heute würde er Annemarie wiedersehen. Durch das große Fenster seines Hotelzimmers warf er den ersten Blick auf den neuen Tag. Die Morgendämmerung war noch nicht heraufgezogen. Ein feines Rauschen verriet ihm aber, dass es regnete. Dann lass´ es halt regnen; dieser Tag würde noch genug – hoffentlich positive – Aufregung bringen. Und wenn er es genau überlegte, liebte Alexander das Geräusch des Regens und in manchen Situationen auch den Regen selbst.
Der Arbeitstag bescherte ihm die inzwischen vertraute Zusammenarbeit mit dem umgänglichen Kollegen Lenz. Bedrückend: Alexander spürte, dass sein Kopf nicht mehr uneingeschränkt aufnahme-fähig war. Kein Wunder, die vielen Veränderungen, ja Umorientierungen seines Lebens hatten ihn ausgelaugt. Im beruflichen Umfeld musste eine solche Erkenntnis zutiefst beunruhigen; seine Leistungsfähigkeit war offenbar nicht mehr mit normalen Maßstäben zu messen. Wie sollte er sich unter diesen Umständen mittelfristig behaupten können?
Immerhin schlug sein Herz im Verlauf des Vormittags immer höher und am frühen Nachmittag war es dann somit. In der Nürnberger Fußgängerzone traf er sich mit Waltraud. Sie gingen nur ein paar Schritte und standen vor einem Laden mit heller Fassade und großen Schaufenstern. Beim Eintreten sah er SIE. Annemarie war die einzige andere Person im Laden. Sie stand hinter einem mittelhohen runden Tisch und blinzelte

ihren beiden Besuchern zu. Annemarie trug einen weißen figurbetonten Pullover und eine anthrazitfarbene eng geschnittene Stoffhose. Aus Alexanders Herzklopfen wurde ein Herzstolpern. Annemarie begrüßte zunächst Waltraud und dann Alexander jeweils mit einem kurzen festen Händedruck. Sie schaute Alexander ganz kurz in die Augen. Das Kurze, Flackernde war offenbar typisch für diese nervöse Frau, die eine so lebendige Ausstrahlung hatte und doch immer getrieben und nervös wirkte. Alexander warf einen geübten und hoffentlich unauffälligen Blick auf die maßvollen und dabei perfekten Formen, die sich unter dem Pullover und der ebenfalls eng geschnittenen Hose abzeichneten. Während Waltraud und Annemarie sich noch in für Frauen typischen Begrüßungsfloskeln ergingen, huschte sein nächster kurzer Blick durch den bemerkenswert großen und fast quadratischen Raum. Die Wände waren in warmen leicht bräunlichen Pastelltönen gestrichen. Annemaries Sortiment umfasste offenbar zum größten Teil Damenmode, ein Teil des Sortiments wandte sich an Kinder bis etwa 12 Jahre. Ihm fiel auf, dass äußerst geschmackvolle und vermutlich auch teure Ware den Ton angab. Annemarie unterbrach ihn in seinen Beobachtungen. "Darf ich euch ein zur Feier des Tages Glas Piccolo anbieten und ein auch ein paar Süßigkeiten?"

Annemarie öffnete eine Flasche Veuve Cliquot. Ihr Qualitätsbewusstsein erstreckte sich auch auf die Bewirtung von Gästen. Dann füllte sie drei kleine Sektgläser und stellte eine Schale mit gemischtem Teegebäck auf den Tisch.

Um wenigstens etwas Gelassenheit zu finden, griff Alexander umgehend zu und verschlang mehrere der leckeren Plätzchen auf einmal. Da das unwichtige Gespräch der beiden Frauen mittlerweile zum Erliegen gekommen war, wandte er sich nun Annemarie zu. Glücklicherweise beherrschte Alexander den Smalltalk, so fragte er Annemarie leichthin: "Wie läuft das Geschäft denn so in einer dermaßen guten Lage?" Annemarie wandte sich ihm nun ganz zu und errötete leicht. War Alexander zu undiplomatisch gewesen? War er mit der Tür ins Haus gefallen? Verunsichert, fast Hilfe erheischend starrte er sie an und wartete auf eine Antwort. Annemarie wandte nur eine Sekunde den Blick ab(das war untypisch für sie; bisher hatte Alexander mehrfach erlebt, dass ihre Augen ständig umherwanderten), dann schaute sie ihn mit ihren dunklen Augen an und erwiderte: "Außer im Spätwinter läuft's ganz gut." Es war die übliche Antwort von Kaufleuten, sie besagte Alles und Nichts. Wer wollte sich schon in die Karten schauen lassen? Die Andeutung mit dem Spätwinter sollte wohl erklären, warum an diesem März-Nachmittag seit einer Viertelstunde noch kein Kunde den Laden betreten hatte. Einen Augenblick fühlte sich Alexander tölpelhaft, da kam ihm Annemarie unverhofft zu Hilfe und fügte hinzu: "Weißt du, am wichtigsten ist für mich der Spaß, den ich in diesem Laden täglich empfinde. Wenn eine modebewusste oder elegante Frau hereinkommt, weil sie sich durch die Schaufensterdekoration angesprochen fühlt, dann ist das schon ein tolles Gefühl. Wenn sie sich von mir in Sachen Mode beraten lässt, ist es ein noch tolleres Gefühl. Und wenn wir gemeinsam ein für sie passendes Teil gefunden haben, dann macht mich das glücklich. Von diesem Tag an wird sich ihr Äußeres verändern, sie geht anders auf ihre Umwelt zu, ihr Wohlbefinden steigert sich, und ich habe dazu beigetragen." Das war eine für ihre Verhältnisse gewaltige Rede.

Annemarie war keine gebildete Frau – wenn Alexander richtig informiert war, verfügte sie "nur" über einen Hauptschulabschluss. Was sie ausstrahlte, war Herzensbildung und eine entwaffnende Geradlinigkeit. In die kleine Ansprache hatte sie ihre ganze Emotion, ja Leidenschaft gelegt. Wie musste sich ihre Leidenschaft als Frau anfühlen? Alexander stellte sich – ganz untypisch für einen Mann – in diesem Augenblick nicht etwa Sex vor, sondern tiefe Zärtlichkeit. Das hatte wohl etwas mit wahrer Verliebtheit zu sein – nach so kurzer Zeit des Kennens. Fast war es Liebe auf den ersten Blick.

Die Glut des Augenblicks erfasste ihn. Er schaute sie einfach nur an. Es kam ihm wie eine Ewigkeit vor, bis er antwortete: "Das fasziniert mich total. Solches Glück zu finden und zu empfinden bei der Arbeit, die man macht...Davon träume ich ständig, doch bisher ist es mir versagt geblieben." Nun war ihm etwas herausgerutscht, das war fast zu vertraulich, zumal es einen traurigen, unerfüllten Bereich seines Lebens offenlegte. Alexander verfluchte sich innerlich für diesen Hang zur Melancholie, der ihn immer schon geprägt hatte und bei der Kontaktaufnahme mit von ihm begehrten Frauen besonders stark durchdrang. Irgendwie hatte er immer geglaubt, Sentimentalität und Gefühlsintensität ziehe Frauen an. Dabei war er inzwischen vom Gegenteil überzeugt. Frauen suchten einen starken und, wenn es sein musste, groben Mann, an den sie sich anlehnen können und der ihnen zeigt, wo es langgeht.

Annemarie neigte leicht den Kopf, schaute ihn versonnen – vielleicht auch ein wenig verliebt – an und flüsterte fast: "Das ist wahnsinnig schade." Und nach einem weiteren leichten Erröten und Neigen des Kopfes fügte sie hinzu: "Wie wäre es, wenn du mal ganz behutsam in dich hineinhörst, mal darauf achtest, was dein Inneres dir rät?" Alexander war wie vom Schlag getroffen. Die Welt um ihn löste sich auf. Waltraud war zwar noch körperlich anwesend, aber für ihn nicht mehr existent. Wie sehr hatte sich Annemarie bereits auf ihn und das, was ihn beschäftigte und besorgte, eingelassen. Sie hatte mitten in sein Herz geschaut und ihn endgültig für sich gefangen genommen.

Betroffen starrte er sie an. Er spürte auch in sich ein Erröten aufsteigen, er fühlte sich ertappt, aber vor allem wahrgenommen und allein dadurch geliebt. Mühsam brachte er kontrollierte Sätze hervor: "Wenn es nach mir gegangen wäre, hätte ich einen ganz anderen Weg eingeschlagen. Ich wollte Gymnasiallehrer für Latein, Französisch und Erdkunde werden. Aber meine Eltern waren anderer Meinung und bestanden darauf, dass ich eine kaufmännische Ausbildung mache. Toll fände ich auch einen Job in der Reisebranche, Reisen macht mir unheimlich viel Spaß."

Immer mehr schüttete er sein Herz vor ihr aus, und immer weniger schämte er sich seiner offenen Schleusen. Er fühlte sich warm umfangen und verstanden. Annemarie musste offenbar das Gehörte verdauen, sie schlug die Augen nieder. Plötzlich richtete sie ihren unverfälschten wahrhaftigen Blick wieder auf Alexander. "Gibst du eigentlich deinen Eltern eine Schuld dafür, wie es gelaufen ist?" Immer mehr nahm sie ihn gefangen und brachte ihn dabei ins Wanken. Die Nähe zwischen ihnen in diesen Augenblicken war unermesslich und grenzenlos. Ja, diese Nähe **war** größer, als wenn er sie mit seinen Armen umschlungen hätte. Und doch wünschte er sich jetzt genau dies. Er spürte, wie sich auch seine sexuellen Antennen regten. Ob es sich bei ihr genauso verhielt? Bei einer Frau doch nicht? Oder vielleicht doch? Aber nun musste er eine vernünftige Antwort liefern. "Nein – Schuld wäre das falsche Wort. Es lag ja auch an mir, dass ich in der Phase, als Entscheidungen zu treffen waren, keine klare Vorstellung von meinem beruflichen Werdegang hatte. Im Grunde hatte ich überhaupt keine Vorstellung. Wie sollte ich da jemandem Schuld geben? Es wäre halt schön gewesen, wenn meine Eltern – vor allem mein Vater – sich ein bisschen mit mir beschäftigt hätten. Mit meiner Orientierungslosigkeit, aber auch mit meinen Talenten und Neigungen. So hätten sie mir einen Schubs in die richtige Richtung geben können." Alexander ertappte sich dabei, dass es nun zu viel wurde. Sie standen in Annemaries tollem Laden und sprachen seit Minuten darüber, warum Alexander beruflich die falschen Wege eingeschlagen hatte. Annemarie fixierte ihn immer noch fasziniert und vielleicht auch betört.

Trotzdem oder gerade deshalb wechselte Alexander nun die Rollen. "Reden wir doch lieber von dir, du hast offenbar auf das richtige Pferd gesetzt. Wie ist es denn dazu gekommen?"- Nun antwortete Annemarie spontan: "Auf der Schule war ich nicht besonders gut, vor allem in Mathe nicht." Ihre flinken Augen flogen durch den Laden, sie streiften Waltraud und Alexander nur für Sekunden. "Schon als kleines Mädchen hatte ich einen Blick für schicke Klamotten. Ich fand es furchtbar, wie die meisten Frauen und Mädchen bei uns auf dem Land herumliefen. Mein Vater war Vertreter für Damen-Oberbekleidung. So entstand schon als Teenager der Wunsch, einen Laden mit Klamotten zu eröffnen." Alexander schaute ihr zu, wie sie in Begeisterung geriet und unterbrach sie: "Beneidenswert, wenn man so früh weiß, was man will."-"Stell dir das aber nicht zu einfach vor. Es war ein langer harter Weg, bis ich das Geld beisammen hatte und einen geeigneten Standort fand."
Es wurde Zeit, Waltraud in das Gespräch einzubinden. Aber auch im weiteren Verlauf des Gesprächs flogen verliebte, zumindest aber verwirrende Blicke zwischen Annemarie und Alexander hin und her.

Als sie nach einer guten Stunde den Laden verließen, unterbrochen durch zwei kurze Kundenbesuche, hatte sich die Welt für Alexander verändert. Er war verliebt, richtig verliebt. Und das Schöne an dieser Liebe: er brauchte nicht wirklich um sie zu kämpfen, es konnte ja keine Erfüllung geben, da Annemarie in einer langjährigen Ehe lebte. Aber konnte es wirklich keine Erfüllung geben? Auch Rosemarie hatte ihren Ehepartner nach 12 Jahren verlassen, um mit Alexander ein neues Leben aufzubauen.

Am späten Nachmittag fuhr er mit Waltraud nach München zurück.

Nach einer Woche dienstlicher Abwesenheit genoss er es sogar, wieder in seiner(für einen Single zu großen) Wohnung zu sein. Er führte einige Telefonate mit Freunden, bei denen er nicht sicher war, ob er sie schon als solche bezeichnen konnte. Sein Beziehungsgeflecht war nach der Trennung von Rosemarie noch sehr labil, und das belastete ihn sehr. Der Abend war schon weit fortgeschritten, als das Telefon erneut klingelte. Da Alexander kein Telefon mit Rufnummernanzeige besaß, stellte jeder Anrufer eine Überraschung für ihn dar.

Am anderen Ende der Leitung hörte er Hildegards helle Stimme. Alexander mochte helle Stimmen bei Frauen. "Hallo Alexander, wie geht´s?"-"Es geht so, wie ich dir – glaube ich – schon mal erzählt habe, war ich eine Woche beruflich in Nürnberg. Es lief mittelprächtig." In diesem Telefonat gab sich Hildegard unverhofft weich und verständnisvoll. Diese Frau war – das hatte er schon bei ihrem Treffen empfunden – offenbar an ihm interessiert, und zwar vorwiegend in sexueller Hinsicht. Sie war scharf auf ihn.

Welchem Mann schmeichelte es nicht, wenn eine Frau ihn als Mann begehrte! Das galt auch für Alexander. Wie oft hatten ihn die Mädchen als lieben Märchenonkel akzeptiert, als einen, mit dem man sich toll unterhalten konnte! Heute nennt man solche Männer Frauenversteher. Keine richtigen Kerle halt, keine, bei denen man ans Bett denkt. Wie sehr hatte er darunter gelitten! Die auferlegte Single-Situation hatte ihm zwangsläufig manche sexuelle Erfahrung beschert. Diese Erfahrung strahlt man offenbar aus, und das hatte wohl auch seine Anziehungskraft als Mann, als Kerl erhöht. Seinen Stolz über die

Tatsache, nun als sexuelles männliches Wesen wahrgenommen zu werden, konnte er nicht verhehlen. Und doch hatte er bei dieser Frau kein gutes Gefühl. Irgendetwas Unreifes, Beherrschendes glaubte er an ihr wahrzunehmen. Aber sollte er nicht einfach mal eine rein sexuelle Beziehung "mitnehmen"? Am Ende des Telefonats verabredeten sie sich für nächsten Abend in einer Gaststätte in Neuhausen.

In seiner momentan starken Verwirrung sagte Alexander das Treffen am Samstagnachmittag ab. Er wollte einfach nicht wieder in die Spannungssituation eines möglichen – in diesem Fall sogar wahrscheinlichen "Aufrisses" – geraten. Immerhin führte er mit ihr ein angeregtes Telefonat und versiebte demnach nicht die Chance auf eine Beziehung.

Für diesen Abend zog er die Begleitung der ungefährlichen Waltraud vor. Wie Bruder und Schwester nahmen sie bei ihr das Abendessen ein und unternahmen dann noch einen Bummel durch Schwabing mit Besuch einer gemütlichen Bierkneipe.

Den darauf folgenden Sonntag verbrachte er zunächst mit seinem besten Freund Andreas im Cosimabad. Sie machten mehrere Saunagänge und plauderten wie immer angeregt und feinsinnig über die verschiedensten Themen. Nur über Fußball konnte er mit Andreas nicht reden.

Abends besuchte er seinen Bruder und seine Frau in einem weit außerhalb gelegenen Vorort. Die beiden führten eine solide und stabile Ehe. Allein durch diese Tatsache, aber auch durch manche ihrer Äußerungen fühlte sich Alexander manchmal in die Enge getrieben. Obwohl Familie der einzige berechenbare Faktor in seinem Beziehungsgeflecht in und um München war, taten ihm also auch diese Besuche nicht unbedingt gut.

Am nächsten Tag stand nach Feierabend ein Termin bei einem Neurologen und Psychiater in der Innenstadt auf dem Programm. Vielleicht würde er Alexander die entscheidenden Impulse geben können, um sich aus seiner misslichen Gesamtsituation nachhaltig lösen zu können. Eines gelang Alexander in jedem Fall: er konnte auch ihn vom Ausmaß seiner Probleme überzeugen. Am Ende der Sitzung bezeichnete der Arzt Alexander als "völlig überdreht".

Wenige Tage später suchte er den Naturheilkundler auf, den er bereits im vergangenen Jahr kurz nach der Trennung von Rosemarie regelmäßig konsultiert hatte. Er legte Alexander dringend nahe, endlich loszulassen, dann kämen die positiven Dinge von selbst auf ihn zu. Es spreche Einiges dafür, der Scheidung zuzustimmen und sich nicht aus Rachegedanken dagegen zu stemmen. Das Leben biete ihm wieder so viele Möglichkeiten, er dürfe ruhig dankbarer sein.

Den Abend des nächsten Tages verbrachte er wieder einmal bei Waltraud, seiner guten Seele in allen Lebenslagen. Obwohl sie dauerhaft und schwelend in Alexander verliebt war, stellte sie in ihrer Selbstlosigkeit eine Telefonverbindung zu Annemarie nach Nürnberg her. Vor Waltrauds Augen führte Alexander dann ein längeres Telefonat mit Annemarie. Im Grunde bekannte er ihr – wenn auch mit indirekten Worten – seine Liebe. Annemarie bat ihn, er solle sich kein Ebenbild seiner Noch-Ehefrau schnitzen. Dann sprachen sie über seine beruflichen und ihre privaten Probleme. Die Ehe mit ihrem Mann sei nicht glücklich, er gehe nicht auf sie ein und es gebe oft Streit. Wegen des gemeinsamen Sohnes und des Wohnhauses, das noch nicht einmal abbezahlt sei, könne eine Trennung zumindest zum jetzigen Zeitpunkt nicht in Betracht gezogen werden. Das Gefühl einer besonderen Beziehung zwischen ihnen, die wahrlich nicht nur einen platonischen Anstrich hatte, bei der eine entsprechende Situation ganz schnell ein leidenschaftliches Verhältnis entzünden könnte, prägte ihn ganz stark. Und doch konnte diese Beziehung momentan nur irgendwie im Raum stehen als besonderer Schatz, als schillernde Bereicherung seines Lebens ohne reellen Bezug.

13

Reell erschien zunächst eine Vertiefung des Kontakts zu Hildegard. Und diese Beziehung sollte schon in den nächsten Tagen – mittlerweile war es Ende März – rasant an Fahrt aufnehmen.

Am Freitagnachmittag rief er bei Hildegard an. Das Telefonat war kurz, sie verabredeten sich für die erste große gemeinsame Unternehmung – einen Skiausflug.

Dieser Samstag Ende März präsentierte sich frühlingshaft. Die Sonne schien von einem tiefblauen Himmel und sorgte bereits am Morgen für Temperaturen über null Grad. Da Hildegard über kein Auto verfügte(wie so viele Single-Frauen in München, und das war auch vernünftig angesichts des hervorragenden öffentlichen Verkehrsnetzes), musste er sie abholen am Rand der Innenstadt.

In einer kleinen Straße, wo es die üblichen Parkprobleme gab, bewohnte sie eine 2-Zimmer-Wohnung im 4. Stock. Diese hatte Alexander bisher noch nicht betreten. Hildegard wartete zum verabredeten Zeitpunkt um 8 Uhr bereits mit Sack und Pack am Straßenrand. Sack und Pack war hier wörtlich zu nennen, immerhin mussten Ski, Stöcke, Stiefel und Proviant mitgenommen werden.

Hildegards frecher, angriffslustiger Blick traf Alexander frontal. Sie begrüßten sich, für einen Handschlag blieb angesichts des aufwändigen Einladens keine Zeit. Es würde ein spannender, vielleicht gar schöner Tag werden. Das Ziel für ihren Skiausflug hatten sie noch nicht festgelegt.

Alexander kannte viele Skigebiete aus eigener Erfahrung. Als analytisch geschulter, abwägender und zugleich liberaler Mensch wollte er – nachdem sie soeben abgefahren waren und bevor sie in die passende Autobahn eingebogen waren - die Vor- und Nachteile der einzelnen Skiregionen mit Hildegard erörtern. Schlagartig brauste sie auf: "Jetzt hör´ doch endlich auf mit der Quatscherei und lass´ uns einfach in ein bestimmtes Gebiet fahren!" Alexander fühlte sich überrollt, in ihm stieg eine spontane Wut auf. Er war es gewohnt, Themen sachlich und konstruktiv zu einer Lösung zu bringen, dabei die Interessen der anderen bewusst mit einzubeziehen.

Dass ihm ein Mensch, den er zudem noch kaum kannte, dermaßen über den Mund fuhr, erzürnte ihn gewaltig. Seine Selbstdisziplin reichte jedoch, um den Tag nicht sofort zu einem unrühmlichen Ende zu bringen. Er war nahe daran, sie rauszuwerfen oder die paar Kilometer nach Hause zurück zu bringen. Mit einer gewissen Schärfe antwortete er: "Eigentlich wollte ich mit dir gemeinsam entscheiden. Gut, dann machen wir es anders und fahren nach Seefeld." Die Abzweigung vom Mittleren Ring zur Garmischer Autobahn kam bereits in Sicht und sie wählten folglich diesen Weg Richtung Berge. Die etwa 80-minütige Fahrt verbrachten sie mit friedlichen, unverfänglichen Themen (unverfänglich war die Frage nach dem Zielort aber im Grunde auch gewesen).

Der berühmte Tiroler Wintersport- und Olympiaort empfing sie dann mit traumhaften Bedingungen. Die Frühlingssonne kitzelte die Haut, der Schnee lag noch meterhoch und sorgte für famose Pistenverhältnisse. Alexander und Hildegard verlebten einen fantastischen Skitag. Einen Tag, wie ihn sich nur Skifahrer vorstellen können. Sie schwangen über bestens präparierte Pisten, genossen die laue Frühlingsluft, das grandiose Bergpanorama und den Schuss Risiko, den man auf der Skipiste immer verspürt. Das Beste aber: sie fuhren beide im selben Tempo und in ähnlichem Stil. Ordentliche, aber nicht überwältigende Fahrtechnik und der Hang zu flottem Tempo. Meistens war man mit Leuten unterwegs, die entweder besser oder schlechter fuhren als man selbst. Dann war Warten angesagt oder mühsames Hinterherhecheln. An diesem Tag passte einfach alles. Nein, fast alles.

Um in den Genuss eines günstigeren Preises zu kommen und an den Liftanlagen nicht so lange warten zu müssen, kaufte man sich einen Tages-Skipass. Diesen brachte man in geschickter oder weniger geschickter Weise am Skianzug an. Alexander musste es an diesem Tag in weniger geschickter Weise getan haben. Bereits nach der ersten Abfahrt hatte er seinen Skipass, den er mit einer Kordel am Reißverschluss seines Anoraks befestigt hatte, verloren. Das war bitter. Aber sollte er
jetzt den Skitag beenden? Nein, das hätte ihnen das königliche Vergnügen verwehrt. So kaufte er an der Talstation einen neuen Skipass und erlebte einen herrlichen, aber auch den teuersten Skitag seines Lebens. Zu diesem Zeitpunkt konnte Alexander nicht ahnen, dass damit eine Kette von Missgeschicken beim Zusammensein mit Hildegard ihren Anfang nehmen würde, wie er sie noch nie erlebt hatte.

Dieser frühlingshafte Samstag war nicht nur geprägt von dem Sport- und Landschaftserlebnis – beides kann Menschen ungemein verbinden – sondern auch von guten und anregenden Gesprächen, die beide miteinander führten. So erfuhr Alexander unter anderem, dass Hildegard vor Jahren eine Fehlgeburt zu beklagen hatte und bisweilen unter Folgebeschwerden eines Fahrradunfalls litt.

Auch Alexander plauderte in gewohnt offener Weise über sein Leben und die Dinge, die ihn besorgten. Mittlerweile hatte er sich aber so gut im Griff, dass er nicht mehr in Litaneien über seine verlorene Beziehung zu Rosemarie verfiel.

Nach dem großen Skierlebnis fuhren sie wohlig ermüdet und zufrieden durch die wunderschöne sonnenüberstrahlte Landschaft zurück nach München. Während der Fahrt legte sich jedoch langsam der Schatten nahender Entscheidungen über Alexander. Wie würde dieser zweifellos außergewöhnlich schöne Tag für sie enden? Würde es nach der Annäherung durch ein großes gemeinsames Erlebnis und freimütige, offene Gespräch auch eine sexuelle Annäherung und damit den Beginn einer Beziehung geben? Wie oft beschäftigten einen Mann in der Kennenlernphase solche Gedanken, nur um dann von der avisierten Frau zu hören, das sei doch überhaupt kein Thema, wie man denn auf so etwas gekommen sei und so weiter.

Hier lagen die Dinge aber eindeutig anders. Zu eindeutig waren Hildegards Signale bereits beim ersten Treffen gewesen. Dieser gemeinsam verbrachte Tag hatte das Thema sicher nicht "aus der Welt geschafft". Das konnte Alexander nur selbst aus der Welt schaffen, indem er heute n i c h t angreifen würde. Das Wort "angreifen" empfand er im Grunde als wahrlich plump, um die Annäherung an eine Frau zu beschreiben. Und doch traf es den Sachverhalt auf frappierende Weise. Als Mann blieb einem nichts anderes übrig, als anzugreifen. Ohne körperliche Annäherung, also einen physischen Angriff, kam k e i n e Beziehung, zumindest keine Liebesbeziehung zwischen Mann und Frau zustande. In Einzelfällen mochte der Angriff auch einmal von der Frau kommen. Aber hatte Alexander das je erlebt? Vielleicht ansatzweise. In aller Regel sendete das "schwache Geschlecht aber nur die berühmten "Signale", auf die der Mann dann in gleichem Maße feinsinnig wie entschlossen reagieren sollte. Wenn er Pech hatte, wagte er den Angriff und wurde dann ausgekontert mit der Frage, was er sich denn dabei gedacht habe. Er sei zwar nett und alles Mögliche, aber an Zärtlichkeiten(hier wird dann natürlich ein anderes Wort gewählt) habe sie in keiner Weise gedacht. Er möge solche Attacken bitte künftig sein lassen, sie wolle derzeit keine Bindung. Solche Sätze bekam Alexander – wie jeder Mann, der bisweilen oder regelmäßig auf Freiersfüßen wandelt – immer wieder zu hören.

Aber diese Gefahr erschien bei Hildegard gering. Wie erwartet lud sie ihn nach der Rückkehr ein, mit in ihre Wohnung zu kommen. Nachdem er glücklich einen Parkplatz ergattert hatte, folgte Alexander der Einladung. Sollte doch ein neues Abenteuer kommen – oder nicht!

Hildegards Wohnung wirkte ähnlich wie die Unterkünfte von vermutlich Tausenden von Frauen in der Großstadt, die allein wohnten. Vereinzelt sah man kleine Blumentöpfe mit gut gepflegten Pflanzen. An den Wänden prangte das eine oder andere kleine Bild mit stimmungsvollen Landschaftsaufnahmen. In der Küche spielte sich offenbar nicht das Hauptgeschehen ab. Warum sollte man auch aufwändige Mahlzeiten kreieren, wenn man meistens allein speiste? Hildegard lud Alexander in das recht kleine, karg eingerichtete Wohnzimmer ein.

Alexander nahm auf der anthrazitfarbenen Couch Platz. Hildegard öffnete eine Flasche Bier, stellte 2 Gläser auf den flachen Glastisch und nahm schließlich – recht nah neben Alexander - Platz. Beide setzten zunächst das Gespräch aus dem Auto fort, über den Beruf, über München und ihre gemeinsame ehemalige Heimat Nordrhein-Westfalen(ihre Heimatorte waren aber etwa 80 Kilometer voneinander entfernt).

Während dieses Gesprächs fehlte es Alexander an Ideen und auch am Wunsch, die neben ihr sitzende Frau einfach in den Arm zu nehmen und zu küssen – oder es zumindest zu versuchen.

Eine gewisse Routine bei der Anbahnung von Beziehungen hatte er sich mittlerweile aber doch zugelegt. Deshalb brach er diese eigenartige Form von Small Talk abrupt ab.

"Sag´ mal, wie soll es jetzt eigentlich weitergehen mit uns. Wir sind beide allein, du bist eine nette Frau, wir hatten heute einen tollen Tag miteinander..."-"Wenn du eine Liebesbeziehung meinst –lass´ uns lieber noch abwarten." Was war das denn jetzt wieder für ein Satz? Das passte gar nicht zu dieser Situation – nah nebeneinander auf dem Sofa, sonnengebräunt und entspannt vom gemeinsamen Skigenuss. In seiner Psychotherapie hatte Alexander gelernt, dass man sich als Mann "viril-kaptativ" verhalten müsse. Als alter Lateiner wusste er nur zu gut, dass das "männlich-zupackend" bedeutete. Diese Maxime hatte er sich, wenn auch viel zu spät(wie viele Situationen dieser Art hatte er seit seiner Jugend auf Grund seines Zauderns versiebt!), nun doch zu eigen gemacht. Also – diesen seltsamen Satz von Hildegard gar nicht an sich heran lassen. Entweder gerade jetzt angreifen oder so bald wie möglich aufstehen und Abschied nehmen.

Alexander war zweifellos nicht unsterblich verliebt in Hildegard, möglicherweise schwirrte auch Annemarie irgendwo in seinem Hinterkopf herum. Also fasste er den Entschluss, dieses Beisammensein so schnell wie möglich zu beenden. Die Höflichkeit gebot es, noch einige unverbindliche Sätze von sich zu geben. Dann gab er sich einen Ruck und stand auf: "Ich werde jetzt gehen. Es war ein klasse Skitag. Ich bin wohlig müde und möchte auch nicht noch mehr Bier trinken. schließlich muss ich ja noch Auto fahren." Alexander hatte seinen Anorak angezogen und stand an der Wohnungstür, schaute ihr dabei ruhig und beharrlich in die Augen. Beide spürten: wenn er jetzt gehen würde, dann war die Chance auf eine Liebesbeziehung vertan. Jetzt, nur jetzt war der Augenblick, der alles entscheiden würde.

Wie oft hatte er genau diesen Augenblick verstreichen lassen, ohne den entscheidenden Schritt zu tun, ohne anzugreifen. Wie viele Monate und Jahre hatte er sich gequält, weil er durch sein Zaudern in diesen magischen, entscheidenden Augenblicken nicht zu einer Liebesbeziehung gekommen war und dann traurig schmachtend weiterleben musste.

Verdammt – er war besser geworden. Jetzthatte er diese Augenblicke unter Kontrolle. Wenn er etwas tun wollte, dann konnte er es auch. Meistens...Und in diesen Sekunden war seine Entscheidung "Nein". Obwohl sie einander gegenüberstanden, ohne Worte und mit irritierender Vertrautheit, würde er in drei Sekunden sagen: "Also Hildegard, mach´s gut, wir können so eine Tour ja mal wiederholen." Sätze halt, die man sagt, wenn man sich vielleicht wiedersieht – oder auch nicht. Es vergingen aber nur zwei Sekunden. Dann führte Hildegard ihr Gesicht ganz nahe an Alexander heran. Ehe er zu einer ausweichenden Reaktion fähig war – plötzlich wollte er auch gar nicht mehr ausweichen – führte sie ihre Lippen auf seine. Es begann mit einem filigranen Spielen, bevor beide die Lippen öffneten. Ihre Zungen vereinigten sich spontan, beide verloren sich in einem Hochgefühl, das schnell über sie strömte. Sie küssten sich unentwegt, eher zärtlich und verspielt als zügellos und wild, jeder umschlang den anderen mit seinen Armen. Bald begannen sie sich zu streicheln. Glückselig gaben sich dem Liebesspiel hin und blieben dabei stehen. Es wäre ein leichtes und auch nahe liegend gewesen, sich gemeinsam auf die Couch fallen zu lassen oder gleich miteinander ins Bett zu gehen. Genau das wollte Alexander aber nicht. Die beste Strategie, den Liebeszauber auf die Spitze zu treiben und doch noch "Luft nach oben" zu wahren, würde darin bestehen, dieses Erlebnis nun abzubrechen, bevor es zur Ekstase kam.

Mein Gott – er hatte sich und das Geschehen nun wirklich unter Kontrolle. Also löste er sich behutsam aus ihrer Umarmung und von ihren Lippen und sagte: "Es war ein wunderschöner Tag, und das jetzt ist ganz wunderschön. Ich glaube, es ist am besten, wenn ich jetzt wirklich nach Hause fahre. Dann bleibt uns noch viel Neues, was wir miteinander erleben können." Hildegard schaute ihm in die Augen, betört von den überwältigenden Zärtlichkeiten, aber auch fasziniert vom Edelmut und der Ritterlichkeit eines Mannes, der nicht sofort mit ihr schlafen wollte. So etwas kam bei Frauen besonders gut an. Fast hauchte sie, als sie ihn fragte: "Und was machen wir morgen?"-Alexander dachte einen Augenblick nach. Das traf sich gut, er hatte tatsächlich Zeit. Was hältst du davon, mittags mit der S-Bahn zu mir rauszukommen? Wir gehen irgendwo zum Mittagessen und machen uns einen gemütlichen Nachmittag."-"Ja, das machen wir so. Ich schau´ noch auf den Fahrplan und ruf´ dich dann an, wann ich komme." Zum Abschied küssten sie sich noch einmal voller Hingabe. Dann lösten sie sich voneinander. Alexander winkte ihr kurz zu und verließ die

Wohnung. Als er in sein Auto stieg und nach Hause fuhr, schaute er auf die Uhr. Wie immer nach solchen Ereignissen – so häufig und vor allem so schön geschah es ja nicht allzu oft – musste er das Erlebte auf sich wirken lassen.)Im Autoradio lief auf Radio Charivari Kuschelrock, genau die Musik, die zu diesem Abend passte).

Was war das für ein Tag gewesen? Zunächst der Stress, ja fast Streit kurz nach der Abfahrt. Dann der total harmonische Skitag. Harmonisch vor allem wegen der Gemeinsamkeiten bei Können und Tempo. Schließlich der seltsame Verlauf des Abends mit dem grandiosen Liebesausbruch.

Es waren die schönsten Zärtlichkeiten seit Elvira, und das war über ein Jahr her. Hildegard war in seinen Augen spontan und dominant(das brachte das langjährige Single-Leben mit sich), aber auch charmant und durchaus attraktiv. Auf den Gebieten Sport und Zärtlichkeiten passten sie offenbar gut zusammen; das war doch schon was. Ob sie seine Freundin würde? Warum zum Teufel zweifelte er daran am Ende dieses Tages? Er konnte und wollte die Frage in dieser Nacht nicht beantworten.

Der morgige Sonntag würde vielleicht schon einen Weg weisen.

Bald hatte er seine Wohnung erreicht. Es war fast Mitternacht. Die Skisachen würde er morgen früh auspacken. Trunken von den Ereignissen des Tages ging er bald ins Bett und schlief nach wenigen Minuten ein.

14

Als er am Sonntagmorgen um 7 Uhr erwachte, spürte er eine Unruhe, die typisch war für "Tage danach". Ob es etwas wurde mit einer neuen Beziehung oder nicht, entschied sich nach Alexanders fester Überzeugung beim Treffen nach dem ersten Liebeskontakt. Gab es wirklich eine Basis für ein gutes Zusammensein oder war es nur der Rausch von Zärtlichkeit und Sex, der einem die Chance auf eine Partnerschaft vorgegaukelt hatte? Also würde auch in seiner Beziehung mit Hildegard das heutige Treffen große Bedeutung haben.

Vormittags besuchte Alexander seinen Bruder in Eichenau und hatte ein paar gute Stunden. Sie spielten Tischtennis, wie früher als Jungen in ihrer Heimat auf dem Dachboden des Mehrfamilienhauses. Es tat Alexander immer besonders gut, wenn er seinen Bruder beim Tischtennis bezwingen konnte. Auf den meisten Gebieten war sein Bruder der Bessere. Im Tennis galt er stets als der Talentiertere, sein Abitur war deutlich besser, er hatte bereits in frühen Teenager-Jahren Freundinnen und später beruflich eine beachtliche Karriere hingelegt. Nur beim Tischtennis behielt Alexander mit einer Mischung aus Kampfgeist und Reaktionsschnelligkeit häufig die Oberhand. So war es auch an diesem Vormittag.

Gegen Mittag fuhr Alexander von Eichenau direkt zur S-Bahn-Station Gräfelfing.

Mit klopfendem Herzen wartete er auf das Eintreffen des Zuges. Wie würde dieses erste Treffen nach Beginn einer Liebesbeziehung verlaufen?

Der Zug fuhr surrend ein, Hildegard stieg aus dem dritten Wagen aus. Alexander schlenderte ihr entgegen. Wie würden sie sich begrüßen? Alexander war nicht der Typ, der auf andere Menschen zustürmte. In der Regel wartete er einen Augenblick, schaute, bevor er handelte. Wenn er überhaupt handelte. An diesem Sonntagmittag gab es kein Warten, kein Zaudern. Sie waren noch drei Meter voneinander entfernt, da stürmte sie ihm entgegen, flog in seine Arme, wie im kitschigen Roman, oder wie im Nachkriegs-Liebesfilm "Ich denke oft an Piroschka". Das Eis war sofort gebrochen, sie tanzten selig auf dem Bahnsteig herum, fühlten ihr neues Glück mit jeder Faser ihrer Sinne und ihrer Körper. Es fielen zunächst kaum Worte, sie waren einfach nur glücklich. Hand in Hand spazierten sie durch den nahe liegenden Wald und dann eine romantische Allee entlang bis zum Gut Freiham. Dort besuchten sie die bekannte Schlossgaststätte Freiham.

Dieses Lokal ähnelt vielen anderen in München und Umgebung. In einem alten Bauernhof wurde die so genannte „Stub´n" in eine Gaststube umgewandelt. Gerade das bäuerliche, fast schmutzig-düngerhaltige Umfeld schaffte eine einzigartige Atmosphäre aus Intimität und Gemütlichkeit. Die tief hängende Decke erhöhte den Charme dieser Bauernstube zusätzlich. Im März, wenn das Münchner Umland noch von einem rauen und bisweilen garstigen Klima geprägt ist, bieten solch wärmende Stuben ein herrliches Nest zum Aufwärmen und – bei entsprechender Begleitung – zum Kuscheln. Alexander und Hildegard saßen an einem kleinen Tisch in der Nähe des Kachelofens und genossen die Wärme des Raumes und ihre gegenseitige Wärme. Nach einiger Zeit begannen sie, sich zu küssen und zu streicheln – unter den Augen der anderen Gäste an den Nachbartischen. Alexander war ja in vielen Situationen ein ruhiger, zurückhaltender Mensch. Aber irgendetwas in seinem Innern drängte ihn bisweilen zur Außendarstellung. So genoss er Zärtlichkeiten in der Öffentlichkeit. Vielleicht lag es daran, dass er solche als Single nicht allzu oft empfangen konnte. Wenn es dann einmal so weit war, wollte er es womöglich auch unbeteiligten Mitmenschen demonstrativ vorführen.

Als sie nach etwa einer Stunde die heimelige Gaststätte verließen, wurde es dann aber noch schöner und inniger. Bei launischem Märzwetter mit böigem kaltem Wind und rasch über sie hinweg ziehen-den Wolken traten sie den Rückmarsch an – Arm in Arm marschierten sie über die wunderschöne Allee, die nahezu unbehelligt vom Autoverkehr blieb. Wegen der frühen Jahreszeit trugen die Bäume noch kein Laub, trotzdem war es ein Hochgefühl – wie wenn die kahlen Kastanien Spalier standen für das eben erst entstandene und bereits so glückliche Paar. Alexander war sich sehr wohl bewusst, dass dieser Tag einen der Höhepunkte in seiner Liebesbiographie darstellte. Trotz des zugigen Wetters spürte er so viel Nähe und Wärme neben sich. Wie hatte er so etwas einen Tag vorher ahnen können?

In diesem Glücksgefühl liefen sie etwa 4 Kilometer(es hätten noch viel mehr sein dürfen), bis sie Alexanders Wohnung in dem Münchner Vorort erreichten. Beim Betreten geschah noch etwas Bemerkenswertes: Glückskatze Lisa eilte Hildegard sofort entgegen, diese wiederum nahm das Tier zärtlich in die Arme, hatte sofort ein inniges Verhältnis zu Lisa. Wenn es stimmte, dass man Gemüt und Charakter von Menschen am Umgang mit Tieren ablesen kann, dann hatte Alexander eine warmherzige und liebe Partnerin gefunden. Sollte das Single-Dasein, das er so verfluchte, das aber zu seinem Leben mitt-

lerweile auch unverbrüchlich dazugehörte, nun zum Ende gekommen sein?
 Sie zogen ihre Anoraks aus, und dann verloren sie nicht viel Zeit. Ohne den Austausch von Förmlichkeiten, ohne dass Alexander Hildegard etwas zu trinken hätte anbieten können, setzten sie sich auf die recht billige grau-lila gestreifte Couch und – ja, man muss es fast so sagen – fielen übereinander her wie ausgehungerte Raubtiere. Das Schöne und Feine daran: trotz ihrer auf langer Entsagung gegründeten Sehnsucht und Begierde führten sie ihre Liebesspiele einfühlsam und zart aus. Sie fanden zusammen in einer Harmonie und Intensität, die Alexander aus seiner Ehe nicht annähernd kannte. Und noch etwas Betörendes hatte dieses Schmusen, Entdecken, Streicheln, Flüstern und Küssen an sich: sie vollzogen nicht den Liebesakt, blieben vielmehr ganz angezogen. So wurde es ein Fest des Liebens und Schwelgens, wie man es nur ganz selten erlebt und wie es in der eigentlichen körperlichen Vereinigung so überwältigend und berauschend kaum stattfinden kann.
 Vielleicht war es nach einer Stunde, vielleicht auch später, als Hildegard ihm versonnen in die Augen schaute und mit halblauter Stimme sagte: "Ich mag dich!" Eine schönere Liebeserklärung hätte sie ihm nicht machen können. Alexander vermied es wohlweislich, diese Liebeserklärung einfach mit gleicher Münze zurückzuzahlen. Er schaute sie nur an, voller Ruhe und Beharrlichkeit.
 An diesem späten Nachmittag waren sie wahrlich stark. Sie verzichteten nicht nur auf den Geschlechtsverkehr, sondern sie trennten sich auch am frühen Abend. Alexander brachte Hildegard zurück zur S-Bahn, wo sie sich unter glückseligen Umarmungen und Küssen verabschiedeten und für den nächsten Tag verabredeten.
 Nachdenklich schlenderte Alexander die 1500 Meter zurück zu seiner Wohnung. In seinem Kopf funkelte eine seltsame Mischung aus großer Freude und feierlichem Ernst. Das war ein Tag, an dem er Rosemarie in keiner Weise mehr vermisste, eher war sie in einem grauen Hintergrund versunken. Sein Zagen und Zaudern beim Erobern von Frauen schien endgültig der Vergangenheit anzugehören.
 Bei Hildegard hatte er so viel richtig gemacht. Er hatte sich

zunächst teuer gemacht, hatte ja sogar eine Verabredung abgesagt. Er hatte also warten können und doch genau im richtigen Augenblick ihre Nähe und – das konnte man jetzt schon sagen – Liebe gewonnen. Auch die Tatsache, dass er sie nicht mit dem Wunsch nach schnellem Sex überrumpelt hatte, verstärkte die gegenseitige Zuwendung und Nähe. Die Frau war einfach stark! Und er selbst war tatsächlich zu einem „Frauentyp" geworden, wie es ihm vor vielen Jahren mehrere Freunde angedichtet hatten. Ja, damals war es nur angedichtet und entbehrte der Grundlage, er erreichte ja gar nichts. Aber nun...
Abends in seiner Wohnung empfand er eine ungewohnte innere Ruhe und Ausgeglichenheit.

Auch am Montagmorgen fühlte Alexander sich ruhig, dabei trotz des außergewöhnlichen Sonntags und der Aussicht auf eine neue Lebenspartnerschaft ohne Euphorie. Euphorie war ohnehin eine eigenartige, gefährliche Empfindung, vernebelte sie doch die Sinne, tauchte sie in eine süße Masse und bildete häufig die Vorstufe für einen rasanten Absturz. Nein – es war alles ganz in Ordnung an diesem Montag. Auch in der Firma fühlte er sich wohl. Er arbeitete dort ja erst seit knapp vier Wochen und hatte die Aufgabe, viele Abläufe und Strukturen im Betrieb kennen zu lernen.

Diesen Arbeitstag verbrachte er neben der verschmitzt-pfiffigen langjährigen Mitarbeiterin Frau Habicht und wurde von ihr in Buchhaltung eingewiesen. In der Mittagspause besichtigte er in unmittelbarer Nähe der Firma ein 1,5-Zimmer-Apartment im 6. Stock eines Hochhauses. Auf dem Dach des Hauses befanden sich Sonnenterrasse und Schwimmbad. Die Wohnung erschien ihm sehr interessant, doch hätte er innerhalb von 2 Tagen den Zuschlag geben müssen. Dieses Projekt wäre als Alleinstehender nur schwer zu stemmen gewesen, auch befand er sich bei seinem neuen Arbeitgeber erst am Beginn der Probezeit, also nahm er davon Abstand.

Vermutlich ging es ihm deshalb so gut, weil er sich den ganzen Tag auf Hildegards Besuch freute.

Als sie abends läutete und dann in der Tür stand, war die Lockerheit und Gelöstheit plötzlich wie verflogen. So viel war klar: heute würde es sich entscheiden. Es würde ziemlich sicher

zu einer intimen Begegnung kommen(wie sollte ihre Beziehung nach einem solchen Liebestag weitergehen?).
Wie würde die neue Intimität verlaufen? Zunächst wurde das „Problem" vertagt. Sie gingen beim nahe gelegenen Griechen zum Abendessen. An einem Montagabend war das weitläufige und doch gemütliche Lokal nur spärlich besetzt. Alexander und Hildegard unterhielten sich angeregt und doch mit der Beklommenheit, die das Besondere dieses Tages ausmachte. Am Tag zuvor hatten sie famoses Liebesglück erlebt. Jetzt konnte es im Grunde nicht mehr besser werden, heute würden sie „das Eine" tun müssen, sie würden es probieren müssen, und dazu gab es keine Alternative. Oder gab es doch eine Alternative, würde man wieder Stunden lang schmusen und schwelgen können? Nein, diese Alternative gab es nicht wirklich, den zärtlichen Höhepunkt hatten sie bereits erreicht.

Eine Stunde später lagen sie im Bett. Wie erwartet fehlte bei den Zärtlichkeiten die Unbefangenheit. Als sie sich dann liebten, hatte es fast etwas Kühles, Geschäftsmäßiges. Sie wussten, dass "es" an diesem Abend kommen würde, ja kommen musste, und das nahm ihrer Vereinigung die Spontaneität und Lockerheit. Hildegard in ihrer direkten und schonungslosen Art machte ihrem Gefühl unmittelbar Luft. "Das war jetzt aber nicht das Gelbe vom Ei. Aber es wird bestimmt noch besser und entspannter." Mit diesem Satz sollte sie Recht behalten. Eine Stunde später kamen sie wieder zusammen, und diesmal war es entspannter und beglückender. Alexander wunderte sich, dass er trotz langer Phasen erzwungener Abstinenz meist problemlos zum Höhepunkt kam, wenn er dann wieder einmal mit einer Frau schlief. In dieser Nacht genoss er es, einen warmen Körper ständig neben sich zu spüren. Er hatte die Fähigkeit, vielen Situationen ganz bewusst eine positive Seite abzugewinnen. So war ihm in dieser Nacht auch klar: hier liegt das besondere Privileg der Singles.

Ein Glück, das man nur sehr vereinzelt genießt, bekommt durch diese Tatsache den Wert des Außergewöhnlichen.

Dieses Hochgefühl setzte sich am frühen Dienstagmorgen fort. Nicht nur neben einem anderen Menschen aufwachen, sondern auch seinen warmen weiblichen Körper spüren – das ist ein einfach sehr schön. Als Mann gesellt sich noch der Stolz hinzu, dass es sich um eine neue Eroberung handelt, also um einen Körper, den man in dieser Intimität zum ersten Mal spürt.

Alexander musste früh zur Arbeit, Hildegard stand erst am Abend der nächste Nachtdienst bevor.

Nach dem gemeinsamen Frühstück(Alexander liebte diese erste Mahlzeit des Tages und legte sich bei ihrer Zubereitung wie immer mächtig ins Zeug) verließ er die Wohnung und ließ Hildegard allein zurück.

Auf dem langwierigen Weg mit dem Auto zur Arbeit in dem anderen Münchner Vorort floss ein Strom von Gedanken durch seinen müden, aber glücklichen Kopf.

Der Abschiedskuss war zärtlich, einfach traumhaft gewesen. Solche Küsse übertrafen an Zauber und Innigkeit fast jeden noch so erfüllten Geschlechtsverkehr. In solchen Augenblicken spürte er nichts von der schwelenden Aggressivität und gewissen Boshaftigkeit, die er an Hildegard in verschiedenen Situationen immer wieder wahrzunehmen glaubte. Ihr Körper war zierlich, fast mädchenhaft, dabei durchaus feminin. Ihr Gesicht jedoch drückte eine latente Heftigkeit aus, die ihm zu denken . Die Situation hatte etwas Bizarres, Verwirrendes. Nach Lage der Dinge hatte er endlich eine neue Partnerin, mit der er eine köstliche körperliche Liebe erlebte und auch ein großartiges Hobby teilte.

Was war das für ein herrlicher Tag gewesen auf den Skipisten von Seefeld! Auch hatte er längst die Hemmung abgelegt, in seinem ehemaligen Ehebett neben einer anderen Frau zu liegen, das war ihm in den Wochen nach Rosemaries Weggang wie Verrat vorgekommen. Verrückt, sie hatte ihn doch gnadenlos verlassen!

Und doch wollte sich nicht dieses selige Glücksgefühl einstellen, wie es typisch war am Anfang einer neuen Liebe.

Während der Autofahrt klopfte er sich auf den linken Oberschenkel. "Was denke ich da für ein kompliziertes Zeug! Ich bin in einer neuen Liebesbeziehung und sehr glücklich." Alexander liebte es, laut mit sich selbst zu reden. Er war überzeugt, dass sich die Erkenntnisse aus den gemachten Aussagen dadurch festigten.

Den Arbeitstag verbrachte Alexander in guter Stimmung; er spürte jedoch den Schlafmangel, der sich in zwei Liebesnächten aufgebaut hatte. Nach seiner Heimkehr am späten Nachmittag fand er seine Wohnung trefflich aufgeräumt vor. Am Badezimmerspiegel hatte Hildegard einen kleinen Zettel angebracht: "Es war wunderschön. ich denk´ an Dich! Bis sehr bald. Deine Hildegard!" Schöner hätte die Rückkehr in seine sonst immer so grausam verwaiste Wohnung nicht sein können. Auch Glückskatze Lisa spürte das Glück ihres Herrchens, machte den berühmten Katzenbuckel und rieb ihren Leib an Alexanders Unterschenkel. Alexander wusste, dass Hildegard an diesem Abend bis 22 Uhr Spätdienst hatte. Um viertel nach Zehn wählte er ihre Nummer. Nach drei Klingeltönen hörte er ihre Stimme: "Ja bitte." Wie manche Frauen hatte Hildegard die Angewohnheit, sich am Telefon nicht mit ihrem Namen zu melden, offenbar aus Angst vor Stalkern oder sonstigen Belästigungen. Zu seiner Freude stellte Alexander fest, dass ihm ihre Stimme bereits vertraut vorkam. Schon manches Mal hatte er es erlebt, dass er eine Frau kennen gelernt hatte und ihr auch körperlich nah gekommen war, und dann klang ihre Stimme am Telefon wie die einer Fremden. Und eine Befremdung hatte sich dann auch sehr bald gezeigt. "Hier ist Alexander". Er hatte noch nicht die Kühnheit, sich einfach mit "Ich bin´s" zu melden. Eine so selbstverständliche Rolle in ihrem Leben maß er sich noch nicht an. Hildegard brachte zunächst nur ein Wort hervor: "Schön." Jetzt, wo er sie nur hören konnte, wurde Alexander bewusst, dass Hildegard eine helle, reine Stimme hatte. Alexander liebte ja helle Stimmen bei Frauen, das war für ihn ein ausgeprägtes Zeichen für Weiblichkeit. Hildegard sprach dieses eine Wort mit solcher Inbrunst und Zerbrechlichkeit aus, dass es Alexander zutiefst berührte. Diese Frau, die so forsch und ruppig sein konnte, begab sich offenbar gern in seine Hand. Ihr Telefonat dauerte etwas mehr als eine Stunde. Jeder hörte dem Anderen ruhig und feinfühlig zu. Ihre Beziehung nahm immer mehr Konturen an. Selig ging Alexander kurz vor Mitternacht ins Bett(er war sich sicher, dass es ihr ebenso ergehen würde). Sollten sich die seltsamen Geister, die in seinem Kopf herumgespukt hatten, doch in Luft auflösen? Würde ihnen eine glückliche Beziehung in Harmonie und mit körperlicher Erfüllung vergönnt sein?

Am nächsten Tag machte Alexander einen Test. Er vermied jeden Kontakt mit Hildegard und wollte testen, wie es ihm ging, wenn er Hildegards Stimme einen ganzen Tag nicht hörte. Das Testergebnis war erschreckend und beglückend zugleich: es ging ihm gar nicht gut! Also musste doch schon Einiges in ihm gewachsen sein.

Erst am darauf folgenden Abend rief er wieder bei Hildegard an. Es meldete sich nur der Anrufbeantworter. Im weiteren Verlauf des Abends erfolgte kein Anruf von ihr. In Alexander stiegen unruhige Gefühle auf. Er wusste, dass sie für einen Blutspendedienst tätig war, und das auch bis in die späteren Abendstunden. Dass sie ihn aber – zumal sie einen Tag nichts voneinander gehört hatten – nicht zurückrief, darauf konnte er sich keinen Reim machen. Hatte sie ein spezielles Geheimnis? Gab es noch einen anderen Mann?

Alexander besaß die unglückliche Eigenschaft, mit Ungewissheiten jeglicher Art nicht umgehen zu können. Er brauchte immer "klare Verhältnisse". Enthielt eine Situation auch nur den Hauch einer Unklarheit, so machte er sich Sorgen und baute das für ihn ungünstigste Szenario auf. Es war weniger das Selbstvertrauen, was ihm fehlte, sondern eher das "Gottvertrauen". Ihm ging die Fähigkeit ab, darauf zu vertrauen, dass die Dinge einen für ihn günstigen Verlauf nehmen würden.

Von innerer Unruhe und Misstrauen zu Hildegard durchzogen schaute er sich einen Krimi im Fernsehen an und ging später bedrückt ins Bett.

Am darauf folgenden Freitag hatte Alexander im Büro so viel zu tun, dass seine Unruhe wegen Hildegard nur im Hintergrund glimmen konnte. Abends war er mit seinem Freund Peter verabredet.

Der Bildhauer und alte Rocker hatte seine ganze Wohnung in Schwarz gehalten. Und düster sah es auch in seiner Seele aus. Nach seinen zwei dramatischen Scheidungen war er unheilbar verletzt.

Wie immer, wenn sie sich bei ihm trafen, bestellte Peter bei einem Pizzalieferservice 2 Pizzas. Da die Lieferung in der Regel lange dauerte, war Alexander stets fast verhungert, wenn das – von ihm gar nicht einmal heiß geliebte – italienische Nationalgericht endlich in der Wohnung eintraf. Die bei ihren sonstigen Treffen so intensiven und aufwühlenden Gespräche – zumeist über die Kunst und das Leid mit den Frauen – blieben an diesem Abend aus. Vermutlich lag das vor allem an Alexander, der viel an Hildegard dachte.

Um 22 Uhr beendete er den durchwachsenen Männerabend und fuhr quer durch die Stadt spontan zu Hildegard. Bei einem spontanen Besuch würde er dann sehen, was los ist mit ihr – beziehungs-weise mit ihnen.

Er spürte die innere Unruhe, als er in der kleinen Straße einen Parkplatz suchte und zu seinem eigenen Erstaunen auch bald fand. Nun gab es kein Zurück mehr, nun galt es. Würde sie ihm öffnen? Würde er dort einen anderen Mann antreffen?

Alexander klingelte. Eine Sprechanlage gab es in dem alten Haus nicht. Nach knapp 10 Sekunden wurde die Haustür geöffnet. Alexander stieg drei Stockwerke hoch. Hildegard stand in der Wohnungstür. Hatte sie ihn gar erwartet? Aber warum hatte sie sich dann in den letzten Tagen telefonisch nicht gemeldet? Als sie verschmitzt lächelte, ihn kurz umarmte und ihn ebenso kurz, aber durchaus zärtlich auf die Lippen küsste, fiel die Unruhe von Alexander noch nicht ab. "Setz´ dich schon mal auf die Couch. Magst du einen Sekt mit mir trinken?"-"Ja, gern." Hildegard setzte sich dann so nah neben Alexander, dass ihre Schenkel sich berührten. Es entstand eine Atmosphäre tiefer Vertrautheit. Sie tranken eine Flasche Sekt zusammen, schauten Alben mit Bildern aus ihrem Leben an und rauchten die eine oder andere Zigarette – für Alexander eine besondere Rarität.

Weit nach 1 Uhr am frühen Morgen sagte sie – fast flüsternd – vor sich hin: "Gehen wir schlafen?"-"Ja, ich bin jetzt wirklich müde."

Hildegards Schlafzimmer wies die Besonderheit auf, dass der dem Bett gegenüber liegende Schrank von einer riesigen Glasfläche bedeckt wurde. So sah man fast alles, was in diesem Zimmer geschah, fast zwangsläufig im Spiegel. Hildegard zog sich komplett aus und genoss es offensichtlich, sich im Spiegel zu betrachten. Alexander tat es ihr nach und schlüpfte rasch zu ihr unter die Bettdecke.

Es wurde dann eine seiner schönsten Liebesnächte. Sie lagen ständig fest umschlungen in Wärme und Innigkeit. Sie küssten und liebkosten sich. Sie schliefen dreimal miteinander. Es wurde ein Fest der Glückseligkeit.

Begegneten sich hier zwei Einsame in einer Nacht, die sich aus Angst vor neuer Einsamkeit der Magie und dem Zauber dieser Stunden überließen. Oder war es der fulminante Beginn einer neuen beglückenden Lebensgemeinschaft?

Am nächsten Morgen weckte sie das Rauschen des starken Regens. Es war Samstag und es fiel ihnen leicht, im Bett zu bleiben, sich verschiedenen Liebesspielen hinzugeben und Zigarillos zu rauchen.

Irgendwann am Vormittag standen sie dann doch auf. Da Hildegards Kühlschrank leer war, mussten sie trotz Gruselwetters das Haus verlassen, um Lebensmittel einzukaufen. Dazu spazierten sie zu einem nahe gelegenen kleinen Laden. Und dort geschah etwas, das die verliebte und selige Stimmung wieder innerhalb von Sekunden umschlagen ließ.

Alexander war ein Mensch, der preisbewusst einkaufte. Zudem „spielte" er gern mit Zahlen. So standen sie an einem Regal und überlegten, ob sie eine große oder kleine Flasche Tomaten-Ketchup einkaufen sollten. Alexander stellte nach guter Gewohnheit einen Preisvergleich zwischen der großen und der kleinen Flasche auf. Er war so unklug, laut zu rechnen. „Unter dem Strich kommen wir bei der großen Flasche 34 Cent besser weg, vorausgesetzt, wir brauchen so viel Ketchup." Kaum hatte er den Satz beendet, da verzog sich Hildegards Gesicht zu einer wütenden Grimasse und sie fauchte ihn an: „Hör' sofort auf mit dieser blödsinnigen Haarspalterei, ich brauch' keinen Matheunterricht!"

Eine Sekunde war Alexander wie erstarrt. Sie hatte mit einem Handstreich ihre glückliche, verliebte Stimmung zerstört. Bereits in der nächsten Sekunde erinnerte er sich an die Szene an ihrem gemeinsamen Skitag, als sie seine Überlegungen zum Tagesziel auf fast identische Weise torpediert hatte. Weitere zwei Sekunden später wusste er, dass es eben doch nur ein Traum gewesen war – endlich wieder eine richtige Beziehung mit gemeinsamen Wochenenden und anderen wohltuenden Erlebnissen. Sein wiederholtes Gefühl hatte ihn nicht getrogen, sie hatten keine reelle Chance miteinander. Es war nur allzu menschlich, auf eine gute Entwicklung zu hoffen und dabei die schwelenden Problempunkte zu ignorieren. Um nicht alles sofort zusammenbrechen zu lassen, ignorierte er auch nun wieder ganz bewusst die offensichtliche Realität, dass diese Frau nicht beziehungsfähig war.

Nach dem Vorfall im Laden zog sich Alexander in eine Art persönlicher Wagenburg zurück. Nach außen lebte er weiter diesen Liebestag, schließlich gab es davon nicht viele. Da er sich darauf einließ, wurde es dann auch noch ein genüsslicher Tag. Sie kochten miteinander – ein besonderes Erlebnis in einer neuen Beziehung, hier lernt man sich noch viel besser kennen. Dann aßen und tranken sie opulent. Es gab Spaghetti Bolognese mit viel Hackfleisch und einen schweren Rotwein. Nach dem Essen fielen sie fast ins Bett und erfüllten sich gegenseitig ihre schönsten sexuellen Wünsche.

Vielleicht gaben sie sich auch deshalb beide dem Exzess hin, weil sie wussten, dass ihr Glück nicht lange währen würde und dass sie deshalb jeden Augenblick auskosten mussten, bevor wieder die trostlose Einsamkeit über sie hereinbrechen würde. Noch nie hatte Alexander eine Beziehung so intensiv gelebt. Noch nie waren die Fragen, die wie ein Schemen immer wieder in ihm aufkamen, so bedrohlich und so heftig. Wie sollte ihr neues Glück dem Alltag standhalten? Hildegards täglicher Spätdienst, Alexanders noch labile Gefühle(Hildegard war von Typ und Art her eigentlich gar nicht sein Typ, genau genommen war es der großartige, so nie erlebte Sex, der ihn für sie einnahm), ihre ruppige Art, offenbar auch eine massive Angst vor einer Beziehung – all das waren gewaltige Stolpersteine. Und Angst kann eine Eigendynamik bekommen und sich zu einer selbst erfüllenden Prophezeiung aufschwingen. Sie lagen gerade nebeneinander im Bett. Alexander fuhr mit der Hand über ihren Leib am Becken entlang und dann bis zu den Oberschenkeln, als er Hildegard mit dünner, aber deutlicher Stimme sagen hörte: "Ich glaube nicht, dass wir im September noch zusammen sind."

Zunächst glaubte er, sich verhört zu haben. Aber nein – er ließ das Gesagte noch einmal vor sich ablaufen. Sie hatte es wirklich gesagt. In einer Mischung aus Schock und Besonnenheit vermied er es, ihr eine Antwort zu geben. Fakt war: sie glaubte selbst nicht an ihr Gelingen und hatte ihnen mit diesem Satz den Boden unter den Füßen weggezogen. Einige Minuten später – ihre Hand ruhte auf seiner behaarten Brust – sprach sie mehr zu sich selbst als in seine Richtung: "Du bist unglaublich gut im Bett, es ist wahnsinnig, du wirkst auf mich wie ein Magnet."

Ja – das war im Grunde eine reine Sex-Beziehung, die beide unsagbar beglückte, aber eben nur auf diesem Gebiet. Alles andere war nur Illusion. Jeder von beiden wusste bereits insgeheim oder gar offen, dass sich nur ihre Körper blendend miteinander verstanden. Ansonsten hatten sie keine Gemeinsamkeiten – die impulsive Hildegard und der analytische und dabei zum Zaudern neigende Alexander. Sie verbrachten einen gemütlichen und „liebevollen" Samstagabend und schliefen zeitig ein.

Der darauf folgende Sonntag sollte der vielleicht schönste Tag ihrer Beziehung werden.

Sie standen erst um 9 Uhr auf und frühstückten gemütlich. Das Wetter war viel besser geworden; der Himmel riss auf und es war schon morgens bemerkenswert mild. Sie brachen umgehend auf zu einem Autoausflug. Ihr erster Weg führte zur nahe gelegenen Borstei. Das war eine homogene Mustersiedlung aus den 1920er-Jahren. In der Stille des Sonntagmorgens bummelten sie Hand in Hand und fast andächtig schweigend an den sorgfältig renovierten Reihenhäusern vorbei.

Danach fuhren sie in das stille und bäuerliche Dachauer Land im Nordwesten von München. Sie ließen die frühlingshafte Luft durch Ritzen an den Autoscheiben herein. Die Vegetation zeigte in dieser Region Anfang April noch keine Anzeichen des Frühlings.

Übrigens hatte Rosemarie an diesem Sonntag Geburtstag; an sie verschwendete Alexander aber kaum einen Gedanken, zu groß war das momentane Glück mit Hildegard. In Markt Indersdorf beteten sie gemeinsam in der Klosterkirche. In Altomünster aßen sie in einem einfachen Gasthof zu Mittag. Das Essen ließ viele Wünsche offen, aber an diesem Tag konn-

te nichts ihr Glück stören. Altomünster war ein für das Dachauer Land typischer schlichter und rustikaler Ort. Auch hier besichtigten sie die Kirche. Gemeinsam vor Gott treten – das musste doch verbinden in einer neuen Beziehung...
Sie unternahmen dann einen langen Spaziergang durch die karge, in einfachen Formen wogende Landschaft und erlebten traumhafte Stunden voller Stille, Glück und Liebe. Die Missklänge des Vortags waren wie ausradiert, das gemeinsame Glück schien doch seinen Siegeszug anzutreten.
Nach der Rückkehr von diesem traumhaften Ausflug(war es nur ein Traum gewesen oder doch Realität?) sprachen sie ganz offen über ihre Gefühle, ihre Ängste vor Gefühlen und Beziehungen(warum hatte man eigentlich Angst vor Gefühlen und Beziehungen, warum nur?) und die erhoffte Fortsetzung ihrer Beziehung. Würden sie es schaffen, das große Glück weiter zu schmieden? Bevor sie sich am späten Nachmittag trennten, schliefen sie noch einmal spontan miteinander. Es war spielerisch und leicht und wunderschön – wie der ganze Tag.

15

Am Montagabend besuchte Alexander wieder den Bildhauer Peter. Er besaß 3 Motorräder.

Bei herrlichem Frühlingswetter brachen sie dann auf zu einer Motorradtour an den etwa 15 Kilometer entfernten Starnberger See. Da Alexander nicht über den Motorrad-Führerschein verfügte, überließ Peter ihm ein leichtes Moped, das er auch mit seiner Fahrerlaubnis lenken durfte.
 Zunächst führte die Fahrt durch den großen, ebenen Forstenrieder Park mit seinen monotonen Tannenwäldern. Nach einer Viertelstunde öffnete sich die Landschaft und gab den Blick frei auf das betörende, verspielt-wellige Voralpenpanorama. Im Hintergrund winkte die zackige Alpen-silhouette. Davor breitete sich – eingebettet in die barocke Hügellandschaft – der große See aus. Sie setzten sich auf eine Bank, packten mitgebrachtes Bier aus und ließen die nun in goldenes Abendlicht getauchte

Szenerie überwältigt auf sich wirken. Sie sprachen kaum und gaben sich der Macht der Natur hin. Auf der Rückfahrt umfing sie dann eine empfindliche Kühle. Sie waren froh, als sie nach einer guten Viertelstunde Fahrt wieder Forstenried erreicht hatten. Im „Alten Wirt" kehrten sie ein und nahmen ein gleichermaßen gutes wie preiswertes Abendessen ein.

Es war eine jener typischen Münchner Vorortgaststätten – derb, massives Holz an den Decken, grob gezimmerte Gästetische und in der Mitte ein voluminöser Kachelofen. Solche Wirtschaften erwartete man in Bayern auf dem Lande. Aber das machte auch die Faszination Münchens aus: viele Ortsteile waren im Grunde noch Dörfer, in denen die Kirche mittendrin stand. Nach ihrem Motoraderlebnis waren die Freunde zu glücklich und zu erschöpft, um eines ihrer typischen intensiven und aufwühlenden Gespräche über Damenwelt oder die triste Gegenwart aufzunehmen. Sie saßen einfach da, genossen ihr dunkles Bier(dunkles Bier vom Fass war eine besondere Spezialität oberbayerischer und Münchner Wirtshäuser) und vertilgten mit großem Appetit ihren Schweinsbraten mit Dunkelbiersoße – ja, nochmal dunkles Bier, eine weitere Spezialität – und deftigen Semmelknödeln.

Alexander musste noch mit dem Auto heimfahren und trank deshalb nur ein kleines Bier.

Soweit hatte er sich als geplagter Single im Griff. Doch wäre er nie bereit gewesen, vor dem Autofahren ganz auf Alkohol zu verzichten. Ein bisschen Freude musste selbst einem Leid geprüften Single vergönnt sein. Aber war er denn überhaupt noch Single?

Nach seiner Heimkehr führte er am späten Abend noch ein langes Telefonat mit Hildegard, in dem sich beide – wenn auch mit anderen Worten – ihre Liebe gestanden.

Wie üblich während der Arbeitswoche sahen sich Alexander und Hildegard mehrere Tage nicht.

Das lag in erster Linie an Hildegards täglichem Spätdienst. Aber war das auch normal in einer so frischen Beziehung? Was heißt schon „normal" in Münchner Single-Kreisen?

Der neue Arbeitsplatz nahm Alexander genug in Anspruch. Zur eigentlichen „Einarbeitung" kam er kaum noch, da er von den EDV-Anwendern ständig mit Problemen konfrontiert wurde. Das führte einerseits zu einer schnellen Integration im Unternehmen, brachte ihn andererseits aber auch in brenzlige Situationen. Ihn hielten dann nur Rückfragen bei seinem Nürnberger Kollegen Lenz sowie geschicktes und kontaktfreudiges Verhalten bei seinen Anwendern fachlich über Wasser. Vormittags hatte er kurz das Gefühl, dass ihn in der Firma alles erdrückt. Mit Gelassenheit und den beschriebenen Hilfsmitteln(sowie einem seit 2 Wochen eingenommenen Beruhigungsmittel) kam er dann recht gut über die Runden. Ein ihm wohlgesonnener Mitarbeiter im Versand raunte ihm jedoch zu: "Machen Sie es lieber nicht wie Ihre Vorgängerin. Die hat sich hier total aufgearbeitet und ist dann wegen Überforderung entlassen worden."

Abends fand Alexander in seinem Briefkasten ein Schreiben vom Familiengericht mit der Aufforderung, zur Scheidung Stellung zu nehmen. Die Trennung von Rosemarie lag nun fast 15 Monate zurück. Auch hatte er ja mit Hildegard eine neue Liebe gefunden(aber war es auch eine halbwegs verlässliche Beziehung?). Trotzdem versetzte es ihm jedes Mal einen Stich, wenn er Briefe mit dem Stempel des Amtsgerichts München öffnen musste. Seine Ehe, d e r Fixpunkt in seinem Leben, lag – daran wurde er auf diesem Wege immer wieder erinnert – in Schutt und Asche und wurde durch die von ihm gleichermaßen gefürchtete wie gehasste Scheidung gänzlich pulverisiert. Das Schlimmste an der Angelegenheit: er selbst hatte vom Zeitpunkt der Trennung an keinerlei Einfluss mehr auf den Lauf der Dinge gehabt. Er hatte den kompletten Verlust seines Lebensmittel-punkts nur hinnehmen und akzeptieren können. Sicher stärkt es das Selbstwertgefühl und die Souveränität einer Person, wenn sie lernt, das Unabwendbare zu akzeptieren. Aber das hier war ja nicht einmal unabwendbar. Rosemarie hätte ja nur bleiben oder dann zurückkommen müssen. Ihm wurde bewusst, dass er in seinen Gedanken den Konjunktiv II mit „hätte müssen" benutzte. Also hatte er Rosemaries Rückkehr endgültig abgeschrieben. Also – auch diesmal blieb nur Akzeptieren. Er würde also der Scheidung zustimmen. Er hatte ja auch Hildegard…

Das Karussell der Turbulenzen drehte sich in den nächsten Tagen mit rasanter Geschwindigkeit.

Am Donnerstagabend rief Annemarie aus Nürnberg unverhofft bei Alexander an. Vor genau drei Wochen hatte er sie kennen gelernt und seitdem war sie ja eigentlich d i e Frau für ihn seit der Trennung von Rosemarie. Durch die Entwicklung der letzten Wochen bei Hildegard hatte er sie aber fast schon wieder vergessen – unglaublich! Es wurde ein spannendes, temperamentvolles Telefonat.

Und trotzdem – wenn Annemarie über feine Antennen verfügte, musste sie spüren, dass Alexander nicht hundertprozentig bei der Sache war, sondern vielmehr auf dem Sprung, um zu Hildegard zu fahren. Als das Gespräch nach 40 Minuten beendet war, setzte er sich ins Auto und fuhr in die Innenstadt. Er holte Hildegard ab; gemeinsam fuhren sie mit der U-Bahn zum Kino am Sendlinger Tor.

An diesem Abend fühlte er sich abgeschlagen und müde. Von dem Film „Legenden der Leidenschaft" bekam er nicht viel mit. Danach gingen sie noch auf einen „Absacker" in den „Löwenbräukeller" ganz in der Nähe von Hildegards Wohnung. An diesem Abend übernachtete er bei Hildegard. Trotz Alexanders ursprünglicher Mattigkeit schliefen sie im Laufe der Nacht dreimal miteinander. Die sexuelle Anziehungskraft zwischen ihnen war enorm.

Am nächsten Arbeitstag musste er es dann büßen, dass er kaum vier Stunden geschlafen hatte. Er war antriebsschwach und matt. Auch nagte an ihm das schwelende Unwohlsein über die neue Partnerschaft. Das Gefühl, dass sie es letztlich miteinander nicht packen würden, wollte nicht weichen. Auch war er fest überzeugt, dass eine Wochenendbeziehung nicht gut tun würde.

Glücklicherweise hatte er freitags bereits um 12:30 Uhr Feierabend. Er fuhr nach Hause und genoss – ganz ungewöhnlich – einen fast zweistündigen Halbschlaf in seinem braunen Fernsehsessel.

Zum Abendessen kreuzte sein Nachbar Günter auf; sie plauderten angeregt und sehr gehaltvoll über die Vor- und vor allem die Nachteile einer Wochenendbeziehung. Am späten Abend fuhr er dann wieder zu Hildegard; beide waren sehr müde und gingen bald ins Bett.

Das Wochenende verbrachten sie als Paar. Am Samstagvor-

mittag „zogen sie um" zu Alexander.
Sie tätigten Einkäufe in den umliegenden Orten. Mittags gingen sie zum Essen in ein chinesisches Restaurant, unternahmen dann einen Spaziergang durch die romantische Gegend an der Würm entlang über Maria Eich nach Krailling. An diesem eigentlich gemütlichen Samstag zeigte sich bald, dass ihre Kommunikation von ständigem Zündstoff begleitet wurde. In ihrer Unterhaltung fühlte sich jeder schnell angegriffen oder verletzt und schoss dann bei der Antwort über das Ziel hinaus. Im Grunde waren es Positionskämpfe, niemand wollte bei den kleinen Rangeleien als Verlierer stehen bleiben. So wurde es ein eher anstrengender als erholsamer Samstag.

Der Aufbau einer neuen Beziehung war eben doch weit mehr als schöner oder gar erfüllender Sex.

Vor ihnen lagen viele Hürden; Toleranz war gefragt. Hildegard bekannte sich ausdrücklich dazu, über keine große Kompromissfähigkeit zu verfügen(sie hatte ja auch viele Jahre allein gelebt). Aber sie sei bereit zu kämpfen. Das war Alexander auch. Jedoch stellte sich die Frage, inwieweit eine Beziehung daraus bestehen kann, dass beide Partner um sie kämpfen. Kämpfen ja, aber doch nicht ständig.

Der Sonntag bescherte ihnen eine weitere Facette des Zusammenseins.

Bei bedecktem Himmel und kühlen Temperaturen unternahmen sie einen Ausflug an den Ammersee nach Herrsching. Von dort wanderten sie auf einem schönen Weg - durch den Wald und an einem Bach entlang, schließlich steil bergan – zum berühmten Kloster Andechs. Der Zwiebelturm der Klosterkirche war viel spitzer geformt als andere in Oberbayern. An diesem grauen Aprilsonntag glaubte man, er kratze die schwer hängenden Wolken. Trotz des tristen Wetters war die Bräustube wie an jedem Sonntag prall gefüllt. Sie saßen gemütlich in der Wärme, genossen eine deftige Brotzeit und ein Bier. Alles hätte wunderschön sein können. War es aber nicht. Nun spürte Alexander in sich Impulse, die eine Beziehung belasten oder zerstören können. In ihm wüteten Unzufriedenheit und Erinnerungen an die Vergangenheit mit Rosemarie. Vielleicht hatte der Blick zu Rosemaries jetzigem Wohnort auf der gegenüberliegenden Seite des Sees die Turbulenz in seinem Inneren ausgelöst. Im Gespräch gab er fahrige oder auch aggressive Antworten. Hildegard verhielt sich freundlich und ruhig. Sie spürte, dass es in Alexander arbeitete und gestand ihm dieses Grollen zu.

Auf dem Rückweg wurde es dann noch schlimmer. Alexander fiel scheinbar grundlos in eine tiefe Depression und verschloss sich gegenüber Hildegard – das kam bei ihm praktisch nie vor! Etwas stimmte nun auch mit ihm nicht mehr. Oder stimmte die Beziehung vorne und hinten nicht? Hildegard meinte es wirklich gut und initiierte ein offenes Gespräch. Ein solches Klima zwischen ihnen könne sie nicht ertragen. Statt einzulenken ging Alexander umgehend wieder in einen Positionskampf. Er erwähnte ihre bisweilen allzu große Spontaneität und die geringe Anpassungs-bereitschaft für eine Beziehung. So hatte sie vor einigen Wochen einmal herausgestellt, dass sie ihm sicher „keine Hemden bügeln" werde, sie sei keine Hausfrau. Er hatte sie gar nicht darum gebeten, bügelte seine Hemden ja auch selbst, war dann über diese rigorose Antwort aber schockiert gewesen. Wie sollte es bei einem solchen Denken je ein Miteinander geben?

Aber darum konnte es in dieser Situation jetzt nicht gehen, diese Vorwürfe waren jetzt fehl am Platz.

Viele Therapeuten und Familienberater vertraten die These, dass man sich nur über Konfliktsituationen wirklich näher kommt. Die Eindrücke dieses Wochenendes nährten in Alexander aber doch Zweifel, ob sie als schwierige Charaktere eine tragfähige Beziehung packen konnten. Die Lebensformen in den letzten zehn Jahren waren allzu unterschiedlich gewesen. Zudem waren sie beide kantige, eigenwillige Persönlichkeiten, deren Stärke Kompromissbereitschaft nicht war. Viele Gedanken rasten durch Alexanders – und vermutlich auch Hildegards – Kopf.

In der Nacht versöhnten sie sich und hatten wieder tollen Sex. Und doch – am Montagmorgen fühlte Alexander sich niedergedrückt und diese Stimmung hielt den ganzen Tag an. Erfreulicherweise ging es in der Firma ruhig zu.

Am Dienstagabend traf er Andreas. Auch der Familienvater befand sich am Scheideweg. Bei ihrem früheren gemeinsamen Arbeitgeber hielt er es – zumal ohne Alexander – immer weniger aus. Er plante einen beruflichen Neuanfang und dachte über eine Trennung von seiner Familien ach. Zu sehr belastete ihn Doriths Dominanz in allen wesentlichen Fragen des Familienlebens. Andreas fühlte sich immer als „Juniorpartner". Dorith war sieben Jahre älter als er, sie hatte den höheren Schulabschluss und in jüngeren Jahren lange in Brasilien gelebt. Zudem gehörte ihr dank ihres Erbes der bei weitem größte Teil des gemeinsam bewohnten Reihenhauses am Stadtrand.

An diesem Abend ließen es sich die Freunde aber gutgehen. Sie aßen zu Abend in einer urigen Münchner Gaststätte und besuchten danach einen Vortrag zu religiösen Themen im Deutschen Museum, der Alexander jedoch kaum berührte. So verließ er die Veranstaltung vorzeitig.

Hildegard sah er nun eine Woche nicht; sie verbrachte Ostern in ihrer westfälischen Heimat.

Stattdessen waren Alexanders Eltern vom Niederrhein angereist. Wie immer übernachteten sie bei seinem Bruder in Eichenau – vor allem, um bei ihrer schwerkranken, mittlerweile 8 Jahre alten Enkelin zu sein. Trotzdem verletzte es Alexander stets, dass er – ohnehin schon allein lebend – auch hier nur die zweite Geige spielte.

Erst nach acht Tagen kam es zu einem Wiedersehen mit Hildegard. Sie verbrachten das Wochenende nach Ostern miteinander. Am Samstag unternahmen sie einen Ausflug mit den Rädern zum Starnberger See. Dieser Tag bescherte ihnen eine Kette von unangenehmen Ereignissen.

Auf dem Hinweg löste sich Alexanders Fahrrad vom Dachträger des Autos und fiel auf die Straße. In Starnberg begannen sie mit der Umrundung des Sees. 15 Kilometer weiter in Tutzing verloren sie sich – unglaublich bei einer Radtour – aus den Augen und trafen sich erst 20 Minuten später wieder. Kurz vor dem Ende der Seeumrundung fiel Alexander vom Fahrrad und zog sich schmerzhafte Schürfwun-den zu – so etwas war ihm als Erwachsener noch nie passiert. Auf dem Rückweg schließlich fiel sein Rad nochmal vom Dach – trotz des Kaufs neuer Schnallen für den Dachträger. An diesem Tag ging mehr daneben als sonst in mehreren Jahren. Eigenartig: alle Missgeschicke trafen ihn, nie trug Hildegard einen Schaden davon.

Er erinnerte sich nun auch an den Skiausflug im März nach Seefeld. Dort hatte er seinen Skipass ver-loren, auch das war ihm vorher noch nie passiert. Stand ihre Beziehung unter einem so schlechten Stern? Vieles sprach dafür. Schlimmer noch als die Missgeschicke dieses Tages empfand er die Erkenntnis, dass sie tatsächlich nicht normal miteinander umgehen konnten. Hildegard griff ihn in den verschie-densten Situationen an und sagte, er sei sehr anstrengend. Nach Alexanders fester Überzeugung schloss sie von sich auf ihn. Als langjähriger Single war Hildegard impulsiv und rechthaberisch. Trotz beglückender Liebesspiele – so konnte es nichts werden mit ihnen. Die Erkenntnis, bald wieder allein zu sein, traf Alexander abends mit erdrückender Schwere.

Der Sonntag brachte dann die Hoffnung zurück. Als er neben Hildegard aufwachte, strahlte draußen bereits die kräftige Aprilsonne. Alexander war völlig niedergeschlagen nach den Ereignissen des Vortags und empfand plötzlich wieder tiefe Trauer über den Verlust von Rosemarie. Aber wie so oft hatte er ein gutes Gespür für die passende Unternehmung. Sie fuhren mit dem Auto hinaus ins wellige Land südlich von München um Großdingharting. Hier war die Landschaft so verspielt, dass die Zwiebeltürme nur teilweise zwischen den Hügeln hervorzwinkerten. In gar nicht mal so großer Ferne zeichneten sich die Berge der bayerischen Alpen am Horizont ab, dominiert vom wuchtigen Wetterstein-Massiv mit dem Zugspitzgipfel. Hier gab es Teiche, Maibäume und kleine Biergärten vor bodenständigen Wirtshäusern. In der Idylle dieser Gegend wäre niemand auf die Idee gekommen, dass man sich nur gut 20 Kilometer vom Münchner Marienplatz entfernt befand. Hildegard und Alexander schlenderten durch diese wellige Landschaft über Kleindingharting zum Deininger Weiher. Sie saßen am Ufer des kleinen Moorsees und nahmen ein bescheidenes Mittagessen ein. Diese beschaulichen Stunden taten den beiden „schwierigen Singles" sichtlich gut und ließen sie einander wieder näher kommen. Nach der Rückkehr in Alexanders Wohnung konnten sie es kaum erwarten und fielen im Wohnzimmer auf dem Boden übereinander her. Ja – wenn eine Beziehung nur aus Sex bestehen würde, dann hätten sie ihrem weiteren Zusammensein sorglos entgegensehen können. Klar, solche Verbindungen gab es ja: die „körperliche" Seite stimmt, weitere Erwartungen hegt man nicht, also passt es. In diesem Punkt waren sich Alexander und Hildegard einig: Beziehung ohne Verstehen, ohne Freundschaft – wie soll das funktionieren bei Menschen, die im Zusammensein mit dem anderen auch Zugehörigkeit und Loyalität finden wollen?

Abends zogen sie dann mal wieder um zu Hildegard. Während der Fahrt schaute Hildegard Alexander von der Seite an und sagte: "Meine Angriffslust dir gegenüber kommt daher, dass du mich provo-zierst. Du verhältst dich in vielen Situationen anders, als ich es erwarten würde." Diese Aussage war für Alexander der Beweis dafür, dass Hildegard Beziehungen nicht leben konnte. Wer den anderen respektiert und liebt, der toleriert sein Anderssein, ja er schätzt oder liebt es sogar. Für Hildegard waren solche Empfindungen – zumindest ihm gegenüber – offenbar unbekannt.

Zum Nachdenken und zu neuerlicher Selbstbeobachtung veranlassten ihn ihre Sätze aber doch. Es war schon häufiger geschehen – vor allem auch im Arbeitsleben, dass andere Menschen sich an ihm rieben, sich über ihn aufregten, und er wusste nicht warum. in diesem Zusammenhang musste er immer an den Linksverkehr in manchen Ländern denken. Die Menschen fuhren auf der linken Straßenseite, und alles funktionierte genau umgekehrt wie im Rechtsverkehr. War er einer, der im „Linksverkahr" lebte? Ein Schulfreund hatte ihn einmal darauf hingewiesen, dass er sogar anders aufs Fahrrad aufstieg als „normale" Leute. Und wenn das wirklich so war, dann gab es nur einen Weg, um mit diesem „Makel" gut und erfolgreich leben zu können, um mit sich im Einklang zu sein: er musste dieses Anderssein oder Anderstun akzeptieren, erhobenen Hauptes dazu stehen. Wenn er das wahrhaftig und souverän hinbekam, dann musste Hildegards Mäkeln spurlos an ihm abperlen.

Dazu gehörte jedoch ein fest zementiertes Selbstbewusstsein. Und darüber verfügte Alexander noch nicht – oder nicht mehr nach der Trennungskatastrophe.

Am Abend dieses schönen Sonntags hatte sich sein Stimmungsbarometer jedenfalls wieder in die andere Richtung bewegt. Er gab der Beziehung doch wieder eine Chance. Wenn sie es nur wollen...
Erschreckend: in dieser Beziehung drehte sich das Barometer fast jeden Tag. Was hatte das nur zu bedeuten?

16

Die nächste Arbeitswoche verbrachte Alexander in Ettlingen bei Karlsruhe. Hier sollte der Hauptteil der Einarbeitung für seine neue Stelle erfolgen.
Im Frühling war es stets ein Naturerlebnis, wenn man die raue Münchner Hochebene verließ und in eine am Rhein gelegene Region fuhr. Alexander empfand das besonders stark, wenn er im April seine Eltern am Niederrhein besuchte. An diesem Montag Ende April war es frappierend, wie sehr die Natur bereits in voller Pracht stand. Sträucher prangten grün und gelb in der warmen Frühlingsluft.
Selbst die Laubbäume mit ihren starken Stämmen waren bereits vollständig mit ihrem Blattwerk eingedeckt. Betörend: die Blütenkerzen auf den Kastanienbäumen. Daran war in München im April nicht zu denken.
Zu seinem Leidwesen wurde Alexander bei dieser Pracht von einem Gefühl eingeholt, das er seit dem letzten Jahr – der Trennung von Rosemarie – nur zu gut kannte. Plötzlich tobte in ihm mit voller Wucht eine Mischung aus tiefer Melancholie und Wut über das verlorene Glück mit Rosemarie. Die milde, sanfte Luft und der intensive Geruch des Blühens – also alles, was Wiedergeburt und Leben symbolisierte – fiel über ihn wie eine schwere Bürde.
Alexander war dankbar, dass in den nächsten Stunden andere Dinge im Vordergrund stehen würden.
Nach kurzer Suche fand er die Zentrale seines Arbeitgebers. Das Firmengelände wirkte für einen bundesweit stark vertretenen Großhandelsbetrieb bescheiden, fast ein wenig schmuddelig.

An der Pforte wurde er abgeholt von Herrn Kuhnwald, dem Leiter der Anwendungsentwicklung.
Kuhnwald war ein sportlicher Mann Anfang Vierzig mit offenem, freundlichem Gesicht. Sie gingen durch die engen Gänge der Hauptverwaltung. Kuhnwald öffnete eine Bürotür und stellte Alexander eine hübsche dunkelhaarige Frau vor. Frau Szydlowska erwies sich als aufmerksame, feinsinnige Gesprächspartnerin und war vormittags für das Thema "Allgemeine Organisation" zuständig.

Noch vor der Mittagspause war Alexanders erster Arbeitstag in Ettlingen beendet und er konnte sein Hotelzimmer am Rand der Kleinstadt beziehen. Das Hotel Heimer erfreute ihn mit einem schönen Einzelzimmer. Da er sein Fahrrad von zuhause mitgebracht hatte, konnte er den Nachmittag optimal für erste Streifzüge in der Umgebung nutzen. Zunächst erkundete er die Fußgängerzone der Klein-stadt. Nun empfand er den inzwischen sommerlichen Tag als angenehm.

Abends radelte er auf sehr schönen autofreien Wegen in den Karlsruher Stadtteil Rüppurr. Baden war ganz anders als Oberbayern – leichter, filigraner und dem Herzen Europas zugewandt. Das Klima war viel milder, die Nähe Frankreichs und des Rheins deutlich zu spüren. Ob er hier eher würde leben wollen als im barock-bezaubernden Oberbayern? Das ließ sich nicht so einfach beantworten. Doch spürte er an solchen Orten voller Leichtigkeit seine rheinische Herkunft.

Rüppurr wirkte weniger wie der Stadtteil einer Großstadt als vielmehr wie ein Weinort. Enge Gassen und kleine Häuser, die ohne Zwischenraum zusammengewachsen waren, bestimmten ebenso das Bild wie zahllose Weinlokale und Buschenschenken. Alexander ließ sich im Platanen gesäumten (noch ein Hinweis auf das nahe Frankreich) Gastgarten eines Heurigenlokals nieder und genoss eine treffliche badische Vesper mit Weißwein und einem reichlich belegten Wurstteller.

Er liebte es, Menschen bei ihrem Treiben und ihren Unterhaltungen zu beobachten und seine Rückschlüsse zu ziehen. Deshalb gehörte es auch in München zu seinen liebsten Beschäftigungen zu fast allen Jahreszeiten, die prächtigen Biergärten aufzusuchen. Der besondere Vorteil gegenüber "normalen" Gaststätten bestand ja darin, dass sich die Szenerie ständig veränderte. Man hatte nicht nur permanent die Gäste an den Nachbartischen im Blickfeld, sondern auch die zahllosen Passanten, die sich flanierend der Muße hingaben oder auch ihren täglichen Pflichten eilig oder gelassen nachgingen. Alexander saß an einer Holzbank für etwa acht Personen. Der Tisch füllte sich bald mit drei Männern in mittleren Jahren, offenbar Arbeitskollegen, die sich lebhaft unterhielten. Alexander als Nicht-Süddeutscher empfand die badische Mundart als abgeschwächtes Schwäbisch.

Zu seinem eigenen Erstaunen stellte er fest, dass er sich mittlerweile allein fast genauso wohl fühlte wie in Gesellschaft. Ihm kam es so vor, als seien seine – im Grunde sehr starken – Gefühle erlahmt.

In ihm glomm eine eigenartige Gleichgültigkeit und Leere, wie bei jemandem, der sein Leben gelebt hat. Diese Empfindung hatte ja auch ihr Gutes. Vermutlich schützte sie die Seele vor weiterem Schmerz. Vielleicht verhielt es sich noch positiver und man konnte es als Gelassenheit bezeichnen.

Alexander zwang sich dazu, die Selbstbespiegelung einzustellen, und wandte sich wieder der südländisch-lebensfrohen Kulisse zu. Nun ja – schade war es schon, nur Beobachter zu sein und keinen Gesprächspartner zu haben.

Die nächsten beiden Arbeitstage waren geprägt vom so genannten X-ORG-Workshop. Dabei kamen alle Kollegen aus Deutschland mit gleicher Funktion zum Erfahrungsaustausch und Erarbeitung neuer IT-relevanter Themen und Projekte zusammen. Alexander brachte sich in die Veranstaltung so gut wie möglich ein. Und trotzdem – es belastete ihn sehr, mit Ende 30 immer noch oder wieder der Letzte in einer Hierarchie oder Organisation zu sein.

Am ersten Abend stand ein gemeinsamer Ausflug zu einem Abendessen im benachbarten Frankreich auf dem Programm. Es gab ein Mischgetränk aus Bier und Likör. Dazu wurde Löwensalat und die elsässische Spezialität Flammkuchen (flambierte Crêpes mit Zwiebeln, Speck, Äpfeln oder Bananen) gereicht. Alexander machte mittlerweile aus fast jeder Situation das Beste und lernte in der Konversation einige der Kollegen besser kennen. Als er gegen Mitternacht in sein Hotelzimmer zurückkehrte, merkte er aber doch, dass es ihn angestrengt hatte. Auch hatte er an diesem Tag erstmals nach drei Wochen eine Beruhigungstablette eingenommen.

Am Freitagabend war Alexander wieder in München. Es hatte sich fast schon zur Tradition entwickelt, zu Hildegard zu fahren. Kurz bevor er ihre Straße erreichte, geschah das Unglaubliche: wieder fiel sein Fahrrad vom Dach. Was da alles hätte passieren können…Immerhin hatte das Vorderrad nun eine starke "Acht".

Mit Hildegard zu übernachten bedeutete in aller Regel eine schöne Liebesnacht – und so war es auch diesmal wieder. Beim Samstags-Frühstück führten sie dann intensive und gute Gespräche, die eine weitere Annäherung andeuteten. Oder kam darin nur die Freude über das Wiedersehen nach einer Woche Trennung zum Ausdruck?

Für das verlängerte Wochenende hatten sie ihre erste gemeinsame Kurzreise geplant.

Am Vormittag hatte Alexander noch viel Ärger mit dem beschädigten Rad. Er musste es zur Reparatur bringen, den Fahrradträger wieder richten und anderes mehr.

So konnten sie erst am frühen Nachmittag aufbrechen. Die Fahrt über die Autobahn zum Bodensee verlief problemlos. Sie stiegen ab im "Dorfkrug" – ein einfacher Gasthof inmitten von Obstbäumen nahe Kressbronn. Beide genossen die dringend benötigte Ruhe beim Abendessen vor der ländlichen Kulisse mit malerischer kleiner Kirche. Bei einer schönen Radtour ins 4 Kilometer entfernte Langenargen entstand fast aus dem Nichts wieder eine Auseinandersetzung, die beide in tiefe Verzweiflung stürzte. Hildegard zeigte sich zunehmend pessimistisch. Schafften sie es einfach nicht?

Auf dem Rückweg entgingen sie haarscharf einem schweren Gewitter. Konnte das doch ein gutes Omen für sie sein?

Der Sonntag begann in gedrückter Stimmung; zu viele Eklats hatte es zwischen ihnen gegeben.

Das Ende ihrer Beziehung war beschlossene Sache. Nach reiflicher Überlegung einigten sie sich, nicht sofort abzureisen und einen Waffenstillstand für diesen Tag zu schließen. Es herrschte nun eine oberflächliche, geschäftsmäßige Atmosphäre. Das tat fast noch mehr weh als die Streitereien. Beim Mittagessen hielt Alexander es nicht mehr aus und sprach Hildegard auf die bedrückende Situation an. Dabei schämte er sich auch seiner Tränen nicht. Noch einmal beschlossen sie das Ende der Beziehung.

Bei dieser großen Offenheit und dem Sprechen über die Schwingungen des Herzens sprang plötzlich der Funke wieder über; sie schauten sich in die Augen und fielen sich voller Inbrunst in die Arme.

In gelöster Stimmung radelten sie die herrliche Strecke zurück. Plötzlich hing der Himmel wieder voller Geigen. Wieder war ein Wunder mit ihnen geschehen, und es schien, als seien sie sich noch einmal näher gekommen.

Da der Maifeiertag auf einen Montag fiel, konnten sie ihren kurzen Urlaub um einen Tag verlängern.

Diesen Montag verbrachten sie in unkomplizierter gelöster Stimmung. Am frühen Abend kehrten sie nach München zurück.

Am Dienstag stand erneut der Aufbruch nach Ettlingen auf dem Programm. Alexander war schlecht gelaunt angesichts der bevorstehenden Aufgaben. Hildegard reagierte gereizt – zu Recht, wie Alexander einräumen musste. Was er aber nicht verstehen und in dieser Form auch nicht akzeptieren konnte, war ihr geradezu hysterisches, aufgekratzt-aggressives Verhalten. Als er ihre Wohnung verließ, war die Harmonie vom Vortag bereits wieder aufgebraucht.

Der nächste Schock – vielleicht auch ein Wink von oben – folgte nach wenigen Minuten.

Als er den Kreisverkehr am Beginn der Stuttgarter Autobahn befuhr, traf ihn urplötzlich ein heftiger Schlag im Rücken und machte ihn praktisch bewegungsunfähig. War es ein Bandscheibenvorfall? Mit Mühe fuhr er einige Kilometer zurück in die Stadt zu seinem Hausarzt. Er bekam eine Schmerz stillende Spritze. Doch wurde es nicht wesentlich besser. An eine 300 Kilometer lange Autobahnfahrt war nicht zu denken; er meldete sich telefonisch in Ettlingen krank.

Noch für den Mittag konnte er einen Termin bei seiner Homöopathin in Neuhausen vereinbaren.

Er erhielt eine weitere Infusion in den Rücken und führte mit ihr ein sehr gutes Gespräch. Dabei wurde ihm noch einmal vor

Augen geführt, dass ihm die Beziehung zu Hildegard überhaupt nicht gut tat, ihn immer weiter herunterzog und dringend benötigte Kraft absaugte.

Eine durchaus denkbare Rückkehr in die Heimat (schließlich würde er sich dort beruflich ins gemachte Nest setzen können mit einer eigenen Versicherungsagentur) würde in ihren Augen "die große Kapitulation" darstellen. Ja, und...Wäre eine solche Form der Kapitulation so schlimm?

Alexander telefonierte mit Herrn Scheurer in Moers. Dieser setzte ihn mit seiner Entscheidung noch nicht einmal zeitlich unter Druck; er könne auch im Herbst noch anfangen. Im Grunde wusste er aber, dass er sich letztlich dagegen entscheiden würde. Ihn schreckte weniger die Kapitulation als vielmehr die Angst, im Verkauf wieder zu versagen, und das dann auch noch in der Heimat und damit vor den Augen vieler, die ihn seit seiner Jugend kannten.

Trotz seines nach wie vor schmerzenden Rückens genoss Alexander diesen unverhofften freien Tag, den er ja "inkognito" verbringen konnte. Niemand wusste, dass er noch in München war – auch Hildegard nicht.

Aus einer plötzlichen Eingebung heraus trat er dann am späten Nachmittag doch noch die Fahrt nach Ettlingen an. Er nahm ein Abendessen in der "Kleinen Kneipe" ein. Der Rücken tat ihm sehr, sehr weh.

Am nächsten Morgen meldete er sich kurz in der Firma bei Herrn Kuhnwald, um sich bald darauf zu einem Arzttermin wieder zu verabschieden.

Er suchte eine Orthopädin in Karlsruhe-Dammerstock auf. Die burschikose Mittdreißigerin unter-suchte und röntgte ihn. Sie verabreichte ihm zwei Cortison-Spritzen gegen die Schmerzen. Er erhielt eine elektronische Rüttel-Massage und eine warme Unterlage für die Bandscheibe. Die Ärztin diagnostizierte keine gravierende Erkrankung. Es handele sich vielmehr um eine starke Anspannung und Belastung der Nerven. Psychische Ursachen seien wahrscheinlich...

Am Nachmittag wurde Alexander in der Firma wieder vom angenehmen Herrn Kuhnwald unterwiesen. Im Rücken wütete es immer noch.

Typisch Alexander: abends entspannte er sich nicht etwa bei Liegeübungen im Hotelzimmer. Er fuhr mit der attraktiven Karlsruher Schnell-Straßenbahn durch das idyllische Albtal zum bekannten Kurort Bad Herrenalb. Der alte Kurort lag eingeschmiegt ins an dieser Stelle sehr enge Tal.

Alexander neigte dazu, gesundheitliche Einschränkungen zu ignorieren. Er hegte die Überzeugung, auf diese Weise am schnellsten wieder gesund zu werden. Und noch etwas kam hinzu: er wollte vom Leben stets das nehmen, was er an diesem Tag bekommen konnte. Es widerstrebte ihm, auf mögli-che Erlebnisse oder Eindrücke zu verzichten oder diese auch nur hinauszuschieben.

So schlenderte er an diesem sommerlichen Mittwochnachmittag Anfang Mai durch die belebte Fußgängerzone, bestaunte hübsche klassizistische Fassaden ebenso wie Einheimische und Kurgäste bei ihren Besorgungen oder beim Flanieren. Die Beschwerden liefen noch schubweise durch seinen Rücken, doch gelang es ihm bei den vielen Eindrücken fast, sie zu vergessen. Bald machte sich ein guter Appetit bemerkbar. Er betrat das Restaurant Walther". Es wirkte wie ein Tanzlokal für die ältere Generation. Der Zwiebelrostbraten war gemäß örtlichem Preisniveau recht teuer, schmeckte aber vortrefflich. Insgesamt befanden sich nur vier Gäste in dem Lokal. Das Ausgehen ohne Begleitung war ihm mittlerweile so vertraut, aber eben doch unwillkommen. Er dachte immer und immer wieder an den unfassbaren privaten Verlust, den er durch Rosemaries Weggang erlitten hatte.

Plötzlich ertappte er sich bei dem Gedanken, dass er trotzdem keine Sehnsucht nach Hildegard hatte. Genau genommen kannte er Sehnsucht nach Hildegard gar nicht.

Am nächsten Tag kaufte er für sie in der Ettlinger Innenstadt ein Geburtstagsgeschenk für kommenden Sonntag: Ansonsten fiel ihm zu ihr nicht viel ein; zu sehr hatten sie einander ausgesaugt und aufgerieben. Er vermisste eher seine richtigen Freunde in München, die ihn mochten so wie er war. Am späteren Abend saß er wieder draußen bei "Koffler´s Heurigem" – viele Leute um sich, eine Brotzeit im Bauch, einen Schoppen Heurigen neben sich, ein Zigarillo im Mund. Einerseits war er ein Künstler des Lebens und andererseits sah er in diesem Leben momentan keinen reellen Sinn. Verrückt!

17

Das Sommerwetter im Mai hielt an. Am Freitagabend sah er Hildegard wieder. Seine Rückenbeschwerden deutete er nur an. Was hätte es gebracht, wenn er sie über die Krankschrei-bung, seine Arztbesuche und die wahrscheinliche Ursache seiner Beschwerden ins Bild gesetzt hätte? Sie fuhren zum 4 Kilometer entfernten Biergarten „Alter Wirt" und nahmen dort umgeben von vielen anderen Gästen ein deftiges Abendessen ein. Dazu tranken sie zusammen eine Mass Bier. Das bewährte sich; so musste jeder nicht so viel trinken, zudem förderte es die Gemeinsamkeit auf prickelnde Weise. Trotzdem herrschte anfangs eine seltsam kühle Atmosphäre zwischen ihnen. Wenn man sich mehrere Tage nicht gesehen hat, muss man sich quasi wieder neu kennen lernen und aufeinander einstellen. Deshalb hielt Alexander nichts von Wochenendbeziehungen. Die Tatsache, dass es in den letzten Wochen viele Auseinandersetzungen zwischen ihnen gegeben hatte, spielte da die geringere Rolle. Ihre gegenseitige Vertrautheit hatte sich aber doch schon so weit entwickelt, dass sie offene Worte über ihre Gedanken und Empfindungen fanden und bald wieder ohne Beklommenheit und schließlich gelöst miteinander umgehen konnten.

Das geringste Problem zwischen ihnen stellten die gemeinsamen Nächte dar. So brachte auch die kommende Nacht – Alexanders noch bestehenden Rückenproblemen zum Trotz – beiden Entspannung und Beglückung.

Der Samstagmorgen bescherte ihnen die nächste – diesmal unverschuldete – Belastung. Alexander erhielt Post vom Familiengericht. In dem Schreiben wurden die Gründe für die bevorstehende Scheidung noch einmal auf schmerzhafte Weise dargelegt. Darin standen Sätze wie: "Rosemarie konnte sein Verhalten nicht mehr ertragen. Die Ehe war seit Jahren nicht mehr in Ordnung."

Juristendeutsch. Die Ausführungen stimmten – unabhängig vom jeweiligen Betrachter – objektiv nicht. Und doch trafen ihn diese Sätze mit voller Wucht. Entwerteten sie doch sein ganzes früheres Leben, das er als glücklich empfunden hatte und auf das er so stolz gewesen war. Der Zeitpunkt hätte ungünstiger nicht sein können. Er saß mit Hildegard am Frühstückstisch und wollte einen gemütlichen Start in den Samstag ohne Zeitdruck genießen. Unter dem Eindruck der niederschmetternden Sätze konnte er dann nicht anders als Hildegard in diese Vorgänge – die mit ihr ja überhaupt nichts zu tun hatten, ganz im Gegenteil, sie wollten miteinander etwas Neues aufbauen – mit einzubeziehen. Sie hörte ihm zu, und Alexander empfand ihr Verhältnis nun als noch offener und gereifter.

Für den Nachmittag hatten sie unterschiedliche Pläne. Hildegard hatte Vieles in ihrer Wohnung zu erledigen, Alexander traf den Bildhauer Peter.

Zunächst saßen sie in seinem Garten, genossen das Sommerwetter, plauderten nicht zu intensiv und entspannten von der Arbeitswoche. Sie fuhren dann wieder mit den Motorrädern in den Münchner Süden. Erneut steuerte Alexander das kleine Moped, dessen Benutzung von seiner Fahrerlaubnis gedeckt war. Das gemütliche Tempo, der laue Wind, der um die Stirn spielte, die mit jedem Kilometer schönere Landschaft – Alexander genoss jede Sekunde. Ja – seine Lebenskunst verlieh diesem unsicheren und unsteten Dasein doch eine gewisse Qualität! Sie suchten einen kleinen „Insider"-Biergarten in der Nähe von Kloster Schäftlarn auf. Die Tischgespräche der wenigen anderen Gäste konnten die Atmosphäre von Frieden und Beschaulichkeit nicht stören. Alexander spürte, wie das Problem vor allem in ihm wühlte. An diesem herrlichen Ausflugstag konnte er seine schwelende Niedergeschlagenheit nie abschütteln.

Alexander war in regelmäßiger psychologischer Behandlung. In den Gesprächen hatte sich herausgestellt, dass er nicht an einer endogenen Depression litt, also an einer Depression aus der Veranlagung. Vielmehr handelte es sich um eine exogene oder neurotische Depression. Das hieß, seine Psyche reagierte auf stark belastende Faktoren von außen. Und bei ihm waren die Umstände äußerst belastend – die extrem schmerzhafte

Trennung, ständig wechselnde berufliche Situationen, sehr aufreibende Faktoren beim Aufbau neuer Beziehungen. An diesem Vormittag musste ihn das Anschreiben des Familiengerichts stark belastet haben. Mit dem Blick auf den exogenen Charakter seiner Erkrankung – ja, man musste die Depression fraglos als Erkrankung anerkennen – konnte er die Schuld für ein „Versagen" – Niedergedrücktheit in Gesellschaft war eine Form von Versagen – immerhin ein wenig von sich weg und auf die Umstände lenken. Das Bild, das er in dieser im Grunde schönen und entspannenden Stunde abgab und Peter zumutete, würde ein wirklich guter Freund verstehen und verzeihen müssen – dachte er.

Am späten Nachmittag kehrte er nach Hause zurück. Hildegard rief an und teilte ihm mit, dass sie es nicht mehr schaffe, am Abend noch einmal zu ihm zu kommen. Er könne sie aber gern besuchen.

Alexander war verstimmt über diesen Rückzieher und lehnte ihren Vorschlag ab. So würden sie erstmals während ihrer Beziehung eine Wochenend-Nacht nicht zusammen verbringen.

In seiner bisweilen auftretenden Engstirnigkeit und Ich-Bezogenheit verkannte er, dass für Hildegard der Weg zu ihm viel aufwändiger war, da sie über keinen Führerschein verfügte. Auch ignorierte er die Tatsache, dass sie durch die belastende Situation beim Frühstück eventuell doch nicht so erpicht auf ein schnelles Wiedersehen sein könnte.

So verbrachte er den Abend zuhause mit seiner Glückskatze Lisa.

Am Sonntag hatte Hildegard Geburtstag. Vormittags hatte Alexander zuhause viel zu erledigen. Er bügelte seine Hemden und packte den Koffer für die nächste Woche in Ettlingen. Mittags fuhr er dann zum Geburtstagskind. Er überreichte ihr sein Geschenk, einen feinen herben Damenduft. Beide hingen mittlerweile sehr aneinander. Am Vorabend hatten sich Entzugserscheinungen aufgebaut. Sie gingen sofort miteinander ins Bett und liebten sich hingebungsvoll. In dieser Sprache verstanden sie sich stets am besten. Im Biergarten des nahe gelegenen Löwenbräukellers aßen sie zu Mittag. Nachmittags unternahmen sie eine Radtour.

Auch an Hildegards Geburtstag wurde Alexander von gelegentlichen wehmütigen Erinnerungen an Rosemarie geplagt. Diese Empfindungen konnte er nie ganz vor Hildegard verstecken. Er war immer noch viel zu sehr in seine persönliche Befindlichkeit verstrickt und verstand erst Jahre später, wie sehr er neue Partnerinnen mit solchen Stimmungen abschrecken musste. Die Frau verbrachte den Tag an seiner Seite, war bemüht, mit ihm ein gemeinsames Leben aufzubauen und sah sich regel-mäßig konfrontiert mit der Konkurrenz zu einer Ehefrau, die Alexander konsequent aus ihrem Leben verstoßen hatte. So hatte Hildegard Recht, als sie am Abend ihres Geburtstages anmerkte:

„Du lebst viel zu sehr in der Vergangenheit. Konzentriere dich stattdessen lieber auf die Zukunft und suche dir neue Hobbys!"-Alexander stimmte ihr insgeheim zu. Jedoch regte er sich wieder darüber auf, dass sie ihm Vorschriften machen wollte: "Ich habe doch Hobbys. Ich treibe Sport, reise für mein Leben gern und lese auch immer wieder gern einen Roman. Wer kann das schon von sich behaupten in dieser Zeit der literarischen Ignoranten und bequemen Zeitgenossen." Er hatte sich unnötig erregt und über das Ziel hinausgeschossen.

Alexander war ein konzilianter, umgänglicher Mensch. Bei seinen Freunden galt er als freundlich und als guter Zuhörer. Sein großes emotionales Problem bestand darin, dass er schlecht mit Kritik umgehen konnte, zumal wenn er die Kritik als unberechtigt und destruktiv empfand. Je älter er wurde, umso weniger hielt er davon, jede charakterliche Irrung auf die Kindheit zu schieben und sich damit einen lebenslangen Freibrief auszustellen. Aber in diesem Punkt wusste er genau, dass er die Dünnhäutigkeit in erster Linie seinem Vater zu verdanken hatte. Nie war von ihm ein Wort des Lobes oder der Anerkennung für seinen ältesten Sohn gekommen. Wie oft hatte er mit wissend-herablassendem Blick gebrummt: "Alexander, du kannst einfach keine Kritik vertragen!" Er drehte sich dann um, und für ihn war das Thema erledigt. Ähnlich machte er es bei seiner Mutter. Sohn und Mutter ließ er in solchen Situationen stets ratlos und getroffen zurück. Sie verfügten beide nicht über die ruhige Selbstsicherheit seines Bruders und seiner Schwester, an denen solche Aussagen wirkungslos abgeprallt wären.

Und weil das so war, warf der Vater ihnen solche Sätze gar nicht erst an den Kopf; sie konnten ja auch Kritik vertragen.

Nun war er also wieder einmal getroffen, diesmal von Hildegard. Nur der Getroffene zeigt eine Überreaktion und flüchtet dann seinerseits in die Aggression. So war es ihm jetzt ergangen und er hatte Hildegard angegriffen. Sie hatte aber aus ihren Auseinandersetzungen gelernt und erwiderte nichts, schaute ihn stattdessen bekümmert an. Im Grunde war sie jetzt sehr umgänglich, und sie kamen doch ganz gut miteinander aus, dachte Alexander, als sich seine innere Aufwallung gelegt hatte.

Am nächsten Morgen startete er von Hildegard zur Arbeitswoche nach Ettlingen.

In der Firma wurde er an diesem heiteren Frühsommertag von drei Kollegen unterwiesen. Der heikle, befangene Herr Dehn informierte ihn über Mails und das Betriebssystem. Mit dem derb-proletarisch wirkenden Ex-Polizisten erörterte er Themen um Lieferschein und Warenausgang. Alexander mochte seine direkte, rustikale Art. Nachmittags arbeitete er mit Frau Tann zusammen. Die junge Frau hatte eine attraktive Figur und zeigte ihm Besonderheiten bei Berechtigungen und Programmwartung.

Nach Feierabend wollte er ursprünglich in der Ettlinger Innenstadt Kleidung für den Sommer kaufen.

Ihm wurde dann schmerzlich bewusst, dass sein finanzieller Spielraum so eng war wie seit vielen Jahren nicht mehr. Von Geldproblemen konnte er beileibe noch nicht reden(er pflegte einen behutsamen Umgang mit Geld und war noch nie knapp bei Kasse gewesen), aber er verschob die Einkäufe bis auf Weiteres.

Nach dem Abendessen in einem Biergarten zog er sich trotz des warmen Wetters erstmals recht früh auf sein Hotelzimmer zurück. Er wollte endlich etwas stärker zu sich finden. Das funktionierte aus der Distanz häufig besser als wenn man von den alltäglichen Lebensumständen unmittelbar umgeben war. Auf dem Zimmer sah er fern und gab sich den Gedanken hin.

Keine Frage: die Beziehung zu Hildegard füllte die Leere in seiner Freizeit aus. Herrlich war die Heftigkeit und Intimität beim Liebesspiel; das hatte er so noch nicht erlebt. Und doch:

aus der Distanz spürte er es überdeutlich: er liebte Hildegard einfach nicht, sein Hauptmotiv für die Beziehung war nur etwas Halt durch sie in turbulenten Zeiten. Das Schlimme: über alles lieben tat er nur seine einzigartige Noch-Ehefrau, ihre Süße bei aller Konsequenz im Handeln(Hildegard ging alles Süße ab), ihre Tüchtigkeit, ihre Figur, ihr Geschmack und, und, und. Er wusste beim besten Willen nicht, wie er den Rest seines Lebens ohne sie verbringen sollte. Er ahnte es, wollte aber die Erkenntnis nicht zulassen, dass ihn diese Fixierung auf Rosemarie nahezu aller Möglichkeiten beraubte, die das Leben für einen leistungsstarken Mann von Ende Dreißig bereithielt. Bevor er sich noch mehr von diesen Gedanken einfangen und blockieren ließ, schlief er – es war erst kurz nach 22:00 Uhr – ein.

Der Dienstag bescherte ihm am Arbeitsplatz interessante Kontakte und viele fachliche Informationen. Nach Feierabend fuhr er mit der Straßenbahn nach Karlsruhe und holte den für den Vortag geplanten Einkauf nach. Eine hellblaue Jeans und ein cremefarbenes Leinenhemd ließen ihn leichtfüßiger durch die Stadt flanieren.

Er kehrte nach Ettlingen zurück und telefonierte – früher völlig undenkbar – für 16 Euro mit – nicht etwa mit Hildegard(um diese Uhrzeit war sie noch mit ihrem mobilen Blutspendedienst unterwegs), sondern mit Annemarie in Nürnberg. Sie plauderten sehr angeregt. Es war offenkundig, dass sie ihn auch mochte. So schlug sie eine Radtour für den kommenden Sonntag vor. Alexander fühlte sich geschmeichelt. Aber wäre das gut? Einerseits reizte ihn diese temperamentvolle, rassige Frau sehr. Auch verfügte sie als Ehefrau und Mutter über ein ganz anderes Verantwortungsgefühl im zwischenmenschlichen Bereich als Hildegard und andere Single-Frauen in München. Zu gern würde er sie in den Arm nehmen und zärtlich - nicht heftig - küssen. Aber was hätte er davon? Nur den Zauber des Augenblicks. Er hätte wieder riesigen Stress und eine neue Beziehungskiste. Zudem würde er das Ende mit Hildegard nicht nur riskieren, sondern fast provozieren wie vor einem Jahr mit Martina und Elvira. Wurde er immer mehr zum Hallodri ohne seriöse Basis? Nein – das durfte nicht geschehen. So brachte er

gegen Ende des Telefonats genug Disziplin auf, sich mit Annemarie noch nicht für den Sonntag zu verabreden.
Seine Ettlinger Zeit neigte sich dem Ende zu. Er unternahm noch einen Ausflug ins großartige mondäne Baden-Baden. Am letzten Abend besuchte er wieder einen Biergarten in Rüppurr. Mit vielen Informationen und Eindrücken reiste er freitags nach München zurück.

18

Nach seiner Rückkehr telefonierte Alexander 80 Minuten mit Annemarie. Sie erwog, am Sonntag nach München zu kommen und bis Montag zu bleiben. Welche Möglichkeiten eröffneten sich da? Welche Intensivierung würde ihre Beziehung erfahren? Aber wie sollte ihr Sohn versorgt werden und was würde ihr Ehemann sagen? Hier stand ein weiteres Abenteuer ohne Netz und doppelten Boden bevor. Zu seinem eigenen Schrecken bemerkte er, dass er bei diesen Abwägungen überhaupt nicht an Hildegard dachte, zu der er ja seit zwei Monaten eine Beziehung hatte. Unter diesen Umständen wurde selbst Alexander das Pflaster zu heiß. Er konnte sich nicht ein Bündel weiterer Probleme aufhalsen. Sie einigten sich darauf, sich am Wochenende nicht zu sehen. Auch zu Hildegard wollte er an diesem Abend nach seiner Rückkehr nicht mehr fahren.
Er besuchte sie erst am Samstagnachmittag. Schnell redete sich Alexander wieder in seine Sorgen hinein und belastete Hildegard, die sich auf einen geruhsamen Tag gefreut hatte. Wie so oft bei ihnen führte Sex zur Entspannung, sie schliefen zweimal miteinander.
Abends setzte sich dann die Kette der Missklänge zwischen ihnen fort. In der Max-Emanuel-Brauerei in Schwabing besuchten sie eine Aufführung der "Volkssänger-Bühne". Hamlet wurde in bayerischer Mundart aufgeführt. Und nun geschah Entscheidendes. Sie saßen an einem langen Tisch mit Bekannten von Hildegard. Alexander kam mit ihnen überhaupt nicht ins Gespräch und verbrachte einen unerquicklichen Abend.

Wichtiges Kriterium beim Aufbau einer neuen Beziehung ist die Frage: wie gut findet Jeder Zugang zu den Freunden und Bekannten des Anderen? Auch bei diesem Test fiel ihre Beziehung krachend durch. Alexander befand sich nicht mehr in dem Alter, wo er unangenehme Situationen freiwillig stundenlang durchstehen wollte. Nach der Vorführung verließ er das Lokal und marschierte durch den Regen knapp 2 Kilometer zu Hildegards Wohnung. Einerseits war er froh, den ihm unangenehmen Leuten entkommen zu sein. Andererseits drückten die Ereignisse dieses Abends schwer auf sein Gemüt. Wie sollte die Beziehung zu Hildegard angesichts der permanenten Schwierigkeiten weitergehen? Nun wusste er, dass er auch in Hildegards bestehendes persönliches Umfeld nicht hineinpasste. (Eine Begegnung zwischen ihr und seinem Freundeskreis stand noch aus). Wie lang konnte diese Beziehung noch halten? Einen persönlichen Aufwärtstrend hatte sie ihm jedenfalls nicht beschert, eher im Gegenteil...Trotz schwerer Gedanken fiel er noch vor Mitternacht in Hildegards Doppelbett in einen tiefen Schlaf.

Am Sonntag wachte er gemeinsam mit Hildegard auf. War bisher wenigstens das Bett ihre gemeinsame Festwiese gewesen, so sprach aus Hildegards grünen Augen an diesem Morgen keine Lust oder Erwartung, sondern nur Ernsthaftigkeit und Kummer. In Alexander rangen Ernüchterung, Zorn und Angst um die Vorherrschaft.

Er begann mit der Kommunikation: "Wie war der Abend?"- "Es wurde noch ziemlich lustig. Natürlich war es nicht angenehm für mich, meinen Freunden zu erklären, warum du nach der Vorstellung das Weite gesucht hast."-Das konnte Alexander sehr gut nachvollziehen. Vielleicht hatte sie in den letzten Wochen nach so langem Einzelkampf bisweilen stolz von ihrem neuen Freund gesprochen.

Und nun entpuppte sich der als Spaßbremse und Spielverderber. Auch wenn ihn nackte Angst vor einer neuen Trennung packte, gab er sich einen Ruck und hörte sich sagen: "Nach diesem Abend glaube ich auch nicht mehr dran, dass wir es packen." Hildegard schien erleichtert: "Nein, das glaube ich auch nicht mehr. Es würde uns beiden guttun, wenn wir es beenden."

Sie frühstückten noch miteinander – üppig und in ruhiger, fast feierlicher Stimmung. Dann gingen sie in aller Freundschaft, ja mit Stil auseinander. In aller Freundschaft – das war immer ein seltsamer Begriff bei Trennungen. Man trennte sich ja, weil eben die Freundschaft letztlich nicht funktioniert hatte. Aber Stil – das traf zu. Ein tiefer ernster gegenseitiger Blick in die Augen, eine respektvolle, nicht zu enge Umarmung, ein kurzer fester Händedruck. Dann wendete Alexander sich um und verließ die Wohnung. Nun war er wieder ein echter Single mit allen Konsequenzen.

Nachmittags griff er zum Telefonhörer und reaktivierte die Kontakte zu einigen Freunden und Bekannten, die er in den letzten Wochen vernachlässigt hatte.

19

Mittlerweile war es Herbst geworden. Am 17. Oktober – mehr als 21 Monate nach Rosemaries Auszug – war der Tag der Scheidung gekommen. Alexander hatte sich in der Firma vormittags frei genommen und war mit der S-Bahn zum Stachus gefahren. Er wartete kurz vor 11 Uhr am Aufgang der S-Bahn. Plötzlich tauchte Rosemarie aus dem Strom der Passanten auf neben ihrem betagten Anwalt, den Alexander von einigen Besuchen kannte und fast schätzen gelernt hatte.

Nachdem sie sich etwa anderthalb Jahre nicht gesehen hatten, ruhten seine Augen nur auf Rosemarie. Sie kamen näher, Alexander begrüßte Rosemarie und ihren Anwalt per Handschlag.

Immer noch starrte er Rosemarie an – die Frau, die in 10 Jahren nicht nur zu seinem Lebensmittelpunkt geworden war, sondern zu einer Hälfte seiner eigenen Person. Und das war das Fatale: wie siamesische Zwillinge konnte auch er ohne den anderen Teil nicht wirklich weiterleben.

Im Gegensatz zu Alexander hatte sich Rosemarie seit ihren letzten Begegnungen stark verändert.

Sie hatte mindestens 10 Kilo zugenommen. Ihr Gesicht war aufgedunsen, dadurch waren die Gesichtszüge fast verschwommen. Die Kleidung aus ihrer gemeinsamen Zeit konnte

ihr nicht mehr passen. Sie trug ein hellgrünes Kostüm, das ihr trotz der ungewohnten Leibesfülle gut stand.
Sie gefiel ihm immer noch gut mit den vollen Lippen und den intensiven braunen Augen. Schließlich war sie 10 Jahre nahezu allein für sein Lebensglück verantwortlich gewesen.
Rosemarie starrte ihn ebenso an wie er sie. Ob sie ihre Entscheidung bereute? Selbst wenn es so gewesen wäre – Rosemarie hätte einen Fehler oder eine geänderte Meinung nie eingeräumt.
Nie, nie!
"Gut siehst du aus, Alexander". Die Beklommenheit ließ sie diesen kurzen Satz fast hauchen.
Alexanders Herz klopfte bis zum Hals, als er fast stotternd entgegnete: "Du auch. Was machst du jetzt eigentlich beruflich?" Als ob das in dieser Situation so wichtig gewesen wäre…"Ich bin seit 1. Oktober arbeitslos und beginne übernächste Woche eine Umschulung zur Werbekauffrau."-
In diesem Augenblick sprang ihn plötzlich eine seltsame Hoffnung an. Sie war wieder bei ihm. Er würde sie doch noch festhalten können, und es würde alles gut.
Wie aus dem Nichts gesellte sich plötzlich sein Bruder Jürgen zu der kleinen Gruppe. Er arbeitete bei einem großen Versicherungsunternehmen als Jurist, war aber auch als Anwalt zugelassen und stand für die Verhandlung als sein Rechtsvertreter zur Verfügung. Jürgen war deutlich größer als Alexander, sah ihm aber ansonsten verblüffend ähnlich in seiner fast jungenhaften Art.
Sie gingen die wenigen Meter zum Gebäude des Amtsgerichts. Die Verhandlung dauerte nur wenige Minuten, dann war die Scheidung vollzogen und das Urteil rechtskräftig. Alexander erinnerte sich im Nachhinein nicht mehr daran. Anschließend überquerten sie zu viert den belebten Stachus. In der Cafeteria des Justizpalastes ließen sie die letzten Monate Revue passieren, ohne etwas Wesentliches preiszugeben. Nach einer Viertelstunde ließen Alexander und Rosemarie die beiden Juristen allein. Sie eilten durch den traditionsreichen Palast, bevor sie sich vor dem Gebäude gegenüberstanden. Was für ein Augenblick! Ein Jahrzehnt hatten sie alles miteinander geteilt – jedes Gefühl, jede Freizeitunternehmung, den Kinderwunsch, jedes

Bangen. Und nun standen sie einander gegenüber und sahen sich womöglich zum allerletzten Mal. Nein, das konnte nicht sein. Sie würden wieder zusammenkommen, sie konnten nicht leben einer ohne den anderen. Sie schauten sich in die Augen. Alexander spürte eine gegenseitige Innigkeit wie kaum je zuvor in seinem Leben.
"Was ist denn der wirkliche Grund, warum du gegangen bist?", fragte er mit brüchiger Stimme.
"Deine berufliche Misere war ja schon früher ein Thema. Dann dachte ich, alles sei ausgestanden und plötzlich gingen Unsicherheit und Hadern von neuem los. Außerdem hatte ich Angst, von dir erdrückt zu werden." Vermutlich waren es die lange einstudierten Allgemeinplätze aus dem Scheidungsverfahren. In diesem bedeutsamen Augenblick jedoch wollte Alexander keinen Zwist, er wollte alles glauben. Er nahm sie in den Arm und drückte sie ganz fest, so fest wie früher. Es war ein Augenblick für die Ewigkeit. Er wollte sie nie mehr loslassen. Und Rosemarie ließ sich fallen und gab sich der Umarmung hin. Irgendwann – wie viele Sekunden oder Minuten waren vergangen - lösten sie sich fast gleichzeitig voneinander. "Mach´s gut, bleib´ gesund." Noch einmal schaute ihn Rosemarie an mit ihren wunderschönen verschwommenen braunen Augen. Dann drehte sie sich um und eilte davon.

20

Die Sonne kämpfte sich zögernd durch die schwere Wolkendecke. An diesem schwülen Frühsommer-tag Ende Mai fuhr Alexander mit einem roten Kombi durch die wellige Oberpfalz. Er kam von einem Termin im Vertriebszentrum Süd seines neuen Arbeitgebers in Neumarkt.
Seit der Trennung von Hildegard war ein Jahr vergangen, seit der Scheidung von Rosemarie fast acht Monate. Beide Frauen hatte er nicht mehr wiedergesehen, das wahre Singleleben hatte ihn wieder eingeholt. Und auch der Verkauf hatte ihn wieder. Wenige Wochen vorher übernahm er für einen großen Kaffeehersteller das Vertriebsgebiet München und Oberbayern. Seine

Aufgabe bestand darin, möglichst große Mengen Kaffee an Büroarbeitsplätzen in mittleren und größeren Unternehmen zu verkaufen. In Neumarkt hatten ihm zwei Kollegen die Kartei und aktuelle Fälle aus seinem Verkaufs-gebiet übergeben. Nun befand er sich in gespannter Erwartung. Als er sich dem Ort Burgthann näherte, sah er bereits die aus dem 12. Jahrhundert stammende Burg neben dem Ortskern aufragen. Markant waren der runde Burgfried und die massive Burgmauer. Alexander folgte der Beschilderung zur Burg und stellte seinen Dienstwagen auf dem großen Parkplatz ab. Er sah nur drei weitere Fahrzeuge. Aus einem weißen Kleinwagen stieg eine Frau mit mittellangen kurzen Haaren aus. Auch Alexander verließ sein Fahrzeug und ging mit langsamen Schritten der Frau entgegen. Bald standen sie sich gegenüber. Alexander blickte in dunkelbraune Augen. „Hallo Annemarie, schön dich zu sehen." Annemarie schaute ihn kurz an, dann huschte ihr Blick zur Seite. „Grüß´ dich, ja – ich freu´ mich auch." Begeisterung klang anders. Vielleicht war es aber auch nur die Aufregung, die sie – aber natürlich auch ihn – so beklommen reagieren ließ. Selbst für einen Hand-schlag reichte es nicht in dieser eigenartigen Situation. Erstmals trafen Annemarie und Alexander sich zu zweit, erstmals hatten sie ein richtiges Rendez-Vous. Die moosbewachsene Fassade des Burgfrieds bildete dazu einen romantischen Rahmen. „Es ist hier sehr schön zum Spazierengehen, komm´ einfach mit mir." Burgthann war Annemaries Wohnort. Dass sie sich hier mit einem fremden Mann sehen ließ, bedeutete Einiges. Ob es ihr schon egal war, ob sie mit ihrem Mann abgeschlossen hatte, schoss es Alexander durch den Kopf. Und dann: das soll nicht mein Problem sein. Vermutlich war es die Aufregung, die Annemarie weiterreden ließ: „Hier habe ich schon als kleines Mädchen gespielt. Oft haben wir uns hinter Mauervorsprüngen oder in den Büschen versteckt." Alexander schaute sie von der Seite an. In diesen ersten Minuten erschrak er fast über ihr Aussehen. Er sah ein altes – oder auch nur in einem Jahr deutlich gealtertes – Gesicht mit vielen Falten. Klar, Annemarie war einige Jahre älter als er und mit Anfang Vierzig war man keine junge Frau mehr. Je länger ihr Spaziergang dauerte, umso mehr verwischte dieser Eindruck. Wie immer war sie geschmackvoll und sportlich gekleidet. Über einem schwarzen Pullover trug sie eine leichte lindgrüne Seidenjacke. Wie er verschmähte sie Blue Jeans. Die schwarze Jeans betonte ihre volle Hüfte. Interesse und Begehren wuchsen in Alexander schlagartig. In einem gemütlichen Restaurant nahmen sie ein deftiges fränkisches Abendessen ein. Sie saßen sich gegenüber. Die anfängliche Beklommenheit wich einem angenehmen Gefühl des Vertrauens und der Offenheit.

Alexander war fest entschlossen, diese schönen Stunden einfach nur zu genießen, egal wie es dann mit ihnen weiter gehen würde. Später fuhren sie dann noch zu ihrem Laden nach Nürnberg, wo sie an diesem Abend noch Einiges zu erledigen hatte. Dabei kamen sie sich in mehreren zufälligen Situationen knisternd näher, ohne dass es zu direkten Zärtlichkeiten gekommen wäre.

Bald war der Abschied unausweichlich. Im Auto legte Alexander eine Hand auf ihren Schenkel. Annemarie ließ es geschehen. Kurz vor dem Abschied küsste er sie. Sie wendete im letzten Augenblick das Gesicht ab und bot ihm nur die linke Gesichtshälfte. „Wie geht es nun weiter?". Keiner wusste die Antwort.

Annemarie stieg aus seinem Auto aus und Alexander fuhr sofort davon. Während der ganzen Fahrt nach München beschäftigte ihn dieser außergewöhnliche Abend. Liebte er sie? Wollte und konnte er mit ihr ein neues Leben anfangen? Wo sollte das sein? Was würde aus ihrer Familie? Nur unterschwellig merkte er, dass er für seine Verhältnisse ungewöhnlich schnell fuhr. Auf der Autobahn zeigte der Tacho fast 200 Stundenkilometer. Kurz vor Mitternacht erreichte er seine Wohnung.

Fast umgehend läutete das Telefon. Annemarie meldete sich. Sie war aufgewühlt und entschuldigte sich für ihr zögerliches Verhalten beim Abschied. Als er um 1 Uhr zu Bett ging, drehte sich alles in seinem Kopf, aber nach wenigen Minuten war er eingeschlafen.

21

Alexander scherte in den fließenden Verkehr auf dem Mittleren Ring ein. Hinter ihm lag ein guter Arbeitstag. Den ganzen Tag hatte er bei herrlichem Frühsommerwetter im Biergarten am Chinesischen Turm gesessen und mit seinem neuen Chef alle wichtigen Informationen zum Aufgabengebiet entgegengenommen. Herr Weiser war kein Intellektueller. Er war hochgewachsen, vorne wölbte sich ein kräftiger Bauch. Das Gesicht war geprägt von einem dunklen, mit grauen Fäden durchzogenen Dreitagebart. Soweit er wusste, war Weiser Ende 40. Weiser war ein Praktiker und schien das Herz am rechten Fleck zu tragen. Sie könnten miteinander auskommen, wenn…

Natürlich nur, wenn Alexander im Verkauf endlich einmal seine Planzahlen erfüllen würde.

Bisher war ihm das bei keinem Arbeitgeber gelungen. Und er hatte es immer wieder versucht.

Jetzt wieder…

Alexander hing im zäh fließenden Verkehr diesen Gedanken nach, als er auf der Donnersbergerbrücke plötzlich ein lautes Geräusch hörte und von einem heftigen Ruck erschüttert wurde. Ganz offenbar war ein Fahrzeug auf seinen Kombi aufgefahren. Er brachte den Wagen zum Stehen und stieg aus. Der junge Mann hinter ihm hatte ebenfalls gestoppt. Er gestikulierte heftig und zeigte auf einen Kleinwagen, der hinter ihm zum Stehen gekommen war. Natürlich hatte sich sofort ein heftiger Stau auf dem Mittleren Ring gebildet. Die Fahrer verhielten sich sehr diszipliniert und passierten im Reißverschlusssystem die Unfallstelle. Inzwischen war auch die Fahrerin des Kleinwagens ausgestiegen und lief aufgeregt zu den beiden vor ihr parkenden Fahrzeugen.

Sie war blond, mittelgroß und schlank, Alexander schätzte sie auf etwa 30. Er konnte nicht sagen warum, aber als er sie sah, stockte ihm der Atem, sie hatte eine besondere Ausstrahlung, in ihren braunen Augen fand er Schrecken über die Situation, aber auch eine aufgeregte Neugier für die Dinge um sie herum. Es stellte sich heraus, dass sie die Übeltäterin, also die Unfallverursacherin war.

„Ich muss einen Augenblick gepennt haben, da bin ich auf Ihr Fahrzeug aufgefahren", sagte sie mit gleichermaßen kecker wie ehrfurchtsvoller Stimme zu dem jungen Mann. „Ja, und Sie haben mich praktisch noch mit auf das nächste Auto geschoben", erwiderte der genervte Mann. Die Heckklappe seines Fahrzeugs war leicht eingedrückt. An Alexanders Dienstwagen ließ sich keine Beschädigung feststellen. Natürlich musste die junge Frau auch ihm als Unfallbeteiligten ihre Adresse hinterlassen – für den Fall, dass man doch am Fahrzeug etwas feststellen sollte. Mit Alexander wechselte sie keine drei Sätze, und doch war er gebannt von ihr. War das gar Liebe auf den ersten Blick? Um den Verkehr nicht weiter zu behindern, verließen sie bald die Unfallstelle und fuhren weiter. Polizei wurde bei diesem Unfall offenbar nicht benötigt.

Wie betäubt fuhr Alexander nach Hause. Dort kam ihm eine Idee. Sein Kombi war zwar unbeschädigt, aber er hatte ja die Adresse der Unbekannten – übrigens fand er auch ihre Handschrift sehr adrett.

Noch am gleichen Abend setzte er sich an seinen Schreibtisch und schrieb ihr folgenden kurzen Brief:

„Natürlich erinnern Sie sich an den Vorfall heute auf der Donnersbergerbrücke. Ich bin der Fahrer des zweiten Wagens vor ihnen und fand Sie sofort sehr interessant. Gern möchte ich Sie wiedersehen. Wenn das für Sie auch interessant ist, rufen Sie mich bitte unter der unten vermerkten Rufnummer an – ansonsten vergessen Sie diesen Brief. Viele Grüße Alexander."

Er war fest entschlossen, diesen Brief auch abzuschicken, zu verlieren hatte er nichts. Vielleicht würde ja das Wunder geschehen und sie rief tatsächlich bei ihm an.

Zu Beginn der folgenden Woche nahm Alexander seine eigentliche Tätigkeit im Verkaufsgebiet auf.

Vormittags verrichtete er harte körperliche Arbeit im Trans-o-flex-Lager bei Freising. Erneut erwies sich sein fehlendes Glück im Beruf. Dieses Lager musste er häufig aufsuchen, um defekte Kaffee-maschinen seiner Kunden in die Zentrale zu schicken oder neue Kaffeemaschinen in Empfang zu nehmen. Von seinem Wohnort lag dieses Lager aber über eine Autostunde entfernt, genau am anderen Ende der Stadt. Er musste den im Berufsverkehr verstopften Mittleren Ring und – noch schlimmer – Frankfurter Ring benutzen, um dorthin zu kommen. An diesem Vormittag richtete er zwei Gitterboxen ein, aus denen er ab sofort die nötigen Utensilien für die Kunden abholen würde.

Am Spätnachmittag hatte er nach sieben Wochen Pause – bedingt durch seine mehrwöchige Einarbeitung in Berlin – einen Termin bei seiner Psychologin. Sie riet ihm, bei Claudia-Romana alles so zu lassen, wie es ist. Ein verstärktes Einlassen auf sie führe nur zu neuen Komplikationen.

Claudia-Romana war eine sehr aparte junge Frau, mit der er beim Freizeit-Telefon-Club häufig zu tun hatte(sie organisierten regelmäßig Veranstaltungen aus Sport, Kultur und Geselligkeit in München und Umgebung). Am Vortag hatte er sie in seinem Auto zu einer Gruppenwanderung im Oberland mitgenommen. Sie hatten sich wie immer phantastisch unterhalten. Unterwegs hatte sie einmal den Kopf an seine Schulter gelegt, beim Abschied im Auto hatte sie ihn gedrückt.

In seiner Wohnung sah Alexander als erstes das Blinken des Anrufbeantworters. Ein AB war für Singles d i e Verbindung zur Außenwelt, gewissermaßen die Lebensversicherung. Er verkörperte die Hoffnung, an der Einsamkeit nicht am Ende noch zu sterben. Welche Überraschungen würde das Gerät diesmal für ihn ausspucken? Doch nicht etwa einen Anruf seiner „Stau-Partnerin" vom Mittleren Ring? Der erste Anruf war von seinem Nachbarn Günter. „Zweite Nachricht", plärrte die Computerstimme des Gerätes. „Hier ist Petra Weidner, Sie wissen schon, die Bruchpilotin vom Mittleren Ring. Sie haben mir einen netten Brief geschrieben. Rufen Sie mich doch an unter der Rufnummer, die ich Ihnen letzte Woche gegeben habe. Heute Abend würde es ganz gut passen."

Alexander nahm die beiden restlichen Anrufe von Waltraud und seiner Mutter nur noch beiläufig zur Kenntnis. Seine ungewöhnliche Aktion hatte also tatsächlich gefruchtet. Er geriet in Hochstimmung. Es war fast alles möglich, man musste nur handeln und dabei auch besondere Wege beschreiten.

Er holte Atem und rief Petra zurück. Dreimal ertönte das Freizeichen. Dann hörte er eine fremd erscheinende, aber schöne weibliche Stimme: „Ja bitte." Die Single-Frauen hatten die Angewohnheit, sich nicht mit ihrem Namen zu melden – offenbar aus der Angst heraus, festgenagelt oder verfolgt zu werden oder was auch immer. Er verzieh es sich, dass seine Stimme leicht bebte, als er sagte: „Hier ist Alexander Schreier, Sie haben auf meinen Brief geantwortet…"-„Ach, Sie sind das, das war echt eine Überraschung."-„Und ich find´s toll, dass Sie auf meine eigenwillige Kontaktaufnahme geantwortet haben. Wir kennen uns zwar überhaupt nicht, aber sollen wir uns mal treffen?"-„Warum nicht. Wie wär´s gleich morgen?" Alexander schluckte; die ging ja ran. „Ja, morgen hätte ich Zeit. Fragt sich nur wo."-„Machen wir´s doch ganz einfach, 19:30 Uhr an der Feldherrnhalle. Noch eins: erkennen wir uns denn nach der kurzen Begegnung am Mittleren Ring?"-„Gute Frage. Aber ich bin sicher, das kriegen wir hin."-„Gut, dann bis morgen um 19:30 Uhr."-„Bis morgen. Tschüss." Das Telefonat war beendet.

Alexander musste sich erst mal erholen. Er setzte sich an den Wohnzimmertisch und goss sich ein Glas Bier ein. Das war ja unglaublich. Ein Bagatellunfall am Mittleren Ring, ein origineller Brief, ein kurzes Telefonat – und nun hatte er am nächsten Abend ein Date mit einer tollen Frau. Die Euphorie durchzog ihn wie süßer Brei – und war dann plötzlich wie weggeblasen. Vielleicht hatte Petra ja gar kein Interesse an ihm. Sie kannte ihn ja überhaupt nicht, sogar an sein Äußeres würde sie sich nur noch sehr bedingt erinnern können. Vielleicht kam er ihr ja nur gerade recht als Unfallzeuge. Aber was sollte das alles? Was brachten diese Gedanken? Er merkte, dass er seinen Erfolg, ja Triumph über diesen besonderen Coup sofort in Schutt und Asche legte. Schließlich gelang es ihm, auf eine gelassene „Schau´mer ma"-Einstellung einzuschwenken. Zum Glück hatte er an diesem Abend eine Tennis-Verabredung mit Rolf, so dass er ohnehin auf andere Gedanken kommen würde.

Am nächsten Arbeitstag besuchte Alexander acht Kunden acht Kunden im Raum Rosenheim. Zeitweise fühlte er sich verloren als Herumfahrender. Vor allem aber war er sehr unruhig vor dem abendlichen Treffen mit einer völlig unbekannten, per Brief „aufgerissenen" Frau.

22

Geradezu bibbernd fuhr er abends mit der S-Bahn in die Stadt. Der Himmel war bedeckt, aber die Luft roch schwül-warm nach Frühsommer. Jetzt im Juni erlebte die Stadt die längsten Tage und die kürzesten Nächte des Jahres.
Am Odeonsplatz stieg Alexander vom U-Bahn-Schacht hinauf ans Tageslicht. Er war sehr aufgeregt.
Sein Blick wanderte etwa 50 Meter Richtung Feldherrnhalle. Dort hielten sich zwar zahlreiche Touristen auf, Petra jedoch konnte er nicht erkennen. Da er sie ja auch kaum kannte, nahm er es als normal hin.
Nun galt es, die Ruhe zu bewahren. Es war 19:29 Uhr. Er konnte nur auf sie warten, und dann mussten sie gemeinsam das Kunststück fertigbringen, sich zu erkennen. Alexander hatte kaum
2 Minuten gewartet, als er eine unauffällige, aber anmutige junge Frau auf sich zu schlendern sah. Keine Frage – es handelte sich um Petra Weidner. Auch er ging langsam auf sie zu.
In diesen Sekunden sah jeder von beiden nur noch den anderen. Lag es an der besonderen Konzentration, die es erforderte, einen fast unbekannten Menschen zu erkennen? Oder schwang in diesen Sekunden auch Faszination über die andere Person oder zumindest die kuriose Situation mit? Da Alexander schon viele besondere Augenblicke durchlebt hatte, war Rendez-Vous gehabt hatte, war sein Lampenfieber mit einem Schlag wie weggeblasen. Er schaute in das fein geschnittene Gesicht mit den interessierten blauen Augen. Nur um etwas zu tun, reichte er ihr die Hand und drückte sie kurz. Sein Lächeln kam von Herzen. „Das finde ich klasse, dass unser Treffen geklappt hat. Ich gebe allerdings zu, dass ich sehr aufgeregt bin."
Alexander gehörte nicht zu den Menschen, die auf eine gesellige oder kumpelhafte Art auf andere zugingen. Seine besondere Stärke lag aber darin, dass er – wenn ein Kontakt einmal zustande gekommen war - kurze Aussagen zu seinem Gefühlsleben machen konnte, ohne dabei zu aufdringlich oder intim zu werden. Damit gelang es ihm häufig, die Tür zu den Herzen der anderen zu öffnen.
In dieser sensiblen Situation hatte er wieder Erfolg. Petra

schien über seine Offenheit dankbar zu sein. Ihre blauen Augen schimmerten verständnisvoll und ein wenig spöttisch, bevor sie einen klaren und warmherzigen Ausdruck annahmen. Ihre kleinen und doch vollen Lippen bildeten ein verschmitztes Lächeln, als sie erwiderte: „Mir geht es genauso." Mehr musste sie in diesem Augenblick nicht sagen. Ihr heiteres Gesicht, ihre zierliche und doch feminine Gestalt, der leichte Münchner Zungenschlag – Alexander stand vor ihr und spürte, wie sich etwas in ihm entfaltete. Faszination, Interesse, ja Liebe. Nein – Verliebtheit war in diesem ersten Stadium ihrer Bekanntschaft das treffendere Wort. Wie verwirrte Teenager spazierten sie durch die Menschenmengen in der Innenstadt. Sie unterhielten sich mit belegten aufgeregten Stimmen über das Wetter, die Vorzüge und Nachteile des Lebens in München und die Mühen des zurückliegenden Arbeitstages. Es war eine unbeschwerte und doch gehaltvolle, einfach schöne Plauderei. Während sie nebeneinander her schlenderten, musterte er Petra bisweilen von der Seite. Das mittelblonde Haar war halblang geschnitten. Es umspielte hüpfend ihre lebhaften Gesichtszüge. Petra trug ein grünes T-Shirt und eine weiße, eng anliegende Sommerhose. Fast gingen sie im Partnerlook. Alexander verschmähte Blue Jeans. An diesem Abend hatte er sich für eine leichte cremefarbene Hose und ein mittelgrünes Poloshirt entschieden. Er legte Wert auf seine Immunität gegen Markenkleidung. Einige Markenhemden – überwiegend Geschenke – zählten trotzdem zu seiner Garderobe. Aus einer Eingebung heraus hatte er an diesem Abend darauf verzichtet. Er schätzte Petra bereits nach ihrer kurzen Begegnung auf dem Mittleren Ring als eine Frau ein, für die materielle Dinge keine entscheidende Rolle spielen.

Einerseits genoss er das „unkontrollierte Schlendern" in der Fußgängerzone. Doch war ihm klar, dass sie nicht Stunden auf diese Weise verbringen konnten. Als zwar emotionaler, aber doch analytischer und strukturierter Mensch nahm er deshalb das Heft in die Hand. „Was fangen wir denn jetzt mit dem angebrochenen Abend an? Hätten Sie Lust auf einen Biergarten?"-„Das finde ich eine gute Idee.

Aber wo gehen wir hin? Es gibt ja eine riesige Auswahl in München." Nun hatten sie Alexanders Spezialgebiet betreten.

Er verstand es meisterlich, passende Lokalitäten auszutüfteln und damit die Grundlage für heitere und angenehme Stunden zu legen. „Was halten Sie davon, wenn wir mit der S-Bahn rausfahren zum Hirschgarten, das ist der vielleicht schönste aller famosen Biergärten der Stadt." Petra lächelte ihn an: „Abgemacht, da wollte ich immer schon mal 'hin."-„Was – Sie waren noch nie im Hirschgarten? Dann wird's aber Zeit!" Petra antwortete mit einem übermütigen, bezaubernden Lachen. Dann machten sie sich auf den Weg zur S-Bahn-Haltestelle am Marienplatz.

Während der kurzen S-Bahn-Fahrt setzten sie ihr unbeschwertes Gespräch über Gott und die Welt fort. Auch beim Fußmarsch vom Haltepunkt Laim zum Hirschgarten ging ihnen nie der Gesprächsstoff aus.

Der besondere Reiz des Königlichen Hirschgartens lag in seiner immensen Weitläufigkeit. Für Kinder gab es ein großes Wildgehege. Der Biergarten breitete sich endlos unter alten Laubbäumen aus. Es gab ausschließlich runde Tische und die Abstände zwischen den einzelnen Tischen waren groß.

Der Hirschgarten galt als der größte Biergarten Münchens und damit vermutlich auch der ganzen Welt. Der bedeckte Himmel hatte den Vorteil, dass es auch am Abend angenehm warm blieb. Alexander und Petra fanden problemlos einen Tisch für 2 Personen.

Nun trat eine veränderte Situation ein. Sie saßen einfach nur noch einander gegenüber, waren nun gewissermaßen auf ihre Harmonie angewiesen. Das Faszinierende: sie hatten ständig einander etwas zu sagen. Alexander hätte die Fülle ihrer Themen danach nicht mehr wiedergeben können. Er glaubte, dass jede Minute etwas weiterwuchs zwischen ihnen. In ihm breitete sich die wohl bekannte, aber durchaus gefährliche Glückseligkeit aus.

Plötzlich hörte er Worte wie Keulenschläge, die ihn aus allen Illusionen rissen. „Es ist richtig toll hier mit Ihnen. Aber ich muss Ihnen zwei Dinge sagen. Ich bin von Beruf Stewardess und demnach sehr oft nicht in München." Und bevor Alexander leicht bedauernd seine Anerkennung für diesen Traumjob bekunden konnte, folgte aus ihrem Mund die nächste Attacke: „Ich habe übrigens auch einen festen Freund."

Alexander ließ ihre Worte in seinem Ohr noch einmal Revue passieren. Doch – das hatte sie gesagt, sie hatte einen Freund. Eigentlich eine Selbstverständlichkeit für eine solche Frau. Und doch – die Welt um Alexander begann sich zu drehen. Er benötigte alle emotionale Kraft und Disziplin, um zumindest nach außen gefasst zu bleiben. „Oh", war das Einzige, was aus seinem Munde kam.
Petra half ihm. „Sind Sie jetzt enttäuscht?" Damit war in Worte gefasst, dass sich hier nicht nur eine belanglose Begegnung abspielte, sondern ein Zusammensein, bei dem Liebe aufkeimte – vielleicht auf beiden Seiten. „Wenn Sie mich so direkt fragen – ja, ich bin enttäuscht, und auch traurig."
Im Gegensatz zu seinen unsäglichen Jahren als junger Mann hatte Alexander nun die Statur, ruhig und deutlich seine Gefühle zu bekennen. Seine Antwort war nichts anderes als eine Liebeserklärung an Petra gewesen. Ihr vorher so freimütiges lockeres Gespräch stockte urplötzlich. Nun konnte es ja auch nicht mehr so weitergehen wie vorher. Wieder einmal war in Alexander schlagartig eine Welt zusammengebrochen. Es würde keine harmonische Liebesbeziehung zu Petra geben – und das nach einer solchen Begegnung! Sie schauten sich einfach nur in die Augen – ganz lange. Alexander hätte später nicht sagen können, ob es Sekunden waren oder Minuten. Die Gefühle strömten wie heiße Lava durch sein Inneres. Plötzlich standen beiden quasi gleichzeitig Tränen in den Augen. Sie begannen wieder miteinander zu sprechen. Von diesem Zeitpunkt an sagten sie „Du" zueinander.
Ein längerer Aufenthalt im Hirschgarten hätte sie nun nur noch belastet und eine Lawine der Traurigkeit ausgelöst. Nein – sie mussten der Trennung entgegengehen.
Im Biergarten konnte man sofort aufbrechen, denn bezahlen musste man ja stets am Anfang bei Abholung der Getränke. So spazierten sie zurück zur S-Bahn, nun fast ohne ein Wort zu reden. Dabei bestand eine ungeheure Nähe zwischen ihnen. Auf dem Bahnsteig fasste sich Alexander ein Herz. Er drehte sich zu ihr um und fasste Petra an den Schultern. Beide fielen sich augenblicklich in die Arme, sie drückten sich lang und intensiv. Die Welt um sie herum schien zu versinken. Diesen großen Augenblicken tiefer Liebe gab sich Alexander mit jeder

Faser seiner Sinne und seines Körpers hin.
Irgendwann nahm er den Kopf etwas zurück. Er schaute ihr in die Augen und sagte nichts. Dann legte er seine Lippen auf ihren Mund und küsste sie. Sie erwiderte den Kuss. Nach einigen Sekunden lösten sich ihre Lippen wieder voneinander. Dann trennten sich ihre Wege. Beide mussten in entgegengesetzte Richtungen fahren und betraten demnach unterschiedliche Bahnsteige.
Petras S-Bahn fuhr als erste ein. Alexander sah, wie sie einstieg. Dann war er mit sich allein. Keine Frage - sie würden sich nicht wiedersehen. Vergessen würde diesen Abend aber wohl keiner von beiden.
Alexander spürte in sich tiefe Gefühle für Petra. Er musste an ein Klischee aus Liebesromanen den-ken: am schönsten waren die unglücklichen Liebesgeschichten ohne Happy End. Danach war das mit Petra eine wunderschöne Liebesgeschichte. Er empfand großen Stolz über sein Vorgehen, hatte aus dem Nichts einc herrliche Episode seines Lebens geschaffen. Alexander war ganz sicher: wenn er so weitermachte, würde er bald wieder in einer erfüllten Beziehung leben.

23

Erstmals in der Türkei. Alexander entwickelte keine besondere Affinität zu diesem Reiseland. Doch musste man einfach mal dagewesen sein, um mitreden zu können. Im Grunde war Alexander kein Mensch, der sich um jeden Preis anpassen musste oder sich die Anschauungen der Mitmenschen zu eigen machte. Im Grunde fühlte er sich autark – mit allen Vor- und Nachteilen.
Aber nun hatte er sich entschlossen, in die Türkei zu fahren. Helmut hatte es im Clubhotel sehr gut gefallen. Und nun war Alexander aufgebrochen zum Club Milta. Wenn man als Single keinen befreundeten Mitfahrer fand, gab es gar keine andere Chance als Cluburlaub, um nicht ganz allein durch die Weltgeschichte zu ziehen.

In diesem Augenblick war er jedoch noch allein und er fühlte sich auch so. Um 3.00 Uhr war er in aller Herrgottsfrüh aufgestanden und dann vom Flughafen München nach Antalya aufgebrochen. Nun saß er im Transferbus vom Flughafen zur Ferienanlage. Es war der erste Oktober und ein spätsommerlicher Tag in der Türkei. Den Himmel bedeckten graue, aber harmlose Wolken, die Temperatur lag etwas über 20 Grad. Alexander verfolgte das Weltgeschehen in den Medien stets mit großem Interesse, und so war ihm nicht entgangen, dass die Türkei einen stabilen und kräftigen wirtschaftlichen Aufschwung erlebte. Während dieser Busfahrt wurde ihm jedoch klar, dass er durch ein armes Land reiste – zumindest im europäischen Vergleich. Europäischer Vergleich – die Türkei befand sich auf zwei Kontinenten, aber diese Küste gehörte ja gar nicht zu Europa, sondern zu Asien und wurde deshalb auch als kleinasiatische Küste bezeichnet. Egal, er sah in der Ferne das ungeordnete Häusermeer einer Großstadt – vermutlich Antalya oder Alanya – und rechts am Straßenrand kleine Häuser und grob zusammengezimmerte Hütten. Der Straßenverkehr fand nur in bescheidenem Rahmen statt, man sah viele Fußgänger müßig an der Straße entlangschlendern. Das Straßenbild wurde überwiegend von Männern bestimmt, typisch für islamische Länder. Die Szenerie vor seinen Augen assoziierte er eindeutig mit der Dritten Welt, und irgendwie wies die Türkei auch Strukturen von Ländern der Dritten Welt auf. Alexander sah rötlichbraune Erde und versengte Büsche und Baum-stümpfe. Alle paar Kilometer nahm er zur Linken plötzlich eine große Hotelanlage wahr – in der Regel weiß verputzt, teilweise noch gar nicht ganz fertig gebaut, aber meist mit großem Komfort.

Dahinter musste jeweils das Meer liegen. Solche Hotelanlagen waren für internationale Badegäste errichtet worden. Wenige Meter später prägten wieder Hütten, flanierende Menschen und manche Hotelbaustelle das Bild. Dritte Welt – das bedeutete für Alexander kleine Inseln des Wohlstands inmitten einer Welt aus Improvisation, Mangel und Überlebenskampf. Genauso kam es ihm hier vor, und damit sah er sich in Bezug auf seine Türkei-Vorurteile bestätigt. Im Bus saßen etwa 40 Touristen aus verschiedenen europäischen Ländern. Alexander schaute sich um. Gab es Personen, die als mögliche Urlaubsbegleiter in Betracht kamen? Obwohl die Ferienanlage in den Prospekten als Single-tauglich angepriesen worden war, hatten es offenbar die wenigsten Gäste gewagt, die Reise so wie er ohne feste Begleitung anzutreten. Paare wohin er auch schaute. Ach – da vorne saß ein einzelner Mann, aber der war kaum 25 Jahre alt. Im hinteren Bereich nahm er einen offenbar rüstigen Senior wahr – auch nicht seine Altersgruppe. Musste es eigentlich seine Altersgruppe sein? Vier Reihen weiter vorn hingen zwei junge Frauen plappernd und schnatternd aneinander wie zwei Kletten. Ob sich ihre Wege im Clubhotel wenigstens phasenweise trennen würden, wenn gut aussehende und kühne junge Männer ihr Interesse bekundeten? Schließlich wurde er noch aufmerksam auf eine offensichtlich allein reisende Frau in den Dreißigern. Sie starrte zum Fenster hinaus und schützte sich vor potentiellen Annäherungs-versuchen durch eine in jeder Hinsicht abweisende Miene und Körperhaltung. Dabei hatte sie bei ihren asketischsauertöpfischen Gesichtszügen und der sehnigen Gestalt kaum Belästigungen durch die Männerwelt zu befürchten. Alexander wurde in seinen Betrachtungen jäh unterbrochen, als der Bus vor einem ausladenden Tor abrupt hielt. Offenbar hatten sie das Clubhotel erreicht. Erwartungsgemäß hatte die Clubanlage riesige Ausmaße. Bei einem solchen Hotel wurde ja überhaupt nicht in die Höhe gebaut, alle Wohneinheiten und Lokalitäten mussten über eine riesige Fläche angelegt werden. Die Anlage machte einen nicht ganz so gepflegten Eindruck wie das Clubhotel auf der Insel Djerba vor knapp zwei Jahren. Unmittelbar hinter dem Hotel ragte unvermittelt das Taurus-Gebirge auf. Hier blieben sicher viele Wolken hängen und sorgten für bisweilen wechselhaftes Wetter. Vielleicht würde man hier etwas kühlere Temperaturen mit großer Dankbarkeit annehmen. An der breit gezogenen Rezeption musste er etwa 10 Minuten warten, bis er sich anmelden konnte. Ein grünes Kunststoff-Armband wies ihn für den Zeitraum seines Aufenthaltes als Clubmitglied aus. Es legitimierte ihn, die „All-Inclusive"-Leistungen des Clubs in Anspruch zu nehmen. Alexander bezog dann sein recht kleines, aber komfortables Einzelzimmer in angedeutetem osmanischem Stil.

Am Nachmittag unternahm er seinen ersten ausgedehnten Rundgang durch die große Clubanlage. Er lief am feinsandigen Strand entlang, besichtigte die Tennisanlage und inspizierte die verschiedenen Restaurants auf dem Gelände. Fast alle Gäste traten gruppenweise auf. Sofort schoss in ihm das wohl bekannte Gefühl der Einsamkeit empor. Es ist einfach hart, als Single herumzulaufen. Doch sofort nahm er sich an die Kandare. Diese Reise sollte ihm in erster Linie als Therapie dienen. Er wollte kontaktfreudiger werden. Für die Mahlzeiten hatte er sich fest vorgenommen, nur „interessante" Tische zu wählen, sich nicht zu verstecken und wieder mehr Willen und Initiative zu entwickeln. Andererseits – diese Disziplin und dieser ewige Kampf kosteten Kraft. Zeitweise fühlte er sich einfach nur müde und ausgelaugt.

Der darauf folgende Mittwoch bescherte Alexander eine willkommene Abwechslung. In der Clubanlage fand ein Tennisturnier statt. Als recht menschenscheuer Charakter empfand er zwar seit jeher eine Abneigung, auf andere zuzugehen, zumal wenn er allein auftreten musste. Speziell in seinen beruflichen Tätigkeiten im Verkaufsaußendienst war dieser Widerwille massiv gewesen und hatte sich beinahe zur Obsession ausgewachsen. Doch hatte es ja keine Alternative gegeben, es war sein Job gewesen, er war für seine Bemühungen bezahlt worden. Natürlich – es war bei den Bemühungen geblieben. Konstanter Erfolg konnte sich unter diesen Umständen nie einstellen.

Hier im Club hingegen war es nicht Lebensunterhalt und Verpflichtung. Aber was hätte er denn sonst tun sollen? Immer nur herumlaufen und den Paaren und Familien zuschauen? Dabei hatten sie im Reisebüro doch gerade diesen Club in der Türkei als ideal geeignet für Alleinreisende angepriesen. Und sein Freund Helmut, der im Mai hier eine Woche verbrachte, hatte viel Anschluss gefunden und sich begeistert geäußert. Hatte, hätte und so weiter – das alles zählte jetzt aber nicht. Alexander war diszipliniert genug zu kämpfen, um auch aus den schwierigen oder gar misslichen Situationen in seinem Leben noch das Beste zu machen. Und schließlich war er ja auch ein erfahrener Tennisspieler.

In seiner Jugend hatte er bei Vereins- und Kreismeisterschaften teilgenommen. Wie bei den meisten Dingen hatte er sich auch im Tennissport nicht als Naturtalent entpuppt. Er hatte eine unkonventionelle Schlagtechnik, die Lehrbücher ad absurdum führte und Tennistrainer zur Weißglut trieb. Seine Vorhand kam ungewollt überrissen, also mit einem seltsamen Effet, der viele Bälle hinter der Grundlinie des Gegners aufspringen ließ. Die Rückhand spielte er mit einer eigenwilligen Mischung aus Schleifen- und Schiebebewegung, richtig durchziehen zu einem harten Schlag konnte er sie nie, genauer gesagt traute er sich nicht, sie durchzuziehen. So blieb sie im Grunde immer ein Defensivschlag. Auch den Aufschlag konnte man nicht als Stärke in Alexanders Spiel bezeichnen. Es war ihm nie gelungen, Anweisungen von Trainern motorisch richtig umzusetzen. Vermutlich warf er den Ball nicht hoch genug und schaute ihn auch nicht richtig an. So flog sein Aufschlag häufig als besserer Einwurf Richtung gegnerisches Feld und stellte für ihn eher einen Nachteil als den im Wettkampf so wichtigen Vorteil dar. All diese Faktoren hatten natürlich dazu geführt, dass Alexander als Wettkampf-Tennisspieler keine große Entwicklung nehmen oder gar Karriere machen konnte.

Und doch hatte er in seinem bescheidenen Rahmen beachtliche Erfolge erzielt. Sein ungewöhnlicher Stil hatte manchen eleganten Spieler entnervt und in eine Niederlage gegen Alexander geführt.

Alexander verfügte trotz seiner limitierten Spieltechnik über ein exzellentes Ballgefühl und einen respektablen Spielwitz. Er streute raffinierte Bälle in verschiedene Regionen des Spielfeldes. Seine Stopps kurz hinter das Netz und die Schläge mit der ansonsten defensiven Rückhand an der Linie entlang hatten ihm viele wichtige und entscheidende Punkte beschert.

Eine weitere Stärke bestand in seinem unbändigen Kampfgeist. Er gab ein Match nie vor dem letzten Ball verloren. Und das war ja eine Besonderheit des so genannten „weißen Sports": Schluss war erst, wenn der Sieger den letzten erforderlichen Punkt geholt hatte. Da sich seine Wohnorte oft geändert hatten und er nirgendwo mehr richtig sesshaft geworden war, hatte Alexander seit vielen Jahren an keinem ernsthaften Turnier mehr teilgenommen. Und auch die Veranstaltung im Ferienclub konnte man nicht als ernsthaftes Turnier bezeichnen. Dafür sorgte schon die lockere Atmosphäre einer Ferienanlage. Außerdem wurde in jedem Match nur ein Satz gespielt und damit viel Härte und Stehvermögen aus den Duellen herausgenommen.

Am Herrenturnier nahmen 10 Spieler teil. Alexander musste keines der beiden Ausscheidungsspiele bestreiten und erst im Viertelfinale – also der Runde der besten 8 Spieler – eingreifen.

In dieser ersten Begegnung traf er auf einen untersetzten jungen Mann, dem er an Erfahrung, aber auch spielerisch überlegen war. Die einzige nennenswerte Szene ereignete sich bei Satzball für Alexander, als ein von seinem Gegner gespielter Ball, den er mühelos erreicht hätte, auf einen in seinem Feld herumliegenden anderen Ball aufprallte, die Richtung änderte und einen Punkt für seinen Gegner ergab. Selber schuld – wenn man Bälle in seinem Feld nachlässig herumliegen lässt…

Alexander bewahrte aber die Nerven und gewann den einen entscheidenden Satz sicher mit 6:4.

Im Halbfinale ging es dann schon um den Einzug ins Endspiel. Hier traf Alexander auf einen in jeder Hinsicht überlegenen Gegner und verlor schnell mit 1:6. Damit hatte er das Spiel um Platz 3 erreicht, und für den gab es noch eine Siegerurkunde. Alexander stand einem schlaksigen jungen Mann gegenüber, der spektakulär und technisch gut spielte. Bald führte dieser mit 5:2 und sah den Sieg sicher vor Augen. Sein Fehler: in seinem jugendlichen Leichtsinn hatte er Alexander unterschätzt. Woher hätte er dessen Kampfgeist und Routine kennen sollen? Man sah sich heute zum ersten Mal. Alexander hatte nichts mehr zu verlieren und holte Spiel um Spiel auf. Plötzlich hatte er 5 Spiele hintereinander und damit den Satz und eben auch das ganze Match mit 7:5 gewonnen.

Sein Gegner fluchte: "Wie kann ich denn gegen den verlieren?". Konnte er aber eben doch, und unsportlich war er also auch noch. Eines der obersten Gesetze für einen Sportler hatte Alexander in der Jugend von seinem Vater gelernt: es ist mieser Stil, den Gegner abzuwerten. Alexander konnte sich den Seitenhieb auf seinen Gegner nicht verkneifen: "Man ist immer nur so gut, wie der Gegner es zulässt!"

Es gab ja drei Arten von Matches. Jene, in denen man deutlich überlegen war, gewann man, wenn man sich nicht ganz dumm anstellte. War der Gegner eindeutig besser, konnte man im Grunde vorher seine Koffer packen. Die Entscheidung über Erfolg oder Misserfolg fiel vor allem in jenen Partien, bei denen es knapp zuging. Da hatte er in seiner Jugend meistens den Kürzeren gezogen. Er kämpfte bis zum letzten Ball und wenn es sein musste auch bis zum letzten Blutstropfen, aber irgendetwas in ihm ließ ihn nicht wirklich glauben, dass er das bessere Ende haben würde. Also zog er in den entscheidenden Phasen meist den Schwanz ein und gab sich ritterlich und dezent geschlagen. Auch im Verkauf hatte er nie an den Erfolg geglaubt, geschweige denn auf ihn vertraut. Bei der Eroberung von Frauen war es nicht anders gewesen; er wusste gar nicht genau, was er tun sollte, um eine für sich zu gewinnen. Diese Misere hatte er im Laufe von Jahrzehnten mühevoll abgestreift. Spät war ihm bewusst geworden, was es überhaupt bedeutete, sich durchzusetzen und welche Mechanismen dabei von Bedeutung waren. Also konnte er sich jetzt als gestandener Mann gegen seine Kontrahenten behaupten und solche engen Spiele für sich entscheiden.

Trotzdem blieb seine Situation im Club schwierig. Zunächst schlenderte er mit neuem Stolz über das Gelände der Ferienanlage. Der Stolz gründete weniger auf seiner mäßigen spielerischen Leistung, sondern auf seinen beachtlichen 3. Platz bei dem Turnier. Der Himmel war an diesem Mittwoch bedeckt, zeitweise fiel sogar leichter Regen. Alexander spürte, wie der angesichts des banalen Erfolgs ohnehin fast lächerliche Stolz rapide dahinschmolz. Erneut lief er allein herum, wieder sah er lauter Paare und Familien, die die unbeschwerten Urlaubstage genossen. Pervers: er war in den Club gereist, um der Einsamkeit für eine Woche zu entrinnen, und nun wurde ihm sein Alleinsein noch viel deutlicher vor Augen geführt als in seiner traurigen Festung in München. Die Alternative bestand darin, sich entweder in sein karges Apartment zurückzuziehen(die Zimmer waren wohlweislich schlicht eingerichtet, in einer Club-Ferienanlage sollten die Gäste ja gerade draußen an den gemeinschaftlichen Aktivitäten teilnehmen) oder in der Öffentlichkeit das Alleinsein zu zelebrieren.

Alexanders Problem bestand seit jeher in einer nicht massiven, aber doch schwelenden Menschen-scheu. Einerseits stand er den Ereignissen und Personen, die ihm begegneten, völlig unvoreingenommen gegenüber. Neue Situationen und fremde Menschen faszinierten ihn zutiefst. Zugehen konnte er aber nur auf die Situationen. Deshalb reiste er stets an andere Orte und hatte so häufig die Arbeitsstellen gewechselt. Auch gelang es ihm, aufgrund seiner positiven Neugier mit bisher unbekannten Personen ins Gespräch zu kommen und wenn diese dann zu ihm passten einen phantastischen Austausch zu betreiben. Er war ein Meister des guten Zuhörens und des feinen Dialogs. Aber auf eine bereits bestehende Gruppe zugehen? Vielleicht – aber nur wenn sofort eine positive Resonanz erkennbar war. Wenn die Reaktion jedoch bestenfalls neutral ausfiel…Dann „baggern" und sich weiter bemühen – nein, das war nicht sein Ding, das war einfach zu anstrengend für ihn und verletzte seinen Stolz. Und eben deshalb konnte er sich hier nicht wohlfühlen.

Weil Alexander nicht zu den Menschen gehörte, die unbefriedigende oder gar bedrängende Situationen tatenlos akzeptierten, ergriff immer mehr die Idee von ihm Besitz, die Woche nicht durchzustehen, sondern vielmehr früher abzureisen. Wenn er sich an die Clubleitung wendete, konnte er womöglich einen früheren Rückflug vereinbaren. Da sich Alexander zu den Kämpfertypen zählte, war dieser Zeitpunkt jedoch noch nicht gekommen. Beim Abendessen würde er sich wieder an einen anderen Tisch setzen, vielleicht hatte er dann ja mehr Glück mit neuen Kontakten.
Zum Abend hin löste sich die dichte Bewölkung auf; einzelne Sonnenstrahlen hüllten das Clubgelände in eigenartige schillernde Farbtöne. Nachdem er anfangs immer früh und damit als erster an einem der großen runden Tische im Restaurant Platz genommen hatte, war es ihm seit 2 Tagen zur Gewohnheit geworden, später zum Essen zu gehen und an halbvollen Tischen Platz zu nehmen.
So war es gesichert, dass er sich in Gesellschaft befand. Dank seines Takts, seiner Allgemeinbildung und seines versierten Umgangs mit Worten gelang es ihm in der Regel, sich am Gespräch einer Familie oder Gruppe zu beteiligen. So hatte es

sich auch bei diesem Abendessen entwickelt. Mit einer vierköpfigen Familie mit zwei Kindern im Teenager-Alter plauderte er ohne Aufdringlichkeit über die klimatischen Bedingungen an der kleinasiatischen Küste der Türkei, über gesunde Ernährung und das Bildungssystem in Deutschland. Die Gespräche mit den gebildeten Gästen aus Hessen regten ihn durchaus an. Doch schon bald entwickelte es sich wie bei allen bisherigen Mahlzeiten im Restaurant. Die Familienmitglieder hatten untereinander noch wichtigere gemeinsame Themen. Alexander wurde ratenweise und feinfühlig aus der Konversation ausgeschlossen und fühlte sich noch unwohler, als wenn er von Anfang an allein am Tisch gesessen hätte. Nein- das ging so nicht, er musste schnellstmöglich weg. Dabei war er doch erst gestern angekommen. Stumm kaute er vor sich hin und startete dann zu einem weiteren Solo-Spaziergang durch die Anlage.

Übrigens war gar nicht daran zu denken, den Schutz der Anlage zu verlassen. Außerhalb herrschte, wie er auf der Anreise hatte besichtigen können, pure Armut, dritte Welt, und das war es, was Alexander an solchen Reiseländern überhaupt nicht mochte. Die Urlauber lebten in einer luxuriösen Traumwelt, und sobald man das touristische Ghetto verließ, tauchte man ein in die misslichen – wahren – Verhältnisse, die im Land herrschten. Er suchte bevorzugt Regionen auf, wo einem die Einheimischen selbstbewusst und auf Augenhöhe gegenübertraten.

Nun war er aber hierher gereist, und er würde abreisen, sobald er einen freien Platz in einem Flugzeug ergattern konnte. Bis zur Mitternachts-Disco würde er auch nicht warten, sondern sich bald in seine knapp möblierte Hütte zurückziehen.
Die Anlage war von dem deutschen Reiseveranstalter übrigens ansprechend gestaltet worden. Alle Gäste waren in kleinen Hütten mit lustigen dunkelroten Spitzdächern untergebracht. Um 22:30 Uhr lag Alexander im Bett und schlief bald ein.

Als er am nächsten Morgen aufwachte, wurde ihm bewusst, dass in Deutschland heute der Tag der Deutschen Einheit begangen wurde. Alexander war ein Zahlenmensch und hatte immer alle wichtigen(und unwichtigen) Daten für sich parat.

Die Sonne strahlte durch die Ritzen seiner kleinen Hütte. Es sah nach dem ersten richtig schönen Tag aus.

Tatsächlich konnten sich die Gäste den ganzen Tag über warmes Badewetter freuen. Alexander spielte morgens Tischtennis mit der kontaktfreudigen Inge, die er bereits am Ankunftstag kennen gelernt hatte. Leider hatte sie sich bereits einer großen, lauten Clique angeschlossen, so dass Alexander keinen beständigen Kontakt zu ihr aufbauen konnte.

All Inclusive – das bedeutete Vollpension. Für Alexander spielte ein reichliches Mittagessen eine wichtige Rolle in seinem Tagesablauf. An diesem warmen Spätsommertag nahm er es an der Beach Bar in Gesellschaft von Irene, der drallen Friseurin aus Bamberg, ein. Sie war eine dominante, teuflische Frau – der Typ, der Männern Angst machte und sie vermutlich serienweise in die Flucht schlug.

Den Nachmittag verbrachte Alexander im so genannten Nautik-Zentrum. Dass er bei dem lauen Lüftchen im Windsurfen nicht zurechtkommen würde, war vorauszusehen. Dass er allerdings zwei Starts beim Wasserski nicht aus dem Wasser bringen würde, frustrierte ihn ernsthaft.

Abends wurde er von Irene mit einer farblosen Frau aus Hamburg zum Tanzkurs verkuppelt. Zunächst klappte es recht gut, bei der Rumba hakte es. Wo sie nun schon einmal zusammen waren, besuchten sie die allabendliche Show und saßen dann noch miteinander an der Bar. So sehr Alexander sich ein erotisches Abenteuer wünschte – nicht mit dieser Frau!

Am späten Abend spürte er: dieser Tag mit seinen vielen Ereignissen drückte immer mehr auf die Stimmung. Es passte einfach nicht hier. Ja, der Niedergang in seinem Leben kulminierte geradezu.

Sein Selbstwertgefühl wollte er hier festigen und es tendierte mittlerweile gegen Null.

Immerhin konnte er einen Rückflug für Sonntag vereinbaren. Aber welcher Hohn – dieser Flug ging nicht etwa nach München, sondern nach Hamburg! Aber Hauptsache weg hier! Sein Vater würde ihn in Fuhlsbüttel am Flughafen abholen und in die Heimat mitnehmen, bevor er dann per Zug nach München zurückfahren konnte. Bis zum Rückflug musste er

hier noch drei Nächte und zwei ganze Tage absolvieren. Einer davon würde wenigstens ausgefüllt sein...
Am nächsten Tag herrschte wieder Badewetter. Diesmal klappte es mit dem Wasserski-Fahren. Es kostete Kraft, doch machte das schnittige Gleiten über die unruhige Wasserfläche viel Spaß und bescherte ihm ein Erfolgserlebnis. Nachmittags nahm er an einem Tennis-Schleiferl-Turnier teil.
Wieder fand er keinen rechten Anschluss. Wenn er ehrlich zu sich war, musste er feststellen, dass er bei den Leuten auch nicht ankam. Insbesondere die Frauen reagierten nicht freundlich auf ihn.
Diese Erkenntnis traf ihn wie ein Keulenschlag. Er sah nicht schlecht aus, war früher bei den Menschen mit seiner zurückhaltenden taktvollen Art zumindest recht gut angekommen. Wirkte er inzwischen so verhärmt und zerstört? Vermutlich schon, bei der Stimmung, die ihn hier jeden Tag prägte.
Noch einmal: dieser Urlaub sollte eine positive Wende bringen, bewirkte aber das Gegenteil.
Seinen letzten Tag in der Türkei musste er dann nicht in der Anlage verbringen. Es ging schon um 7 Uhr los. Mit dem Bus unternahm er eine große Tour nach Pamukkale. Der Bus war nur zur Hälfte besetzt, Alexander hatte einen Platz für sich allein. Bei der Fahrt war das Alleinsein in Ordnung. Bei Reisen liebte er es, hinauszuschauen und die vielen Eindrücke geradezu aufzusaugen. Die Fahrt führte meist durch karge Berglandschaft. Auf der Straße herrschte recht wenig Verkehr. Zum Verdruss der überwiegend mitteleuropäischen Fahrgäste fuhr der Fahrer mit hoher Geschwindigkeit, mindestens 100 Stundenkilometer. Jeglicher Protest war sinnlos, man konnte sich bei der Buchung einer solchen Tour ja bereits ausmalen, was auf den Straßen Kappadokiens auf einen zukommen würde. Nach mehrstündiger Fahrt fuhr der Bus auf einen Parkplatz, wo bereits Dutzende von Reisebussen abgestellt waren. Die etwa 30 Passagiere stiegen aus, und sofort wurde das Alleinsein für Alexander wieder zur Last. In der glühenden Hitze des türkischen Binnenlandes trottete er hinter den anderen Touristen her. Dabei erblickte er zwei weitere Einzelreisende: eine ältere Dame von etwa 70 Jahren (offenbar Bildungstouristin) und eine aschblonde Frau in mittlerem Alter. Sich einer von ihnen

anzuschließen, nur weil sie auch allein waren, hätte aufdringlich gewirkt – und außerdem hatte er kein Interesse, neben einer der beiden Damen herzulaufen. Herrgott – Alexander war auch kein unkomplizierter Mensch. Das Wichtigste in diesem Augenblick: endlich hatten sie die weltberühmte Stadt Pamukkale erreicht. Das türkische Wort Pamukkale bedeutet im Deutschen Baumwollburg oder Watteburg. Schon aus einigen Hundert Metern Entfernung stachen die weißen Kalk- oder Sinterterrassen gegen den dunkelblauen Himmel ab. Nun stand ein mehrstündiger Aufenthalt auf dem Programm. Das Mittagessen wurde gemeinsam eingenommen. Für eine typische Touristenabspeisung schmeckte es recht gut. Gesprächsstoff mit anderen Reisenden ergab sich wiederum nicht.

Den restlichen Teil des Aufenthaltes durfte jeder individuell für sich gestalten. Alexander genoss es und kletterte auf den in der Mittagssonne fast weißen terrassenartig angeordneten Felsen herum.

Er empfand es als mittleres Abenteuer und stellte eine Verbindung her zu den berühmten Reisterrassen auf den Philippinen her, die er an einem unvergessenen Sonntagmorgen vor 15 Jahren mit seinem Freund Jürgen durchstreift hatte. Die Terrassen waren über Jahrtausende durch kalkhaltige Thermalquellen entstanden; man konnte sie auch auf der Liste des Weltkulturerbes der UNESCO finden.

In Pamukkale gab es aber nicht nur die Kalkterrassen. Der Ort war – wie so viele in der Türkei – auch berühmt für seine Ausgrabungsstätten. Hier lag der antike Ort Hierapolis (griechische Bezeichnung für Heilige Stadt). Erhalten sind eine ausgedehnte Nekropole mit verschiedensten Gräbertypen, Apollotempel und Plutonium, ein großes Amphitheater, die Philippus-Kirche sowie Bäder, Gymnasium und große Teile der Stadtmauer. Alexander bezeichnete sich nicht gerade als Ausgrabungs-Tourist, aber dieses Ensemble beeindruckte ihn stark. Noch sprechender waren für ihn nur die imposanten Überreste der vom Vesuv verschütteten Stadt Pompeji gewesen.

Die Nachmittagssonne näherte sich bereits dem Horizont – es war Oktober – als Alexander seine spannenden Streifzüge beendet hatte und wieder den Bus bestieg. Die lange Rückfahrt sollte fast ausschließlich durch Dunkelheit führen. Er hasste solche Fahrten, konnte er doch nichts von der Umgebung aufsaugen. Immerhin gab es matte Lichter an den Sitzen, um lesen zu können. Jenseits des Ganges nahm Alexander eine blutjunge attraktive blonde Frau wahr, die ebenfalls müßig in die Dunkelheit außerhalb und innerhalb des Busses starrte. In dieser besonderen Situation im nur schummrig beleuchteten Bus verspürte Alexander plötzlich den dringenden Wunsch, mit ihr Kontakt aufzunehmen, um ein anregendes Gespräch zu führen und im günstigsten Fall eine zärtliche Nacht mit ihr zu verbringen. Für ihn würde es die letzte Nacht an diesem Urlaubsort sein. Sie drehte häufig den Kopf. Nicht, dass sie direkt zu Alexander hingeschaut hätte. Doch glaubte er zu spüren, dass sie eine Kontaktaufnahme erwartete und vielleicht erhoffte. Statt sich einfach neben sie zu setzen oder sie zu fragen, ob ihr seine Gesellschaft recht sei, klebte er an seinem Sitz fest und gab sich dem sehnsüchtigen Starren in die Dunkelheit hin.

Alexander fühlte sich wieder wie als Teenager, als er zahllose Chancen bei Mädchen durch sein Zaudern vergeudet hatte. Im Grunde war es aber noch schlimmer als damals. In seinen jungen Jahren war es ein Zaudern, das aus der Hilflosigkeit erwuchs, er wusste ja gar nicht, was er tun sollte und wie er es tun sollte. Nun saß hier ein erwachsener Mann, der zwar sehr lange gebraucht hatte, aber mittlerweile auf genug Situationen zurückblicken konnte, wo er eben doch gehandelt hatte. Das war ihm auch bewusst, und trotzdem blieb er auf seinem unbequemen, nicht sehr sauberen Platz sitzen. Als sie am späten Abend vor dem Hotel anhielten, fühlte er sich fast erleichtert. Es war vorbei. Er konnte nichts mehr falsch machen. Er hatte alles falsch gemacht, weil er nichts getan hatte.

24

Am darauf folgenden Sonntag flog Alexander zurück nach Deutschland. Was hatte er für diese vorzeitige Rückreise getan! Er flog nicht an seinen Wohnort München, sondern in die entgegengesetzte Ecke des Landes, nach Hamburg. Dies sollte sich allerdings lohnen.

Obwohl Hamburg Deutschlands zweitgrößte Stadt war, hatte der Flughafen Fuhlsbüttel fast provinzielles Flair. Alexander war schon lange der Meinung, dass Hamburg im Reigen der großen deutschen Städte sein Licht unter den Scheffel stellte. Lag das an dem sprichwörtlichen hanseatischen Understatement? In der Ankunftshalle sah er schon bald seinen Vater auf sich zukommen. Er war mittelgroß wie er und kräftig. Mit seinen fast 70 Jahren verfügte er über einem ausgezeichneten Gesundheitszustand. Sein robustes Naturell mit der Neigung, die Dinge leicht zu nehmen, kam ihm dabei zugute. Wie hatte Alexander als junger Mann unter diesem Vater gelitten, der immer der stärkere von ihnen war und Alexanders grüblerischem Naturell befremdet gegenüberstand. Eigenartig: auf Reisen waren sie schon immer ein Super-Team gewesen, und jetzt in Alexanders reiferen Jahren hatten sie auch als Männer zueinander gefunden.

Sein Vater hatte einen guten Parkplatz am Terminal gefunden, so dass sie schon nach wenigen Minuten losfahren konnten. Es war ein sonniger Frühherbst-Tag in Norddeutschland. Am Sonntagmittag fuhren sie fast ungehindert durch die weitläufige Hamburger Innenstadt.. An den Landungsbrücken stellten sie den Wagen wieder ab und schlenderten am Ufer der Elbe entlang, wo es immer viel zu sehen gab.

Doch hielten sich die beiden Männer nicht lange in Hamburg auf. Sie fuhren über die A7 Richtung Süden und erreichten bald die herrliche, leicht wellige Parklandschaft der Lüneburger Heide.

An der Region zwischen Hamburg und Hannover faszinierten Alexander besonders die Fachwerk-häuser. Die Besonderheit: hier zeichneten sich die Holzträger nicht auf weiß verputzten Hauswänden ab, sondern auf verklinkerten Fassaden. Fachwerkhäuser in anderen Regionen empfand er oft als fad und kitschig. Diese hier strahlten jedoch eine besondere Wärme und Gediegenheit aus.

Vater und Sohn quartierten sich in "Witte´s Hotel" in der Ortsmitte von Undeloh ein. Auch von diesem Hotel fühlte sich Alexander angenehm berührt. Es handelte sich um ein Mittelklassehotel, und in seiner Durchschnittlichkeit strahlte es große Behaglichkeit aus. Die beiden genossen das milde Spätsommerwetter und unternahmen noch einen Spaziergang um den Ort. Sie sahen den Sonnen-untergang. Alexander war seltsam berührt. Am Morgen hatte er 2600 Kilometer entfernt die Sonne aufgehen sehen.

Auch am nächsten Morgen strahlte die Sonne von einem wolkenlosen Himmel. In ihrem Hotel genossen sie ein reichhaltiges, schmackhaftes Frühstück – sie hatten nichts anderes erwartet. Alexanders Vater hatte von zuhause zwei Fahrräder mitgenommen. Sie starteten zu einer Radtour durch einen der schönsten Teile der Lüneburger Heide. Die Wacholdersträucher inmitten der blühenden Erika-Felder bildeten die typische Kulisse dieser Landschaft. Die Radtour zählte zu den Reiseerlebnissen, die man fraglos als traumhaft bezeichnen konnte. Mittags traten sie die Weiterfahrt an. um 19 Uhr trafen sie in Alexanders Heimatort an, wo sie von seiner Mutterbegrüßt wurden.

Seine Mutter galt im Familienkreis seit jeher als besonders besorgt und fürsorglich. Diese Charakterisierung bildete ein unumstößliches Faktum. In den letzten Jahren hatte sich Alexanders Blick auf seine Mutter verändert. Er war differenzierter und kritischer geworden, vielleicht konnte man es so ausdrücken: er begegnete ihr unvoreingenommen. So stellte er im Augenblick der Begrüßung fest, dass es nicht mütterliche Herzlichkeit oder gar Innigkeit war, mit der sie ihren Erstgeborenen in Empfang nahm, sondern eine Art ernster Förmlichkeit. Der Umgang mit ihrem Mann dürfte seit den frühen Ehejahren vergiftet gewesen sein, als sie merkte, dass ihre große Liebe einfach nicht dem Bild eines Mannes entsprach, den sie sich als Lebenspartner wünschte. Die Beziehung zu ihrem Mann bestand in einem dauernden schwelenden Vorwurf, der sich häufig auch in verbalen Anklagen entlud. Alexander wurde von ihr seit Kinderzeiten gern als Anwalt oder Zeuge gegen seinen Vater missbraucht.

Im Verlauf des Abends entwickelten sich dann wie üblich die intensiven Gespräche mit seiner Mutter, die in aller Regel nach einiger Zeit in ein gefährliches, negatives Fahrwasser mündeten – über die missratene Ehe seiner Eltern oder über seine eigene beklagenswerte Situation. Bevor dieser im Grunde wunderschöne Tag in depressiver Stimmung endete, brachte

Alexander die Disziplin auf, dem Gespräch eine heiterere und zuversichtlichere Richtung zu geben.
Alexander blieb noch einige Tage in seiner Heimat. Am nächsten Tag fuhren seine Eltern zu seiner Schwester nach Köln, um als Babysitter auf ihre zweijährige Enkelin Carolin aufzupassen. Alexander nutzte diesen Tag, um mit dem alten Ford Fiesta seiner Eltern eine große Tour zu allen wichtigen Orten seiner Jugendzeit zu unternehmen. Er sah die wunderschöne 6-Seen-Platte im Duisburger Süden, das Steinbart-Gymnasium, die Manteuffelstraße und das Sankt-Barbara-Hospital, wo er geboren wurde. Abgerundet wurde der Trip durch einen Aufenthalt in der beschaulichen Moerser Innenstadt. Alexander spürte es am Abend dieses Tages wieder ganz deutlich: hier war seine wahre Heimat, hier, wo Rhein und Ruhr sich vereinigten, hier, wo Ruhrgebiet und Rheinland ineinander übergingen. Wenn er seine Zugehörigkeit benennen sollte, war er stets ein wenig gespalten. War er nun ein Kohlenpöttler, ein Mensch aus dem Revier, oder war er Rheinländer? Er wusste nur: hier war seine Heimat und hierhin gehörte er. Hier sagten die Menschen gerade heraus, was Sache ist, ohne die subtile Eleganz von München und ohne die Unverbindlichkeit des Singlemarktes.

25

Mittlerweile war Mitte November und wie so oft in München tiefer Winter. An diesem Donnerstag hatte es anhaltend geschneit.
In seinem Wohnort gab es ein neues italienisches Lokal – die "Villa Casale". Dort hatte er das erste Date mit Helga, mit der er nach einer Adressvermittlung aus der "Börse für Aktive" ein anregendes Telefonat geführt hatte.
Wie immer vor dem ersten Treffen mit einer unbekannten Frau war er auf eine teils angenehme, teils beunruhigende Weise aufgeregt. Als sie sich vor dem Eingang frierend vor Kälte trafen, musste er zunächst feststellen, dass sie nicht sein Typ war. Hatte er überhaupt einen Typ? Vermutlich schon. Klein,

dunkelhaarig, weibliche Formen mit runder Hüfte, volle Lippen – solche Frauen verkörperten Sinnlichkeit, Attraktivität, Wärme und Mütterlichkeit. Helga präsentierte sich als das Gegenteil – groß, blond und herb mit schmalen Lippen und distanziert-klassisch gekleidet.. Im Gespräch stellte sich heraus, dass sie etwas älter war als Alexander (41 Jahre) und im Sternbild des Widders geboren. Diese Tatsache wiederum faszinierte ihn, Rosemarie war ja auch Widder, und Widder passten perfekt zum Löwen. Eigenartig war, dass Alexander sofort Gefühle für diese kühle Blonde empfand, obwohl sie eigentlich gar nicht seiner Vorstellung entsprach. Sie fanden schnell gemeinsame Gesprächsthemen wie Kultur und Unternehmungen im herrlichen Alpenvorland. Alexander versuchte, seine Empfindungen zu kontrollieren, sträubte sich gegen Anwandlungen von Verliebtheit. Aber er fand sie einfach lieb und hoffte, sie bald wiederzusehen.

Zwei Tage später – am Samstag – rief Helga bei ihm an. Sein Herz machte einen Satz. Keine Frage – da hatten sich bereits Gefühle eingestellt. Mittags fuhr er zur Wallfahrtskirche Maria Eich, verbrachte dort eine halbe Stunde und dankte für die Perspektiven, die ihm nun wieder beschieden waren.

Am späten Nachmittag holte sie ihn mit ihrem Kleinwagen ab. Sie spielten Tennis in einer nahe gelegenen Halle. Alexander freute sich, dass sie ein schönes Hobby miteinander teilten. Er spürte, wie verliebt er bereits in sie war und sah große Traurigkeit auf sich zukommen, weil sie seine Gefühle nicht zu erwidern schien.

Zum Abendessen fuhren sie zur "Insel-Mühle" – im Sommer ein wunderschöner Biergarten direkt an der reißenden, romantischen Würm, im Winter ein beschauliches Gasthaus mit viel Holz und besonderem Ambiente. Es war so schön, ihr nah zu sein und miteinander zu plaudern. Bange Frage: wie würde der Abschied im Auto verlaufen? Alexander nahm ihre kalten Hände und hielt sie. Helga sagte: "Ich fühle mich so frei bei dir!" Welch ein Kompliment! Alexander erwiderte: "Es ist unheimlich schön mit dir". Das waren schon handfeste Liebeserklärungen.

Er verzichtete aber noch auf einen Kuss, wollte die Spannung und die Sehnsucht zwischen ihnen weiter aufbauen. An fehlendem Mut lag es bei ihm nicht mehr. Er hatte sie einfach so gern, ganz locker und unbefangen. Vielleicht machte ihn das so stark. Mittlerweile hatte er unter der dicken Winterkleidung ihre hübsche Figur erahnt, auch der leichte niederbayerische Akzent gefiel ihm immer mehr. Alexander würde sich um sie bemühen und versuchen, dabei locker zu bleiben.

Zwei Tage später sah die Welt schon wieder ganz anders aus. Es war ein grauer Montag, Beginn der Arbeitswoche. Erschreckend: noch am Samstagabend war Alexander sich so sicher gewesen, dass er um Helga werben und dabei locker bleiben wollte. Nun durchzogen ihn wieder die Zweifel und Fragen: weitermachen ja, aber wie? Sollte er sie heute Abend anrufen oder doch erst morgen, um sie nicht zu bedrängen? Aber was hieß schon bedrängen, wenn man jemandem sein Interesse aufrichtig zeigen wollte?

Glücklicherweise hatte er am Nachmittag einen Termin bei seiner Therapeutin. Er empfand es stets wie ein Auffangbecken, wie Netz und doppelten Boden, wenn er dort auftrat. In dieser Stunde musste das Leben nicht real gelebt werden. Es konnte darüber gesprochen und philosophiert werden, durchaus auch mit reellen Zielsetzungen und Absichtserklärungen. Aber es war eben doch viel einfacher, darüber zu reden und vielleicht gar Konzepte zu entwickeln als e s dann auch zu tun, vor allem s o zu tun, dass der gewünschte Erfolg oder zumindest die erhoffte Wirkung eintrat.

Wie immer tat sich Alexander schwer, im vitalen, vor Menschen pulsierenden Schwabing einen Parkplatz zu finden. Einmal war sogar sein Dienstwagen von der Polizei abgeschleppt und an das andere Ende der Stadt nach Trudering verfrachtet worden. Er musste mit der S-Bahn dorthin fahren, das Auto abholen und 100 Euro an Strafe und Transportgebühr zahlen. Das blieb ihm diesmal erspart.

Etwas getrieben klingelte er an dem eindrucksvollen Altbau und nahm, nachdem geöffnet worden war, die flachen Stufen im klassizistisch geprägten Treppenhaus jeweils im Doppelpack. Frau Hiller war vermutlich einige Jahre jünger als Alexander, mit schlanker, fast mädchenhafter Figur und langen, graublonden Haaren – apart, aber gottlob nicht zu attraktiv., sonst wäre die Therapie zu sehr mit störenden Gedanken und

Gefühlen beladen gewesen. Vermutlich wählte sie während der Therapiestunden bewusst das unscheinbare Outfit, um mit ihren Patienten unbelastet arbeiten zu können. Alexander wusste von ihr nur, dass sie allein erziehende Mutter eines 6-jährigen Sohnes war und über türkische Sprachkenntnisse verfügte, was gegenüber den vielen anderen Therapeuten in Schwabing ein entscheidender Wettbewerbsvorteil sein konnte. Wie immer begrüßten sie sich per Handschlag. Zwischen ihnen bestand stets auch der Hauch einer erotischen Spannung – zu groß war die Intimität der von Alexander ausgebreiteten Themen, zu groß auch Sympathie und Verständnis zwischen ihnen, als dass es eine völlig neutrale Beziehung hätte sein können. Glücklicherweise fehlte bei ihr ein Hauch an anatomischen Reizpunkten (sie war ihm eindeutig zu schlank), ansonsten wäre ein schwelendes männliches Begehren bei hm aufgekeimt und hätte den für eine solche Therapie erforderlichen klaren Kopf entscheidend vernebelt. Immerhin hatte Frau Hiller ihm schon einmal ein durchaus sexuell behaftetes Kompliment gemacht, als sie sagte: "Sie sind heute so gut drauf und haben eine solche Anziehungskraft auf Frauen, dass ich mich fast auf diesem Stuhl festbinden muss…" Das hatte ihm sehr gut getan, da er ja immer noch ein wenig an seiner Anziehungskraft auf Frauen zweifelte.

Nun saßen sie sich wie bei allen Besuchen frontal gegenüber in dem großen, nur mäßig beheizten Raum mit den hohen, Stuck verzierten Decken.

Frau Hiller setzte ihre gewohnte neutrale Miene auf und fragte: "Wie geht´s Ihnen heute, Herr Schreier?"

Alexander wurde oft von Gedanken verschiedenster Art geradezu überflutet. Deshalb musste er diese manchmal geradezu sortieren, um seine Gesprächspartner mit Inhalten nicht völlig zu überfordern. Aber an diesem grauen Novembertag war die Tendenz eindeutig. "Heute geht´s mir nicht so gut. Ich sehe keinen rechten Sinn in allem, was ich tue. Dabei habe ich eine verheißungsvolle neue Damenbekanntschaft."

Frau Hiller war – bei aller Neutralität- auch nur eine Frau, und so gab es kein besseres Schlagwort als eine neue Frau in seinem Leben oder zumindest in seinen Gedanken. Mit diesem Thema würde das Gespräch sofort Fahrt aufnehmen. Die The-

rapeutin konnte sich aber gut beherrschen und versteckte sich zunächst hinter der wohl bekannten neutralen Physiognomie.
"Was hat sich mit der Frau bisher ergeben?"-"Ich kenne sie von der Börse für Aktive und habe sie zweimal getroffen, einmal in einem italienischen Restaurant und einmal jetzt am Samstag zum Tennis spielen, und danach waren wir noch in der Inselmühle." Alexander berichtete, dass er Helgas Hand gehalten und dafür ein wahres Kompliment geerntet hatte. Dann erwähnte er seine Ratlosigkeit, wie er nun weiter vorgehen solle. Frau Hiller hatte wie gewohnt ruhig und mit ihrem Poker Face zugehört. Sie schwieg einen Augen-blick, bevor sie ausrief: "Da gibt es überhaupt keinen Zweifel, Sie rufen heute bei ihr an!"
Das Gespräch erstreckte sich noch auf weitere Themen, vor allem auf den Beruf. Aber als er ging, hatte Alexander vor allem die klare Order an der Hand, dass er Helga anrufen müsse. Er war kein Mensch, der Anweisungen durch andere brauchte, ja er hasste sie sogar, (diese Tatsache hatte ihm im Beruf, wo Hierarchien notwendig waren, viele Schwierigkeiten eingebracht). Er handelte lieber selbstbestimmt. In Situationen des Zauderns und Zweifelns jedoch war es unumgänglich, dass der entscheidende Anstoß von außen kam, um dem eigenen Handeln wieder eine deutliche Richtung zu geben.
Gesagt, getan. Als er am späten Nachmittag nach Hause kam, rief Alexander umgehend bei Helga an. Er erreichte nur den Anrufbeantworter und hinterließ eine kurze Nachricht.
Eine halbe Stunde später kam Helgas Rückruf. Sie klang erfreut und interessiert und schlug ein Treffen für den Abend vor.
Siegessicher fuhr Alexander in den Nachbarort. Er nahm sich fest vor, sie bei der Begrüßung sofort anzugreifen. Angreifen – das war ein plumpes und doch zutreffendes Wort, das sein Nachbar Günter in diesem Zusammenhang geprägt hatte. Es bedeutete, dass man zu der begehrten Frau in der passenden Situation körperlichen Kontakt aufnahm, dass man sie küsste oder zumindest in den Arm nahm. In korrekterem – oder steiferem – Deutsch nannte man solche Handlungen Annäherungsversuche.
Alexander stellte den Wagen in der Nähe ihrer Wohnung ab. Helga wohnte in einem Mehrfamilienhaus gehobenen Niveaus.

Obwohl es sich in der Stadtregion befand, wies es einen stilvollen alpenländischen Charakter mit vielen Flächen aus Naturholz und einem heruntergezogenen Dach auf.

Alexander klingelte. Als er in die 2. Etage hinaufstieg, klopfte sein Herz nicht nur wegen der körperlichen Anstrengung. Dann stand sie ihm in der geöffneten Tür gegenüber. Aus seinen unzähligen Rendez-Vous wusste Alexander, dass der erste Augenblick und das, was in ihm geschah oder nicht geschah, entscheidend für den weiteren Verlauf des Treffens und damit eventuell für die Erfolgsaussichten der Beziehung war. Vielleicht überbewertete er auch dieses Phänomen oder reagierte einfach nur zu stark auf die andere Person. Helga war hochgewachsen, sie hatte dieses herbe Gesicht mit den dünnen Lippen und sie kleidete sich nun einmal eher klassisch-elegant mit Stoffhosen und weiten Pullovern in Pastellfarben als mit Jeans und bunten Sweat Shirts. Eigentlich gefiel ihm das ja alles nicht. Dann sah er ihren verdrossenen Gesichtsausdruck. Schlagartig waren Vorfreude und Selbstsicherheit von ihm abgefallen. Er fühlte sich wie paralysiert, war in diesem Augenblick unfähig, auf sie zuzugehen und sie in die Arme zu nehmen. Ihr ging es mit ihm offenbar ebenso. Oder hatte sich sein instinktives Zurückprallen auf sie übertragen. Wer konnte das schon genau sagen? So fiel die Begrüßung trotz Hoffnungen und Vorfreude fast frostig aus. Alexander zwang ein schwerfälliges Lächeln in seine festgenagelten Gesichtszüge und brachte ein bebendes „Hallo" über seine trockenen Lippen. Helga antwortete matt: „Hallo, komm´ doch rein!" Alexander folgte ihr in die geräumige, geschmackvoll eingerichtete Wohnung. Eine allein stehende Frau hatte hier viel Platz.

Draußen war es an diesem Spätherbsttag längst dunkel. Doch ahnte Alexander, dass die großen Fenster nach Süden die Wohnung bei Tag mit viel Licht versorgen würden. Auf den ersten Blick bestätigte die Wohnung seine Erwartungen. Hier war viel investiert worden, die Möbel waren überwiegend aus Kirschholz.

Weiter kam er jedoch nicht mit seinen Betrachtungen. Helga schlug einen Spaziergang vor, und da er keinen besseren Vorschlag hatte, ging er darauf ein. Sie wanderten dann eine gute halbe Stunde durch die Villenvororte. Dabei hielten sie beachtlichen Abstand, schauten überwiegend zu Boden und sprachen über tägliche berufliche Vorkommnisse. Alexander sah seine Felle davonschwimmen. Mit jedem Schritt bei diesem düsteren Marsch wuchs die Distanz zwischen ihnen. Die große Nähe zwei Tage vorher und auch vorhin am Telefon war wie weggeblasen. Es war, wie wenn ein Stein der Beschwernis immer tiefer in ihm sackte und auf seine Eingeweide drückte. Dabei wurde ihm nicht bewusst, dass er nur reagierte, statt selbst Tatsachen zu schaffen, statt „anzugreifen". Auch machte er sich nicht klar, wie irritierend es auf eine gut erzogene und normal veranlagte Frau wirken musste, wenn der Mann, der vermeintlich an ihr interessiert war, keinen Schritt auf sie zu machte. Alexander war viel zu stark gefangen in seiner Enttäuschung und seinen doch noch vorhandenen Minderwertigkeitsgefühlen, um einen entscheidenden Schritt zu tun. Besonders verbitterte ihn die Tatsache, dass ihn die Geister aus seiner hilf- und tatenlosen Zeit bei Frauen offenbar wieder einholten, dass er beileibe noch nicht immer ein „richtiger Mann" war. Vielleicht ging er aber auch zu hart mit sich ins Gericht, vielleicht w a r Helga auch eine sehr kühle Frau, die nicht zur Umarmung einlud. Vielleicht hatte er sich in den letzten Tagen nur eingeredet, dass sie eine mögliche Partnerin für ihn sein könne oder gar müsse.

Egal: die Festigkeit und Selbstsicherheit, an diesem Abend etwas zu bewegen, fehlte ihm.

Als sie endlich wieder an ihrer Haustür angekommen waren, hätten noch Chancen bestanden.

Helga hätte ihn auffordern können, noch auf ein Glas Wein mit hinaufzukommen. Da sie das nicht tat, hätte Alexander danach fragen, sich also selbst einladen können. Der gespenstische Spaziergang hatte jedoch beide ernüchtert. Alexander faselte ohne jede Überzeugung: „Der Marsch an der frischen Luft hat gut getan. Wir können uns ja bald wieder zusammentelefonieren."

Alexander benutzte eine Formulierung, die er selbst hasste, weil er sie so typisch fand für den Single-Markt. „Zusammentelefonieren" – das war gar nichts. Völlig uninteressiert, ohne

Vorstellung und Plan. Diesen Satz sagte man, wenn man an weiteren Begegnungen im Grunde nicht interessiert war. Na ja – dieses Treffen war auch enttäuschend, fad gewesen. Trotzdem – sollte diese zunächst verheißungsvolle Bekanntschaft so enden? Helga hatte ihm bereits halb den Rücken zugewandt, um die Haustür aufzuschließen, als sie noch stammelte: „Ja, das können wir machen." Was hätte sie auch sonst sagen sollen?
Als sich die Tür hinter ihr schloss, war Alexander wie vor den Kopf geschlagen. Wieder war alles aus und verloren. Er hatte kein Glück bei Frauen und würde allein bleiben. Wie in Trance fuhr er die wenigen Kilometer nach Hause zurück. Die Katze tröstete ihn mit einer freudigen Begrüßung.
Aber was war das für ein Trost? Er ging bald ins Bett, begleitet von einem dumpfen Hämmern im Kopf. Glücklicherweise hatte er kaum Einschlafprobleme, so dass er bald in einen tiefen Schlaf fiel.
Zwei Tage später suchte er Frau Behling von der „Börse für Aktive" in Haidhausen auf. Sie sagte, Helga sei „offen, spontan und ängstlich". Eine bemerkenswerte Kombination. Immerhin fühlte sich Alexander in seinem zögerlichen Verhalten ihr gegenüber fast bestätigt.
Die Arbeitswoche ging schnell vorüber. Alexander konnte sogar einige neue Kunden gewinnen, was keine Selbstverständlichkeit bedeutete.
Am Samstagmorgen sprach er bei Helga auf den Anrufbeantworter und schlug ihr für diesen Tag eine Wanderung vor. Sie rief bald zurück und war hoch erfreut über den Vorschlag. Mittags holte er sie in ihrer Wohnung ab. Bei Tageslicht bemerkte er noch einmal die teure Ausstattung und den guten Geschmack, den Helga bei der Einrichtung bewiesen hatte. Bei der Begrüßung trat sie ihm heiter, ja fast ausgelassen gegenüber. Es fehlte nur ein Bruchteil, und Alexander hätte sie umarmt und geküsst. Doch hielt ihn wieder der innere Dämon davon ab, spontan zu sein. Die Jugendzeit, als er mit diesem Problem alle Chancen bei den Mädchen verspielt hatte, schien doch überwunden, er hatte doch inzwischen oft "viril-kaptativ" gehandelt und die Frauen und damit auch seine Chance ergriffen. Nun, mit bald 40 Jahren, war die Blockade wieder da. Ei-

nige Sekunden standen sie einander gegenüber wie scheue Teenager – fasziniert und doch paralysiert. Wie befreiend hätte in diesem Augenblick eine Umarmung und vielleicht ein zärtlicher Kuss gewirkt! Die seltsame Situation konnten sie dann aber gut überspielen, schließlich stand der Aufbruch an. Bei dem sonnigen, aber sehr kalten Novembertag musste sich Helga ebenso warm anziehen wie Alexander. Während der kurzen Fahrt bis Mühltal waren sie noch in einer eigenartigen Euphorie über das zustande gekommene Unternehmen, bei ihrer Unterhaltung lachten sie fast wie Verliebte.

Das Mühltal war eine besonders romantische Gegend südwestlich von München. Die wild dahintreibende Würm mäanderte wie eine Schlange durch das enge Tal, an den Ufern eingefasst von einem lichten Waldsaum. An beiden Seiten des kleinen Flusses führten kombinierte Wander- und Fahrradwege durch die urtümliche Landschaft. An diesem klaren Frühwintertag warf die Sonne vereinzelte Strahlen durch die noch restbelaubten Bäume und schimmerte in einzelnen Tupfern famos auf der unruhigen, treibenden Wasserfläche der Würm. Sie begegneten nur wenigen Ausflüglern.

Wären sie eine halbe Stunde vorher aufeinander zugegangen, hätten sie wunderschöne Augenblicke in gemeinsamer Nähe erleben können. So aber lastete die ungeklärte Frage ihrer Beziehung wie aufgestautes Eis auf ihren Schultern. Die Luft war raus, auch in ihren Gesprächen. Alexander dachte an den beklemmenden abendlichen Marsch vor wenigen Tagen.

Aber kam eine Beziehung zwischen Mann und Frau nur durch Körperlichkeit zustande? Musste – zumal bei reifen Personen – nicht eine gelöste, wie selbstverständliche verbale Kommunikation den Weg zur Liebesbeziehung und Partnerschaft ebnen? Diese Frage war schwer zu beantworten. Sicher gab es Beziehungen, bei denen man sich immer wieder prächtig und beglückend unterhalten hatte und irgendwann war die körperliche Nähe quasi wie eine reife Frucht vom Baum gefallen. Doch hegte Alexander die feste Überzeugung, dass solche Fälle die Ausnahme bildeten. Die Frauen konnten noch so viele nonverbale oder auch verbale Signale aussenden – sie warteten doch auf die eine, klare und zupackende Handlung des Mannes, der den Kontakt in die neue und entscheidende Bahn lenk-

te.
Blieb diese Aktion des Mannes aus, dann gab es meist nur zwei Möglichkeiten. Die Frau glaubte, der Mann sei gar nicht an ihr als weibliches Wesen interessiert oder aber sie spürte sein eindeutiges Interesse, musste ihn aber als Feigling oder Weichei abqualifizieren, weil er nicht in der Lage war, zum rechten Zeitpunkt zu handeln. Wie würde er dann erst als Familienoberhaupt und Vater zaudern?
Ein weiteres Problem drohte bei Fehlen der Körperlichkeit. Wenn man sich immer nur perfekt unterhielt und vielleicht auch blendend verstand, konnte man sich irgendwann gar keine andere Form des Zusammenseins mehr vorstellen als die kumpelhafte oder platonische Beziehung.
Bei den eigentlich herrlichen Bedingungen verflachte das Gespräch immer mehr. Auf dem Rückweg im Auto hielt Alexander es nicht mehr aus. Er musste sich aussprechen.
"Du, Helga, das ist wirklich blöd. Ich finde es richtig schön mit uns, aber ich habe ein Problem mit der Spontaneität. Ich würde dich gern in den Arm nehmen, aber irgendwas blockiert mich."
Gespannt erwartete er Helgas Reaktion. Um den Hals fallen konnte sie ihm nicht, da er ja am Steuer saß und das Auto lenkte. Für diesen Fall hatte er den Zeitpunkt seines Vorstoßes ungünstig gewählt. Aber Helga antwortete: "Für mich ist es auch schwierig. Gefühlsmäßig bin ich noch nicht ganz weg von Bernhard. Ich weiß auch nicht genau, was ich will." Diese Aussage traf ihn wie ein Keulenschlag.
Wie oft hatte er solche Ausflüchte von Frauen schon gehört! Und immer hatte er sich davon nieder-drücken und zur Aufgabe bewegen lassen. Hätte er ein wenig einfacher und geradliniger gedacht, wäre es ihm wie Schuppen von den Augen gefallen. Solche Sätze bekam er immer dann zu hören, wenn er nicht gehandelt und keine klaren Verhältnisse geschaffen hatte. Die Frauen hingen dann praktisch in der Luft statt in die neue Beziehung getragen zu werden. Also ging es eben doch darum, "anzugreifen", sich ihnen körperlich anzunähern, um keinen Zweifel zu lassen: es geht Richtung Liebesbeziehung, sexuelle Beziehung und um nichts anderes. Das dauernd "Platonische" schürt nur die Zweifel.

Nach der Rückkehr gingen sie wieder mal ernüchtert auseinander. Abends in seiner einsamen Wohnung – getröstet nur von seiner Glückskatze Lisa – badete Alexander in einem Meer aus Melancholie und Traurigkeit.

26

In den darauf folgenden Wochen sahen sich die beiden "zweifelnden Verliebten" – von ihnen gab es so unendlich viele auf dem Münchner Singlemarkt – nicht.

Alexander unternahm Anfang Dezember eine einwöchige Reise mit seinem besten Freund Andreas.

Sie reisten nach Dresden und besuchten dort Alexanders langjährigen Freund Norbert, der dort an der Uniklinik in der Forschung arbeitete. Norbert war ein schlanker asketischer Mann mit dünnen rotblonden Haaren. Vermutlich war er ein ausgezeichneter Arzt und Forscher. Doch strahlte er eine seltsame, fast einmalige Mischung aus Arroganz und Unnahbarkeit aus, die ihn an all seinen bisherigen Arbeitsstationen zu einem unbeliebten Kollegen gemacht und ihn dazu gezwungen hatte, immer weiter zu ziehen. Immerhin gewährte er ihnen Unterkunft für zwei Nächte in seiner großen Wohnung, die mit ihrer kargen Ausstattung studentisches Flair aufwies. Und irgendwie hatte Norbert auch – obwohl inzwischen Ende 30 – die Aura eines ökologisch angehauchten Studienanfängers.

Frauen spielten übrigens in seinem Leben überhaupt keine Rolle. Alexander war der festen Überzeugung, dass Norbert nie "angriff".

In den zwei Tagen absolvierten die Freunde ein routiniertes Touristenprogramm.

Der Rückweg von Dresden führte sie durch die Tschechische Republik. Zu ihrer großen Überraschung stellten sie fest, dass fast das ganze Land ein einziger Straßenstrich war. Nach Einbruch der Dunkelheit säumten trotz der kalten Jahreszeit spärlich bekleidete Mädchen die Hauptverkehrs-straßen. Zweimal fuhren sie an den rechten Fahrbahnrand und unterhielten sich kurz auf Deutsch mit den wartenden und frierenden jungen Frauen. Sie wurden aber nicht handelseinig – oder besser: sie waren noch nicht so weit. Während der nun langsamen Fahrt durch die Dunkelheit gab es aber natürlich kein anderes Thema mehr. In den nächsten Minuten entschieden sie, dass sie in dieser Situation aktiv werden müssten; sie würden es sonst später bereuen. Alexander war ohnehin ungebundener Single, und Andreas' Ehefrau würde nie etwas von dieser Unternehmung erfahren, so weit weg von München und dann auch noch im Schutz der Dunkelheit. Sie hielten zum dritten Mal, bei zwei schlanken jungen Frauen, die – vielleicht aus Sicherheitsgründen – beieinander standen. Schnell schlugen sie als Freier ein. Sie nahmen die Mädchen knapp einen Kilometer mit zu einem hell beleuchteten kleinen Gebäude, das von außen wie eine bürgerliche Gaststätte aussah. Verräterisch wirkten jedoch die beiden großen roten Herzen am rechten und linken Rand des Dachgiebels. Also drehte es sich hier um die – zumindest körperliche – Liebe.

Die vier parkten und betraten gemeinsam das Haus. Dies würde ein Abenteuer werden, den beiden Männern klopfte das Herz. Das Gebäude beherbergte im Erdgeschoss tatsächlich eine Gaststätte mit Theke und einigen gut besetzten Tischen im kleinen Gastraum. Alexander und Andreas wurde sofort ein frisch gezapftes Bier vom Fass angeboten, das sie an der Theke trinken konnten. Offenbar sollte ihnen das frische Pilsner Urquell die Wartezeit versüßen. Im Obergeschoss wurden die Liebesdienste ausgeführt, und da stand offenbar nur eine begrenzte Zahl an Räumen zur Verfügung. Andreas trank kein Bier, er stellte sein Glas zurück auf die Theke. Alexander nahm einen kräftigen Schluck von dem weltbekannten Pilsener Bier. Die beiden Freunde machten sofort Nägel mit Köpfen. Jeder suchte sich eine Liebesdienerin aus, der Preis würde 40 Euro betragen und Andreas wäre als erster dran.

So kam es dann auch. Andreas zog sich mit der hochgewachsenen, sehr schlanken dunkelhaarigen Frau in den ersten Stock zurück. Alexander blieb an der Theke, trank von dem süffigen Bier und schaute dem nur mäßig interessanten Geschehen in der Gaststätte zu. Sein pochendes Herz im Angesicht des bevorstehenden Abenteuers sorgte dafür, dass ihm nicht langweilig wurde. Nach etwas mehr als 20 Minuten kam Andreas mit seiner Begleiterin aus dem Obergeschoss zurück. Er machte einen abwesenden, irritierten Eindruck, aber das war bei ihm keine Seltenheit. Alexander wurde nun von seiner Auserwählten in Empfang genommen, einer hübschen, aber wenig markanten jungen Frau - recht klein und nicht ganz so mager wie Andreas' Begleiterin, also genau richtig für Alexander. Im ersten Obergeschoss betraten sie ein großes Zimmer. Der Hauptschauplatz, das Bett, befand sich in der Mitte. In einer Ecke gab es ein Waschbecken, in einer anderen eine Duschkabine. Die junge Frau musterte Alexander kurz und stellte sich als Dana vor. Sie hatte halblange, dunkelblonde Haare und grüne Augen – aber das spielte nur eine Nebenrolle. Mit großer Selbstverständlichkeit zog sie sich vollkommen aus – sie hatte einen wunderbaren Körper, wo alles an der rechten Stelle saß – und bat Alexander, das Gleiche zu tun. Als beide nackt waren, legten sie sich zunächst nebeneinander auf das Bett. Dana begann Alexander an den Beinen zu streicheln. Alexander erlebte das nicht zum ersten Mal, und doch fiel es ihn wieder ganz seltsam an, nackt neben einer attraktiven jungen Frau zu liegen und doch die ganz große Erregung zu vermissen. Ohne vorherige Geschichte und einen Aufbau an Gefühlen fehlte sogar dem Sex etwas. Sie hatten dann Sex, aber ohne dass es Alexander große Lust bereitet oder er die hübsche junge Frau nachhaltig in Erinnerung behalten hätte. Ein Abenteuer war es allemal.

Die beiden Freunde verbrachten danach noch vier wunderbare Wintertage mit viel Schnee im Fichtelgebirge. Komfortables Hotel mit Schwimmbad und Sauna, Wanderungen durch den Schnee, opulente Mahlzeiten – schöner hätte es kaum sein können.

27

Am Sonntag nach seiner Rückkehr von der Kurzreise rief Alexander nachmittags bei Helga an. Wieder war es ein schönes Telefonat. Lag es an seiner mehrwöchigen Abwesenheit oder telefonierte sie wirklich gern mit ihm? Oder fühlten sie sich am Telefon wohler, weil sie sich nicht persönlich gegenüberstanden? Alexander fühlte sich bei diesem Telefonat jedenfalls frei und gelöst. Die große Frage: wie würde es morgen bei der persönlichen Begegnung aussehen? Wie oft hatten sie im direkten Kontakt gefremdelt!

Am Montag stand Alexander während des ganzen Arbeitstages im Außendienst völlig neben sich, so sehr beschäftigte ihn das verabredete Treffen am Abend. Dabei hatten sie sich doch schon mehrfach getroffen.

Als Helga um halb acht bei ihm eintraf, begrüßte sie ihn unvermittelt mit einer Umarmung und einem Wangenkuss. Das war doch mal ein anderer Start als sonst! Sie fuhren zum "Weißen Bräuhaus", einer urgemütlichen Münchner Gaststätte. Beim Abendessen plauderten sie gelöst. Anschließend verbrachten sie bei Alexander einen Klassik-Abend. Das war eine gute Idee von Alexander gewesen.

Klassische Musik von Beethoven, Mozart und Haydn schuf ein ruhiges, feinsinniges Ambiente und gab ihm zudem den Anstrich eines kultivierten, gebildeten Menschen. Auf der Couch rückte Alexander seinem Gast immer näher, die süße Glückskatze Lisa hatte sich jedoch noch dazwischen platziert. Auch in dieser Position passierte nichts Entscheidendes. Aber beim Abschied waren sie sich endlich einmal einig, sie küssten sich kurz auf den Mund. Dann umarmten sie sich und küssten sich noch einmal – es war sehr schön.

Die nächste Begegnung fand vier Tage später in ihrer Wohnung statt. Die Begrüßung war diesmal fad.
Sie saßen dann zum Fernsehen nebeneinander eine Stunde nebeneinander auf der Couch.

Alexander platzte schließlich der Kragen. Mit Worten konnte er durchaus zupackend sein – und das hatte schon oft zum Erfolg geführt. "Ich finde es pervers, wenn zwei Singles so nebeneinandersitzen. Ich gehe gleich." Und das hätte er auch getan. Aber es kam anders. Offenbar hatte er eine Lawine losgetreten. Mit einem Mal lagen sie sich in den Armen und küssten sich immer wieder. Dann nahmen sie wieder Abstand, plauderten intensiv und offen über Job, Zeitgeschehen und wichtige Ansichten. Sie bauten in ihre Gespräche wieder den

Sicherheitsfilter der Singles ein: eine feste Beziehung solle es nicht geben, aber es sei wirklich schön jetzt. Auch wenn sie immer noch nicht miteinander geschlafen hatten, nun war es eine sexuelle Beziehung – oder Liebesbeziehung, oder wie auch immer man ihre Begegnungen nennen wollte.

Am nächsten Tag – es war ein trüber Samstag – unternahm Alexander mit einer netten Sechsergruppe mit dem Zug einen Ausflug ins einzigartige, vorweihnachtlich geprägte Regensburg. Der Weihnachtsmarkt in den altehrwürdigen Gemäuern und Gassen hatte eine unvergleichliche Ausstrahlung. Und Alexander verguckte sich schon wieder. Zu der Gruppe gehörte Isa, eine hübsche blonde Frau Mitte Dreißig. Sie umgab etwas Kokettes, ohne dass sie dabei plump oder aufdringlich gewirkt hätte. Alexander kam mit ihr häufig auf eine beiläufige und doch anregende Weise ins Gespräch.

Ein Rendez-Vous mit ihr konnte er sich sehr gut vorstellen. Abends, als Glückskatze Lisa auf seinem Schoß saß und er über den sehr schönen Samstag nachdachte, erschrak er plötzlich vor sich selbst.

Was war er nur für ein Mann? Da baute er mühsam und doch mit spürbaren Fortschritten eine Beziehung zu Helga auf, um sich am nächsten Tag in eine andere Frau quasi zu vergucken und mit ihr ausgehen zu wollen. Hatte er sich in den Jahren als Single mit mancher Eroberung zu einem A-la-Carte-Typen in Liebesdingen entwickelt und war selbst beziehungsunfähig geworden? Oder hatte diese Mentalität im Grunde schon immer seinem Naturell entsprochen und damit seine leichtlebige rheinische Abstammung unterstrichen? Natürlich fand er keine klare Antwort auf diese Frage.

Die nächsten Tage brachten – auch Jahreszeit bedingte – berufliche Tristesse, unter anderem mit der Kritik seines Vorgesetzten, seine Akquisitionserfolge ließen zu wünschen übrig.

An einem frühen Dienstagabend suchte Alexander seinen spirituellen Lieblingsort auf – die Wallfahrtskapelle Maria Eich, nur wenige hundert Meter von Helgas Wohnung entfernt(die er an diesem Abend nicht aufsuchte). Er sah das "Ewige Licht" und spürte: auch sein ewiges Licht, die innere Flamme musste brennen und durfte nicht von Depression und Mattigkeit gelöscht werden. Es sollte brennen für seine Arbeit – sonst würde er im Verkauf keine Chance haben – für seine Freunde, für das Leben und die Freude.

Die Beziehung zu Helga stabilisierte sich in der Woche vor Weihnachten mit guten Gesprächen, vielen Zärtlichkeiten, aber ohne Sex.

Zwischendrin – vier Tage vor Weihnachten – fand das das von Alexander erhoffte Treffen mit Isa statt. Er holte sie in ihrer schönen Wohnung im Westend ab. Sie sah umwerfend aus, und noch in ihrer Wohnung flirteten sie heftig. Sie gingen an diesem regnerischen Freitagabend ins Café Frundsberg in Neuhausen, plauderten ohne Unterlass und verstanden sich toll. Sie war so lebhaft, bei ihr fühlte sich Alexander ganz unbefangen. Beim Abschied beließ er es dann mit einem langen, festen Händedruck.

Nachdenklich fuhr Alexander nach Hause. Nun hatte er Kontakt zu zwei klugen, interessanten Frauen, die auf den ersten Blick völlig unterschiedlich waren und die doch viele Gemeinsamkeiten hatten.

Beide waren nach ihren Erzählungen gebeutelt von schmerzhaften Trennungen. Beide waren echte Bayerinnen- gar keine Selbstverständlichkeit in München – erfolgreich im Beruf – und blond.

Den darauf folgenden Abend verbrachte er dann wieder mit Helga. Zunächst besuchten sie in einer Kirche ein wenig eindrückliches Weihnachtskonzert. In seiner Wohnung angekommen, teilte sie ihm bald mit, sie habe ihre Monatsbeschwerden und er dürfe sie nicht anfassen. Alexander beschwerte sich über ihre zwei Gesichter – heute so und morgen so. Bald durfte er sie dann anfassen und endlich kam es auch zu intimen Küssen. Zum Erfolg beigetragen hatte sicher auch die von ihm aufgelegte Bee-Gees-CD mit berühmten Schmuse-Klassikern.

Zu seiner Genugtuung stellte Alexander fest, dass er endlich dominant gewesen war. Er hatte Helgas Aussage("fass´mich nicht an") zur Kenntnis genommen, aber sich letztlich mit Erfolg darüber hinweggesetzt. Und am Ende waren beide zufrieden gewesen, nicht nur er, sondern auch Helga.

Weihnachten brachte dann eine besondere Situation: Helga fuhr mit ihrem Ex-Freund auf eine Skihütte. Welch eine Herausforderung für Alexanders Befinden, wenn ihre Beziehung auf festen Füßen gestanden hätte! Für ihn ergab sich daraus nun vor allem die Aufgabe, Gelassenheit zu zeigen.

Natürlich liebte er sie mittlerweile auf eine gewisse Weise, aber sie waren einander weiterhin zu nichts verpflichtet. Alexander reiste zu seinen Eltern an den Niederrhein. Das war für ihn immer ein besonderes Geschenk. es war wie Balsam. Er kehrte praktisch in den vollkommenen Schutz aus seiner Kindheit zurück, schirmte sich gegen die Realität im Beruf und in den Beziehungskämpfen ab.

Sie gingen dann häufig in Restaurants zum Essen, machten betuliche Ausflüge durch die einförmige, aber in ihrer Ruhe wunderschöne niederrheinische Landschaft. Einen besonderen Reiz übte auch immer der Rhein mit seinen ins Nirgendwo führenden Nebenarmen aus. In diesen kalten Winter-tagen waren die Altrheinarme zugefroren und mit Eisläufern übersät – ein seltenes Bild am meist milden Niederrhein. Wenn er seine Heimat verließ, dann fühlte er sich immer wie herausgerissen aus dem wohlig-warmen Schoß der Familie, aber irgendwie auch befreit, dass er wieder in weiter, kalter Wildbahn unterwegs war.

Am Tag vor Silvester kam er nach München zurück. Abends traf er sich spontan mit Helga. Zunächst aßen sie beim nahe gelegenen Griechen zu Abend. Dann gingen sie zu ihm. Sie gaben sich endlosen Zärtlichkeiten hin. Es war eine eigenartige Beziehung. Sie hatten immer noch nicht miteinander geschlafen, und doch kamen sie sich jedes Mal näher – es war sehr schön. Die Tatsache, dass sie auf der Reise mit ihrem Ex-Freund geschlafen hatte, fiel da kaum ins Gewicht. Alexander lernte sie nun immer besser kennen, mochte sie wirklich und schätzte auch ihre Persönlichkeit.

Den Jahresübergang verbrachte Alexander mit Helmut in einer Gaststätte auf einer Silvesterfeier, die laut und kaum erwähnenswert war.

An Neujahrstag war es dann endlich soweit. Helga besuchte Alexander – erstmals trug sie einen Rock – und sie schliefen miteinander auf der Couch in seinem Wohnzimmer. Helga genoss es sichtbar, Alexander kam nicht zum Höhepunkt. Übernachten wollte sie nicht bei ihm, um 23 Uhr fuhr sie heim. Alexander meinte, dass ihm dieser Erfolg großen Auftrieb geben würde. Seltsam – als Mann wurde man immer daran gemessen (und maß sich auch selbst), ob man es bei einer Frau bis zum "Äußersten" gebracht hatte. Unter diesem Gesichtspunkt hatte er Erfolg gehabt und alles richtig gemacht bei ihr. Von diesem Zeitpunkt an änderte sich alles in ihrer Beziehung. Es bestätigte sich eine Erkenntnis, die er mehrfach mit seinem besten Freund Helmut ausgetauscht hatte. Wenn man intim geworden war mit einer neuen Partnerin, nahm die Beziehung einen gravierend anderen Verlauf als bisher – nicht ganz, aber doch fast unabhängig vom Ausmaß an Genuss und Intimität beim Zusammensein. Entweder der Kontakt festigte sich und aus der Affäre wurde eine richtige, nachhaltige Beziehung. Oder die Partner bekamen im Angesicht der neuen Intimität kalte Füße und entschieden sich rechtzeitig für den Absprung, bevor der Schmerz einer Trennung zu groß werden konnte.

Zumindest Helga wählte die zweite Variante. Fortan wich sie aus, wenn sie sich verabreden wollten.

Wenn sie sich trafen, blockte Helga ab und widersprach sich ständig. Alexander verfügte glücklicherweise über genug Selbstwertgefühl, dieses Desaster nicht auf sich zu beziehen. Ihm war sehr wohl bewusst, dass Helga riesige Probleme hatte – weniger mit ihm, als vielmehr mit sich selbst.

Warum führte sie als attraktive Frau Anfang Vierzig denn seit vielen Jahren dieses seltsame Sololeben?

Trotzdem überkamen Alexander in diesen tristen Winterwochen immer wieder Anfälle von Traurigkeit und Niedergeschlagenheit. Was wäre er ohne seine wenigen, aber wertvollen Männerfreundschaften gewesen! Bei einem Marsch mit Rolf durch den Englischen Garten führte ihm dieser ein hilfreiches Gleichnis vor. Bei überfallartig auftretendem und deshalb schwer beherrschbarem Emotionsdruck helfe nur Gedankenkontrolle vom Verstand her. Es sei wie bei einem Pferdegespann aus Kutscher (der Verstand) und Pferden (die Emotionen). Der Kutscher muss die Tiere im Zaum halten, sonst brechen diese immer wieder unkontrolliert aus und richten großen Schaden an.

28

Der Kontakt zu Helga verflüchtigte sich in den darauf folgenden Wochen und Monaten immer mehr.

Ab und zu trafen sie sich noch und meistens kam es auch zu Küssen und Umarmungen. Nie mehr jedoch schliefen sie miteinander. Eine wirkliche Perspektive entwickelte sich zwischen ihnen auch nicht. Helga sagte einmal: "Wir könnten doch ab und zu miteinander schlafen und auch zusammen eine größere Reise unternehmen, was hältst du davon?" Sie hielt ihm die Karotte hin, die Hoffnung auf regelmäßigen Sex. Wann dieser stattfand– das würde wohl sie bestimmen. Und wie sollte es auf einer gemeinsamen Reise ablaufen? Nachts oder vielleicht auch tagsüber würde der eine Lust auf Sex oder Zärtlichkeiten haben, der andere jedoch nicht. Da wären auf Dauer unerträgliche Reibungen zu erwarten. Für eine verlässliche Zuwendung fehlte die Basis, ja die Liebe. Wenn Alexander ganz ehrlich zu sich war, stellte Helga für ihn auch nicht die Wunschpartnerin dar – zu herbes Äußeres mit den schmalen Lippen (er liebte volle, sinnliche Lippen), "klassische" Kleidung und letztlich verhalten oder gehemmt in Emotion und Kommunikation. Auch für ihn war demnach klar, dass er es nicht regelmäßig mit ihr aushalten würde. Insofern waren sie sich einig. Er sehnte sich nur deshalb so sehr nach ihr, weil er einfach nicht mehr allein sein wollte.

Und dann waren da die Zärtlichkeiten, die jedem Menschen gut taten, auch wenn keine stabile Liebesbeziehung dahinter steckte. Darauf auch noch verzichten – ein hartes Brot!

Und doch verzichtete Alexander darauf, um nicht in eine endlose Spirale von Begehrlichkeit, Abhängigkeit und Traurigkeit zu geraten.

Die Monate flossen dahin, geprägt von den üblichen vielen Kontakten, die zu keiner Beruhigung in Alexanders Privatleben führten.

Auf beruflichem Sektor befand er sich ohnehin in einem permanenten Überlebenskampf. Nie würde er im Verkauf die Ergebnisse erzielen, die seine Arbeitgeber von ihm erwarteten. Er fand zwar durchaus Zugang zu den Menschen, aber auf eine langwierige und intensive Art. Nicht, dass es ihm an der Fähigkeit zum Small Talk gefehlt hätte und damit an der Möglichkeit, auch schnell und unverbindlich Kontakte herzustellen. Doch hatte er bei sich eine gleichermaßen interessante wie erschütternde Feststellung gemacht. In der Anfangsphase eines Kontaktes fand ihn nur eine Minderheit der Menschen sympathisch, die meisten gingen zunächst instinktiv auf Distanz zu ihm. In einer beruflichen Gruppe, in der jeder offen seine Eindrücke von den anderen mitteilen sollte, hatte ein Teilnehmer gesagt, Alexander mache einen "sehr selbstsicheren" Eindruck. Das klang eher nach Distanz und Respekt, ja fast nach innerem Strammstehen als nach Sympathie. Dabei verfügte Alexander gar nicht über eine solche Selbstsicherheit; er hatte sich nur im Laufe vieler Jahre eine Rüstung zugelegt, wie die meisten anderen Menschen auch. In seinen viel zu langen Jahren im Verkauf war ihm irgendwann aufgegangen, dass eine lange Vorlaufzeit bei der Gewinnung der Sympathie des Kunden nicht zu verkraften war. Um gute Verkaufserfolge zu erzielen, war es unumgänglich, dass der Kunde dem Verkäufer sofort Wohlwollen entgegenbrachte. Manchen Menschen war es geschenkt, schnell die Sympathie der Anderen zu gewinnen, manchen weniger.

Alexander war ein unauffälliger, aber doch recht gut aussehender Mann, zudem hatte er eine gute Erziehung genossen und konnte sich als freundlichen – oder zumindest höflichen – Menschen bezeichnen. Und doch war es ihm nicht vergönnt, auf die meisten Menschen schlagartig sympathisch zu wirken. Vielleicht umgab ihn eine Aura der Nachdenklichkeit und Traurigkeit, die er hinter seiner Rüstung aus Selbstsicherheit verbarg – und dafür als arrogant angesehen wurde. Vielleicht war er auch einfach zu grüblerisch veranlagt, machte sich zu viele Gedanken und reagierte auf andere statt zu agieren.

Fakt war: er würde nie ein erfolgreicher Verkäufer werden, stattdessen in Vertriebsjobs leiden.

Warum hatte er immer wieder solche Arbeitsstellen angenommen? Aus Mangel an Alternativen.

Er hatte es ja seit jeher versäumt, seinen beruflichen Weg selbstbestimmt und klar herauszuarbeiten.

Eine feste Größe in seinem haltlosen Singleleben stellte Waltraud dar. Als Frau interessierte sie ihn in keiner Weise. Er war in dieser Hinsicht rücksichtslos und belastete sich kaum mit dem Gedanken, dass es bei ihr in Bezug auf ihn anders aussah. Aber sie profitierte ja auch stark von ihm. Er fuhr sie in der Gegend herum, unternahm Kurzreisen mit ihr und erweiterte durch die gemeinsamen Gespräche ihren Horizont, nahm ihre Unpünktlichkeit bei Verabredungen zähneknirschend, aber willig in Kauf.
Vielleicht lebte sie in ihrer Beziehung die Unpünktlichkeit ganz bewusst aus, um sich für ihre nicht erwiderte Liebe zu rächen. Und wenn es ihr alles gar nicht gepasst hätte, wäre es ein Leichtes gewesen, den Kontakt zu Alexander abzubrechen.
So lebten die beiden ohne Liebe, aber wie ein altes Ehepaar mit regelmäßigen Treffen zu Ausflügen oder kulturellen Unternehmungen. Bisweilen übernachtete Alexander bei ihr, ohne dass zu körperlichen Annäherungen kam. Es tat ihm dann immer richtig gut, so konnte er dem Gefühl der Einsam-keit und Verlorenheit in der großen Stadt wenigstens zeitweise entfliehen.

29

Ein wichtiges Ziel hatte sich für Alexander seit Jahren herauskristallisiert. Er wollte endlich aus der Wohnung ausziehen, in der er mit Rosemarie gelebt hatte und in der ihn noch so vieles an sie erinnerte.
Im Spätsommer war es endlich so weit. In der Zeitung hatte er ein Inserat gefunden für ein kleines Appartement genau am anderen Ende der Stadt. Für einen brütend heißen Dienstag Ende August hatte er einen Termin mit der Vermieterin zwecks Unterzeichnung des Mietvertrags vereinbart.
So sehr es ein Bedürfnis für ihn war, die zu große Wohnung endlich hinter sich zu lassen, so zauderte er innerlich. Wie würde er diesen endgültigen, vollkommenen Abschied von allem, was mit Rosemarie zu tun hatte, verkraften? Würde er den Umzug allein bewältigen können? Wer würde ihm eventu-

ell bei der großen Aktion helfen? Nein – diese Zweifel durften nicht die Oberhand gewinnen.

Alexander musste diesen Schritt tun, um endlich neue Seiten in seinem Leben aufzuschlagen. Und dieser Schritt war vollzogen nach Unterzeichnung des neuen Mietvertrags. Um sich entscheidende Kraft zu holen, besuchte er mittags das Michaeli-Freibad am Ostpark.

Es war das einzige Freibad in München, in dem es einen 10-Meter-Sprungturm gab.

Alexander verfügte nicht über viele natürliche Talente, was Sport, Bewegungsabläufe und Motorik betraf. Die geringe Begabung glich er durch einen fast schon wilden Mut aus. Da bedurfte es keiner Geschicklichkeit, wichtig war vor allem innere Aufgewühltheit und Wildheit. So liebte er es, an Europas Brandungsküsten fast bis zur Besinnungslosigkeit in den Wellen zu toben. In den Bergen befuhr er als Skifahrer manche schwarze Abfahrt, die eigentlich zu schwierig für ihn war. Und dann war da seit seiner frühen Teenager-Zeit die Faszination, die Sprungtürme im Schwimmbad auf ihn ausübten. Während seiner Ausbildung hatte er an Hochsommertagen mit Kollegen das Herzogenriedbad in Mannheim besucht und war an manchem Tag mehr als zehn Mal vom 10-Meter-Turm gesprungen. Auch dabei hatte er nichts Elegantes zu bieten, einen perfekten Kopfsprung aus dieser Höhe konnte er nicht riskieren. Einmal hatte er es gewagt und sich von der 7,5-Meter-Plattform kopfüber in die Tiefe gestürzt. Da es ihm nicht gelang, von der Plattform nach vorne wegzuspringen, produzierte er nur einen simplen Steilflug, der ihn bei der großen Höhe absolut senkrecht ins Wasser eintauchen ließ. Aus 10 Metern Höhe hätte er sich gewiss überschlagen und eine lebensgefährliche Verletzung riskiert.

An diesem Augustnachmittag im Michaelibad waren bei seiner Ankunft die höchsten Absprungplattformen gesperrt. Maximale Sprunghöhe war 5 Meter- auch eine Herausforderung, wenn man kopfüber sprang und ein pures Vergnügen bei "Kerze" oder wildem Fußsprung.

Aber Alexander wartete noch mit dem Springen und begab sich zur ebenfalls atemberaubenden "Jetrutsche". Diese hatte eine Höhe von auch etwa 10 Metern und wies ein extremes

Gefälle auf.
 Man raste liegend in das Abtauchbecken. Alexander gönnte sich dieses Abenteuer dreimal und schlenderte dann Richtung Sprungturm. Mittlerweile war die 10-Meter-Plattform freigegeben worden. Alexander sprang zum Auftakt zweimal vom benachbarten 3-Meter-Brett. Dann wurde es ernst. Schon der Aufstieg war ein Nervenkitzel, wenn Liegewiese und Sprungbecken unter dem scheuen Blick in die Tiefe immer kleiner wurden. Oben angekommen empfing einen dann selbst bei heißen Temperaturen stets ein schneidender Wind. Man hatte schließlich einen exponierten Punkt erreicht, Lampenfieber und ein wenig Angst taten das Übrige. Der Blick senkrecht nach unten umfasste einen Höhenunterschied von fast 17 Metern. Bei dem klaren Wasser schaute man bis auf den Grund, die Wassertiefe betrug 5 Meter und dann noch die eigene Körpergröße. Ja – das hatte was oben auf dem 10-Meter-Turm! Für Alexander stand fest: entweder man springt bald oder man springt gar nicht. Oben auf der Plattform befanden sich außer ihm noch drei Teenager, darunter ein Mädchen. Wenn sich für ihn die Gelegenheit ergab, vom 10er zu springen, war er nun in seinen reifen Jahren fast immer der Älteste auf der Plattform. Oft sprang er aber als erster. Während die Jugendlichen am Geländer standen und nach unten schauten – vielleicht aus Furcht vor der großen Höhe oder um ihren Freunden unten zu imponieren – machte Alexander einen entschlossenen Schritt zur vorderen Kante der Absprungfläche. Kurzer Blick nach unten. Hoppla, war das grausam!
 Und dann gab es nur eins: ab in die Tiefe. Bei dem Flug über mehrere Sekunden schaffte er es nie, Arme und Beine fest angelegt zu halten (das lief bei einem gekonnten Kopfsprung kontrollierter ab).
 Die Gliedmaßen flatterten in alle Richtungen davon, so dass es wie immer ein atemberaubender Flug wurde. Losgelöst von der Erde, alle Ketten sprengen, die einem immer angelegt waren, einfach nur fliegen, stürzen ins Nichts. Dann folgte der Augenblick des Aufpralls. Der Schmerz schaffte neue Gefühle, und doch rundet er das Hochgefühl des freien Fluges folgerichtig ab. Wegen der ausgebreiteten Arme und Beine ging es bei Alexander nie ohne Schmerzen ab. Es zog an den Gliedmaßen,

ohne dass der Schmerz unerträglich wurde. Rausch und Erfolgserlebnis des Fluges wirkten noch nach, als er aus dem kühlen Wasser wieder auftauchte. Und noch einmal rauf. Diesmal standen sie zu viert oben. Alexander schritt zur Kante, der rechte Fuß stieß sich ab.

Wind, Rausch, Ehrfurcht, Lust, Freiheit, Schmerz – diese Gefühle spiegelten das ganze Leben wider, wenn man bereit war, intensiv und ganz zu leben.

Nach diesem Höhepunkt war sich Alexander sicher – er würde den Mietvertrag unterschreiben.

Wieder erlebte er eine Kuriosität. Es stellte sich heraus, dass seine künftige Vermieterin zu seinen Kundinnen im Job gehörte. So klein war die Welt, selbst in einer Millionenstadt.

Frau Huber war eine zierliche, sympathische Frau in den Vierzigern. Alexander hatte einerseits lang nachgedacht, andererseits am 10-Meter-Turm sein Energiepotential aktiviert. So unterschrieb er ohne langes Zögern den Kontrakt. Nach dem heißen Tag zog draußen plötzlich ein Gewitter auf.

Bei dem sintflutartigen Regen konnte er das Büro nicht verlassen. In eigenartiger, plötzlich vertrauter Atmosphäre führte er noch ein anregendes Gespräch mit der ruhigen Frau, bevor er am frühen Abend die Heimfahrt antrat.

Die späten Augusttage sollten sich auch in anderer Hinsicht als bewegt und aufregend für Alexander herausstellen.

An einem Dienstagmorgen kündigte er sein Arbeitsverhältnis bei dem Kaffeehersteller.

Egal, wie es nun weiter gehen würde – so jedenfalls nicht. Alexander hatte Aussicht auf eine von der Arbeitsagentur geförderte Umschulung, perfekt war die Zusage jedoch noch nicht.

Am späten Vormittag rief ihn sein Chef an. Er zeigte sich völlig überrascht von seiner Kündigung zu diesem Zeitpunkt. Zudem fühlte er sich auch von ihm im Stich gelassen in dieser schwierigen Phase des Außer-Haus-Geschäfts. Alexander ließen diese Vorhaltungen kalt. Sein Chef war ihm gegenüber bei der Zusammenarbeit und hinsichtlich Kritik über ein Jahr alles andere als zimperlich gewesen.

Innerlich aufgewühlt war Alexander an diesem Tag allemal. Um Dampf abzulassen, entschloss er sich zu einer ungewöhnlichen Unternehmung. Er fuhr vor die Tore der Stadt zum Feringasee und steuerte gezielt den Nacktbadestrand an. Nachdem er sich komplett ausgezogen und auf sein Handtuch gelegt hatte, bemerkte er etwa drei Meter neben sich eine dunkelhaarige schlanke Frau um die 40. Sie cremte ihren schlanken gut gebräunten Körper mit aufreizender Langsamkeit ein. Alexander hatte das Gefühl, dass sie immer wieder Signale an ihn aussandte, Kontakt aufzunehmen. Er spürte eine innere Ruhe. Warum sollte er wegschauen von diesem erregenden Schauspiel? Ganz ruhig schaute er zu ihr hin und verfolgte ihre Bewegungen. Sie legte sich daraufhin ruhig auf den Rücken. Alexander bewunderte ihren wohlgeformten und gebräunten Körper. Vermutlich war sie Stammgast an diesem Strand. Alexander wurde es dann aber doch zu heiß, auch weil er nicht wusste, ob er direkten Kontakt zu ihr aufnehmen sollte. So schlenderte er die etwa 30 Meter zum Ufer des Sees und schwamm in dem angenehm kühlen Wasser hinaus. Erstaunen und Schock hielten sich die Waage, als er zur Liegewiese schaute, und sah, wie seine Nachbarin sich auf der Liegewiese erhob.

Klar, dass ihn schon diese Aussicht erregte. Aber es kam noch toller. Sie begab sich ebenfalls in kühlende Wasser und – fast setzte sein Herz aus – schwamm geradewegs zu ihm hin. Als sie vielleicht noch zwei Meter von ihm entfernt war, blieb ihm nichts anderes übrig. Alexander sprach sie an:

"Sind Sie öfter an diesem herrlichen Badeplatz?" Sie betrachtete ihn interessiert mit ihren großen braunen Augen: "Bei solchen Temperaturen ist das doch der beste Aufenthaltsort." Es war eine verrückte Situation – sie kannten sich überhaupt nicht und schwammen nun nackt nebeneinander her. Mit großer Spontaneität hätte er sie unverzüglich im Wasser lieben können.

Bald hatten sie das Ufer erreicht und kehrten auf die Liegewiese zurück. Nun gab es kein Ausweichen mehr. Alexander legte sein Handtuch neben ihres. Völlig nackt saßen sie nebeneinander und plauderten ohne Unterlass über Beruf, Alltag und München.

Zunächst war es eine hocherotische Situation – sich gegenseitig zu betrachten, das ging im Gespräch viel problemloser als wenn man verstohlen hinschauen musste. Die attraktive Frau hatte sich seitlich hingesetzt, so dass Alexander fast nichts von ihr verborgen blieb. Sie stählte sich offenbar durch Fitness-Training. Zwar konnte sie weibliche Formen an den richtigen Stellen vorweisen. Aber eigenartig – Busen und Hüften wirkten eher getrimmt als weich und einladend. So empfand Alexander sie trotz oder gerade wegen ihrer „vorschriftsmäßigen" Gestalt eher als Anschauungsbeispiel für ein Fitnessstudio als eine Frau, die er brennend begehrte, unverhüllt, wie sie vor ihm saß. Vielleicht baute er diesen Filter aber auch nur auf, um sie nicht begehren zu müssen, so aufreizend wie sie vor ihm saß, die dunklen Augen in der Unterhaltung auf ihn gerichtet. Und er selbst? Alexander saß im Schneidersitz kaum zwei Meter von seiner Gesprächspartnerin entfernt. Er hasste es, auf dem Boden zu sitzen, wurde dann stets von Rückenschmerzen geplagt. Bei seinen Campingreisen hatte er immer Klapptisch und Stühle mitgenommen, um diese unangenehme Situation zu vermeiden. An Meeresstränden genoss er den warmen Sand und legte sich wohlig und ohne Unterlage in die einschmeichelnde Natur. Aber so? Auf einer Wiese – aufrecht und ungebeugt… Natürlich hatte er an diesem heißen Nachmittag keine andere Wahl. Aufmerksam und aktiv nahm er an dieser Plauderei unter besonderen Umständen teil. Dabei bewegte er die Hände in Gesten vor seinem Lendenbereich, um ihr nicht ständig die intimsten Bereiche seines Körpers zu zeigen. Erstaunlich: er nahm männliche Gefühle an sich wahr, konnte sie aber durch disziplinierte Steuerung seiner Gedanken so gut kontrollieren, dass sie maßvoll und für seine neue Bekannte jedenfalls unsichtbar blieben. Dabei kam ihm ein bemerkenswerter Faktor zugute. Je länger sie sich über das tägliche Leben und seine nüchternen Facetten unterhielten, umso mehr verloren sich eventuell – oder wahrscheinlich – vorhandene erotische Gedanken und Gefühle in einen diffusen Hintergrund. Irgendwann hatte diese Begegnung keinen aufregenden Anstrich mehr, abgesehen von den regelmäßig wiederkehrenden Augenblicken, in denen sich Alexander die Kuriosität dieses Erlebnisses bewusst machte.

An diesem Spätsommertag warf der Abend seine Schatten eher voraus als im Juni. Der Dunst des heißen Nachmittags wich der Klarheit des Abendlichts und ein Hauch von Feuchtigkeit durchzog die schwüle Luft. Seine neue Bekanntschaft – ihren Namen hatte Alexander nicht erfahren, er spielte auch keine Rolle – deutete an, dass sie bald aufbrechen müsse. Sie zog ein grünes T-Shirt an. An dessen unterem Rand sah Alexander ein paar dunkle krause Haare hervorsprießen, das erregte ihn nun doch. Schnell streifte er sich seinen dunkelblauen Slip und die rote Short über, um nicht von ihr ertappt zu werden. Eine Minute später waren beide vollständig angezogen und bereit zum Aufbruch.

Sollten sie es bei diesem spannenden Nachmittag belassen? „Sehen wir uns noch mal?", entfuhr es Alexander. Seine Begleiterin legte noch Hand an ihren leichten bunten Sommerrock und schaute nur beiläufig in seine Richtung, als sie antwortete: "Könnten wir schon machen. Ich hab´ halt immer wenig Zeit." Begeisterung klang anders. Aber wie sollte ihre Bekanntschaft auch weitergehen? Sie hatten sich gut unterhalten, aber sie hatten sich auch die ganze Zeit nackt gesehen, hatten ja auch auf eine durchaus erregende Weise – zudem von ihr ausgehend – Kontakt aufgenommen. Wenn sie sich wiedersehen, musste es eigentlich auf Sex hinauslaufen. Eine platonische Beziehung mit wertvollen Gesprächen war nicht wirklich denkbar. Alexander ergriff eine in diesem Augenblick sinnvolle Initiative. „Ich gebe Ihnen eine Karte von mir. Wenn Sie wollen, rufen Sie mich mal an; ich würde mich freuen."-„Okay, danke. Machen Sie´s gut. Tschüß." Und sie verschwand Richtung Parkplatz.

In den nächsten Tagen gingen bei Alexander während seiner Abwesenheit mehrmals Telefonate ein, ohne dass auf den Anrufbeantworter gesprochen wurde. Er konnte die Rufnummer nicht ermitteln. Vielleicht war es seine neue Bekannte, vielleicht auch ein anderer Anrufer. Alexander hörte nie mehr etwas von ihr.

30

Die letzten Augusttage waren von strahlendem Sonnenschein und großer Hitze geprägt. An diesem Mittwoch hatte Alexander eine große Tour durch sein Verkaufsgebiet unternommen. Er hatte den landschaftlich schönsten Bezirk in Deutschland, war in Bad Reichenhall und Berchtesgaden gewesen, hatte sogar einen Abstecher zum berühmten Königssee gemacht. Seit seiner Kündigung stand er nicht mehr unter Umsatzdruck, absolvierte nötige Kundenbesuche, ohne Neukunden gewinnen zu müssen. Im schönen Ferienort Inzell hatte er zu Mittag essen. Nach seiner Rückkehr hatte er noch einen kurzen Badetrip zum Feringasee unternommen, diesmal allerdings nicht zum FKK-Strand.

Abends stand das nächste Rendez-Vous auf dem Programm. Wieder war es ein erstes Date.

Die Adresse von Margit hatte er über die Börse für Aktive erhalten und dann bei ihr angerufen. Es war ein lockeres Telefonat gewesen und sie hatten sich für diesen Abend bei ihr verabredet.

Alexander stellte seinen Wagen in der Nähe ihrer Adresse nahe dem Arbeitsamt ab. Als er das von Margit beschriebene Wohnhaus sah, schreckte er instinktiv zurück. Er glaubte, vor einer Ruine zu stehen, und das im reichen München. Das Gebäude war wuchtig und bestand offenbar aus fünf Stockwerken. Mit gutem Willen konnte man Reste eines blau-grauen Verputzes erkennen.

Alexander fasste sich ein Herz, ging auf das Haus zu und klingelte. Eine Sprechanlage gab es nicht.

Nach einigen Sekunden hörte er ein Surren und konnte die Haustür öffnen.

Drinnen wurde er von einem düsteren Treppenhaus empfangen, immerhin schien vor kurzem geputzt worden zu sein. Als er die vierte Etage erreicht hatte, stand ihm im Halbdunkel plötzlich eine schlanke blonde Frau gegenüber. Da sie sich bereits am Telefon auf die Anrede „Du" geeinigt hatten, fragte Alexander, vom Treppensteigen außer Atem: "Du bist sicher Margit?" Die Frau war zwar nicht mehr ganz jung, hatte aber eine mädchenhafte Ausstrahlung. Einen Augenblick

schaute sie ihn ruhig und durchaus selbstsicher an. Dann antwortete sie mit einem verhaltenen Lächeln: „Klar, und du musst Alexander sein."-„Klar."-„Du, draußen ist es so toll, sollen wir direkt losgehen?"
Es hatte zwischen ihnen keinen Handschlag zur Begrüßung gegeben, nur diesen lockeren Austausch.
Margit hatte eine eher tiefe Stimme und sprach mit einem leichten Akzent. Aus dem Telefonat wusste Alexander, dass sie aus der geografischen Mitte Bayerns stammte, dort, wo Franken und Oberbayern aufeinandertreffen. Sie trug die saloppe Uniform der Teens oder Twens. Dunkelblaues Sweat Shirt, hellblaue enganliegende Jeans. Um ihren schlanken Hals hing eine kleine braune Handtasche.
Sie hatten sich als Ziel den idyllischen Flaucher-Biergarten an der Isar ausgesucht. Bei ihrem Marsch durch graue Wohnviertel der südlichen Innenstadt wehte kein Lüftchen in den engen Straßen. Die brütende Hitze hatte sich bis in die Abendstunden gehalten und sorgte für ein hochsommerliches Klima. Bald hatten sie den Grüngürtel an der Isar erreicht. Sie begegneten vielen Menschen, die zum Grillen oder in die Biergärten unterwegs waren. Ihre Unterhaltung verstummte nie. Alexander hätte danach gar nicht mehr sagen können, worüber sie sprachen.
Es waren fast unwichtige Themen, aber sie plauderten drauflos und Alexander gefiel es. Eine interessante Gemeinsamkeit stellten sie dabei fest. Sie interessierten sich beide für Astrologie, und beide waren im Sternzeichen Löwe mit dem Aszendenten Löwe geboren. Alexander rechnete schnell nach und stellte fest, dass eine solche Konstellation mit einer Wahrscheinlichkeit von nur 1:144 vorkommen durfte.
Margits jugendliches Outfit und Verhalten führten dazu, dass er sich in ihrer Gegenwart ganz offen und frei fühlte. Obwohl sie sich als Diplom-Soziologin zu erkennen gab, blieb ihr Gespräch immer leicht, fast oberflächlich. Der Biergarten am Flaucher lag wunderschön, umgeben von Wiesen und Sträuchern. Von Autoverkehr war hier nichts zu sehen. Fußgänger und Radler beherrschten die Szenerie. Etwa die Hälfte der Plätze war besetzt. Alexander und Margit suchten sich einen kleinen Tisch aus und setzten sich gegenüber. Die nächsten zwei

Stunden waren einfach nur schön. Sie genossen die Natur und die warme Sommerluft, schauten und plauderten, plauderten und schauten. So musste sie wohl aussehen, die Leichtigkeit des Seins. Alexander liebte es, im Biergarten eine Mass, also einen Liter Bier zu trinken. Bei einem ersten Treffen wollte er sich jedoch nicht den Anstrich eines Alkoholikers geben: Zudem würde er später ja auch noch fahren müssen. So hielt er sich in diesen zwei Stunden an einem halben Liter Weißbier fest. Dazu gab es eine knusprige Brezn.

Margit bevorzugte einen Radler und eine Leberkässemmel. Als sie wieder aufbrachen, hatte die Dämmerung eingesetzt, die Wärme war immer noch beachtlich. Fast übermutig spazierten sie nebeneinander her. Auf dem Rückweg legten sie zwei Pausen ein.

An einer Eisdiele gönnten sich beide je eine Kugel Fruchteis. Dann betraten sie spontan eine kleine Spielothek und hatten viel Spaß mit einer Partie Tischfußball. An einen solch leichten, unbeschwerten Abend mit einer Frau konnte sich Alexander kaum, eigentlich gar nicht erinnern.

Ausnahmsweise drohte auch nicht die sonst immer so drängende Frage, wie es denn nun mit ihnen weitergehen sollte. Sie machten sich einfach keine Gedanken.

Die vermeintliche Wohnruine war bald erreicht. Wie von fremder Hand geleitet spazierten sie in den dunklen Hof neben dem Haus. Plötzlich standen sie ganz nah voreinander und schauten sich schweigend an. Alexander sah auf ihr kurzes blondes Haar und in ihre hellblauen Augen. Wie von einem gemeinsamen Impuls getrieben bewegten sich ihre Lippen aufeinander zu und fanden sich ohne Zögern. Weit über eine Stunde beglückten sie sich in diesem dunklen Hof mit Zärtlichkeiten, die wunderschön waren. Sie küssten und streichelten sich, schliefen praktisch im Stehen miteinander. Dieses Erlebnis im Hof gehörte zum Schönsten, was Alexander bis dahin mit Frauen erlebt hatte. Er fühlte sich dankbar und glücklich.

Bewusst verzichtete er darauf, mit ihr in die Wohnung zu gehen. Auch konnte er nicht vorhersagen, ob eine richtige Beziehung daraus werden würde. Wichtig war in diesem Augenblick nur: die Frau war traumhaft, der Abend war traumhaft, das Leben war wunderschön.

Nach Mitternacht lösten sie sich voneinander. Alexander musste noch 20 Minuten mit dem Auto fahren – benebelt und berauscht vom soeben Erlebten.

Die nächsten Tage waren geprägt von dem Bemühen, seine Wohnung weiterzuvermieten. Wegen der guten Lage im Nobel-Vorort standen die Interessenten Schlange. Der neue Mietvertrag musste dann mit dem Vermieter abgestimmt werden. Am Samstagnachmittag stand Erholung auf dem Programm. Alexander traf sich mit Helmut zum Tennis spielen. Es tat ihm stets gut, mit Helmut zusammen zu sein. Sie konnten über alles miteinander reden und – fast noch wichtiger – sie konnten Sport miteinander treiben. Die Freude an der Bewegung hob die Stimmung und das Gesamtbefinden, das konnte jeder Mediziner bestätigen.

Die Sorgen relativierten sich und oft waren einem neue, fruchtbare Ideen vergönnt. Wenn dann noch das leibliche Wohl zu seinem Recht kam – ihre gemeinsamen Unternehmungen rundeten sie grundsätzlich mit gemütlichen Restaurant-Besuchen ab – sah die Welt sehr freundlich aus.

Einziger Wermutstropfen: Helmut besaß kein Auto, und so musste Alexander immer quer durch die riesengroße Stadt fahren, um ihn zu treffen. Manchmal fragte er sich, ob Helmut sich nicht öfter in die S-Bahn setzen und zu ihm rauskommen konnte. Diese Überlegungen erledigten sich aber meist schnell. Man hatte schlechte Argumente, wenn man selbst über ein Auto verfügte. Wie viel einfacher war es dann, „eben mal" zu den Anderen hinzufahren als diese den Mühen einer Fahrt mit öffentlichen Verkehrsmitteln auszusetzen.

Dieses Problem spielte auch bei den Kontakten zu Frauen in München eine große Rolle. Wie viele von ihnen lebten nicht nur in bedrückend kleinen, kargen Wohnungen, sondern auch ohne fahrbaren Umsatz! Wollte man sie treffen oder einen Kontakt intensivieren, musste man stets wer weiß wohin fahren. Von der Wohnung der Frauen ging es dann in der Regel noch in eine Gaststätte, von dort wieder zu ihnen zurück und dann noch nach Hause. Als Gentleman und Kavalier war das doch wohl eine Selbstverständlichkeit oder wurde zumindest von einem erwartet. Wenn man dann eines Tages eine gemeinsame Wohnung hatte, fiel diese Mühsal weg. Aber wann trat das schon ein auf dem schillernden Singlemarkt? Oder wäre etwas mehr Entgegenkommen der Nicht-Automobilen vielleicht doch der Normalfall gewesen? Hätte es nicht der Anstand geboten, aus Respekt, Dankbarkeit oder einfach Zuneigung dem regelmäßigen Fahrer gegenüber ab und zu selbst den beschwerlichen Weg mit S-Bahn oder Bus anzutreten? Alexander neigte dazu, diese Frage zu bejahen – auch oder gerade bei Helmut.

An seinem Freund schätzte er dessen Höflichkeit, Aufmerksamkeit und Zuverlässigkeit. Unbedingte Zuverlässigkeit war eine Eigenschaft, die meistens bei Menschen mit höchstens mittelmäßigem Selbstwertgefühl auftrat. Sie zweifelten daran, was sie sonst zu bieten hatten und versuchten dieses Defizit durch absolute Verlässlichkeit und Berechenbarkeit zu kompensieren. Wie Alexander war Helmut ein umgänglicher Zeitgenosse, ohne jedoch über besondere Talente zu verfügen. Im Leben flog ihm selten ein Erfolg einfach nur zu, er musste sich um Anerkennung und Respekt bemühen, und das tat er unter anderem mit seiner Zuverlässigkeit.

Diese war bei Helmut gepaart mit einem ausgeprägten Phlegma in grundsätzlichen Dingen, das anscheinend in erster Linie bei Männern auftrat und deren Partnerinnen und Freunde bisweilen zur Verzweiflung trieb.

Potentielle Chancen im Berufsleben wurden nicht wahrgenommen oder sie wurden wahrgenommen und links liegen gelassen. Auch an Initiative in Privatleben und Freizeitgestaltung fehlte es bei dieser Spezies Mann häufig. Sie ließen die Anderen werkeln und agieren, bevor sie auf die Idee kamen, selbst zum Gelingen beizutragen. Alexander erinnerte sich gut an ihre gemeinsame Ungarnreise. Naturgemäß hatten sie die Reise mit seinem Wagen unternommen und sich dabei als Fahrer abgewechselt; Alexander hatte den etwas größeren Part als Fahrer übernommen. Während er selbst der ideale Beifahrer auf Reisen war -.unterwegs tüftelte er permanent über Routen, neuen Zielen und Unterkunftsmöglichkeiten – blieb Helmut als Beifahrer völlig untätig. Das führte sogar so weit, dass Alexander als Fahrer die entsprechenden Unterlagen auf den Schoß nahm und auswertete.

Bei fließendem Verkehr ein lebensgefährliches Unterfangen...

Er hätte es ja nicht tun müssen, vielleicht wollte er Helmut auch nur seine Untätigkeit demonstrieren. Ohne Erfolg – dieser machte keine Anstalten, die Recherche während der Fahrt an sich zu reißen. Und so konnte Alexander einen gewissen Groll gegen den Freund nicht leugnen, dass er – von einer einzigen Ausnahme abgesehen -noch nie auf die Idee gekommen war, mit der S-Bahn in seine Richtung zu fahren.

Aber welche Freundschaft oder auch Liebe war ganz ohne Groll? Jeder hatte seine gebündelten Vorstellungen vom Verhalten des Freundes oder Partners und kein Mensch konnte all diesen Vorstellungen gerecht werden. Meistens sprach man diese Erwartungen ja auch nicht aus und gab dem Anderen damit keine Chance, sie zu erfüllen. Helmut war Alexander auch viel zu wertvoll, um ihn zu kritisieren oder sein Verhalten ausdrücklich zu beanstanden. War da auch ein wenig Feigheit im Spiel und Angst, ihn zu verlieren? Nein, Alexander beurteilte sein eigenes Verhalten positiver.

Es war seine humanistische Haltung – das Wohlwollen und der Respekt der anderen Person gegenüber. Ja – für einen Humanisten hielt sich Alexander durchaus. Auch wenn er nicht immer spontan auf andere zugehen konnte, so pflegte er, wenn der Kontakt einmal zustande gekommen war, einen offenen, toleranten und liberalen Umgang mit seinen Mitmenschen.

Beim Tennis erwies sich Alexander wie so oft als der Gewitztere und Variablere. Er verfügte über keine sauberen Grundschläge. In seiner Jugend hatten sich die Trainer deswegen über ihn aufgeregt.

Und deswegen hatte er auch nie Karriere gemacht in diesem Sport. Doch hatte er mit seinem eigenwilligen, unkonventionellen Spiel viele Gegner geärgert und auch bezwungen. Er war Ballsportler durch und durch, verfügte über ein ungewöhnlich gutes Ballgefühl, sah also meist voraus, wohin der Ball springen würde. Zudem verteilte er die Bälle in Bereiche des gegnerischen Feldes, wo sein Kontrahent sie nicht erwartete. So schlenzte er bisweilen die Filzkugel parallel hinter das Netz und düpierte seine Gegner. Für diese Schläge war kein sauberer, vorschriftsmäßiger Schlag erforderlich, er agierte vielmehr mit Köpfchen. Als die gebuchte Stunde abgelaufen war, stand es 6:4, 3:0 für Alexander. Er hatte bei ihren Matches fast immer die Nase vorn. Helmut war Sportler seit vielen Jahrzehnten und ein guter Verlierer. Alexander hätte aber nicht schwören können, dass ihn die Niederlagen unbeeindruckt ließen. In jedem Fall war es für beide stets ein willkommener Ausgleich zu Alltag und Arbeitswoche. Diesen gemeinsamen Samstag schlossen sie nicht wie sonst üblich in einer Gaststätte ab. Sie genossen bei Helmut einen gemütlichen Samstag mit Spaghetti und Fußball im Fernsehen. Wäre da nicht die weite Rückfahrt gewesen, Alexander hätte sich mehr als ein Weißbier gegönnt. Doch freute er sich über die entspannte Stimmung dieses Tages und traf kurz vor Mitternacht zuhause ein.

31

Der darauf folgende Sonntag ließ ihn schon morgens die wohl bekannte innere Unruhe spüren. Für den Abend war er mit Margit verabredet. Er hegte die feste Überzeugung, dass das zweite Treffen mit einer Frau Richtung weisend für die weitere Beziehung sei. Wie würde es mit ihnen weitergehen, wenn das erste Treffen romantisch oder gar rauschhaft schön verlaufen war? Und mit Margit hatte Alexander vier Tage vorher ein außergewöhnliches Rendez-Vous mit rauschhaftem Abschluss erlebt.

Braute sich ohnehin in seinem Inneren dieses seltsame Herzklopfen zusammen, so sorgten die Weltnachrichten an diesem dunstigen und schwülen Sonntag zusätzlich für einen Schrecken. Vermutlich blieb weltweit für einige Stunden die Zeit stehen, als die Nachricht vom Unfalltod der englischen Prinzessin Diana um die Welt ging. Alexander war überhaupt kein Bewunderer von Lady DI gewesen. Ihre Art und ihre Rolle im höfischen Leben hatten ihn sogar angeödet. Ihr früher Tod schockte ihn aber doch sehr und verstärkte sein mulmiges Gefühl.

Immerhin konnte er die zermürbende Wartezeit auf das Treffen am Abend etwas auflockern, als er nachmittags mit Rolf im riesigen Biergarten am Chinesischen Turm zusammentraf. Der Biergarten war am Sonntagnachmittag gut gefüllt. Sie tranken

eine Tasse Kaffee und unterhielten sich über Themen des Alltags. Nach knapp zwei Stunden gingen sie auseinander.
Am frühen Abend war es endlich soweit, Alexander fuhr zum Rendez-Vous mit Margit. Als er an dem abweisenden Altbau auf die Klingel drückte, spürte er plötzlich eine seltsame Ruhe und Gelassenheit in sich. Sie hatten sich vor vier Tagen derart mit Heiterkeit und dann mit Zärtlichkeit überhäuft, dass es einfach wieder wunderschön werden musste. Er stieg hoch in die vierte Etage. Diesmal stand Margit in der Wohnungstür, um ihn hereinzubitten. In dieser Sekunde wurde Alexander klar, dass nun natürlich alles anders war als am Mittwoch. Sie hatten miteinander gewagte Handlungen ausgeführt, an reine Normalität war also nicht zu denken. Andererseits kannten sie sich jedoch fast noch gar nicht. Es hatte die Spontaneität dieses herrlichen Abends gegeben. Aber ließ sich solche Spontaneität einfach wiederholen? Waren es zu viele Gedanken, die ihm – und vielleicht auch ihr – in diesem Augenblick im Kopf herumspukten? Alles war anders in dieser Sekunde. Das noch grelle Tageslicht schien auf Margits ansehnliches, aber doch auch durchschnittliches Gesicht und nahm ihm jeglichen Zauber, den Zauber, der im unbeleuchteten Hinterhof bei ihren Küssen und Streicheleinheiten solche Macht über sie ausgeübt hatte. Alexander erstarrte bei der Begrüßung fast zur Salzsäule, unfähig, sie in den Arm zu nehmen. Warum hätte er das auch tun sollen? Er kannte sie doch gar nicht außer von diesen magischen, geradezu fiktiven Stunden vor vier Tagen. Was hatte ihn nur geritten, diese wildfremde Frau dermaßen anzugehen? Klar – diese Begrüßung würde entscheidend sein für den Verlauf des Abends. Alexander spürte die Blockade, wie bei so vielen Rendez-Vous in der Jugend, als er durch dieses Zögern – ja, schlimmer, diese Blockade – zahllose Beziehungsanbahnungen verspielt hatte. Aber vielleicht war sein Zögern in diesen endlos langen Sekunden vor Margits Wohnungstür gar nicht krank oder unnatürlich. Vielleicht war ihre Zärtlichkeitsexplosion beim ersten Treffen völlig unangemessen und unnatürlich. Immerhin brachte er so viel Disziplin auf, dass er es nicht bei einem kargen „Hallo" beließ, sondern ihr nach „Hallo Margit" einen schnellen Kuss auf die Wange hauchte. Diesen hätte er sich dann aber auch sparen können, denn damit führte

er ihre große körperliche Nähe vom ersten Treffen ebenso ad absurdum, wie wenn er ihr nur ein Hallo zugeworfen hätte. Er trat in die bemerkenswert große Wohnung ein. So abweisend das Haus von außen wirkte –Margit hatte offenbar einige Mühe und Liebe in die Einrichtung investiert. Da sah er einen alten Bauernschrank, dort eine vermutlich selbst gehäkelte Decke und eine hübsche getöpferte Vase. Über einen Balkon verfügte die mitten in der Stadt gelegene Wohnung nicht (für Alexander völlig undenkbar), da blieb Margit nichts anderes übrig, als sich mit produktiver Heimarbeit zu beschäftigen. Sie hatte ja auch kein Auto, mit dem sie spontan Ausflüge hätte unternehmen können.

Margit führte ihn ihm die geräumige Küche. Hier fühlte sich Alexander wie in einer Studentenbude. Alexander sah einen uralten, riesengroßen Kühlschrank, an dem Margit zahlreiche Zettel befestigt hatte und einen ebenso alten Herd, der zugleich als Ofen diente. Sie nahmen dann gemeinsam an einem einfachen Holztisch Platz und setzten sich einander gegenüber. Die Beklommenheit nahm nun mit jeder Sekunde zu, sie wussten nichts miteinander anzufangen und führten ein geradezu förmliches Gespräch. Welch grausamer Unterschied zu Mittwoch! Alexander hielt solche Situationen nicht lange aus. Obwohl er sich unbehaglich fühlte, schaffte er es, Margit ruhig in ihre hellblauen Augen zu schauen und sagte: „Das ist schon seltsam. Am Mittwoch waren wir uns so nah, und jetzt sitzen wir hier wie zwei Fremde." Seine Offenheit schien ihr erst recht unangenehm zu sein. Sie erwiderte trocken, fast abweisend: „Ich habe am Mittwoch nicht angefangen." Das schockte Alexander nun doch, dass sie sich nun gewissermaßen distanzierte von dem, was sie bei ihrem ersten Treffen mit Inbrunst getan hatte. Bei seiner Neigung, in Konfliktsituationen eher Vergeltung zu üben statt wohlwollend einzulenken, entgegnete Alexander karg und schnippisch: „Ich auch nicht."

Na prima – nun stand ihr zweites Treffen unter einem miserablen Stern. Jeder hatte sich distanziert und frei gezeichnet von allem, was den wundervollen Mittwoch ausgemacht hatte. Da sie die Ursache ihres heutigen Beisammenseins storniert hatten, gab es im Grunde auch keine Basis mehr für gemeinsam verbrachte Stunden, ja auch nur Minuten. Das verheerende Sich-

Gegenübersitzen an dem steifen Holztisch (von den harten Stühlen tat auch noch der Rücken weh) musste sofort abgebrochen werden. Aber ganz auseinandergehen – das wäre zu brutal gewesen!

„Was hältst du davon, wenn wir bei dem warmen Wetter noch in einen Biergarten gehen?", fragte Alexander. In Situationen gemeinsamer Ratlosigkeit, die auf dem Singlemarkt fast alltäglich waren, riss er in aller Regel die Initiative an sich, um zu retten, was noch zu retten war. Margit schaute ihn an wie ein Teenager, der die Orientierung verloren hatte und nicht wusste, was er antworten sollte.

Jetzt gab es auch nur zwei Alternativen: entweder sie willigte ein oder ihre junge, so hoffnungsvoll begonnene Beziehung war bereits wieder beendet. Nein – für den Rundumschlag war es noch zu früh. Sie schaute ihn an, rang um ein ermutigendes Lächeln und antwortete: „Ja, das ist eine gute Idee. Lass´ uns doch gleich gehen." ´Denn hier halte ich es in dieser Stimmung nicht aus`, hätte sie auch hinzufügen können.

Sie erhoben sich schlagartig und verließen die Wohnung. Nach wenigen Minuten erreichten sie einen typischen kleinen Stadt-Biergarten, eingepfercht zwischen zwei Häuserwänden, aber nicht ohne Charme. Die beklemmende Atmosphäre aus der Wohnung löste sich auf. Hier draußen, am warmen Sommerabend und umgeben von anderen redseligen Gästen, war von der Fixierung aufeinander und der Unbedingtheit ihrer Begegnung nicht mehr viel zu spüren. Die prickelnde Unverbindlichkeit kehrte teilweise zurück, nicht aber das Spielerische und Erotische ihres ersten gemeinsamen Abends.

Immerhin plauderten sie über dies und das. Mit Smalltalk taten sie sich schwer. Aber vielleicht lag gerade da das Desillusionierende, ja Erschütternde ihrer Beziehung: mehr als Smalltalk hatten sie nicht miteinander zu bereden. Es zeigte sich immer wieder, dass es leichter gelang, sexuelle Handlungen miteinander auszutauschen als den Stoff für wirkliche gemeinsame Kommunikation zu entwickeln.

Gut eine Stunde saßen sie in dem kleinen Biergarten, tranken ein kühles Weißbier, sprachen (unter anderem über Prinzessin Di, sie war an diesem Tag natürlich ein beherrschendes Thema), hörten anderen Gästen zu, lächelten sich hin und wieder an und überbrückten irgendwie die Zeit.

Nach etwas mehr als einer Stunde brachen sie auf, schlenderten die kurze Strecke bis zu ihrem düsteren Wohnhaus und gaben sich dort zum Abschied die Hand. Einen neuen Termin vereinbarten sie nicht.

Alexander stieg in seinen Wagen, wie vor den Kopf geschlagen von der subtilen, schleichenden, aber zerstörerischen Wirkung dieses Abends. An diesem Sonntag war nicht nur das Leben von Prinzessin Diana völlig unverhofft zu Ende gegangen, sondern auch diese Beziehung. Dabei hatte sie so sprühend begonnen. Geblieben war schon nach dem zweiten Treffen – nichts.

Ähnlich wie beim Ausdauersport wurden auch beim Autofahren seine Gehirnzellen meist stark aktiviert. Während der Heimfahrt überfluteten ihn die Gedanken. Irgendetwas konnte nicht stimmen mit seinem Gefühls- und Liebesleben. Er konnte Kontakte in den meisten Fällen nicht folgerichtig fortsetzen und ausbauen. So öffnete sich fast immer schnell ein schwarzes Loch, das die Bestandteile der noch jungen Bekanntschaft mit Haut und Haaren verschlang, so dass trotz vorhergehender Annäherung und Zärtlichkeit schlagartig nichts übrig blieb. Fatal wirkte sich in diesem Zusammenhang seine – trotz erzielter Fortschritte – immer noch zu geringe Bestimmtheit im Umgang aus.

Andererseits – lag es denn immer hauptsächlich an ihm, wenn keine neue Partnerschaft zustande kam? War es nicht auch häufig das unsichere und neutrale Verhalten der Frauen, das ein Zusammenkommen erschwerte? Eine schlüssige Antwort würde er an diesem Abend nicht finden und vielleicht auch niemals.

In den nächsten Tagen entschloss sich Alexander, das Thema Margit nicht ad acta zu legen, sondern zunächst um die fast schon versiebte Beziehung zu kämpfen. An einem kleinen Hügel mit Blick über das Würmtal gab er sich einer beflügelnden Meditation hin. Den Geist entlasten, die Gedanken loslassen. Er besann sich – bei geöffneten Augen – ganz auf sich selbst, spürte die Säule in seinem Inneren wachsen, machte sich bewusst, dass ihm nichts passieren konnte.

Zwei Tage nach ihrem verunglückten Treffen rief er bei Margit an. Er erreichte nur den Anrufbeantworter, doch sie rief bald zurück und freute sich auf ein neues Treffen am darauf folgenden Freitag.

Dieses Treffen gestaltete Alexander zu einem Meisterstück. Am frühen Abend holte er sie ab an ihrem Arbeitsplatz im Klinikum Großhadern. Er begrüßte sie freundlich, bemühte sich dabei um ein verbindliches Lächeln. Gute Freunde bestätigten ihm, dass er, wenn er sich in der entsprechenden Stimmung befand, ein jungenhaft-charmantes Lächeln zeigen und die Gefühle der Damen zum Schwingen bringen konnte. Auf eine Umarmung oder gar einen Kuss zur Begrüßung verzichtete er, das wäre eine Farce gewesen nach dem unterkühlten zweiten Treffen.

An diesem dunstig-heiteren, dabei schwül-warmen Freitagabend Anfang September brachen sie ohne Zögern zu dem von Alexander geplanten Ausflug auf. Er hatte Einiges wieder gut zu machen bei Margit, und zu diesem Zweck hatte er sich ein Programm voller Romantik ausgedacht. Er verstand es glänzend, Reise- und Urlaubstage sowie Freizeitaktivitäten zu planen und zu einem Genuss für alle Beteiligten zu machen. Dieses Talent hatte er auf unzähligen Rundreisen durch viele Länder der Welt mit den unterschiedlichsten Reisepartnern sowie bei vielen Tagesaktivitäten im Raum München mit den Singleclubs unter Beweis gestellt.

Sie fuhren einige Kilometer nach Westen bis zur wild dahinfließenden Würm, die immerhin dem Starnberger See seinen früheren Namen gegeben hatte. Dann folgten sie dem gewundenen Lauf des kleinen Flusses und durchquerten dabei die teuren Villenvororte im Südwesten von München.

Hinter Gauting hörte die dichte Bebauung auf und sie erreichten bald das romantische Mühltal. Auf einem größeren Parkplatz stellte Alexander das Auto ab. Für diesen Abend hatte er sich fest vorgenommen, entschlossen und wahrhaft männlich zu handeln (seine Therapeutin nannte das „viril-kaptatives" Verhalten; als begeisterter Lateiner war er von dieser Formulierung sofort beeindruckt gewesen). Als Margit aus dem Auto stieg, war er schon zur Beifahrerseite gekommen. Er nahm sie einfach an der Hand. „Was hältst du davon, wenn wir jetzt

169

durch die Würm marschieren?"
Margit erwies sich wieder einmal als typische Löwe-Frau. Für Spontaneität und wilde Aktionen in der Natur war sie immer zu begeistern. Sie musterte ihn kurz mit ihrem verschmitzten mädchenhaften Blick und antwortete: „Ja klar, das machen wir!" Margit stellte keine Frage, ob das Wasser zu kalt oder der Grund mit spitzen Steinen gesäumt war. Sofort hatten sie ihre Sandalen und Socken ausgezogen und das Ufer erreicht und waren in den reißend dahintreibenden kleinen Fluss hinabgestiegen. Ihre leichten Sommerhosen hatten sie bis über die Knie hochgeschoben. Das Wasser reichte ihnen dann bis zu den oberen Waden. Wegen der hohen Fließgeschwindigkeit konnte sich das Wasser auch im Sommer nicht erwärmen. Die Kälte des Wassers, die heftige Strömung und die unzähligen kleinen Steine, die ihre Fußsohlen peinigten – sie mussten sich schon sehr fest an den Händen halten, um nicht zumindest zu Fall zu kommen, vielleicht gar davongerissen zu werden. Das königliche Vergnügen in diesen Minuten und das einander Festhalten ließ eine herrliche Mischung aus Lebensfreude, Übermut und Verbundenheit zwischen ihnen entstehen. Das Blatt hatte sich wieder komplett gewendet. Bald hatten sie das gegenüberliegende Ufer erreicht. Gegen ihr kurzes Abenteuer war ein Kneipp-Fußbad nur ein müder Abklatsch. Voller Vitalität und Unternehmungslust warfen sie einen Blick zurück auf die pulsierenden Fluten. Dann ließen sie die Würm hinter sich und traten einen Fußmarsch weiter nach Süden Richtung Starnberg an. Sie liefen zunächst durch Wald. Bald öffnete sich das Gelände und gab einen betörenden Blick auf den noch einige Kilometer entfernten Starnberger See und die dahinter aufragende Alpenkette mit der Zugspitze als markantem Bollwerk frei. Auf einem welligen, leicht gewundenen Weg erreichten sie nach wenigen Minuten den noblen Golfclub Gut Rieden.

Golf hatte sich in den letzten Jahren immer mehr zu einer Trendsportart der oberen Zehntausend entwickelt. Je älter er wurde, desto eher konnte sich auch Alexander vorstellen, diesen Sport zu betreiben. In jungen Jahren wirkte das träge und langsam anmutende Geschehen auf den endlosen Grasflächen langweilig und fremd auf ihn. Nun in seinen reiferen Jahren entwickelte gerade die Beschaulichkeit vor häufig grandioser

Landschaftskulisse eine Faszination, die nicht mehr zu leugnen war. Aber woher sollte ein Vollzeit-Berufstätiger in mittlerer Position das Geld für die Aufnahmegebühr im Golfclub und die Zeit für eine komplette Platzrunde nehmen. Zudem hatte sich Alexander bei den wenigen „Schnupperrunden", die er in vergangenen Jahren absolviert hatte, wahrlich nicht mit Ruhm bekleckert, sondern ziemlich dumm angestellt. Und das, obwohl er mit Schläger-Sportarten wie Tennis, Tischtennis, Squash und Badminton gut vertraut war. Wenn es also je dazu kam, dass er sich dem Golfsport ernsthaft zuwendete, dann würde es zumindest noch Jahre dauern bis dahin.

An diesem Abend spielten solche Überlegungen aber keine Rolle für Alexander. Er spürte, der Himmel hing wieder einmal voller Geigen. Er musste nur seinen Teil dazu beitragen, dass er den Klang auch hören konnte.

An das großzügige Clubhaus des Golfclubs schloss sich eine Terrasse mit Bewirtung und großartigem Blick auf die unvergleichliche Voralpenlandschaft an. Margit und Alexander fanden Platz an einem Zweiertisch. Seit der erfrischenden Flussüberquerung hatten sie nur wenig gesprochen und sich trotzdem – oder gerade deshalb – sehr wohl gefühlt. Es ging also doch mit wenig verbalem Austausch, wenn die übrige Kommunikation stimmte: klares, unmissverständliches Verhalten vor allem des Mannes. An diesem Abend trug er diese Stärke in sich, das spürte er. Und ihm wurde auch bewusst, wie sehr alles in seiner Hand lag, ja geradezu von ihm abhing. Oder suchte er eine Partnerin, die selbst – auch für ihn – bestimmte? Bequemer war´s bestimmt, wenn man alles auf sich zukommen ließ. Aber welchen Respekt hatte dann die Frau nach einiger Zeit noch vor dem Mann und wie sollte die Beziehung dann weitergehen? Jeder sehnte sich danach, dass ein Anderer ihm Halt gab. Aber wie sollte es funktionieren, wenn jeder nur Halt suchte, aber selbst keinen Halt geben konnte? Mit einem Verhalten wie beim zweiten Treffen mit Margit konnte Alexander nie und nimmer Halt geben, er hatte vielmehr eine ratlose Frau zurückgelassen. Diesmal würde alles anders sein – bei derselben Frau. Nein – es gab keine Alternative, er musste und er würde das Gesetz des Handels jetzt in der Hand behalten.

Sie genossen eine schmackhafte bayerische Brotzeit und ein Weißbier. Beide spürten die gute Ausstrahlung dieses Ortes und eine innere Gelassenheit und sprachen weiterhin wenig. Die Dunkelheit und eine spürbare Feuchtigkeit senkten sich zeitig über die Terrasse – es war ja schon Anfang September – und zahlreiche Gäste brachen auf. Alexander bezahlte die Rechnung und beide traten den Rückweg zum Auto an. Die Gemeinsamkeit und das Wohlgefühl zwischen ihnen wurden immer spürbarer, fast drängend. An diesem Abend kannte Alexander keine Blockaden. Da sie ohnehin schon nah nebeneinander hergingen – er rechts, sie links – war es wie ein Impuls, dem er unmöglich widerstehen konnte, als er seinen linken Arm um ihre Schultern legte und ihren Oberkörper in seine Richtung wendete. Er sagte nichts, schaute sie zwei Sekunden an und legte dann seine Lippen auf ihren Mund. Hier begab er sich mit ihr in ein wohl vertrautes Land. Was hatten sie neun Tage vorher für traumhafte Zärtlichkeiten miteinander erlebt? Und so war es jetzt wieder.

Dieser Abend, diese Situation ließ keine Zweifel mehr zu. Sie schauten zusammen in den Sternenhimmel und waren ein Liebespaar. Arm in Arm und beseelt von ihrer wieder gefundenen Liebe genossen sie jeden Meter durch die vor allem im Wald tiefe Dunkelheit. Bevor sie ins Auto einstiegen, lauschten sie noch einige Minuten der unmittelbar neben ihnen tobenden Würm.

Margit begleitete Alexander dann in seine Wohnung. Glückskatze Lisa schnurrte gönnerhaft zum Liebesglück ihres Herrchens. Das Liebespaar nahm auf der Couch Platz. Sie liebkosten und streichelten sich an fast jeder Stelle ihrer Körper, doch schliefen sie immer noch nicht miteinander und verbrachten auch nicht die Nacht gemeinsam. Sie wollten ihre Beziehung behutsam aufbauen. Alexander brachte Margit nach Hause. Sie verabschiedeten sich zärtlich und glückselig.

Auf dem Heimweg fühlte sich Alexander wie schon so oft sehr glücklich. Wie oft war es dann sehr schnell ganz anders gekommen, weil viele Singles – er eingeschlossen- über ein nicht immer stabiles Gefühlspotential verfügten. Klar war nun aber, dass die Liebeshandlungen mit Margit keine Eintagsfliege

mehr darstellten, dass sie sich zumindest stark zueinander hingezogen fühlten – und vielleicht noch mehr…
Am nächsten Tag erhielt er per Post die Zusage für eine berufliche Umschulung. Eine weitere Tür für eine zufriedene Zukunft öffnete sich.
Abends half Alexander seinem Bruder und seiner Familie beim Möbel umräumen in ihrer Doppelhaushälfte. Er betrachtete es als gutes Training für den eigenen bevorstehenden Umzug.
Margit sah er zwei Tage später wieder. Und wieder war alles anders. Wieder war die Begrüßung seltsam und reserviert. Was war das nur für eine Beziehung? Heute so und morgen so. Wer sollte das aushalten?
Sie fuhren hinaus in die Voralpenlandschaft bei Großdingharting. Beim Spaziergang am Spätnach-mittag bei klarer herbstlich-kühler Luft legte sich die schon bekannte gemeinsame Verunsicherung über sie. Sie konnten einfach nicht miteinander umgehen. Am romantischen Deininger Weiher kehrten sie zum Abendessen ein – bei herrlicher Herbstsonne. Sie schauten sich an – ratlos und sehr traurig. Diesmal brachte es Margit als erste auf den Punkt: „Schade, aber ich glaube, es geht nicht mit uns." Alexander hatte es auch bereits seit Stunden – und ja auch eine Woche vorher – gespürt, aber die klar ausgesprochenen Worte schockierten ihn. Wieder tat sich die schwarze Höhle der Einsamkeit vor ihm auf. Doch war er einsichtig genug, um mit belegter Stimme zu antworten: „Ja, es ist wohl so. Wir kriegen es irgendwie nicht hin. Ich weiß auch nicht, woran es liegt."
Sie verließen die Gaststätte. Plötzlich wendeten sie sich einander zu und küssten sich. Den Weg zum Auto legten sie Arm in Arm zurück. Sie wollten wohl noch nicht endgültig voneinander lassen. Vielleicht suchten sie auch nur noch ein wenig körperliche Nahe – die funktionierte ja zwischen ihnen- bevor sie sich trennten. Vor dem Auto fielen sie sich um den Hals und begannen mit heftigen Zärtlichkeiten. Diese setzten sie im Auto vor der Abfahrt fort. Dabei streichelten sie sich erstmals im Intimbereich. Alexander flüsterte ihr zu: „Ich möchte endlich mit dir schlafen. Ich komm´ nachher zu dir mit rauf."-„Meinst du, das ist eine gute Idee, wir packen´s doch nicht miteinan-

der."-„Aber vom Körperlichen her ist es doch ganz toll mit uns."-„Schauen wir mal."
Vor ihrer Wohnung dachten sie kurz über Alexanders Vorschlag nach. Dann gingen sie beide hoch in ihre Wohnung. Ein erneutes Überlegen kam nun nicht mehr infrage. Zunächst ohne Begeisterung zogen beide sich vollkommen aus und schlüpften zusammen in Margits großes Bett.
Wie schon mehrmals erlebt – in körperlicher Hinsicht verstanden sie sich blendend. Sie begannen mit ästhetischen, kunstvollen Spielen am Körper des Anderen. Alexander genoss es, mit der Hand jede Faser ihres schlanken, aber nicht dünnen Körpers auf ihrer feinen, glatten Haut zu ertasten.
Er erbebte unter ihren feinfühligen, aber durchaus fordernden Händen auf seinen Brusthaaren und an seinen intimsten Stellen. Es wurde eine wunderschöne, einzigartige Liebesnacht. Beglückend war auch die Phase nach dem Aufwachen. Kurz vor dem Abschied schliefen sie ganz sanft, aber doch lustvoll miteinander.
Dann trennten sie sich. Margit brach noch am gleichen Tag zu einer zweiwöchigen Urlaubsreise nach Korfu auf. So erhielt ihre Beziehung eine Verschnaufpause – und vor allem eine beiderseitige Bedenkzeit, wie es dann weitergehen sollte. Denn das eigentlich bereits festgelegte Ende war doch sehr in Frage gestellt worden…

32

Die nächsten Wochen standen für Alexander im Zeichen des bevorstehenden Umzugs und des Abschieds von seinem Arbeitgeber. Er säuberte seinen Dienstwagen, packte Umzugskisten in der Wohnung und traf immer noch Mietinteressenten.
An einem sonnigen Spätsommerabend Ende September fand das Wiedersehen von Alexander und Margit statt. Beide hatten sich sehr aufeinander gefreut. Sie trafen sich mitten in Schwabing – und waren sich wieder so fremd. Konnte es daran liegen, dass sie sich über zwei Wochen nicht gesehen hatten? Sie fuhren hinaus ins Dachauer Land, das Alexander so liebte

wegen seiner kargen Hügel und der stillen ländlichen Atmosphäre fernab des Schicki-Micki-Ambientes von München. Sie liefen über wellige Äcker. Der Sonnenuntergang kam zeitig um diese Jahreszeit. Es hätte wunderschön sein können – wie vor nicht einmal drei Wochen beim Golfclub nahe Starnberg. Aber es war nicht schön. Wieder lag zwischen ihnen dieses unglaubliche, ja unheimliche Befremden. Es fehlte an der Spontaneität, sich etwas mitteilen zu wollen oder einfach nur drauflos zu reden. Aber- schlimmer noch – es fehlte auch an der seelischen Nähe und Vertrautheit, sich ohne Worte in Gegenwart des Anderen wohlzufühlen. Sie stapften nebeneinander her, ratlos und hilflos gegenüber der Situation.

Grandiose Zärtlichkeiten hatten sie vereint und auch Stunden der Vertrautheit und des gemeinsamen Wohlfühlens. Und nun empfanden sie wie schon bei mehreren Begegnungen dieses vernichtende Gefühl der Fremde, Verlorenheit und Hilflosigkeit in gemeinsamen Stunden. Sie kehrten ein in der Klosterschänke in Markt Indersdorf und saßen an einem grob gezimmerten Holztisch nahe beieinander. Es war ein hässlicher Gastraum – alt und seit Ewigkeiten nicht renoviert. Ihre Stimmung verharrte auf dem Tiefpunkt. Längst hatte die Überzeugung von ihnen Besitz ergriffen, dass es so nicht weitergehen konnte. Sie würden nicht als Paar zusammenkommen. Wenn Alexander seinen Verstand einschaltete, konnte ihm diese Erkenntnis nicht als Bedrohung erscheinen. Er war seit Jahren allein und würde allein bleiben. Es würde sich also nichts verändern oder verschlechtern in seinem Leben.

Aber Leben bedeutete ja nicht immer nur den Verstand einzuschalten. Ein gesunder Verstand trug ihn durch das Arbeitsleben und durch manche private Situation, in der Entscheidungen getroffen werden mussten. Aber ein Mensch, der sich nur vom Verstand leiten ließ – der war tot bei lebendigem Leibe. Alexander stellte an sich immer wieder fest, dass er noch lebte, dass er offenbar noch große Vitalität in sich trug. Der Preis für diese Vitalität waren Schmerzen. So schmerzte es ihn gewaltig, dass auch dieses zarte Pflänzchen einer neuen Bekanntschaft, die so vielversprechend begonnen hatte und in eine neue Lebenspartnerschaft hätte münden können, bereits wieder so gut wie verblüht, ja verdorrt war.

Warum konnten die Menschen nicht miteinander umgehen? Warum hockten in München Hunderttausende Singles allein in ihren Wohnungen, bezahlten viel zu hohe Mieten und griffen abends stundenlang zum Telefonhörer, um wenigstens akustisch Kontakt zur Außenwelt zu wahren? Für ihn stellte dieses Phänomen eine der größten Absurditäten der modernen Gesellschaft und für viele Betroffene eine persönliche Tragödie dar.

In manchen Familien und Ehen kriselte und knirschte es, aber die Unfähigkeit, einen Lebensbegleiter zu finden, empfand Alexander als Armutszeugnis für jeden Betroffenen. Nach seiner Überzeugung galt das auch oder gerade für jene Alleinstehende, die gar nicht anders leben wollten. An seiner humanistischen Schule hatte Alexander gelernt, dass nach Auffassung der alten Griechen der Mensch ein „Zoon Politikon" sei, also ein Gemeinschaftswesen.

Personen, die sich diesem menschlichen Grundbedürfnis bewusst entgegenstellten, empfand er in besonderem Maße als merkwürdige Spezies. Handelte es sich dabei immer um Menschen mit der so genannten schizoiden Persönlichkeitsstruktur? Er war kein Psychologe und es war auch nicht seine Aufgabe, solche Zusammenhänge zu ergründen. Auch war es kein Verbrechen und nicht strafbar, eine Lebensgemeinschaft entweder nicht zustande zu bringen oder nicht anzustreben. Nur war er bei seinen vielen Versuchen, mit einer Frau eine gemeinsame Zukunft aufzubauen, allzu stark in diese eigenartigen und nach seiner Ansicht zerstörerischen Mechanismen hineingezogen worden.

An diesem traurigen Spätsommerabend wurde der Kloß im Hals und der damit verbundene Schmerz immer größer. Alexander und Margit hatten es ernst miteinander gemeint und es auch miteinander versuchen wollen, aber sie schafften es einfach nicht. Konnte es so etwas geben, dass man „es", ohne Streit miteinander zu haben, nicht „schaffte", zusammen zu kommen und für einen Zeitraum, der sich dann ergeben würde, zusammen zu bleiben? Natürlich gab es das. Warum sollten zwei Menschen in mittleren Jahren, die ihr eigenes Leben gelebt und dabei ein starkes Profil entwickelt hatten, so gut zusammen passen, dass sie ihre beiden Leben auf einen gemeinsamen Nenner bringen? So etwas konnte auch auf dem

Münchner Singlemarkt durchaus geschehen, aber dafür musste man – trotz der zumindest numerisch riesigen Auswahl - schon Glück haben. Recht gute Erfolgsaussichten bot die Einigung auf sexuellem Gebiet. Hier konnten die Partner leichter zusammenpassen, wenn sie in der körperlichen Intimität harmonierten. Gerade bei den Frauen, mit denen er ansonsten keine Gemeinsamkeiten entdecken konnte, hatte Alexander zum Teil berauschende sexuelle Erlebnisse gehabt. So war es ja auch mit Margit mehrfach geschehen. Deshalb blieb ihnen am Ende dieses ernüchternden, ja verzweifelten Abends immerhin der Weg in die körperliche Vereinigung. Längst schwebte das Ende der kurzen Beziehung über ihnen, doch sie entschlossen sich zu einer weiteren gemeinsamen Nacht. Nun trieb sie kaum noch die Hoffnung, ihre Beziehung zu retten, sondern nur noch der Wunsch nach körperlicher Nähe und Wärme. Diese konnte wenigstens für einige Stunden eine wohltuende und gesunde Wirkung entfalten. Für die Zeit danach hatten sie dann nichts mehr voneinander zu erwarten. Und so verbrachten sie die Nacht in Margits Wohnung wie bei einem One-Night-Stand, genossen Stunden voller Nähe, Zärtlichkeit und auch Liebe. Als der neue Tag anbrach, schmusten sie weiter und unterhielten sich plötzlich auch wieder gut – leicht, unverbindlich und schön – vielleicht weil sie nicht mehr an einer Hoffnung festhielten. Und loslassen galt doch als Zauberwort der modernen Gesellschaft.

Erst um 10 Uhr an diesem Donnerstag verließ er ihre Wohnung, und dann tat es doch wieder wahnsinnig weh. Würde er sie je wiedersehen? Wenn er wenigstens solch zärtliche Nächte regelmäßig genießen könnte, ohne Option auf eine wie auch immer geartete gemeinsame Zukunft.
Nachmittags hatte er einen Termin bei seiner Therapeutin. Sie zeigte sich sichtlich betroffen über die neue scheinbar unlösbare Beziehungssituation mit Margit.

Den Abend verbrachte er mit seinem Freund Bernd auf dem Oktoberfest. Das Eintauchen in den Massenandrang gab ihm wenig, wie schon seit Jahren.

33

Die nächsten Wochen brachten große Umwälzungen in Alexanders Leben.

Der Umzug ans andere Ende der Stadt in ein kleines Apartment ging über die Bühne; dabei halfen ihm Freunde und Verwandte. Äußerlich bedeutete es eine gravierende Verschlechterung. Er wohnte jetzt nicht mehr in einer geräumigen 2-Zimmer-Wohnung im Villenvorort, sondern in einem kleinen, jedoch sehr zweckmäßig geschnittenen 1,5-Zimmer-Appartment in einem riesigen Wohnhaus mit über 200 Parteien.

Und doch empfand er es als Fortschritt. Das war seine Wohnung, und es erinnerte ihn nichts mehr an Rosemarie. Er wohnte nun ganz in der Nähe von Andreas und freute sich auf gemeinsame Unternehmungen.

Seine Arbeitsstelle bei dem Kaffeehersteller im Außendienst hatte er aufgegeben und sah nun einer durch die Arbeitsagentur geförderten Umschulung entgegen.

Margit besuchte ihn einmal in seiner neuen Wohnung. Im Gegensatz zu allen anderen Personen war sie von dem neuen Domizil beeindruckt und fand es viel schöner als die bisherige Wohnung.

Der Abend verlief typisch für ihre Beziehung. Alexander hatte sie zum Essen in seiner Wohnung eingeladen und holte sie von der S-Bahn ab. Margit kam auf direktem Weg von der Arbeit und war elegant gekleidet mit lachsfarbenem Blazer und schwarzer Stoffhose. Mit Rücksicht auf Margit hatte Alexander ein leichtes Essen mit Spaghetti und Rohkost vorbereitet. Sie landeten dann schneller im Bett als am Esstisch. Wieder gaben sie sich spontanen und heftigen Zärtlichkeiten hin. Wieder folgte unmittelbar eine Aussprache. Margit machte ihm klar, dass sie sich nicht auf eine „Normale" Beziehung einlassen kann(später sollte er erfahren, dass sie von schweren seelischen Störungen geprägt war und mehrmals wöchentlich eine Psychoanalyse in Anspruch nahm). Bald machte sich der Hunger bemerkbar und sie genossen das durchaus gelungene Abendessen. Noch beim Essen fingen sie wieder mit den Zärtlichkeiten

an, küssten und streichelten sich, zogen sich gegenseitig aus und kehrten ins für zwei Personen zu kleine Bett zurück. Sie schliefen mehrmals miteinander. Am späten Abend wurde Margit von der schon bekannten zerstörerischen Stimmung befallen. Sie sprang aus dem Bett, wurde unfreundlich und abweisend und bestand darauf, sofort nach Hause gebracht zu werden. Alexander blieb nichts anderes übrig, als den weiten und mühsamen Weg quer durch die Stadt zweimal zu absolvieren und Margit vor ihrem düsteren Wohnhaus abzusetzen.
Er sollte sie nie wiedersehen.

34

Da er vor Beginn der Umschulung noch einige Wochen arbeitsfrei hatte, unternahm Alexander in der zweiten Oktoberwoche mit Andreas eine schöne Reise ins Engadin und ins Bergell an der italienischen Grenze.
Ende Oktober begann die Umschulung bei einem Bildungsträger in der Münchner Innenstadt zur Buchhaltungsfachkraft. Alexander genoss dieses halbe Jahr. Er musste sich nicht mehr mit mäßigem Erfolg im Verkaufsaußendienst plagen und sich der ständigen Kritik seiner Chefs aussetzen.
Stattdessen lernte er neue Leute kennen, und verbrachte den Arbeitsalltag in einer Klassengemeinschaft. Er schloss neue Freundschaften mit einem jungen und einem älteren Mann. Zudem genoss er es, wieder etwas zu lernen und einer neuen beruflichen Bestimmung entgegenzustreben.
Die ersten Monate des Kurses waren besonders angenehm, in den schriftlichen Prüfungen erzielte er ausgezeichnete Ergebnisse. Die Verantwortung und Pflicht, einen neuen Arbeitsplatz zu suchen – und das als Berufsanfänger – war eigentlich noch in weiter Ferne.
Als vorausschauender Mensch begann er dann aber ab dem Jahreswechsel mit der Stellensuche. Er wusste, dass diese bei seinem reifen Alter von 40 Jahren und fehlender Berufserfahrung als Buchhalter alles andere als leicht werden würde. Die

Leiterin des Bildungsinstituts Frau Grün war Mitte Fünfzig und klein gewachsen, verfügte aber über eine außergewöhnliche Mischung aus Charisma und Dynamik. Sie gab ihm Tipps, bei welchen Unternehmen in der Stadt und im Umland er sich bewerben konnte. Alexander schrieb also zahlreiche Bewerbungen, jedoch ohne Erfolg.

Eines Tages klopfte er wieder bei Frau Grün an und teilte ihr mit, dass die Bewerbungen bisher erfolglos gewesen seien. Sie schaute ihn mit ihren flinken, fast flackernden grauen Augen an und sagte: "Kommen Sie doch mal mit raus auf den Gang." Als sie auf dem engen, finsteren Korridor auf zwei Stühlen vor den Büros nebeneinandersaßen, rief sie kurz entschlossen: "Wissen Sie was, ich nehme Sie. Unser bisheriger Buchhalter scheidet zum Monatsende aus, dann können Sie die Stelle übernehmen." Alexander konnte sein Glück kaum fassen. Er überlegte nicht lange: "Das hört sich gut an, das mache ich." Plötzlich hatte er einen Job. Und das Besondere: erstmals würde er in einem Unternehmen anfangen, das er schon recht gut kannte. Er nahm ja bereits seit fast einem halben Jahr an der Umschulung teil und hatte sich ein Bild von dem Institut machen können. Ein weiteres Plus: er freute sich, im Bildungssektor tätig werden zu können, auf diesem Gebiet hatte er sich schon immer wohl gefühlt.

Wenige Tage später erhielt Alexander von Frau Grün seinen Anstellungsvertrag. Als Buchhalter war er Berufsanfänger; das Gehalt übertraf seine Erwartungen dann deutlich.

Nach Ablauf der Umschulung konnte er noch einige freie Tage genießen; diese nutzte er zu einem Besuch seiner Eltern im Rheinland.

Als er nach München zurückkehrte, trat er seine neue Arbeitsstelle an. Sein Büro erwies sich als enger, fast schlauchartig geschnittener ehemaliger Bibliotheksraum.

Egal – er war froh und glücklich, diesen Arbeitsplatz mit einem fairen Einkommen gefunden zu haben, von dem er im teuren München leben konnte. Frau Grün teilte ihm mit, dass seine Einarbeitung ab dem zweiten Tag von einer Frau Brahm übernommen werde.

Den ersten Arbeitstag nutzte Alexander, um sich in wesentliche mit der neuen Tätigkeit zusammen-hängende Unterlagen einzulesen.

Als er am zweiten Arbeitstag kurz vor 8 Uhr im Büro erschien, wurde er bereits von Frau Brahm erwartet. Sie saß vor dem Computer. Nachdem sie sein Kommen bemerkt hatte, wandte sie ihm ihre Aufmerksamkeit zu. Frau Grün stellte Alexander vor mit den Worten: "Frau Brahm, das ist Herr Schreier, unser neuer Buchhalter. Ich bin sicher, Sie werden gut zusammenarbeiten."
Frau Brahm war Mitte Dreißig, hatte dunkle, mittellange Haare und dunkelbraune, wache Augen. Bei der Begrüßung erhob sie sich nicht, sondern reichte Alexander sitzend die Hand. Alexander empfand dies bei der ersten Begegnung als unhöflich. Er erwiderte den leichten Händedruck und sagte nur: „Guten Morgen, Frau Brahm." In diesem Augenblick konnte er nicht ahnen, dass diese Frau eine große Liebe seines Lebens werden sollte. Ihm fiel auf, dass sie auf eine gewisse Art nachlässig, fast ungepflegt gekleidet war. Sie trug eine beige Bluse mit Blümchenmuster, die leicht zerknittert wirkte und an den Rändern feine Fäden zog. Die schwarze Stoffhose war eigenartig weit geschnitten und schloss ab durch Bünde an den Knöcheln. Alexander dachte bei dieser für eine recht junge Frau ungewöhnlichen Aufmachung unwillkürlich an eine Jongleurin im Zirkus; er hätte nicht sagen können warum. „Tja, dann werden wir mal zusammen angreifen, Herr Schreier", sagte Frau Brahm und riss Alexander aus seinen Betrachtungen. Dabei blitzten ihre dunklen Augen gleichermaßen spöttisch wie verschmitzt. Diese Frau hatte eine ungewöhnlich helle Stimme. Klar wie ein Gebirgsbach, schoss es Alexander durch den Kopf. Er liebte helle Stimmen bei Frauen. An ihrer Art zu sprechen merkte er sofort, dass sie offenbar aus dem hohen Norden Deutschlands stammte. Die hanseatische Färbung ihrer Sprache war unverkennbar. Noch etwas glaubte Alexander zu bemerken, aber möglicherweise handelte es sich ja auch um einen Irrtum oder eine Wahrnehmungsstörung. Frau Brahms Sprache schien ihm unmerklich beeinträchtigt oder getrübt.

Alexander nahm wie am vorangegangenen Tag an dem Arbeitsplatz am Fenster, rechts von Frau Brahm, Platz. In den nächsten Stunden wies ihn Frau Brahm in alle kleinen und großen Routinen und Geheimnisse seines neuen Arbeitsplatzes ein. Sie teilte ihm mit, dass sie als freie Mitarbeiterin beschäftigt und nur dienstags im Hause sei. Für Alexander vergingen die Stunden wie im Flug. Dieser neue Arbeitsplatz erwies sich schon jetzt als äußerst vielseitig und interessant. Er war es aus seiner langen Berufstätigkeit gewohnt, sich wichtige Fakten zu notieren und kam aus dem Schreiben fast nicht heraus. Dabei spürte er, dass zwischen ihnen sofort ein Funke übersprang. Fachlich und menschlich wuchsen sie auf geradezu unheimliche Weise sofort zusammen. Von Frau Brahm ging eine außergewöhnliche Faszination aus, deren spezielle Ursache Alexander zunächst nicht hätte benennen können. Nach etwa zwei Stunden intensiver Kommunikation erhob sie sich von ihrem Stuhl, um im hinteren Teil des lang gezogenen Büros (das eigentlich Abstellraum und Bibliothek war) zwei Ordner zu holen. Alexander beobachtete sie und bemerkte, dass sie ganz leicht hinkte. Nein - treffender bezeichnet war ihr eigenartiger Gang mit dem Wort wanken. Bei ihren wenigen Schritten wankte sie leicht von rechts nach links und zurück, um sich dann vor dem Regal mit einer Hand festzuhalten. So viel war klar: irgendetwas stimmte nicht mit ihrer Gesundheit.

Frau Brahm setzte sich wieder. Erneut warf sie Alexander einen dieser verschmitzten Blicke zu, von denen er später so gebannt sein würde. Dann hörte er ihre kristallklare Stimme sagen: "Sie haben´s vielleicht gesehen, Herr Schreier, ich habe ein kleines gesundheitliches Problem." Die Tatsache, dass sie am ersten Tag ihrer Bekanntschaft begann, darüber zu reden, versetzte Alexander einen Schock und er musste erst einmal Luft holen. Es hätte keinen Grund gegeben, sich ihm jetzt mitzuteilen; sie hatte sich trotzdem dafür entschieden. Offenbar hielt sie es für eine wichtige Information im Rahmen ihrer Zusammenarbeit. Oder war es schon nach diesen wenigen Stunden mehr als eine reine Zusammenarbeit? Hatte sie ihn schon in gewisser Weise in ihr Leben einbezogen?

In Alexander arbeitete es in diesem Augenblick fieberhaft. Wäre es taktlos, sie nach der Art ihres Leidens zu fragen? Oder würde es desinteressiert wirken, wenn er keine Frage stellte? Er überlegte wenige Sekunden. Frau Brahm war Hanseatin. Diese Menschen liebten es, trockene Bemerkungen über kleine und größere Missstände des Daseins zu machen, ohne gleich groß darüber zu lamentieren und zu diskutieren. Demnach schaute er sie nur aufmerksam und mitfühlend an, ohne etwas zu sagen. Auch in diesem Punkt verstanden sie sich offenbar sofort.

Frau Brahm schwieg einige Sekunden – im Grunde unterstrich dieses Schweigen die Bedeutung ihrer gesundheitlichen Probleme – und fuhr dann mit den Erläuterungen zu den täglichen Aufgaben an diesem Arbeitsplatz fort. Etwa zwei Stunden später musste sie wieder von ihrem Platz aufstehen. Diesmal kommentierte sie die Beschwernis so: "Es ist eine Sache der Tagesform. Manchmal tue ich mich mit dem Gehen leichter, manchmal schwerer." Frau Brahm hatte sich wieder gesetzt, sie saß wieder einen halben Meter links von ihm und hatte das Gesicht auf die vor ihr liegenden Belege gerichtet, um mit ihrer Einweisung fortzufahren. Nun schien jedoch der Zeitpunkt gekommen, wo sie eine ausdrückliche Reaktion von Alexander erwartete. Und dieser wollte nun auch unbedingt wissen, welche Beschwernis oder Tragik diese eigensinnige, sympathische Frau umgab. Mit seiner sanften, sonoren Stimme sagte er: "Darf ich Sie fragen, um was für ein Handicap es sich bei Ihnen handelt?" Um ein wenig Schwere aus der Situation herauszunehmen, fügte er noch hinzu: "Es scheint ja keine allzu schwere Einschränkung zu sein." – Sie wandte den Blick nicht von den vor ihr auf dem Schreibtisch liegenden Papieren, als sie mit gefasster Stimme antwortete: "Haben Sie schon ´mal was von Ataxie gehört. Das habe ich."

Alexander konnte mit diesem Begriff nichts anfangen. Doch fühlte er sich seltsam betroffen. Die Art, wie sie sich geäußert hatte, ließ auf eine ernsthafte Krankheit schließen. Mit belegter Stimme antwortete er: "Davon habe ich noch nie gehört. Was ist das?"- Frau Brahm wandte sich Alexander zu. Ihre dunklen Augen ruhten mit einer Mischung aus Eindringlichkeit und Gelassenheit auf ihm. „Das ist in der Medizin ein Oberbegriff für verschiedene Störungen der Bewegungskoordination. Ich bin beim Gehen etwas beeinträchtigt. Ataxien entstehen in der Regel durch Schädigungen des Kleinhirns." Alexander war tief betroffen über das offensichtliche Schicksal dieser ausdrucksstarken jungen Frau. Er empfand bereits starke Gefühle für sie, die durch ihren offenbar heroischen Umgang mit einem schwe-

ren Schicksal noch verstärkt wurden. „Hat man diese Erkrankung von Geburt an?" fragte er fast zaghaft.- „Bei mir begann es schleichend im jungen Erwachsenenalter…Aber lassen Sie uns jetzt lieber mit unserem eigentlichen Thema weitermachen. Wenn es Sie interessiert, sprechen wir bald ausführlicher über meine Krankheit."
Und so fuhren sie fort mit der Einweisung in den Arbeitsplatz.

Als sich dieser bewegende und anstrengende Bürotag seinem Ende zuneigte, erwähnte Frau Brahm - Alexander konnte danach gar nicht mehr sagen, in welchem Zusammenhang – dass sie einen Freund habe. Nachdem ihn bereits der ganze Tag fachlich gefordert und emotional bewegt hatte, spürte er nun an sich eine ernsthafte Erschütterung. Warum hatte sie einen Freund? Eine Frau, die nicht fit und gesund und sportlich war, sondern gehbehindert und vermutlich auf Hilfe angewiesen, konnte doch keinen Freund haben, zumindest nicht im klassischen Sinne. Seine Gedanken überschlugen sich: Aber warum sollte sie keinen Freund haben? Sie war eine besondere Frau mit einer ungewöhnlichen Ausstrahlung. Auf Grund ihres Schicksals umgab sie irgendetwas Großes, Feierliches. Ja – sie strahlte sogar eine noble Dominanz aus. Alexander musste an sich feststellen, dass ihn die Aussage mit dem Freund geradezu schockiert hatte. Wie weit fühlte er sich nach diesem ersten Tag schon mit ihr verbunden? Hatte er sich möglicherweise schon in Frau Brahm verliebt? Nein, das konnte und durfte nicht sein. Wie sollte er sich in eine Frau verlieben, die nicht Sport mit ihm würde treiben können, mit der er nie ein normales Leben führen könnte?

Dann ertappte er sich dabei, dass er von absurden Gedanken überflutet wurde. Wie konnte er überhaupt über eine Beziehung zu ihr nachdenken? Sie hatte doch einen Freund.

Nach Feierabend war er erleichtert, wieder seiner Wege gehen und unbeeinflusste Gedanken hegen zu können.

Abends besuchte er Waltraud. Sie erlebten gemeinsam einen wunderschönen Sonnenuntergang am Fasaneriesee, kehrten dann in einem nahen Biergarten ein und fühlten sich wohl und unbeschwert wie ein altes Ehepaar. Dieses emotional Unbelastete machte die Stärke ihrer Beziehung aus.

Am nächsten Tag sah Alexander Frau Brahm im Büro wieder. Erneut arbeiteten sie intensiv und zielstrebig. Alexanders Gefühle hatten sich seit dem Vortag beruhigt. Er glaubte zu spüren, dass er sich nicht in sie verlieben würde. Verliebt – na ja, konnte man sagen verliebt – war er derzeit in Rosina, eine Mitschülerin aus seiner Umschulung. Aber die war verheiratet und hatte Kinder...In der Mittagspause hatten sie mit Teilnehmern der Gruppe zu Mittag gegessen. Endlich einmal hatte Alexander keine Rücksicht auf die Gruppenethik genommen und stattdessen wie ein Teenager mit der neben ihm sitzenden Rosina geflirtet. Sie stammte wohl aus Siebenbürgen und sah durchschnittlich aus.

Doch bewunderte er an ihr das üppige Becken – in seinen Augen Symbol für wahre Weiblichkeit, weit mehr als der so oft überschätzte Busen. Die Unerreichbarkeit machte die unbefangene, fast hölzerne Plauderei mit Rosina so angenehm. Er wusste, dass es um nichts ging, weil sie sicher mit ihrer Familie weiterleben würde.

Mittlerweile beherrschte Alexander die wichtigsten Routinetätigkeiten am neuen Arbeitsplatz.

Zu Beginn seiner zweiten Arbeitswoche stand die nächste Zusammenarbeit mit Frau Brahm an.

Völlig überraschend traf sie nach der Mittagspause – von einem anderen Auftraggeber kommend – ein. Es dauerte eine Weile, bis Alexander realisiert hatte, was an diesem Arbeitsplatz geschah. Sie verstanden sich wirklich gut, Alexander bemerkte ein Verstehen im eigentlichen Sinne des Wortes. Bei der Zusammenarbeit berührten sie sich regelmäßig, streichelten quasi einander die Hände. Nein – das war kein nüchternes Arbeitsverhältnis. Da wuchs etwas Besonderes heran, Alexander hatte jedoch noch keine Ahnung, was sich zwischen ihnen entwickelte.

In dieser neuen unruhigen Phase seines Lebens mit neuem Arbeitsplatz und einem außergewöhnlichen Menschen, der auf eigenartige Weise Einzug in sein Leben hielt, bildete die Beziehung zu Waltraud, die ja rein platonisch war, einen Stabilitätsfaktor in Alexanders Leben. Sie trafen sich regelmäßig und unternahmen anregende Dinge: Spaziergänge mit und ohne

Sonnenuntergang, Besuche in Gaststätten und Biergärten, kulturelle Veranstaltungen und gelegentliche Kurzreisen. Auch wenn sie fast regelmäßig Reibereien hatten – eben wie ein langjähriges Ehepaar – so bedeuteten ihre Treffen für ihn emotionale Entschleunigung in seinem von Wechseln und Neuerungen geprägten Leben.

Alexander glaubte, sich fortwährend auf der Suche nach sich selbst und seinen sinnlichen Strömungen befinden zu müssen. So hatte er sich in der Literatur mit Tantra, einem Teilgebiet der indischen Philosophie, auseinandergesetzt. An einem warmen Dienstagabend Ende Mai fuhr er nach Schwabing zu einem Tantra-Studio. Dort traf er eine üppige blonde Frau, die unschwer als Deutsche zu erkennen war, sich aber den Namen „Samadhi" gegeben hatte. Auf seine Nachfrage, was dieses Wort bedeutete, gab sie ihm die Auskunft: "Samadhi ist Einssein mit Gott. Es ist eine wonnevolle Vereinigung." Alexander hatte zwar nichts verstanden, aber was blieb ihm übrig, er musste diese Erklärung akzeptieren.

Samadhi nannte ihm den Preis von 100 Euro für zwei Stunden, sie würde ihn dann in die tantrischen Basisrituale einführen. Alexander pflegte einen behutsamen und vorsichtigen Umgang mit Geld. Unter normalen Umständen hätte er nie eine solche Summe für einen eher vagen Ertrag bezahlt.

Aber auf der Suche nach der Intuition und Erleuchtung, die ihm endlich den Weg nicht nur zum Schoß, sondern auch zum Herzen der Frauen weisen würden, wendete er ansonsten als astronomisch und unsinnig empfundene Geldbeträge auf. In dem halbdunklen Raum saßen sie sich im Schneidersitz gegenüber. Neben der selbstverordneten esoterischen Fassade strahlte Samadhi sehr weltliche Weiblichkeit aus. Das reife Alter – sie mochte etwa 50 sein – und eine gewisse Verruchtheit weckten in Alexander männliche Instinkte. Als hätte sie seine Gedanken von der Stirn abgelesen, fügte sie in ihre Unterhaltung den Satz ein: „Auf Wunsch machen wir bei weiteren Terminen auch Nackt-Sitzungen, um die Verbindung zum eigenen Körper und der anderen Person zu intensivieren." Die Vorstellung behagte Alexander in Bezug auf dieses Vollweib durchaus. Sicher würden sie dann auch miteinander schlafen. Doch setzte sein Verstand keinesfalls aus. Er wollte nicht noch mehr Geld ausgeben, wollte entspannen und Erkenntnisquellen in sich aktivieren.

So legte er sich auf Samadhis Geheiß auf den Boden und machte Übungen zur Entspannung, zu den fließenden Energien zu Atem und Stimme und zur körperlichen Nähe. Samadhi raunte mit ihrer tiefen, leicht bayerisch gefärbten Stimme durch den Raum: „Nur wenn du Energien in deinen Körper fließen lässt, wachsen auch wieder wahres Interesse und Gefühle." Das klang schön, indes wäre er auch selbst darauf gekommen. Doch blieb ihm nun nichts anderes übrig, als seine Skrupel zu überwinden, die Übungen auszuführen und den Betrag bar zu zahlen. Immerhin schoss ihm durch den Kopf, dass er auch einmal für solch verallgemeinernde, vage Inhalte einen dermaßen hohen Stundenlohn einstreichen wollte. Und warum sollte er noch einmal so viel bezahlen, nur um in der Nackt-Sitzung eventuell mit Samadhi zu schlafen? Sie hätte davon doch genau so viel, warum sollte er dann zahlen? Nein – er wollte es bei diesen beiden mystisch verbrachten Stunden belassen und nicht wieder herkommen.

Das Karussell des Single-Lebens kam bei Alexander nie zum Stillstand. Am darauf folgenden Wochenende besuchte er das Musik-Festival „Rock im Park" in Nürnberg. Dort traf er Martin aus seinem Umschulungskurs. Er war 16 Jahre jünger als Alexander, Muttersöhnchen und gänzlich unbedarft in den wichtigen Dingen des Lebens. Immerhin verbrachten sie miteinander zwei abwechslungsreiche, ja aufregende Tage.

Umgeben von Hunderttausenden anderer Besucher hörten sie dröhnende Musik, streiften durch das Gelände um das riesige Frankenstadion, vergnügten sich im Stadionbad und unternahmen mit der S-Bahn Ausflüge in die Nürnberger Innenstadt und in das malerische Fachwerkstädtchen Altdorf. Alexander hatte zwei Nächte in einem einfachen Gasthof in Feucht gebucht und gegenüber auf der anderen Straßenseite in einem italienischen Restaurant die beste Pizza seines Lebens gegessen.

Auf der Rückfahrt von Nürnberg machten sie einen Zwischenstopp in der alten Bischofsstadt Eichstätt. Dieses Städtchen beeindruckte ihn wie bei den wenigen bisherigen Besuchen mit seiner barocken Architektur und südländischer Ausstrahlung.

In der Universitätskirche zündete er eine Kerze an – für sich selbst. Neben dem Flachtisch für die vielen flackernden Kerzen las er ein Gebet an Maria, die Mutter des Schmerzes": Gegen Stolz und Egoismus, für die Liebe und das Entzünden eines Feuers im Innern. Das waren genau die Gedanken, die er in seiner unübersichtlichen Lebenssituation benötigte. Das Mittagessen nahmen sie in einem einfachen Gartenlokal direkt an der Altmühl ein. Unzählige Trauerweiden fielen in den träge und trüb dahindümpelnden kleinen Fluss.

An diesem wolkigen Frühsommertag sah man auch viele Paddler; die Altmühl war ein beliebtes Ziel für Flusswanderer.

Bald fuhren sie weiter. Im Münchner Norden setzte Alexander den jungen Freund bei seiner Mutter ab und wandte sich wieder seinem üblichen bewegten Single-Dasein zu.

35

Am Arbeitsplatz erhielt Alexander in diesem Frühsommer viel Auftrieb. Es handelte sich um eine abwechslungsreiche Tätigkeit. In dem kleinen Unternehmen fielen ihm unterschiedlichste, auch organisatorische Aufgaben zu. Kollegen teilten ihm mit, die Chefin Frau Grün habe sich bereits positiv über den neuen Mitarbeiter geäußert. Sie sei sehr angetan von ihm und habe einen guten Griff getan. Diese Rückmeldung gab Alexander Selbstvertrauen und Sicherheit.

Schnell erwies sich Alexander auch als idealer Ansprechpartner für Praktikanten. Seit seiner Jugend hatte er sich im Bereich der Wissensvermittlung an andere Menschen engagiert. So hatte er während seiner Schulzeit über Jahre Nachhilfeunterricht gegeben und sich damit seine ersten Autos und schöne Urlaube finanziert.

Unter diesen Umständen hätte sich der Wunsch, Gymnasiallehrer zu werden, viel stärker herauskristallisieren müssen. Seine Tragik bestand jedoch darin, dass er in den Jahren, als es darauf angekommen wäre, also vor dem Abitur, vor sich hin gelebt und keinen Berufswunsch herausgearbeitet hatte.

Viele Jahre später hatte er einen Satz gelesen, der ihn in seiner Prägnanz fesselte: "Wer nicht weiß, was er will, bekommt das, was er nicht will." So war es ihm dann ja auch ergangen. Alexander hatte gar nicht die konkrete Vorstellung gehabt, dass er Lehrer werden solle. Nun in seinen späteren Jahren hätte er nicht sagen können, warum sich damals bei ihm kein konkreter Wille herausgeschält hatte. Deshalb konnte er seinem Vater auch keinen gezielten Vorwurf dafür machen, dass er ihn zu einer kaufmännischen Lehre gedrängt hatte mit dem Argument, im Lehramt würde er als Angehöriger eines geburtenstarken Jahrgangs ohnehin keine Stelle bekommen; zudem würde er in einer Lehre sofort eigenes Geld verdienen.

Wenn er sich nun Gedanken über die damalige Zeit machte, setzte sich immer mehr die Überzeugung durch, dass sein Vater doch schuldig an ihm geworden war. Konnte er als der stärkere Elternteil seinen Sohn nicht wenigstens in einem Umfang ernsthaft betrachten, der es ihm ermöglicht hätte, dessen Talente und Ziele richtig einzuschätzen? Nein, das konnte oder wollte er damals, in der Selbstgerechtigkeit seines beruflichen Erfolges, offenbar nicht. Was für ihn und seine Familie gut war, das musste auch für seinen Sohn gut sein. Dabei hatte er Alexander wegen dessen Eigenartigkeit und seinem Anderssein stets verwundert und manchmal fast abwertend wahrgenommen.

Ganz klar – ein Vater mit Verantwortungsgefühl und charakterlicher Stärke hätte ihn auf dem richtigen Weg zu einem Lehramt begleitet und Ihm damit unzählige Irrungen und Wirrungen auf seinem Lebensweg erspart. Und die berufliche Identität bildet das entscheidende Fundament im Leben eines Mannes. Passte der erlernte und ausgeübte Beruf zu Charakter, Talenten und Wünschen, dann sprach vieles für eine Harmonie mit der eigenen Identität und damit für ein gelingendes Berufs- und Privatleben. Der von Alexander eingeschlagene Weg jedoch führte zu Zweifeln, halbherzig ausgeführten Veränderungen und Irritationen und dann zwangsläufig auch zu Verwerfungen im Privatleben. Es kehrte nie über einen längeren Zeitraum Sicherheit und Berechenbarkeit ein.

Am jetzigen Arbeitsplatz konnte er nun also neben seiner engen Beziehung zu Zahlen auch seine tief verwurzelte Neigung zu lehren und anderen Menschen sein Wissen weiterzugeben, zur Geltung bringen. Nach wenigen Wochen übertrug Frau Grün ihm die Verantwortung für die fachliche Anleitung der Praktikantin Frau Mutlu. Sie war mittelgroß mit schlanker Figur und blond gefärbtem Haar. Bei ihrer mädchenhaften Erscheinung hätte selbst ein aufmerksamer Beobachter nie vermutet, dass sie bereits Anfang Dreißig und dreifache Mutter war. Frau Mutlu war türkischer Abstammung, sie lebte von ihrem Ehemann getrennt. Auf ihre gleichermaßen hochwertige wie geschmackvolle Kleidung mit dunklen Stoffhosen und figurbetonten modischen Westen legte sie großen Wert. Obwohl sie aus einfachen Verhältnissen stammte und alles andere als eine fundierte Bildung genossen hatte, umgab sie eine Aura innerer Ruhe und Souveränität. An den vier Arbeitstagen in der Woche, an denen Frau Brahm für andere Auftraggeber tätig und demnach nicht im Hause war, arbeiteten Alexander und Frau Mutlu eng zusammen – im fachlichen und bei einem Sitzabstand von kaum einem Meter in dem engen Büro auch im physischen Sinne. Da ergab sich auch manches persönliche Wort. Schnell zeigte sich, dass ihre Weltanschauungen weit auseinander lagen. Empfand sich Alexander als bekennender Humanist – immer bedacht auf gute Kommunikation und fairen Umgang der Menschen miteinander – so stellte Frau Mutlu ganz offen die Priorität von Technik und Wohlstand in den Vordergrund, und das als Mutter von drei kleinen Kindern. Eigentlich hätte Alexander bei diesem entleerten, seelenlosen Weltbild erschaudern müssen. Seltsamerweise verstärkten ihre Äußerungen, ob sie nun fundierten Überlegungen oder irgendwo aufgeschnappten Parolen entsprangen, die eigenartige Faszination, die sie auf ihn ausübte. Liebevolle Gefühle konnte sie zweifelsfrei nicht in ihm wecken, weibliche Anziehungskraft übte sie aber doch aus. Dazu trugen auch ihre ungewöhnlich vollen, sinnlichen Lippen bei. Alexander konnte sich gut vorstellen, mit ihnen zu spielen und sie zu küssen. Er verfügte Frauen gegenüber mittlerweile über so viel Selbstbewusstsein und Ausdrucksstärke, dass er ihr große Komplimente machte; sie hätte Charme und würde eine bestimmte Faszination ausstrahlen. Das vergrößerte natürlich die Nähe zwischen ihnen. An eine private Beziehung durfte er nicht denken, doch

entstand eine bemerkenswerte Arbeitsbeziehung zwischen ihnen.
In dieser Zeit fand Alexander immer wieder den Weg zur Meditation. Er hatte die Fähigkeit erlernt, sitzend und mit offenen Augen Zugang zu den wichtigsten Gedankenströmen zu finden. Bei diesen Gelegenheiten setzte er sich aufrecht auf einen recht harten Stuhl und richtete zunächst die Aufmerksamkeit auf seine Atmung. Er atmete tief ein und aus, richtete den Blick auf einen Punkt im Raum, an dem Ruhe herrschte – meist auf das Fenster und dahinter sichtbare Bäume und Wohnhäuser. Nach weniger als einer Minute spürte er eine nachhaltige Ruhe in seinem Inneren. Die Konzentration auf die Atmung vertrieb das ansonsten im Alltag so vertraute Getriebensein, das Rasen und Treiben im Oberkörper und den Blutbahnen. Er bemerkte, dass es nicht nur leere Worte waren, wenn Meditationstrainer und Gurus davon sprachen, bereits durch Atemübungen zu ihrem inneren Kern vorzudringen. Dieser Rückzug auf das wahre Ich zeigte ihm, dass er nur dort die wirklichen Antworten für sein Handeln, seine Anschauungen und sein ganzes Leben finden würde. Er fühlte ein Licht hereinströmen, das ihm nicht nur Helligkeit, sondern endlich auch Klarheit, Konturen und Festigkeit verleihen sollte. Eine überwältigende Mischung aus Beschwichtigung und Kraft floss durch seinen Körper und befreite ihn von allen Zweifeln und Ängsten. In solchen Augenblicken war es unvorstellbar, dass das Außen und der Alltag ihn je wieder in eine andere, schlechtere Befindlichkeit versetzen konnten. Und doch geschah es dann immer wieder innerhalb von Tagen, manchmal sogar innerhalb von Stunden. War da so wenig Stabilität und Substanz in ihm, dass er die mit Kreativität, eigenem Potential und Leuchtkraft errungenen Eingebungen so schnell wieder davongleiten ließ?
Ja, es schien so!
Mittags traf er Helmut und dessen neue Lebensgefährtin Katharina zum Tennis spielen.
Den Verlust seiner sonntäglichen Zweisamkeit mit Helmut empfand er als brutalen Schuss gegen den Bug, er fühlte sich nun endgültig einsam und verlassen und geriet in eine schwere Niedergeschlagenheit. Die in der Meditation vermeintlich erreichte innere Stärke und Erleuchtung erwies sich also sehr

schnell als Trugbild. Er schaffte es nicht, sich aus sich selbst heraus zu definieren und Kraft daraus zu schöpfen. Doch zerfleischte er sich immerhin nicht gänzlich, hob vielmehr den Kopf und fragte sich: "Wer schafft es schon, dauerhaft in einer derart brüchigen beruflichen und privaten Situation halbwegs gut zu leben?"-Nach kurzem Nachsinnen kam dann aber die Antwort: "Viele von den starken oder auch nicht starken allein lebenden Frauen, denen ich auf dem Singlemarkt begegne." Vielleicht waren sie ja bereits seelisch tot, empfanden nicht mehr den Widersinn ihrer seltsamen Existenz. Und er war noch vital, lebte noch, hatte eine langjährige glückliche Beziehung geführt und musste nun unsagbar viele Annehmlichkeiten und Glücksfaktoren entbehren.

Die innere Diskussion musste aber zu dem Ergebnis führen, dass die selbst ernannten starken Frauen eher Recht hatten als er. Sie konnten den – wenn auch faden – Alltag unangefochten leben, während er permanent zwischen Himmel und Hölle taumelte. Solche Befindlichkeiten konnten nicht mehr lange ohne gesundheitliche Schäden ausgehalten werden.

Am Abend dieses Sonntags war er im Münchner Süden zur Geburtstagsfeier einer eher entfernten Bekannten eingeladen. Als guter und aufmerksamer Zuhörer und Mensch mit autarkem Gedanken-gut, der sich zudem differenziert ausdrücken konnte, war Alexander wie gewohnt kein Hauptdarsteller, aber ein gern gesehener Gast und eine Bereicherung für diese „Midlife"-Party in der kleinen Etagenwohnung. Die Leere und das Loch in seinem Inneren gähnten unvermindert – besonders wenn er ein solches Treffen verließ und schlagartig von dieser unheimlichen Stille umfasst wurde.

Wenige Tage später erweiterte Alexander das Spektrum seiner Aktionen auf der Suche nach dem richtigen Weg um eine weitere Facette. In einem unscheinbaren Gebäude nahe der Isar suchte er einen Kartenleger auf. Dieser sollte ihm eine Prognose für die nächsten Jahre und Fingerzeige für ein ruhigeres, stabiles Leben geben. Herr Günther war groß gewachsen, schlank und dunkelhaarig. Der 44-jährige Mann verfügte über eine angenehme, smarte Art. Nachdem er viele Karten vor sich auf dem Tisch ausgebreitet hatte, schaute er Alexander mit seinen grünen Augen an: "Warum glauben Sie eigentlich, kein attraktiver Mann zu sein? Nur weil Sie nach einigen Jahren Suche noch immer keine feste Partnerin gefunden haben? Nein, Sie haben eine angenehme und dabei maskuline Ausstrahlung. Sie haben sich nur in der Unmenge Ihrer Aktivitäten und Gedanken vollkommen verstrickt. Wenn Sie so weiter machen, befinden Sie sich auf dem direkten Weg in eine Psychose. Ziehen Sie um in ein freundlicheres Umfeld."-„Aber ich bin doch erst vor knapp einem Jahr aus der der ehelichen Wohnung ausgezogen. Ich kann – auch aus finanziellen Gründen – doch nicht schon wieder umziehen."-„Doch, Sie kriegen das hin. Sie sehen nicht so aus, als wenn Sie pleite wären."

Damit hatte er Recht. Alexander plagten viele Sorgen, aber eine finanzielle Pleite war vorerst nicht zu befürchten.

Günther sprach weiter: "Sie benötigen nur noch etwas Geduld. Es wird bald eine neue, berechenbare Beziehung in Ihrem Leben geben. Die wird viele Jahre halten, aber auch nicht bis an Ihr Lebensende. Es folgt dann eine erfüllende Altersbeziehung."

Waren das die Erkenntnisse aus etwa 30 gelegten Karten? Oder erzählte er diese ermutigende Standardgeschichte jedem, der Rat suchend zu ihm kam? Egal, Alexander hatte ihn aufgesucht, wieder mal für eine Art Lebensberatung bares Geld hingelegt. Also wollte und musste er glauben, was Günther ihm voraussagte. Das hörte sich ja auch alles gar nicht schlecht an, und die sich selbst erfüllende Prophezeiung erwies sich immer wieder als eine der stärksten Triebfedern im menschlichen Leben. Warum also sollte er diese Ankündigungen bezweifeln oder gar verwerfen? Sie würden sein neues Credo, seinen Glaubensleitsatz bedeuten.

Im Büro arbeitete Alexander täglich mit Frau Mutlu und einmal in der Woche mit Frau Brahm zusammen. Die Beziehung zu Frau Mutlu blieb faszinierend, schillernd und unverbindlich. An ihr lernte er, Komplimente zu machen. Er fand sie aufregend und wusste doch, dass er nichts anfangen durfte mit ihr. Mit Frau Brahm verhielt es sich ganz anders. Keine Frage – zwischen ihnen war etwas Besonderes, etwas Tiefes, das sie verband.

An einem heißen Dienstag im Juli lud sie Alexander unverhofft für Donnerstag zu sich in die Wohnung ein. Kurios: eine

Woche später würde ihr Freund, der seit Monaten während der Woche in Wiesbaden beruflich im Einsatz war, dauerhaft in die gemeinsame Wohnung zurückkehren.

36

Alexander suchte also zwei Tage später Frau Brahm in ihrer Wohnung im Stadtteil Sendling auf. Es handelte sich um ein bemerkenswertes sechsstöckiges Eckgebäude. Das Haus war in futuristischem Stil mit blauer Fassade und großen Fensterflächen erbaut. Auf fünf Etagen beherbergte es Geschäfts- und Büroräume. Frau Brahm wohnte im Dachgeschoss. Sie hatte die Wohnung gemeinsam mit ihrem Freund erworben. Hier lag also eine ausgesprochen feste Bindung vor. Alexander empfand es demnach als abwegig, sich irgendwelche Gedanken über eine Beziehung zu Frau Brahm zu machen und trat seinen Besuch entsprechend unbelastet und locker an.

Er nahm den gläsernen Aufzug in den sechsten Stock. Unter dem Dach schlug ihm sofort große sommerliche Wärme entgegen.

Frau Brahm war aus der Wohnung herausgetreten, um ihn zu begrüßen. Sie trug ein leichtes gelbes T-Shirt und eine der von ihr bevorzugten weiten dunklen Stoffhosen.

Verschmitzt lächelte sie ihn mit ihren dunkelbraunen Augen an, wie ein Lausbub, der etwas Verbotenes im Schilde führt. „Schön, dass sie gekommen sind, Herr Schreier." Sie gab ihm nicht die Hand, sondern berührte ihn wie selbstverständlich leicht an der Hüfte, um ihn in die Wohnung zu führen. Diese war großzügig geschnittenen. Die Decke wurde durch den spitz aufragenden Dachgiebel gebildet. Sie verlieh dem Wohnraum eine ungewöhnliche Höhe und eine spezielle Attraktivität. Die Wohnung war funktional und teuer eingerichtet. Schließlich handelte es sich bei den Bewohnern um zwei selbstständige Unternehmer ohne Kinder. Da fehlte es nicht an Geldmitteln.

Frau Brahm wies auf eine große hellbraune Ledergarnitur und sagte mit ihrer hellen, wachen hanseatischen Stimme: „Nehmen Sie doch auf der Couch Platz. Was wollen Sie trinken?"- „Da ich mit dem Auto unterwegs bin, hätte ich gern ein Glas Mineralwasser", lautete Alexanders spröde Antwort. Nach der beunruhigenden Begrüßung war er darauf erpicht, die Atmosphäre zwischen ihnen zu versachlichen.

Frau Brahm brachte das Mineralwasser. Für sich hatte sie ein Glas mit Orangensaft gefüllt. Sie setzte sich wie selbstverständlich auf der großen Couch direkt neben Alexander. Sofort begannen sie, zwanglos zu plaudern, über die Sommerhitze, die Parkplatzsituation in München und die Arbeit bei dem Bildungsunternehmen. Sie waren das natürliche, enge Nebeneinander vom Arbeitsplatz gewohnt, und so entsprang es einem natürlichen Automatismus, dass Alexander bald ihre Hand nahm und einen intensiven Fingerflirt begann. Seine Hände bewegten sich dann über ihren Körper- über ihre Schultern, ihre Arme und ihren Rücken. Intime Stellen ließ er aus. Sie unterhielten sich, dann schwiegen sie, um das Gespräch kurz darauf wieder aufzunehmen.

Alexanders Kopf landete zu später Stunde im Schoß von Frau Brahm. Sie sprachen, schwiegen und streichelten sich langsam, behutsam und tugendhaft. So verbrachten sie fast die ganze Nacht. Um 5 Uhr morgens gingen sie zusammen ins Bett. Sie blieben angezogen, kuschelten sich aber intensiv aneinander. In diesen Stunden bahnte sich eine tiefe Liebesbeziehung an.

Nach dem Frühstück verließ er ihre Wohnung.

An diesem Freitag stand eine Programmpräsentation in Freising auf dem Programm. Es war ein interessanter Arbeitstag. Doch musste Alexander ständig an Frau Brahm denken. In der letzten Nacht war etwas Besonderes entstanden. Wie es weitergehen sollte, wusste er nicht. Ihr Lebensgefährte würde in wenigen Tagen eintreffen.

Nachmittags musste Alexander ins Büro. Von dort rief er Frau Brahm an und lud sie spontan für den Abend zu sich ein.

Sie nahm die Einladung gern an und traf kurz nach 18 Uhr in seinem Mini-Apartment ein.

Zwischen ihnen herrschte sofort eine gelöste, vertraute Stimmung. Zunächst nahmen sie an seinem runden Esstisch eine einfache Brotzeit ein. Dann setzten sie sich gemeinsam in Alexanders einzigartigen braunen Fernsehsessel. Diesmal war er sich seiner Sache sicher. Deshalb begann er bald, zunächst Frau Brahm und dann sich selbst auszuziehen. Sie liefen die wenigen Meter bis zu seinem Einzelbett und begannen ohne Zögern, sich zu lieben.

Es wurde eine beglückende und berauschende Liebesnacht, die sie noch enger zusammenführte. Verrückt: sie siezten sich nach wie vor, das gab ihrer Beziehung die besondere Würze.

Um 6 Uhr morgens musste Frau Brahm aufbrechen; sie erwartete im Laufe des Vormittags ihren Freund in ihrer Wohnung.

Am Wochenende konnte Alexander Frau Brahm nicht sehen, sie verbrachte die Tage mit ihrem Lebensgefährten im gemeinsamen Wochenendhaus bei Landshut. Doch rief sie ihn am Sonntag zweimal an – vermutlich, als ihr Freund gerade den Raum verlassen hatte. Sie sagte wunderschöne Dinge.

Sie sei so glücklich, wie neu geboren, total verändert, würde am liebsten ständig mit ihm kuscheln, leide schon nach einem Tag unter Liebesentzug. Diese Seligkeit übertrug sich auch auf Alexander. Würden sie es miteinander schaffen? Schon einmal hatte er eine Frau aus einer scheinbar felsenfesten Beziehung heraus für sich gewinnen können. Rosemarie hatte sogar ihren ersten Ehemann wegen Alexander verlassen und ihn dann geheiratet. Würde nun, wenn sie doch nicht als Paar zusammen leben konnten, wenigstens eine beglückende erotische Beziehung entstehen? Fragen über Fragen…

Mittags setzte sich Alexander bei schönem Sommerwetter aufs Fahrrad und fuhr durch den Münchner Osten. In Haidhausen setzte er sich am Pariser Platz auf eine Bank und schnupperte Stadt-Atmosphäre. Nahe dem Oberföhringer Wehr legte er sich an der Isar in die Sonne und ließ die Gedanken treiben.

Am Spätnachmittag traf er sich dann mit Waltraud, seiner Quasi-Ehefrau. Sie hatten im Grunde eine feste Beziehung, jedoch ohne Liebe und Sex. Ihr regelmäßiges Zusammensein empfand Alexander als seelisches Auffangbecken in unsicheren Zeiten. Am Feringasee genossen sie zunächst eine entspannte Stunde im herrlich gelegenen Biergarten. Anschließend kühlten sie sich im sauberen Wasser des Badesees ab.

Abends gingen sie wie üblich wieder auseinander.

38

In diesen späten Julitagen trat eine neue Sorge in Alexanders Leben. Seine Mutter hatte in der fernen Heimat einen leichten Herzinfarkt erlitten. Bei einer Herzkatheter-Untersuchung hatte man ihr zur Weitung der Herzkranzgefäße zwei so genannte Stents eingepflanzt. Kritisch wurde ihr Zustand nicht; sie konnte bereits nach wenigen Tagen aus dem Krankenhaus entlassen werden.
Alexander entschloss sich jedoch, so bald wie möglich eine Kurzreise ins Rheinland anzutreten.
Sechs Tage nach ihrer gemeinsamen Liebesnacht sah er Frau Brahm im Büro wieder. Es war ein ganz seltsames Gefühl, eng mit einer Frau zusammenzuarbeiten, mit der er eine Beziehung hatte. Sie meisterten es mit vielen witzigen Flirts. Alexander bemerkte aber auch ihr dominantes und ruppiges Verhalten im persönlichen Umgang. Das kommende Wochenende wollte sie mit ihm verbringen. Wie sie das anstellte, nun wo der Freund wieder bei ihr wohnte, blieb ihm schleierhaft.
Aber es interessierte ihn auch nicht.
Wie vor genau einer Woche traf sie am Freitag kurz nach 18 Uhr bei ihm ein. Wieder stärkten sie sich zunächst bei einer Brotzeit, bevor sie sich dann sehr schnell sehr nah kamen. Sie verbrachten in dem Einzelbett eine wilde, zugleich aber auch sehr zärtliche Nacht. Alexander spürte, wie sehr er sie liebte, und das sagte er ihr auch. Sie erwiderte das Liebesbekenntnis ihm gegenüber dutzendfach. Sie waren sehr glücklich miteinander. Das Sahnehäubchen auf dieser faszinierenden Beziehung: weiterhin siezten sie sich, und sie wollten es auch bis auf Weiteres dabei belassen.
Den Samstag und Sonntag verbrachten sie in harmonischer Atmosphäre; sie liebten und siezten sich. Frau Brahm war leicht behindert, aber so stark und so herzlich. Sie unternahmen Ausflüge aufs Land, und in einigen Situationen machte sich ihre leichte Behinderung bemerkbar. Doch waren sie kühn und

liebten sich kurz vor einem Gewitter auf einem Feld mit hoch stehendem Getreide. Den Sonntag verbrachten sie zunächst in gedämpfter Stimmung; in der Nacht hatten sie in ernsten Gesprächen die Schwierigkeit ihrer Lage betont. Mittags fuhren sie zum Feringasee. Bei bedecktem Himmel sah man nur wenige Leute. Es herrschte eine ruhige, fast besinnliche Atmosphäre. Als Liebespaar saßen sie auf einer Bank und schauten auf den ruhigen See hinaus. Danach besuchten sie noch den ebenfalls nur spärlich gefüllten Biergarten. Alexander fühlte sich sehr wohl mit ihr.

Ihre tiefe Verbundenheit wurde noch verstärkt durch die Tatsache, dass sie ja in einer – auch wirtschaftlich zementierten – Beziehung zu einem anderen Mann lebte und vorerst nicht unbelastet mit Alexander würde zusammen leben können. Als sie in sein Apartment zurückgekehrt waren, liebten sie sich noch einmal leidenschaftlich, fast verzweifelt im Angesicht ihres Abschieds am frühen Abend. Sie schauten sich tief in die Augen, beteuerten noch einmal ihre Liebe – dann machte Frau Brahm auf dem Absatz kehrt und verließ die Wohnung.

Am nächsten Tag rief sie ihn im Büro an und kündigte ihr Kommen für den Abend an. Später machte sie einen Rückzieher; sie könne „wegen ihm" nicht kommen. Alexander fühlte sich nicht allzu traurig. Zu frisch war noch die Erinnerung an ihr Liebeswochenende.

Doch ahnte er bereits, dass solche Situationen die Regel und damit für Jahre eine große Belastung in seinem Leben werden sollten.

Wenige Tage später reiste Alexander in seine Heimat. Er nahm einen Flug von München zu einem kleinen Regionalflughafen bei Mönchengladbach. Der Flug dauerte angesichts der kurzen Entfernung unsägliche 90 Minuten, war aber sehr preiswert. An Bord unterhielt er sich mit einem 38-jährigen Geschäftsmann, der das Ziel verfolgte, München in absehbarer Zeit zu verlassen und wieder in seine rheinische Heimat umzusiedeln. An dem winzigen Flughafen wurde Alexander von seinem Vater abgeholt. Nach etwa halbstündiger Fahrt kamen sie zuhause an. Es war ein seltsames Gefühl in der großen Etagenwohnung ohne die Mutter.

Sie lag nach ihrem Herzinfarkt noch immer im St.-Josefs-Hospital in der nahen Kreisstadt.

Am nächsten Morgen besuchten die beiden Männer sie in ihrem geräumigen 2-Bett-Zimmer. Die andere Patientin, eine etwa 60-jährige schlanke Frau, war mit dem Lesen eines Buches beschäftigt und widmete den Besuchern nur geringe Aufmerksamkeit. Mutter sah nicht schlecht aus, äußerte aber Angst vor der weiteren gesundheitlichen Entwicklung. Würde die Herzerkrankung den normalen Alltag gravierend beeinträchtigen? Alexander hatte nicht diesen Eindruck. In den folgenden Tagen und Wochen sollte sich zeigen, dass er mit dieser Einschätzung richtig lag.

Nachmittags unternahm er allein einen Stadtbummel durch die hübsche Innenstadt mit ihrem niederrheinischen Charme. Wie so oft in seiner Heimat drängte sich ihm der Eindruck auf, dass der Lebensstandard hier bescheidener war als im Süden Deutschlands (was sich durch Wirtschaftsdaten wie Arbeitsmarktstatistik und Bruttosozialprodukt je Einwohner auch belegen ließ), fast kam es ihm ein wenig ärmlich vor im Vergleich zu den vor Wohlstand berstenden Regionen in und um München mit ihren weiß verputzten Häusern und den neuen und großzügigen Gemeindeeinrichtungen. Genau in diesem Punkt fühlte Alexander sich berührt. Vielleicht wollte er gar nicht mehr in dieser Scheinwelt Süddeutschlands leben, vielleicht wollte er zurück zu seinen Wurzeln, wollte die heimische Sprache hören – eine Mischung aus rheinischen und Kohlenpott-Klängen – und die dunklen Häuser mit ihren Klinkerfassaden sehen. Die fast unvorsichtige Geradlinigkeit der Menschen in seiner Heimat entsprach weitgehend auch seinem Naturell. Und doch – irgendwie hatte er in den langen Jahren in Süddeutschland auch etwas von den dort verbreiteten Wesenszügen angenommen. Die ausgeprägte Seriosität und Kompetenz, eine subtile Form der Zurückhaltung und Überlegenheit. Wollte er wirklich zurück in die Heimat? Warum hatte er diesen Schritt über so viele Jahre letztlich doch nicht vollzogen? Zog es ihn nicht doch stark an, dieses System der Überlegenheit und smarten Distanz?

War er nicht selbst auch ein Teil davon geworden? Schmeichelte es nicht auch dem Ego, zur Gruppe der Erfolgreichen zu gehören, selbst wenn man dort keine herausgehobene Position einnahm? Diese Gedanken durchzogen ihn in regelmäßigen Abständen und ganz besonders, wenn er sich auf Heimaturlaub befand.

Alexander unternahm einen Abstecher zur Arbeitsagentur, um sich ein genaueres Bild vom dortigen Arbeitsmarkt zu machen. Natürlich gab es hier mehr Arbeitslose, aber es herrschte auch eine stärkere Fluktuation und schließlich standen angesichts der großen Bevölkerungsdichte weit mehr Stellen zur Verfügung. Alexander war überzeugt, hier ein reelles Auskommen mit einem Job in der Buchhaltung haben zu können. Also – worauf wartete er? Er war allein, musste auf niemanden Rücksicht nehmen. Hier lebten die Menschen, die ihm am nächsten standen – seine Eltern.

Alexander sammelte in diesen Sommertagen am Niederrhein viele wichtige Eindrücke.

An einem Badesee saß er mit seinem Vater in einem Biergarten, umgeben von großspurigen, einfachen Leuten. War das seine neue, alte Heimat?

Immerhin trieb er die Aktivitäten zur Vorbereitung einer möglichen Rückkehr weiter voran. Er führte ein Vorstellungsgespräch bei einem Zeitarbeitsunternehmen. Die Unterhaltung mit der charmanten Frau Müller war erfrischend; sie konnte ihm auch einen Job in Aussicht stellen. Aber das Einkommen…Später besichtigte er eine Wohnung im benachbarten Ortsteil, diese war aber zu klein und ungünstig geschnitten. Alexander erkannte, dass er den großen Wechsel nicht im Vorbeigehen würde realisieren können. Vermutlich wollte er ihn auch einfach nicht genug.

Am siebten Tag seines Aufenthaltes konnte er endlich mit seinem Vater einen Autoausflug unternehmen. Er saugte den Zauber des Niederrheins in sich auf – die Einförmigkeit der Landschaft, völlig eben, durchsetzt von Pappelreihen, Weidezäunen und beschaulichen Bauernhöfen.

Welch ein Kontrast zur Region östlich des Rheins mit den riesigen Industrieanlagen, hohen Schornsteinen und Kraftwerken. Niemand in Süddeutschland ahnte, dass sich zwischen Rhein und niederländischer Grenze ein riesiger, teilweise noch unberührter Landschaftspark auftat. Es war der Gegenentwurf

zur ebenfalls betörend schönen oberbayerischen Voralpenlandschaft – herb, still, wehmütig und bodenständig. Erst nach seinem Wegzug hatte er den außerordentlichen Reiz seiner Heimat entdeckt und die tiefe Sehnsucht nach einer Rückkehr in sich aufgebaut.
Was also hinderte ihn daran zurückzukehren? Wollte er es vielleicht nur allen beweisen, dass er es schaffte in diesem fremden, profitorientierten, schillernden Umfeld?
Nach sechs Tagen kehrte Alexander nach München zurück. An der S-Bahn wurde er von Frau Brahm abgeholt. Sie zwinkerte ihm mit ihrem verschmitzten Lächeln zu und streckte ihm eine gelbe Rose entgegen: "Guten Abend Herr Schreier, schön dass Sie wieder da sind."-„Ich freu´ mich auch", lautete Alexanders karge Antwort. Er nahm die Rose in die linke Hand. Beide bewegten sich aufeinander zu und drückten sich kurz und innig. Die seit Tagen anhaltende extreme Hitze ließ ihr Wiedersehen in einem fast tropischen Ambiente stattfinden.
Umgehend fuhren sie zu Alexanders Apartment. Dort entspann sich ein wunderschöner Liebesabend. Für Alexander stand fest, dass es sich um seine beglückendste Liebesgeschichte neben Rosemarie handelte. Kurz nach Mitternacht fuhr Frau Brahm heim. Wie sie das alles mit ihrem Freund regelte und welche Erklärungen sie ihm dann abgab, blieb für Alexander ein Buch mit sieben Siegeln. Doch hatte er lang genug gedarbt.
Also entschloss er sich, nichts zu hinterfragen, sich einfach nur diesem Glück hinzugeben. Auch streifte er das häufig in ihm keimende Gefühl einer Verantwortlichkeit für alle Menschen in seiner nahen und weiteren Umgebung ab. Warum sollte er Verantwortung für den Lebensgefährten von Frau Brahm übernehmen? Wenn sie diese Form der Beziehung zu Alexander wählte, dann war das so in Ordnung. Schließlich war sie ein erwachsener Mensch und auf Grund ihrer Behinderung wahrlich auch nicht vom Schicksal verwöhnt.

39

Auch als sie wenige Tage später zu ihrer ersten gemeinsamen Wochenendreise aufbrachen, stellte Alexander keine Fragen nach eventuellen Vereinbarungen mit ihrem Freund. Alexander holte sie am späten Nachmittag auf der Straße vor ihrer Wohnung ab. Es war ein sonniger, mäßig warmer Spätsommertag. Sie genossen die Fahrt über die Autobahn Richtung Salzburg, die einzigartige Ausblicke auf die Alpenkette bot. Nach etwas mehr als einer Stunde erreichten sie den bekannten oberbayerischen Fremdenverkehrsort Ruhpolding. Sie machten Quartier in einem kleinen Hotel neben einem Skilift. Alexander kannte den Ort gut, hatte hier vor Jahrzehnten zweimal Winterurlaub mit Eltern und Geschwistern gemacht und einmal Weihnachten mit Rosemarie verbracht, wenige Tage vor der Trennung. Diese Erinnerung belastete ihn überhaupt nicht mehr in seinem aktuellen Glück mit Frau Brahm. Klar, mit ihr hatte das Zusammensein eine besondere Form. Er konnte nicht einfach herumlaufen, wie er es bisher immer gewohnt war. Neben ihm befand sich ein Mensch, der leicht aber doch spürbar gehbehindert war. Alexander ging rechts und hakelte seinen linken Arm bei ihrem rechten ein. Mit seinem betulichen Tempo konnte Frau Brahm gut mithalten. Ihr Gang bestand aus einem leichtem Wanken nach rechts und links. Mitten in dem stark belebten Ort kehrten sie ein im Hotel zur Post. Dort tranken sie ein frisch gezapftes Bier und vollzogen endlich, was nicht mehr zu umgehen war.

Alexander übernahm die Initiative. „Frau Brahm, ich find` das ganz faszinierend, dass wir so eine tolle Beziehung haben und uns immer noch siezen. Aber ich glaube, jetzt macht das nicht mehr wirklich Sinn. Sollen wir nicht bei diesem kühlen Bier Brüderschaft trinken?"

Wieder sah er diese Mischung aus leichtem Spott und Witz in ihren Augen, als sie antwortete: „Wird das dann nicht alles ein bisschen vertraulich mit uns, Herr Schreier?" Schweigen und Warten. Alexander fühlte eine seltsame Unruhe in sich aufsteigen. Plötzlich sprach sie weiter: „Einverstanden. Ich heiße Margot."-„Und ich Alexander."

Der darauf folgende Kuss auf die Lippen fiel kurz, fast scheu aus, gemessen an den Zärtlichkeiten, die sie regelmäßig austauschten. Es handelte sich ja auch nur um eine Formalie, allerdings eine gravierende, denn die Zeit des noblen und auch prickelnden Siezens trotz intensiver Liebesbeziehung war nun unweigerlich vorbei.

Das Wetter meinte es auch am nächsten Tag gut mit ihnen. Den Vormittag verbrachten sie auf einer Wiese am Westernberg mit herrlichem Blick auf den Ort. Nach dem Mittagessen im Hotel zur Post fuhren sie in das idyllische Tal Richtung Reit im Winkl. Sie verbrauchten beschauliche Stunden am Ufer eines kleinen Moorsees. Die Sonne warf ein strahlendes Licht auf die vielen anderen Besucher, die umliegenden Tannen und die dunkle Wasseroberfläche. Zum Schwimmen war es etwas zu kühl. Alexander genoss den erfrischenden und dabei zärtlichen Umgang mit Margot.

Doch gingen ihm auch viele Gedanken durch den Kopf. Diese Beziehung stellte ihn vor eine bisher nicht bekannte Herausforderung. Margot war spürbar behindert. Diese Tatsache schränkte die gemeinsame Beweglichkeit erheblich ein. Jetzt in der Freizeit war er als aktiver sportlicher Mensch an ihrer Seite in einer stets nur sitzenden, schauenden Rolle verhaftet. Doch liebte er sie sehr und war fest entschlossen, zu ihr zu stehen. Allerdings war ihm auch klar, dass er sich letztlich nicht ganz verlieren durfte und sich auch auf sich und seine Bedürfnisse würde besinnen müssen. Ansonsten bestand die Gefahr, dass irgendwann von ihm nichts übrig bliebe und er dann gar nichts mehr geben könne.

Am dritten und letzten Tag ihrer Reise unternahmen sie gemeinsam intensive Gehübungen. Die Probleme rührten fast ausschließlich von ihrem rechten Bein her. Mit dieser Erkenntnis war natürlich noch keine Heilung verbunden. Diese musste – soweit möglich – Fachleuten anvertraut werden. Das Mittagessen nahmen sie in einem ruhig an einem Bach gelegenen Gasthof ein.

Auf der Rückfahrt nach München legten sie auf einer Waldlichtung eine längere Pause ein. Sie sprachen lange über ihre Hoffnungen und die Probleme der Dreiecksbeziehung und liebten sich dann intensiv – ein nicht unerhebliches Risiko im Freien. Die Gefahr, überrascht zu werden, konnte in der Nähe der Zivilisation nie ausgeschlossen werden. Sie gingen dieses Risiko aber bewusst ein und gaben sich ganz ihren Gefühlen hin.

Der Schock folgte bei der Abfahrt. Ein Reifen des Autos landete in einer tiefen Furche. Nach einstündigen hoffnungslosen Bemühungen, das Fahrzeug wieder flottzumachen, marschierten sie über die Äcker zu einem nahe gelegenen kleinen Dorf. Sie klopften an einem Bauernhaus. Ein junger Landwirt öffnete und erklärte sich nach Schilderung des Sachverhalts bereit, ihnen zu helfen. Mit seinem Traktor befreite er sie aus der misslichen Lage und sie konnten die Heimfahrt fortsetzen.

In dieser ersten gemeinsamen Krisensituation hatte sich Margot als große Optimistin, Alexander hingegen als Realist entpuppt. Sie war fest überzeugt, dass sie das Problem selbst lösen können, er zog in diesem Fall fremde Hilfe vor, und das bewährte sich letztlich.

Nach dem denkwürdigen Wochenende wurde es bis zur Rückkehr später Abend. Um 22 Uhr setzte er Margot vor ihrem Wohnhaus ab. Er versäumte nicht, ihr vorher zu sagen, dass er sie liebte.

In den folgenden Tagen sahen sie sich am Arbeitsplatz häufiger als vorher. Auch übernachtete sie mehrmals bei ihm. Einmal blickte Alexander beim Aufstehen auf eine Hochleistungs-Liebesnacht zurück. Er hatte fünfmal mit Margot geschlafen. So sehr es seinem Ego als Mann schmeichelte, musste er sich doch eingestehen, dass es ihn zu sehr angestrengt hatte. An diesem Donnerstagmorgen erschien er erst um 10.30 Uhr bei der Arbeit, erschöpft und ausgelaugt.

Margot arbeitete an diesem Tag nicht neben ihm, sie war mit dem Autoreisezug für einige Tage in ihre norddeutsche Heimat gereist. Wenige Tage später kehrte sie zurück und stattete Alexander abends sofort einen Besuch ab.

Ursprünglich wollte sie am späten Abend noch nach Hause fahren. Doch konnte sie wieder nicht genug bekommen von der Liebe, auch als Alexander schlafen wollte. Er fasste sich ein Herz: „Du, Margot, das ist ganz toll mit unserer Beziehung und ich bin auch glücklich. Aber ich packe diese Hochleistung nicht mehr. Genauer gesagt: mit dem Sex, das baut mich natürlich auf. Aber die Nächte durchmachen, das geht nicht mehr.

Ich bin ein ausgesprochener Tagmensch und kein Nachtmensch. Am nächsten Tag kannst du mich praktisch wegwerfen, so erschlagen fühle ich mich. Und dann habe ich ja auch noch eine Arbeit. Du weißt doch, wie Frau Grün schielt, dass alles richtig gemacht wird, und wie ekelhaft sie sein kann, wenn sie schlechte Laune hat." Plötzlich bekam er Angst vor der eigenen Courage, dass er ihr das alles ins Gesicht geschleudert hatte. Er fügte hinzu: „Das verstehst du doch oder?" Margots dunkelbraune Augen ruhten zärtlich auf seinem Gesicht: „Ich find' das sogar ganz wichtig, dass du so offen bist. Deswegen lieb' ich dich umso mehr."
Sie küsste ihn in ihrer typischen Art kurz, fast wie ein Kind, auf den Mund. „Weißt du was – wir sollten so bald wie möglich zusammenziehen und dann heiraten."
Alexander war von diesen Sätzen wie vor den Kopf geschlagen. Einerseits überflutete ihn das Glücksgefühl, sie nun doch ganz für sich gewonnen, also eine Entscheidung herbeigeführt zu haben. Auf der anderen Seite ging es schockierend schnell. Wie wollte sie so kurzfristig aus der engen wirtschaftlichen Verflechtung mit ihrem Freund ausbrechen? Und würde er, Alexander, der ungeheuren Verantwortung gerecht werden können, mit einem behinderten Menschen zusammenzuleben? In der aufgewühlten Stimmung dieser Nacht gaben sich beide voller Verzweiflung und Intensität einander hin, sie liebten sich vier Mal. Am nächsten Morgen brachte Alexander sie nach Hause. Er wusste – die Worte der vergangenen Nacht bedeuteten noch nicht die Entscheidung, aber eine Entscheidung musste bald fallen.

40

Die nächsten Monate – der beginnende Herbst und der Winter – verliefen schillernd wie Alexanders gesamte Existenz als Single in München. Im Grunde war er ja kein Single mehr; er lebte in einer intensiven Liebesbeziehung zu Margot. Sie begegneten sich im Büro, tauschten dort Zärtlichkeiten aus. Sie trafen sich – geheim oder nicht geheim – in seinem Apartment.

Sie liebten sich, Margot übernachtete häufig bei ihm – geheim oder nicht geheim. Zu einer Entscheidung kam sie jedoch nicht. Sie wohnte weiterhin bei ihrem Freund. Andernfalls hätte sie ihr ganzes Lebensfundament aufbrechen müssen. Und die Entscheidung war letztlich auch nicht nur ihre Angelegenheit. Hätte Alexander klar und konsequent Position bezogen und sie zielstrebig in sein Leben integriert, wäre sie auf seine Seite gewechselt. Da er jedoch die totale Entscheidung scheute, verharrten sie weiter im Schwebezustand. Sie bewegten sich in einer Sphäre aus Diskussionen, Vorwürfen, Liebesschwüren, ekstatischen Nächten und ernüchternden Abschieden.

Alexander traf seine Freunde zu vielfältigsten Unternehmungen (als wichtiger Stabilitätsfaktor erwies sich immer wieder die kameradschaftliche Beziehung zu Waltraud mit vielen interessanten kulturellen und touristischen Unternehmungen), er besuchte einen Italienisch-Kurs und reiste gelegentlich zu seinen Eltern an den Niederrhein.

Zu Beginn des neuen Jahres konkretisierte sich die Chance, mit Andreas eine Wohngemeinschaft zu gründen. Dieser hatte das Verhältnis zu seiner Ehefrau zwar wieder entspannen können, an eine komplette Rückkehr in das Reihenhaus war jedoch noch nicht zu denken. So entstand die Idee, mit Alexander zusammenzuziehen, dem sein sehr kleines karges Apartment auf Dauer nicht behagte.

Wohnungssuche in München ist kein leichtes Unterfangen. Sie besichtigten gemeinsam einige Mietobjekte, wurden dabei sicher manches Mal für ein homosexuelles Paar gehalten (ihr Auftreten rechtfertigte einen solchen Eindruck keineswegs; doch fehlte es vielen Menschen an Fingerspitzengefühl, zwei Männer auf Wohnungssuche, das musste etwas mit Homosexualität zu tun haben). An einem milden Januartag wurden sie schließlich fündig. Im Arabellapark, nahe Cosimabad und Bogenhauser Krankenhaus fanden sie in einem gut gepflegten Hochhaus im 4. Stockwerk eine große Wohnung. Die Front war komplett verglast, auf dem Dach war ein Freizeitbereich mit Swimming Pool und atemberaubendem Blick über den Münchner Osten eingerichtet. Jeder hatte ein großes Zimmer, es gab einen gemeinsamen Wohnbereich, das Bad war hochwertig ausgestattet. Die Miete war wie in München üblich sehr hoch. Schade um das viele Geld! Aber beide konnten es sich leisten, und diese besondere Lebensform war es ihnen auch wert.

Da Andreas die meisten Nächte bei seiner Familie verbrachte, hatte Alexander die Wohnung oft für sich allein. Die wahre Gemeinschaft existierte also weiterhin nicht, er blieb Single. Von Woche zu Woche lernte er die Vorteile dieser Situation jedoch mehr schätzen. Er lebte nun in einer großen, ja repräsentativen Wohnung, war aber doch meistens ungestört und konnte dann auch problemlos Damenbesuch empfangen. Die wenigen Abende und Nächte, in denen Margot ihn besuchte und Andreas anwesend war, mochten wegen des gemeinsamen Bade- und Wohnbereichs für Andreas eine Belästigung oder gar Belastung darstellen. Doch handelte es sich eben nur um Ausnahmen.

In dieser Phase lernte Alexander die Feldenkrais-Methode kennen. Margot suchte wegen ihrer Krankheit bereits seit Jahren einen anerkannten Feldenkrais-Pädagogen im Münchner Osten auf. Mittlerweile hatte auch Alexander ihn zweimal wegen seiner Rückenbeschwerden und Knieprobleme konsultiert. Seine kompetente und ruhige Art hatte er als angenehm empfunden.

Dieser Physiotherapeut richtete jedes Jahr im Frühling so genannte Retreat-Seminare in der Toscana aus. Dabei bot er seinen Patienten an, sich für eine Woche aus ihrem Alltag zurückzuziehen, um sich ganz auf die umgebende Landschaft und die Feldenkrais-Übungen einlassen zu können.

Für dieses Seminar hatten sich Alexander und Margot angemeldet. So traten sie am ersten April-Tag ihre erste einwöchige gemeinsame Reise an. Alexander sah dieser Reise nicht ohne Bangen entgegen. Wie würde sich Margot in der Gruppe ihm gegenüber verhalten? Würde sie auch vor anderen ihre Liebe zeigen? Würde sie ihm zumindest Loyalität entgegenbringen? An diesem Gründonnerstag arbeiteten sie nach gemeinsam verbrachter Nacht mit langen Gesprächen vormittags zusammen im Büro. Mittags brachen sie mit Alexanders Auto auf Richtung Italien.

Die Fahrt führte über Innsbruck und den Brenner. Bei der Ausfahrt „Lago di Garda Sud" verließen sie die Autobahn. In

Oberitalien war der Frühling natürlich viel weiter vorangeschritten als auf der rauen Münchner Schotterebene. Das zarte Grün an Sträuchern und Bäumen, begünstigt durch die feuchte und mäßige Wärme betörte sie. Sie befuhren die malerische Küstenstraße am östlichen Seeufer und waren eingetaucht in ein Bilderbuch-Italien, wie es den Klischees entspricht. Zypressen, Palmen, Häuser im mediterranen Stil mit nach allen Seiten abfallenden Dächern und buntem Verputz, dazu das tiefblaue Wasser des Sees, dessen Temperatur sich angesichts seiner immensen Tiefe um diese Jahreszeit vermutlich noch im einstelligen Gradbereich bewegte.

Im südlichen Teil, wo sich die Landschaft zur Poebene öffnet, lag der bekannte Badeort Peschiera. Sie hatten trotz der Osterferien keine Unterkunft reserviert, fanden aber problemlos Quartier im schlichten Hotel La Vela. Mühevoll kletterten sie ins 2. Stockwerk, wo sie ein typisch italienisches karges Zimmer bezogen. Nachdem sie sich eingerichtet hatten, nahmen sie an einem der Tische des Restaurants Platz und schauten auf den nun dunstumhüllten See. Bei einem kleinen Snack sammelten sie neue Kräfte nach dem anstrengenden Tag. Sie starteten dann zu einem Ausflug zur benachbarten Halbinsel Sirmione, die den südlichen Abschluss des Gardasees bildete. Das malerische Städtchen erwies als Touristenmagnet, zog auch viele Besucher aus den nahe gelegenen Großstädten der Poebene an. Alexander und Margot fanden einen zentralen Parkplatz und bummelten durch die belebten Straßen. In einer romantischen Gasse kehrten sie bei einer Trattoria noch einmal ein. Sie bestellten Rotwein und Pizza und beobachteten den Strom der Passanten. Auch in den Abendstunden herrschte noch eine fast sommerliche Wärme.

Einen längeren Urlaub hätte sich Alexander an diesem Ort nicht vorstellen können. Sirmione war zu überlaufen. An diesem Abend genossen sie jedoch die Leichtigkeit des südländischen Lebens, weit weg von München. Sie waren glücklich mit dem Umfeld und ihrer Beziehung und kehrten zufrieden in ihr kleines Hotelzimmer zurück. Erst weit nach Mitternacht fanden sie Schlaf.

Das Frühstück am nächsten Morgen nahmen sie – in Italien ist das üblich – an der Bar ein. Es gab eine Tasse Caffé(entspricht

unserem Espresso), zwei Croissants, Butter und etwas Marmelade. Alexander gehörte nicht zu den glühenden Italien-Fans. Trotzdem reiste er gern in dieses Land, das die deutschen Touristen durch seine pulsierende Andersartigkeit fasziniert. Als begeisterter Anhänger eines reichlichen Frühstücks konnte er der italienischen Version der ersten Mahlzeit des Tages aber überhaupt nichts abgewinnen.
 Am Himmel zeigte sich keine Wolke, als sie die Fahrt Richtung Süden fortsetzten. Der Weg führte nicht über die Autobahn, sondern über Staatsstraßen. Ihren besonderen Reiz erhielt diese Etappe durch die Poebene. Die Kornkammer Italiens breitete sich bretteben aus bis zum Horizont. Das Gebiet wurde stark landschaftlich genutzt. Viele Bäume hatte die Flurbereinigung nicht hinterlassen. Trennungslinien zwischen Parzellen wurden häufig durch Pappelreihen gezogen. Große und offenbar wohlhabende landwirtschaftliche Güter rundeten das Gesamtbild ab. Obwohl deutlich über 1000 Kilometer voneinander entfernt, erinnerte Alexander die Kulisse stark an seine niederrheinische Heimat. Einförmigkeit, die nicht eintönig ist, vielmehr den aufmerksamen Betrachter durch feine Details fasziniert. Mit der Zeit mussten sie aber doch zu viele Kurven und enge Orte durchfahren. Deshalb verwarfen sie ihren Plan, eine Besichtigung der alten Universitätsstadt Bologna anzuschließen. Sie wechselten auf die Autostrada Richtung Rom und erlebten prachtvolle bergige Appenin-Landschaften. Bei der Ausfahrt Firenze Nord verließen sie die Autobahn und kamen bald nach Fiesole. Alexander hatte dieses Städtchen vor den Toren von Florenz bei zwei Camping-Urlauben kennen- und lieben gelernt. Seinen besonderen Reiz bezog das 15000-Einwohner-Städtchen durch seine Lage auf einer Terrasse oberhalb von Florenz und seine kulturellen Attraktionen. Alexander und Margot setzten sich bei herrlichem Frühsommer-Wetter in ein Straßen-Café. Bei den hohen Preisen beschränkten sie sich auf einen Kaffee und Süßspeisen. Sie genossen es, München mit allen Problemen weit hinter sich gelassen zu haben, an diesem Platz zu sitzen und den Menschen zuzuschauen beim Eilen, Flanieren und Telefonieren.

Die Fahrt führte sie dann weiter in den Westen der Toscana. Weniger Berge, helle trockene Vegetation, dann wieder mehr Hügel, grüne Vegetation und Einsamkeit.

Kurz nach 4 am Nachmittag erreichten sie ihr Ziel, die Villa Campo al Sole in Castelnuovo della Misericordia. Es handelte sich um ein ganz schlichtes, 900 Jahre altes Haus. Von der weitläufigen, ummauerten Terrasse bot sich ein großartiger Blick über die hügelige toskanische Landschaft.

Sie trafen dort auf den Feldenkrais-Pädagogen und eine Gruppe von 12 weiteren Teilnehmern, jeweils sechs Männer und Frauen im Alter von 25 bis 62 Jahren. Schon bei ihrer Ankunft bemerkten sie die wohltuende Atmosphäre in der Beschaulichkeit dieses Ortes, zudem verbunden durch ein gemeinsames Interesse. In den ersten Stunden an diesem Ort fühlte sich Alexander in Margots Begleitung sehr wohl. Zum Abendessen zogen sie sich in den behaglichen kleinen Speiseraum zurück. Die Hausangestellten hatten ein üppiges Drei-Gang-Menue kreiert, dazu wurde toskanischer Landwein aus der Karaffe gereicht.

Bereits an diesem ersten Abend starteten sie mit Feldenkrais-Übungen. Ziel war eine Harmonisierung der Körperbewegungen. Gegen 23 Uhr zogen sich die Teilnehmer auf ihre einfach eingerichteten Zimmer zurück. Alexander und Margot bezogen ein schlichtes Zwei-Bett-Zimmer, in dem es ihnen aber an nichts fehlte. Sie unterhielten sich noch über diesen ereignisreichen Tag und schliefen bald ein, zuerst Margot, dann Alexander.

Der nächste Morgen begrüßte sie wieder mit strahlender Sonne. Der Tag stand dann im Zeichen intensiver Feldenkrais-Übungen. Vormittags konzentrierten sie sich im Übungsraum auf die Schärfung der fünf Sinne; dabei wurden sie von der jungen attraktiven Liane unterwiesen.

Nachmittags arbeiteten sie im Freien. Es ging um das Finden der inneren Mitte; diese sollte durch eine Ausdehnung des Bauches erreicht werden.

In der Mittagspause unternahm Alexander mit Margot einen Ausflug zum nahe gelegenen Strand von Castiglioncello. Der hübsche kleine Ort beeindruckte sie mit prächtiger mediterraner Vegetation. Störend wirkten jedoch die benachbarten In-

dustriekomplexe von Rosignano.
 Nach dem Abendessen bummelte Alexander mit einer 6-köpfigen Gruppe in den ausgestorbenen Ortskern von Castelnuovo. Margot blieb in der Villa, ihr wäre der Fußmarsch zu schwer gefallen.
 Die folgenden Tage brachten viele bereichernde, bisweilen auch beschwerliche Übungen. Die schwierige Dreiecks-Beziehung führte dazu, dass nachts manches problematische Gespräch mit Margot aufkam. Die Stimmung zwischen ihnen wurde dann angespannter. Doch fand Alexander immer bald zu einem behutsamen Umgang mit ihr; er bedrängte sie so wenig wie möglich. Die täglichen Übungen ließen ihn – zumal in dieser Umgebung- abschaltete wie kaum zuvor in den letzten Jahrzehnten! Alexander stellte mit Genugtuung fest, dass er in dieser Verfassung auch bei anderen Frauen aus der Gruppe gut ankam.
 In der vierten Nacht äußerte Margot Sehnsucht nach zu Hause und nach ihrem Freund. Verständlich, aber schmerzhaft für Alexander. Plötzlich fühlte er sich einsam an diesem Ort, wünschte sich auch nach München zu seinen Freunden.
 Am darauf folgenden Tag unternahm die Gruppe eine große Wanderung – kein Thema für Margot mit ihrer Gehbehinderung. Sie stellte es Alexander frei, an der Wanderung teilzunehmen, vielleicht wäre es ihr auch am liebsten gewesen, um mit sich und ihren Gedanken ins Reine zu kommen.
 Doch Alexander war für diese Lösung nicht stark genug, es hätte sein Einsamkeitsgefühl nur erhöht. So schlug er ihr eine große Toscana-Autotour vor, durchaus in dem Bewusstsein, dass er sie damit nur wieder bedrängte. Die Tour führte zunächst ins berühmte Pisa. Wegen der Osterferien sahen sie erdrückende Menschenmassen. Mühsam fanden sie einen Parkplatz. Nur kurz stiegen sie aus, um den Schiefen Turm aus einiger Entfernung zu bewundern. Sie durchfuhren Lucca auf dunklen Gassen innerhalb hoher Stadtmauern. Weiter ging es auf Nebenstrecken durch einsame Toscana-Landschaft. Sie aßen vortrefflich in einem kleinen Städtchen. Doch herrschte während der gesamten Tour eine gedrückte Stimmung. Alexander spürte, wie ihm die Frau, die er liebte, systematisch

auswich – in ihren Reaktionen, ihren Antworten. Diese Liebe wurde manisch, geriet zum Alpdruck. So ging es nicht weiter! Zwei Tage später ging die Gruppe auseinander. Alle hatten denkwürdige Stunden miteinander verbracht. Und doch befand sich Alexander in desolater Verfassung wegen der Probleme mit Margot – unfassbar, nachdem er drei Tage vorher noch das vollkommene Abschalten an sich wahrgenommen hatte.

Auf der Rückfahrt wurde zunächst kaum geredet. Welch ein Unterschied zur Hinfahrt vor einer Woche! Sie fuhren über Landstraßen. Bei Carrara erreichten sie die gewaltigen Steinbrüche, aus denen der weltberühmte Carrara-Marmor abgebaut wurde. Margot liebte Mineralien in allen Ausprägungen, ihre Stimmung stieg spürbar. Sie suchten einen kleinen Souvenirladen am Fuße der imposanten Marmorwände auf und Margot kaufte ein kleines dunkelrotes Amulett.

Nachmittags ging es weiter über die Autobahn Richtung Nordosten. Am frühen Abend erreichten sie Alexanders Wunschziel Bergamo. Diese Stadt war berühmt wegen ihrer außergewöhnlichen Lage am Übergang von der Poebene zu den Voralpen. Die Unterstadt erstreckt sich flach und nahezu gesichtslos zur Ebene. Alexander steuerte auf einer Serpentinenstraße durch dichten Verkehr am Freitagabend zielsicher die malerische Oberstadt an. Hier wimmelte es von historischen Kirchen und anderen Kulturdenkmälern. Wie durch ein Wunder fanden sie im zentral und ruhig gelegenen Hotel Agnello d´Oro Unterkunft für die Nacht. Das Abendessen nahmen sie im originellen, etwas überladenen Restaurant des Hotels ein.

Später auf dem Zimmer sprach Margot wieder vom Ende der Beziehung. Drei Minuten später lagen sie miteinander im Bett und liebten sich heiß.

Am nächsten Morgen bummelten sie in der sehenswerten Oberstadt von Bergamo, tranken auf der Piazza Vecchia einen Espresso und schauten dem quirligen und eleganten italienischen Leben zu.

Kurz nach Mittag traten sie auf der Autobahn die lange Rückfahrt nach München an. Margot übernachtete noch einmal bei Alexander. Den regnerischen Sonntag verbrachten sie mitei-

nander. Sie unterhielten sich, schliefen beglückend miteinander und trennten sich erst am späten Nachmittag.
Was blieb von der Reise? Viele Eindrücke von Italien und durch den Feldenkrais, glückliche Stunden in der Beziehung, aber auch Zweifel, Hader und Verdruss. Sie waren so verschieden, Margot lebte bei einem anderen, aber sie liebten sich und konnten nicht anders, als immer wieder aufeinander zuzugehen.
An den darauf folgenden Tagen gab es kaum Kontakt zu Margot. Am Arbeitsplatz gingen sie geschäftsmäßig miteinander um.

41

Starke Wirkung hinterließ ein Besuch bei Heilpraktiker Reimann, der ihn wie immer um eigenständige konstruktive Denkanstöße bereicherte. Alexander müsse die emotionale Bedürftigkeit an Frauenliebe bewusst und freiwillig ablegen wie zum Beispiel das Pfeife rauchen oder den Drang nach körperlicher Liebe. Nur dann könne er allein leben. Und nur wenn er allein leben könne, sei er reif für eine Partnerschaft. So widersinnig es klang – es traf den Nagel auf den Kopf.
Zwei Tage später lernte Alexander eine weitere Frau kennen. Er hatte nach längerer Zeit wieder eine Kontaktanzeige in der Zeitung aufgegeben. Rosemarie Podak hatte daraufhin bei Alexander angerufen und ein Treffen mit ihm vereinbart. Es klingelte an der Haustür, Alexander öffnete und nach knapp zwei Minuten(sie musste ja noch den Fahrstuhl benutzen und dann seine Wohnung am Gang suchen) stand eine schlanke blonde Frau vor der Wohnungstür. Sofort einigten sie sich trotz ungemütlichen Wetters auf einen Spaziergang und den Besuch einer nahe gelegenen Gaststätte.
Es wurde ein unterhaltsamer Abend und sie einigten sich auf ein weiteres Treffen. Allerdings verschwieg sie nicht, dass sie noch mit ihrem Ehemann und zwei Kindern zusammenlebte, die Trennung jedoch von beiden Seiten beschlossene Sache sei.
Alexander führte sein übliches Single-Leben – viele Treffen mit Freunden oder Bekannten und ein Stück Geborgenheit bei

den Begegnungen mit Waltraud. Die Wohngemeinschaft mit Andreas funktionierte recht gut. Sie sahen sich an den meisten Tagen, Andreas war aber auch oft bei seiner Familie, und so entstand keine unangenehme Enge.

Mit Rosemarie – kurios, dass sie den gleichen Vornamen hatte wie seine frühere Ehefrau – entwickelte sich bei den nächsten Treffen eine Liebesbeziehung, und auch Margot zeigte sich plötzlich wieder verliebter denn je.

Das war wohl eine positive Phase. Im Job lief es ganz gut, bei den Frauen erst recht, finanziell und gesundheitlich konnte sich Alexander auch nicht beklagen. Alexander stellte fest: er war dem Rat des Heilpraktikers gefolgt und hatte die emotionale Bedürftigkeit abgelegt, der Erfolg stellte sich schnell ein.

In dieser Phase tauschte er erstmals überhaupt an zwei aufeinander folgenden Tagen Intimitäten mit zwei verschiedenen Frauen aus. Er betrog also die eine mit der anderen und fühlte sich auch noch gut dabei. Wer hätte das je gedacht? Ihm war aber bewusst, dass diese Form des Doppellebens nicht lange aufrecht zu erhalten war. Wenige Tage später war er dann tatsächlich mit Margot und Rosemarie gleichzeitig verabredet. Er sagte Rosemarie ab, traf sich mit Margot und empfand keine Freude. In der frischen, verheißungsvollen Beziehung mit Rosemarie begann er bereits, sie zu hintergehen und zu betrügen. Nun hatte er es also mit einer doppelten Dreiecksbeziehung oder einer Vierecksbeziehung zu tun.

In diesen Tagen Mitte Mai erkannte Alexander, dass er von Margot keineswegs loskommen konnte und wollte; von Rosemarie fühlte er sich vereinnahmt und erdrückt. Sie war lieb und nett, hatte eine gute Figur, aber in irgendeiner Weise konnte sie ihn nicht wirklich berühren. War es fehlender Tiefgang, fehlendes Einfühlungsvermögen? Auf keinen Fall wollte er sie vor seinem dreiwöchigen Urlaub verletzen oder verlieren.

So war er sehr erleichtert, die Reise mit Helmut antreten und sich der zermürbenden Drei- oder Vierecksbeziehung für einen längeren Zeitpunkt entziehen zu können.

Das Zusammensein stellte für die beiden Freunde stets eine Mischung aus Entspannung und Erholung vom Münchner Singlemarkt mit seinen bizarren und verdorbenen Persönlichkeiten dar. Für beide war ein wohlwollender und höflicher Umgang

miteinander das Maß aller Dinge. Das entsprang nicht etwa Feigheit oder unmännlichem Verhalten, sondern purem Pragmatismus. Ging man durchweg freundlich miteinander um, so verlebte man angenehme Stunden und Tage.
Alexander sah sich wahrlich nicht als konfliktscheuen oder harmoniesüchtigen Mann. Im geschäftlichen und privaten Bereich scheute er sich in keiner Weise, sein Recht zu betonen und auch durchzusetzen. Aber andere Menschen unnötig angreifen, um sie in die Defensive zu drängen oder den Überraschungsmoment zu nutzen, das war nicht seine Sache. Dafür empfand er zu viel Achtung vor der Ehre und Integrität seiner Mitmenschen. Völlig fremd war ihm auch das ständige Kritisieren der Frauen. Entsprang das einer permanenten Unzufriedenheit mit Situationen und Personen? Oder rührte es von der lebenslangen Erziehungsaufgabe, die offenbar jeder Frau schon mit der Muttermilch eingetrichtert wurde? Mütter konnten diese wenigstens an ihren Kindern legitim ausleben. Kinderlose Frauen – und davon gab es ja immer mehr- praktizierten sie in der Regel an ihren Partnern oder Ehemännern. Was entwickelte sich daraus? Eine gespannte Atmosphäre.
Im günstigsten Fall reagierte der Mann mit nobler Gelassenheit und einem Lächeln. Belastendere Verhaltensweisen bestanden in Betroffenheit, Gekränktsein oder Gegenangriff. Am bedenklichsten aber war das Schweigen und stille Leiden, das zwangsläufig zu einem Bruch der Beziehung führen musste. Sicher entwickelte man in einer Liebesbeziehung besondere Erwartungen, ja Forderungen an den Partner. Aber war es nicht möglich, trotzdem respektvoll miteinander umzugehen und den anderen so zu akzeptieren, wie er war?
Die beiden Freunde verstanden es jedenfalls hervorragend, die Zeiten ihres Zusammenseins zu Nischen der Entspannung und des Wohlbefindens zu gestalten.
Ihre Reise führte Richtung Süden. Nach einer Übernachtung am unsagbar malerischen Comer See führte sie ihre Route am zweiten Tag durch die italienische Millionenmetropole Turin. Diese war verrufen als nüchterne Industrie- und Arbeiterstadt. Alexander erlebte dann eine der großen Überraschungen seiner bisherigen Reisen. Turin präsentierte sich nicht nur als vitale Stadt mit großartigen monumentalen Bauwerken, sondern auch

als Ort mit einer ausgeprägten südländisch-romanischen Seele. Es entsprach im positiven Sinne der Klischeevorstellung von Italien. Gern hätten sie hier einen Abend mit anschließender Übernachtung verbracht. Laut Alexanders selbst verordneter Reiseplanung mussten sie aber noch an diesem Tag weiterfahren. Der Weg führte nach Westen über die französische Grenze, zunächst durch die Hochalpen und dann bis in die Provence.

Die nächsten Tage bescherten ihnen dann für eine Individualreise typische positive und negative Reiseerlebnisse. Sie fuhren durch die herrliche provencalische Landschaft mit ihren Hügeln, Weingütern und bunten Feldern aus Mohn und Macchia, sahen dabei Avignon und den Pont du Gard. Bald bereitete das Auto große Probleme. Es zeigte extrem hohe Temperatur an. Um einen Motor-Totalschaden zu vermeiden, mussten sie eine Werkstatt aufsuchen – und das am Samstag.

Sie trafen dann hilfsbereite Leute. Alexanders gute Französisch-Kenntnisse trugen wesentlich dazu bei, sich zurechtzufinden. Es folgte ein zweitägiger Zwangsaufenthalt in dem kleinen Städtchen Aramon mit Unterkunft im archaisch einfachen "Auberge Platanes"(das alte Gebäude wurde von zwei mächtigen Platanen beschattet). Die Freunde ließen bei angenehmem Frühsommer-Wetter alles in großer Ruhe ablaufen, bewegten sich in und um den malerischen Ort, genossen einen Café au Lait im Café Central und speisten abends – ein Novum – im lateinischen Restaurant "Oppidum". Den Zwangsstopp empfanden sie im Nachhinein als Glücksfall.

Montags konnten sie das Auto zur Werkstatt bringen. Schnell stellte sich heraus, dass nur ein Schalter defekt gewesen war. Sie kamen mit 60 Euro Reparaturkosten glimpflich davon und konnten ihre Tour Richtung Westen fortsetzen. Der Tag brachte viel Regen.

Abends erreichten sie das außergewöhnliche Festungsstädtchen Carcassonne. Sie fanden ein geräumige, angenehme Unterkunft. In einem eindrucksvollen Kellerlokal genossen sie einen gepflegten Rotwein und ein vortreffliches Menü, unter anderem Geschnetzeltes in Knoblauch, Pfeffer und Senf.

Am nächsten Tag durchquerten sie das Roussillon mit seinen üppigen Landschaften – Pyrenäen-Vorläufer und endlose Weinfelder. Im malerischen Collioure nahmen sie ein einfaches Mittagessen ein. Sie überquerten die spanische Grenze und erreichten am frühen Abend die Costa Brava mit dem hübschen Badeort Tossa de Mar. Dort verbrachten sie einige ausgefüllte und doch erholsame Strandtage.

Dann ging es weiter – durch die großartige Metropole Barcelona mit phantastischer Architektur und atemberaubender Lage am Meer und dann quer durch die Ödnis Nordostspaniens. Am späten Abend erreichten sie die lebhafte baskische Stadt Pamplona und aßen in einem mit vielen Einheimischen besetzten typisch baskischen Restaurant.

An den darauf folgenden Tage sahen sie – ein lange gehegter Wunsch von Alexander – die spanische Atlantikküste mit steilen Felsabstürzen und hohen Wellen, kleine baskische Städte mit eigenartigen Namen und Fachwerkhäusern und schließlich das alte Seebad San Sebastian – edle Bäderarchitektur vor imposanter Küstenlandschaft.

An fast allen Tagen hatte Alexander Kontakt per Handy zu Margot und Rosemarie Podak. Diese Gespräche entwickelten sich häufig zu einem mittleren Liebesgeflüster. Während der Fahrt gab es ja kein Ausweichen, für Helmut als Zuhörer musste es eine Zumutung sein. An die Kosten dieser Auslandsgespräche wollte Alexander gar nicht denken. Nach der Reise stellte sich heraus, dass mehrere hundert Euro an Gebühren aufgelaufen waren. Nach Alexanders Überzeugung war es andererseits aber auch nicht möglich, die Kontakte über mehrere Wochen komplett ruhen zu lassen. Oder hätte man das vorher vereinbaren sollen? Natürlich war dies auch eine äußerst praktische Form, beide Beziehungen parallel weiterzuführen. Es gab ja nicht das Problem der persönlichen Anwesenheit an bestimmten Orten, die von der jeweils anderen Frau überprüft werden konnte und demnach immer wieder solide Alibis verlangte. Im Grunde stellte diese Reise für Alexander also den Optimalfall dar – wohltuende, spannungsfreie Erholung an der Seite seines besten Freundes und gleichzeitig problemfreie Aufrechterhaltung beider aktueller Beziehungen.

Helmut und Alexander kehrten nach Frankreich zurück. Wie vor mehr als 20 Jahren war Alexander begeistert von der baskischen Küste. Zerklüftete Küstenlinie mit vielen breiten Sandstränden, berühmte Badeorte wie St. Jean de Luz oder Biarritz. Alles wirkte noch viel besser erschlossen und wohlhabender als zwei Jahrzehnte vorher. Alexander wollte neue Erfahrungen sammeln. So fuhren sie noch 30 Kilometer weiter nach Norden in die Landes, eine Region mit endlosen Nadelwäldern bis fast zum Strand. Schlichte Badeorte mit endlosen Sandstränden säumten die Küste.

Sie stiegen ab im kleinen Ort Hossegor in einem bescheidenen Hotel, etwa 100 Meter vom Strand entfernt. Dort verbrachten sie vier herrliche Urlaubstage. Alexander genoss die gewaltige Brandung an Frankreichs Westküste. Für ihn gab es kaum Schöneres auf der Welt als sich wie besinnungslos in die mächtigen Wasserberge zu stürzen. Der Atlantik hatte eine Wassertemperatur von 15,5 Grad. Wenn man sich überwunden hatte und der ersten Welle entgegengestürmt war, gab es kein Überlegen und somit auch kein Frieren mehr. Die volle Konzentration war gefordert, wenn man von den bis zu vier oder fünf Meter hohen Wellen nicht verschlungen und mit brachialer Gewalt auf den Strand geschleudert oder hinaus ins Meer gezogen werden wollte. Es galt, oberhalb der brenzligen Sogwirkung in die Welle hineinzuhechten. Auch wenn das gelang, machte diese mit einem was sie wollte. Sie umspülte Kopf und Rumpf, zog einen in den atemberaubenden Wirbel aus Sog und Salz, ließ den Körper sich häufig mehrmals um die eigene Achse drehen, Richtung Sand stürzend und häufig die Orientierung verlierend. Die Orientierung durfte man verlieren, aber nur für Bruchteile von Sekunden, denn der nächste Wasserberg rollte ja bereits drohend auf einen zu. Die Kontrolle völlig verlieren – das war ein Unding, das durfte nicht sein. Das hätte große Verletzungsgefahr, in Einzel-fällen auch Lebensgefahr bedeutet. Eine gewisse Verletzungsgefahr bestand ja ohnehin. Wie leicht konnte man von Strandgut – zum Beispiel Holzlatten, die aus der gegenüber liegenden Bucht von San Sebastian herübergespült wurden – getroffen und verletzt werden! "Normale" Bürger werden sich die Frage stellen, warum man sich das antut – in die Wellen springen oder mit Surfbrettern darüber gleiten und solche Gefahren in Kauf zu nehmen. Alexander hätte jedem mit aller Emotion, zu der er fähig war, eine unmissverständliche Erklärung geben können. Das ungehemmte Toben, das Sprengen aller Ketten, von denen der Mensch sich tagaus, tagein fesseln lassen muss, um nicht anzuecken und seinen Weg geradlinig beschreiten zu können, die maßlose Benutzung aller Muskeln im Körper, der ungleiche, aber doch reizvolle Kampf mit den rohen Kräften der Natur, schließlich die grenzenlose, totale, beglückende Erschöpfung nach der Rückkehr an den Strand, die einen sofort zusammensinken und eine halbe Stunde lang nicht mehr aufstehen ließ – das war mit nichts vergleichbar, das Alexander bisher kennengelernt hatte, außer mit ähnlichen Wellenabenteuern an Atlantik oder Nordsee, die er schon in seiner Kindheit und Jugend geliebt hatte. Aus der grenzenlosen Erschöpfung nach solchen Erlebnissen erwuchs stets neue, ebenfalls grenzenlose Energie.

Ein großes Erlebnis stellten auch die Strandwanderungen dar. Die Küste zog sich schnurgerade wie ein Lot von Nord nach Süd. Der ständig aktive Westwind von der Seite umspielte die Stirn und die nackten Beine. Die endlose Weite des Sandstrandes und die gewaltig tosende Gischt schufen ein weiteres großes Naturschauspiel. Besonderen Reiz erhielten solche Strandwanderungen, wenn man bis zum nächsten Ort laufen und dort einkehren konnte. So nahmen die Freunde das Mittagessen einmal im nahe gelegenen Seignosse ein.

In diesen herrlichen Tagen saßen sie abends draußen mit Blick auf Meer, Wolken und Sonne und genossen einfache, aber schmackhafte Mahlzeiten; es fehlte ihnen nichts, auch keine Frauen.

Bei Alexander setzten sich die Fernkontakte zu den Frauen fort. Weiterhin gab es regelmäßige Telefonate. Margot schrieb ihm inzwischen sogar Liebesbriefe per SMS. Natürlich war Alexander glücklich darüber. Doch ordnete er ihre Aktivitäten inzwischen richtig ein. Aus der Ferne war alles wunderbar mit ihrer Liebe. Vor Ort in München, wenn der Andere auch persönlich verfügbar war, stellte es sich wesentlich schwieriger dar.

Wenn es nach Alexander gegangen wäre, hätte es noch viele dieser herrlichen Tage am Atlantik geben dürfen. Doch mussten sie bald weiterziehen. Es lagen noch große Strecken vor ihnen.

In mehrtägiger Fahrt durchquerten sie Frankreich diagonal, lernten das grüne, beschauliche und dünn besiedelte Herz des großen Landes kennen. Sie beschlossen ihre Reise mit einem fünftägigen Aufenthalt im attraktiven Schwarzwaldferienort Hinterzarten. Dort unternahmen sie Wanderungen, besuchten das Strandbad und genossen gepflegte Mahlzeiten in guten Restaurants. Immer wenn man aus dem Ausland zurückkehrte, wurde einem bewusst, wie viel Deutschland als Reiseland dem Urlauber bot.

An einem heiteren Donnerstagmittag kamen sie nach drei Wochen wieder in München an, und die Wege der beiden Freunde trennten sich – bis zum nächsten gemeinsamen Wochenendausflug.

Nun gab es für Alexander kein Ausweichen mehr bei seinen beiden Frauen.

42

Noch am Ankunftstag verabredete er sich mit Margot. Sie besuchte ihn am Nachmittag. Nach der langen Abwesenheit war er von ihrem süßen Outfit betört. Sie liebten sich heftig und Margot übernachtete bei ihm.

In den nächsten Tagen – es begann ein Wochenende – verbrachten sie die meiste Zeit zusammen. Sie unternahmen Ausflüge, kehrten an reizvollen Orten zum Essen ein. Nie waren sie sich so nah wie an diesem Wochenende. Alexander stellte sich die Frage, ob diese innige Zweisamkeit nur aus seiner langen Abwesenheit resultierte oder ob es nun wirklich auf eine stabile Beziehung hinauslief. In diesem großen Glück vergaß er Rosemarie nahezu.

Nein – das Wort "vergessen" traf es nicht. Als Mensch mit hohem moralischem Anspruch belastete ihn die Tatsache, von einer mehrwöchigen Reise zurückgekehrt zu sein und sich bei Rosemarie zunächst nicht zu melden. Am Tag nach seiner Rückkehr führte er – zwischen zwei Treffen mit Margot – ein

langes Telefonat mit Rosemarie. Er berichtete von Höhepunkten seiner Reise, erkundigte sich nach ihren Erlebnissen in den drei Wochen.
 Keine Frage – sie musste seine Halbherzigkeit heraushören. Und Alexander hoffte darauf, dass sich ihre Beziehung genau aus diesem Grund von selbst erledigen würde.
 Wie hatte es zu einer solchen Entwicklung kommen können? Früher lechzte er danach, eine Beziehung mit einer, zudem ansehnlichen und vorzeigbaren, Frau aufbauen zu können. Und nun ließ er Rosemarie, die ihn offenbar liebte und ihre Zukunft mit ihm plante, dermaßen ins Leere laufen, um stattdessen mit einer Behinderten, die sich noch gar nicht für ihn entschieden hatte, zusammen zu sein. Lag es gerade an der Tatsache, dass er Rosemarie haben konnte und Margot nicht? Dem Menschen wohnen ja bestimmte selbstzerstörerische Kräfte inne. Oder behielt doch das Gefühl die Oberhand, bei Rosemarie irgendetwas nicht zu finden, bei ihr vielmehr auf eine gewisse innere Leere und Oberflächlichkeit zu stoßen, die ihn letztlich anödete?
 Ein Treffen mit Rosemarie ließ sich natürlich nicht dauerhaft vermeiden, wenn er die Beziehung nicht einfach am Telefon beenden wollte, und das entsprach nicht seinem Stil. So suchte er sie am Sonntagabend in ihrer Wohnung im Münchner Süden auf. Ihr Ehemann war nicht anwesend; aber diese Ehe existierte ja wohl ohnehin nur noch auf dem Papier.
 Als sie die Wohnungstür öffnete, überkam ihn das Gefühl, vor einer Fremden zu stehen. Die lange Trennung, dazu die fehlende Verbundenheit…Warum sollte es Rosemarie anders ergehen? Sie schaute ihn mit ihren hellblauen Augen an – scheu und sicher auch verunsichert durch das kühle Telefonat. Vielleicht hatte er ja auf der langen Reise eine andere Frau kennen gelernt. Dass die wirkliche übermächtige Konkurrentin in München lebte, konnte sie nicht ahnen.
 Alexander gab sich einen Ruck, trat auf sie zu und umarmte sie, ohne sie zu drücken.
 "Hallo Rosemarie. Lange nicht gesehen. Wie geht es dir?" Sie löste sich schnell aus der fahrigen Umarmung. Ihre Augen blieben ohne Glanz, als sie antwortete: "Man schlägt sich so

durch." Reservierter hätte ihre Erwiderung nicht ausfallen können.

Sie blieben nicht in der Wohnung, sondern brachen sofort zu einem Spaziergang auf. Während des Marsches durch die von Hochhäusern und Vielfamilienhäusern geprägte Siedlung sprang der Funke nicht mehr über. Alexander grübelte und redete sich ein, eine platonische Freundschaft zwischen ihnen könne die Lösung sein. Welch ein Unsinn! Für eine solch hochstehende Form der Beziehung zwischen Mann und Frau fehlte Rosemarie die intellektuelle Substanz und Empathie. Ihre Begegnung war darauf ausgerichtet gewesen, eine Liebesbeziehung und Lebenspartnerschaft zu entwickeln und er hatte die entsprechende Annäherung dazu vollzogen.

Unfassbar – er, der früher unter riesigen Problemen bei der Anbahnung von Liebesbeziehungen gelitten hatte, so sehr, dass es ihn phasenweise an einer normalen Lebensbewältigung hinderte, war zu einem tollkühnen Aufreißer mutiert, der sich nur doch dadurch retten konnte, dass er die verliebten Frauen auf schäbige Weise ins Leere laufen ließ oder abservierte. Oder sah er das zu extrem? Vermutlich, angesichts seines selbst formulierten hohen moralischen Anspruchs ging er bisweilen mit seinem eigenen Verhalten zu stark ins Gericht.

Die nächsten Wochen dieses Frühsommers verbrachte Alexander in einer Dreiecksbeziehung. Margot lebte noch mit ihrem Freund zusammen. Mit ihm und nicht mit Alexander schloss sie Darlehensverträge für ihre gemeinsamen Immobilien ab. Rosemarie hingegen übernachtete bisweilen bei ihm, sie unternahmen Einiges miteinander. Wenn er morgens neben ihr aufwachte, empfand er nicht viel. Während ihrer Treffen hatte er in unbeobachteten Augenblicken SMS-Kontakt mit Margot, in denen sie ihm ihre Liebe beteuerte. Unabhängig von Margots fast ständiger Präsenz spürte er beim Zusammensein mit Rosemarie meist diesen eigenartigen schalen Beigeschmack. Eines Abends – Rosemarie hatte ihn besucht, sie hatten unter anderem auf dem Dach des Hochhauses geschwommen und auch mit Andreas geplaudert – war der Zeitpunkt gekommen. Alexander teilte ihr sachlich in zwei Sätzen mit, dass es eine andere Frau in seinem Leben gab. Rosemarie zeigte die Reaktion, die er erwartet und im Grunde auch erhofft

hatte. Sie drehte sich auf dem Absatz um und verließ seine Wohnung. Ihr fehlte es an Weitsicht und Souveränität, um mit dieser Situation umzugehen. Vermutlich hatte sie auch einfach nur Recht. Was sollte sie mit einem Mann anfangen, der sich bereits in der Anfangsphase nicht zu ihr bekennen wollte?
Manchmal sind die zeitlichen Abläufe im Leben kurios. Einen Tag, nachdem Rosemarie und er ihre junge Beziehung praktisch aufgelöst hatten, teilte Margot ihm im Büro mit, dass sie ihren Lebensgefährten heiraten werde – ausschließlich aus wirtschaftlichen Gründen, lieben würde sie nur ihn, Alexander. Es war wie verhext, immer wenn er sich ganz auf Margot einließ, folgte umgehend der Keulenschlag. Ihm gingen viele Gedanken durch den Kopf, auch im Hinblick auf Rosemarie. Doch war er entschlossen, positiv zu bleiben und seine Pläne zu verfolgen.
An diesem Abend besuchte er allein ein Fußballspiel im Münchner Süden.

43

Einen Tag vor seinem Geburtstag im August fand Alexander im Briefkasten ein kleines Päckchen. Eine Teilnehmerin am Feldenkrais-Seminar in der Toscana leitete einen kleinen Verlag in München. In Erinnerung an die guten und intensiven Gespräche, die sie in Italien geführt hatten, schickte sie ihm nun ein "Glücks-Tagebuch".
Dieses Glücks-Tagebuch sollte – ähnlich wie vorher das Kennenlernen der Feldenkrais-Methode – Alexanders Leben nachhaltig bereichern. "Sind Sie glücklich? Nicht nur ab und zu, wenn etwas Großartiges passiert ist, sondern von Ihrem grundsätzlichen Lebensgefühl her". So begann das gebundene Buch mit seinen 140 Seiten. Eine besondere Stärke von Alexander bestand darin, dass er Gelegenheiten, die unverhofft in sein Leben traten, auch als solche erkannte und beim Schopf ergriff. Dieses Buch rollte viele Weisheiten auf, die man auch in anderen Lebensratgebern fand. Eine Reihe von Weisheiten und

Aphorismen berührte Alexander aber doch in besonderem Maße.

Vom früheren amerikanischen Präsidenten Abraham Lincoln wird der Satz zitiert: "Die meisten Menschen sind so glücklich, wie sie es sich selbst vorgenommen haben."
Das Glücks-Tagebuch hob sich von anderen Werken auf diesem Sektor vor allem dadurch ab, dass es den Leser dazu anregte, ja im Grunde zwang, sich ein Bewusstsein für die wichtigsten Eckpunkte im Leben selbst zu erarbeiten. Erkenntnisse, die das Bewusstsein erweitern, erarbeitete man nach Alexanders fester Überzeugung dadurch, dass man sie aufschrieb. Sie bekamen durch das Aufschreiben eine viel größere Festigkeit und Verbindlichkeit als Gedanken, die man nur durch den Kopf strömen ließ wie einen lauen Sommerwind, der im Nu verweht. Was lag also näher für ihn als diese Arbeit mit dem Buch umgehend zu beginnen?

Der erste zentrale Arbeitsauftrag lautete: "Was mich glücklich macht". Fast jeder Mensch wird in Verlegenheit geraten, wenn er sich plötzlich mit einem derart einfachen und doch elementaren Auftrag konfrontiert sieht. Was macht einen einfach nur glücklich? Sind es Erfolge, Empfindungen, Erlebnisse, Menschen? Alexander setzte sich in der Stille seines Alleinseins gewissenhaft und ernst mit dieser Frage auseinander und kam zu dem Schluss, dass das Erleben der Natur eine zentrale Rolle für ihn spielte. Morgentau, würzige Luft, Wind, Wellen und Salz am Meer, Bergwandern, Ruhe und Beschaulichkeit – das waren zentrale Faktoren des Glücks. Weitere Glücksfaktoren fand er in zwischenmenschlichen Beziehungen, eigenen Leistungen und Erfolgen in seinem persönlichen Lebensumfeld. Weitere Kapitel, die zu bearbeiten waren, lauteten: "Menschen, die mich glücklich machen"(dazu rechnete er seine momentanen Frauen nicht, sich selbst aber – und das war erwähnenswert und höchst erfreulich – in hohem Maße), "meine Stärken"(ein ganz wichtiger Punkt, diese konkret herauszuarbeiten), "meine bisher größten Erfolge".

Als besonders wertvoll empfand er das Kapitel, in dem man sich klarmachen sollte, wo man in einem Jahr, in 3 Jahren und in 10 Jahren stehen wollte – privat, beruflich und in gesundheitlicher Hinsicht. Mit der Ausarbeitung dieser Fragen konnte man ein Lebenskonzept entwickeln, ohne sich starr in Details zu verlieren. Eine weitere großartige Technik bestand darin, an 365 Tagen – also genau für den Zeitraum eines Jahres – täglich "die drei schönsten Ereignisse oder größten persönlichen Erfolge des Tages" aufzuschreiben. So konnte jeder Tag mit positiven Aspekten in Verbindung gebracht werden.

In der letzten Augustwoche reiste Alexander mit Waltraud per Flugzeug in seine niederrheinische Heimat. Ganz ungewöhnlich: Da sein Vater sich auf einer seiner vielen Kurzreisen befand, trafen sie nur Alexanders Mutter an. Sie unternahmen Stadtbummel mit größeren Einkäufen und einen Ausflug in die nahen Niederlande, wo sie von einer Hotelterrasse auf die erstaunlich große Maas schauten und die ruhige, beschwichtigende Szenerie genossen. Mit seiner Mutter entspannen sich wie fast immer emotionale Diskussionen. Mutter und Sohn verband eine eigenartige Symbiose. Wesensmäßig waren sie sich sehr ähnlich – sehr beredt und fast zu offen für Empfindungen jeglicher Art, leicht verletzbar und verletzt und dann mit großer Inbrunst aufbrausend. Ein teuflischer Reflex brachte beide dazu, in Wunden zu rühren und Missstände in zwischenmenschlichen Beziehungen mit großer Wortgewalt einer bisweilen nihilistischen Analyse zu unterziehen. Alexander war der festen Überzeugung, dass seine Mutter all diese Eigenschaften noch deutlich stärker entwickelte als er selbst(seine Mutter sah es vermutlich genau andersherum). Wie oft setzten sie sich "gemütlich hin", um miteinander zu plaudern. Mit schöner Regelmäßigkeit gerieten die Gespräche bereits nach kurzer Zeit auf eine Schiene, auf der Probleme abgehandelt wurden. Das alles überragende Thema war die Unmöglichkeit, mit einem so schrecklichen Menschen wie Alexanders Vater zusammenzuleben. Seine Rücksichtslosigkeit im Umgang, seine Unordnung und seine Gedankenlosigkeit in allen denkbaren Lebenssituationen – wie konnte ein Mensch das aushalten? Sie hielt es immerhin bereits seit mehr als 4 Jahrzehnten aus. Alexander deutete die Zusammenhänge als reifer Mensch ganz anders als in seinen jungen Jahren. Inzwischen hatte er erkannt, dass seine Mutter ihn stets misshandelt hatte – einerseits als Ersatz-Ehemann(mit seinem Vater konnte sie ja nicht reden, zumindest nicht ernsthaft und erschöpfend über ein konkretes, das Familienleben betreffendes Thema), andererseits aber quasi als Kumpan und Anwalt gegen ihren Ehemann. Angesichts der emotionalen Saugwirkung, die sie ausübte musste diese Ehe auch für seinen Vater seit jeher eine äußerst anstrengende Realität gewesen sein, natürlich abgesehen von der Tatsache, dass seine Frau ihm zuhause den Rücken frei hielt. Sie hielt die Wohnung, mit Unterstützung von wöchentlich engagierten Putzdamen, peinlich sauber und war allein für die ganze in einem Fünf-Personen-Haushalt anfallende Wäsche zuständig gewesen. Dafür brachte der Vater das Geld nach Hause und bei seinem lukrativen Beruf als Automobilverkäufer nicht zu wenig.

Die besondere Ironie ihrer Beziehung – wie bei vermutlich den meisten Eheleuten – bestand darin, dass jeder der beiden nach außen ein in vortreffliches Bild abgab. Der Vater verbuchte seine Erfolge im Verkauf und entwickelte dabei offenbar eine große Empathie für seine Kunden.

Die Mutter hatte für jeden ein Ohr, führte in der Nachbarschaft und am Telefon mit ihrer aufgeschlossenen, eloquenten Art sehr gute Gespräche. Nur miteinander kamen sie nicht zurecht. Aber das war ja auch kein Wunder. Es forderte doch weit mehr Kraft, Engagement und ein gemeinsames Einvernehmen, in den ständigen Verwicklungen des gemeinsamen Lebens Einigkeit zu erzielen als in der Verhandlung über ein neues Automobil oder im charmanten Plausch mit dem Nachbarn. Immerhin blieb Waltraud und Alexander in diesen Tagen das besondere Schauspiel der Beziehung seiner Eltern erspart. Umso mehr zehrte dieses emotionale und destruktive Verbeißen in Themen mit seiner Mutter an Alexander. So sehr ihn die Geborgenheit des elterlichen Hauses wohlig einhüllte, Alexander war froh, als sie nach knapp 4 Tagen wieder in München ankamen.

Doch war ihm auch klar: Wenn er an den Niederrhein zurückkehrte, dann hätte er ja eine eigene Wohnung und es würde nicht die fatale Nähe – vor allem zu seiner Mutter – entstehen wie bei den mehrtägigen Besuchen.

Immer deutlicher schälte sich die positive Wirkung zweier Faktoren auf Alexanders Selbstbewusst-sein, und zwar im eigentlichen Sinne des Wortes, heraus. Feldenkrais und das

Glückstagebuch eröffneten ihm eine neue Dimension des Denkens und Handels, eine Form von Beweglichkeit, die er so vorher nicht gekannt hatte. Immer öfter machte er auf seiner Heimfahrt von der Arbeit Halt am Chinesischen Turm, wo er sich am späten Nachmittag einen freien Platz suchte, eine Mass Bier vor sich auf den Tisch stellte und mit innerer Ruhe und Gelassenheit dem vielfältigen Treiben um sich herum zuschaute. Dabei war er ganz bei sich, verknüpfte das Gesehene mit seinen eigenen Gedanken, fand dabei bisweilen sogar verblüffende Lösungen für berufliche oder private Probleme. Er verspürte im Gegensatz zu vielen anderen Menschen, die allein einen Biergarten besuchten, nicht den Drang, eine Bekanntschaft zu machen. Nein – er war sich selbst genug. Er konnte inzwischen gut allein sein. Die eigenen Gedanken, die wahrhaftig und rein dem eigenen Verstand und der eigenen Empfindung entsprangen, wurden in keiner Weise verwässert durch die Aussagen einer weiteren Person. Mittlerweile hatte er fast den Punkt erreicht, dass er seinen Status als Single akzeptierte. Es war ihm eben, aus welchem Grund auch immer, bestimmt, allein zu leben.

Den ganzen Sinn dieser Tatsache verstand er immer noch nicht. Er sah sich immer noch als Familienmenschen, als jemanden, der gern für andere da war und sich freute, wenn es ihnen gut ging.

Aber warum alles verstehen wollen? Verstehen war letztlich nicht so wichtig wie akzeptieren.

In diesen Wochen, als ihm das zunehmende Akzeptieren seiner Lebensumstände half, freier und weitsichtiger zu werden, entstand in Alexander plötzlich die Erkenntnis, dass er zwei Schwächen hatte, unter denen er vor allem litt: die Liebesbedürftigkeit und die emotionalen Tiraden. Beides durfte und würde er in dieser Form nicht mehr zulassen. Immer, wenn er Ansätze in sich spürte, wollte er sich bestrafen, indem er ungeliebte Aktivitäten auf die Tagesordnung setzte. In Frage kam 5 Kilometer Jogging – bei aller sportlichen Aktivität, vor allem mit dem Fahrrad, den Dauerlauf liebte er wahrlich nicht.

Nach wie vor arbeitete er ein- oder zweimal wöchentlich ganztags im Büro mit Margot zusammen. In den vergangenen Wochen hatten sie ihre im Grunde intensive Beziehung auf eine

völlig neue Basis gestellt. Um sich nicht in einer endlosen Spirale aus Liebesgefühlen, beglückenden Erlebnissen und dann wieder brutalen Rückschlägen und Ernüchterungen zu verlieren, blockten sie derzeit mit großer Disziplin jegliche Vertraulichkeit ab und wechselten kein privates Wort miteinander.
Alexander stellte zu seinem Erstaunen fest, dass er nicht litt, sondern sich beinahe gelöst fühlte.
Obwohl er sie noch liebte, hatte er sich von dem Gedanken befreit, eine Lebensgemeinschaft mit ihr anstreben zu müssen. Eine solche konnte letztlich mit ihr aus mehreren Gründen ohnehin nicht funktionieren. Der Verstand gewann immer mehr die Oberhand in ihm. Er war auch nicht mehr bereit, permanent eine Art Juniorpartner für Margot abzugeben, der seine Wünsche stets hinter ihren Bedürfnissen zurückstellen musste..

44

In dieser spätsommerlichen Phase initiierte Alexander mit seinem älteren Freund Rolf ein neues Projekt. In ihnen war die Idee entstanden, in Eigenregie einen Single-Club in München zu gründen.
In der Süddeutschen Zeitung schalteten sie eine Anzeige, mit der sie "Aktive Singles für verschiedenste Unternehmungen" suchten.
Die Tage nach Erscheinen der Anzeige waren geprägt von zahllosen Anrufen aus der Münchner "Singlegemeinde". Rolf und Alexander hatten sich die Telefonate aufgeteilt, doch wurde Rolf noch viel mehr angerufen, da seine Rufnummer gemäß ihrer Auslosung als erste abgedruckt war.
Schon bei den Telefonaten entwickelten sich teilweise anregende Gespräche. Alexander fühlte sich stark bereichert, Dialoge zählten zu seinen besonderen Stärken. Nach einigen Tagen war die große Anzahl "guter Gespräche" an den Abenden dann kaum noch auszuhalten. Sie waren froh, dass das erste Treffen in großer Runde unmittelbar bevorstand.
Für dieses Treffen hatten sie den zentralsten Punkt der ganzen Landeshauptstadt gewählt – den "Ratskeller", unten im Neuen

Rathaus am Marienplatz. Es kamen am ersten Freitagabend im September respektable 16 Personen, fast gleich viele Männer wie Frauen. Sie unterhielten sich gut, Alexander moderierte das Treffen nach eigenem Empfinden unaufdringlich und souverän. Rolf lag das zielgerichtete Anmachen von Frauen mehr, er fiel als Co-Moderator praktisch aus.

Alexander geriet trotz seiner Ambitionen und Pflichten als Moderator in ein interessantes Gespräch mit einer 27-jährigen ernsthaften Blondine.

Den Abend verbuchte er nach knapp drei Stunden als großen Erfolg. Was er alles bewirken konnte!

Mitten in München! Margot und seine despotische Arbeitgeberin Frau Grün würden ihn nicht mehr schrecken.

Bereits drei Tage später, an einem Montagabend, fand der zweite Ersttreff des Single-Clubs statt, diesmal in der Gaststätte "Zum Spöckmeier", fast unmittelbar beim Marienplatz. Auch diesen Abend wertete Alexander für sich als gelungen und bereichernd mit sehr interessanten Teilnehmern.

Am darauf folgenden Sonntag richtete er den ersten Ausflug mit der neuen Freizeitgruppe aus. Bei sommerlichem Wetter brachen sie zu neunt mit mehreren Autos in die traumhaft schöne Voralpen-landschaft des Staffelsees auf. Sie wanderten von Seehausen nach Uffing, kehrten zum Mittagessen in einem Restaurant direkt am Ufer des idyllischen Moorsees ein und ließen den Ausflug ausklingen bei einem Dämmerschoppen in einem Biergarten, wiederum direkt am See.

Es wurde ein gelungenes Unternehmen wie immer, wenn Alexander in Sachen Freizeitgestaltung oder Reise seine Hände im Spiel hatte. Bei diesem Trip entwickelte er erste positive Gefühle für die 37-jährige Angela - eine dunkelhaarige, unscheinbare Frau mit ansprechender Figur.

In der darauf folgenden Woche fand das nächste Treffen mit der neuen Gruppe statt, diesmal im traditionsreichen "Löwenbräukeller". Immerhin 13 Leute waren gekommen. Alexander stellte fest, dass ihm Angela wirklich gefiel.

Einige Tage später traf er sie zum Mittagessen in der Kantine des Deutschen Patentamtes. Alexander erfuhr mehr über sie. Sie stammte aus Nordhessen und arbeitete als Sachbearbeiterin beim Patentamt. Ihr Verhalten passte irgendwie zum Namen ihres Arbeitsplatzes. Er empfand sie als nett, eben "patent". Im Grunde wäre sie d i e Lebenspartnerin. Was ihn verunsicherte: sie wirkte beschwert, ging nicht recht aus sich heraus. Wenn sie etwas sagte, schwang stets eine gewisse Verhaltenheit mit. Würde sich diese Bekanntschaft konkretisieren? Am Arbeitsplatz blieb der Kontakt zu Margot reserviert. Sie verhielt sich inzwischen wieder freundlich, betonte aber, dass sie bis auf Weiteres "ganz für sich sein" und Alexander nicht treffen wolle. Im Grunde sah er das genauso. Trotzdem fühlte er sich unglücklich, dass es offenbar aus war zwischen ihnen. Es war eine große Liebe gewesen, indes mit vielen problematischen Begleitumständen(Dreiecks-Beziehung, Margots Behinderung und der gemeinsame Arbeitsplatz).

Am nächsten Abend – mitten in der Woche – hatte Alexander nach längerer Zeit wieder ein Blind Date. Er traf Annette aus Hamburg am Michaeligarten im Münchner Osten. Es wurde ein außergewöhnlich angenehmes und anregendes Treffen. Annette war knapp 170 Zentimeter groß mit mittellangen blonden Haaren. Sie hatte volle Lippen und pflegte einen wohltuenden Blickkontakt. Zunächst bummelten sie durch den hügeligen Park. Von einem Aussichtspunkt genossen sie einen phantastischen Bergblick. Danach saßen sie im Biergarten einander gegenüber und sprachen über München, ihre Jobs – sie arbeitete bei einem Exportunternehmen im Büro – und sportliche Aktivitäten. Wieder dachte Alexander: das wäre d i e Gefährtin. Gern würde er mehr mit ihr unternehmen. Doch mahnte er sich umgehend zur Selbstdisziplin. Keineswegs durfte er in diesen Kontakt zu viel hineininterpretieren. Aber was hatte dieser Rückzieher eigentlich zu bedeuten? Es passte doch alles bei Annette – ihr Aussehen, ihr nobles Verhalten, ihre offenkundige Bildung, der Hamburger Akzent. Und doch sah er sie nie mehr wieder. Es hatte – bei allen "günstigen Faktoren" – offenbar das Wichtigste für die Anbahnung einer Beziehung gefehlt – der Funke war nicht übergesprungen. Oder war es eine schwelende Trägheit, die den Singlemarkt beherrschte? Man hatte im Grunde viele Möglichkeiten und auch viel Auswahl, und dann ließ man sich intuitiv in eine seelische Hängematte fallen und ging den Weg mit einer neuen Bekanntschaft einfach nicht weiter. Es warteten ja noch

so viel andere Alternativen, da würde sich schon etwas ergeben. Genau das aber war in der Regel nicht der Fall. In dieser seltsamen Wohlfühl- oder Unwohlfühlzone, eigentlich wollte man ja auf ewig allein leben und suchte doch einen Lebenspartner, vergingen Monate, Jahre und bei manchen Jahrzehnte.
Und irgendwann war der Zug abgefahren. Sich jetzt noch auf eine Beziehung einlassen? Mit den Eigenarten und Macken eines anderen Menschen zurechtkommen? Nein, das ging gar nicht, da blieb man lieber allein.

45

An diesem Punkt war Alexander noch lange nicht angelangt.
Am folgenden Tag fand das nächste Treffen mit Angela statt. Sie trafen sich in einer nahe bei ihm gelegenen Gaststätte, saßen trotz der fortgeschrittenen Jahreszeit draußen und unterhielten sich angeregt und unbeschwert. War Angela lockerer geworden?
Beim Abschied in der U-Bahn-Station geschah Einiges. Zunächst wies ein Betrunkener Alexander auf ein Loch in seinem Pullover hin. Das war ihm noch nie passiert und äußerst peinlich vor den Augen seiner neuen Bekannten. Wenig später fuhr die U-Bahn ein. Alexander und Angela umarmten sich spontan und küssten sich zweimal auf den Mund. Trunken von dieser Wendung winkte er ihr zu und ging den kurzen Weg zu seiner Wohnung zurück.
Alexander entschloss sich, es bei Angela zu probieren, mit allen Konsequenzen, also auch der Möglichkeit, wieder verletzt zu werden. Dieser Entschluss sollte gravierende Folgen haben.
Bereits am darauf folgenden Sonntag geriet er in Not. Sie rief nicht wie vereinbart an. Abends versuchte er mehrfach, sie telefonisch zu erreichen – ohne Erfolg. Über einen Anrufbeantworter verfügte sie offenbar nicht. Das beunruhigte Alexander zutiefst. Er hasste Ungewissheit wie nichts anderes auf der Welt. Deshalb kam er mit der diffusen Lebensform als Single auch nicht gut zurecht.
Immer gelang ihm die Wende zu positiveren Gedanken. Es

wird schon gut, es wird klappen mit dem Treffen morgen. Auch der bereits gemeinsam geplante Kurzurlaub in Italien wird zustande kommen. Und wenn doch nicht, wird etwas anderes Gutes geschehen. In den letzten Jahren hatte er die Wichtigkeit des Gottvertrauens erkannt. Was war Gottvertrauen? Unabhängig davon, ob man an Gott glaubte oder nicht, gab es eine Zuversicht, dass die Dinge sich mit nur wenig oder ganz ohne eigenes Zutun günstig entwickeln. Das nannte man Gottvertrauen.

Natürlich war es von größter Bedeutung, an seine eigenen Fähigkeiten zu glauben und daran, dass man auf den Lauf vieler Dinge einen wesentlichen Einfluss hatte. Viele Menschen vergaßen bei dieser Fixierung auf das Selbstvertrauen jedoch den Glauben an den positiven Lauf der Dinge, ohne dass man zwingend immer selbst etwas dafür getan hat. Alexander beherrschte dieses Gottvertrauen beileibe noch nicht perfekt, doch war er immerhin auf dem Weg dahin. Wenn er sah, wie - auch in seinem Freundeskreis – die Menschen in unklaren Situationen fast immer die ungünstigere Entwicklung erwarteten und viel Lebenszeit mit düsteren Gedanken und unnötigem Leid zubrachten, dann befand sich er bereits auf einem guten Weg.

Am nächsten Morgen erreichte er Angela im Büro. Etwas beklommen verabredeten sie sich für den Abend.

Kurz nach 19 Uhr brach Alexander nach Untergiesing auf. Angela wohnte in einem bescheidenen Altbaugebiet. Sie öffnete die Tür und führte ihn in eine recht große Wohnung. Umstehende andere Häuser und das im Herbst zwar bunte, aber noch dichte Laub der Bäume ließen nur wenig Licht in die Räume fallen.

Ehe sich Alexander versah, ergriff sie seine beiden Arme, hob den Kopf zu seinem Gesicht und küsste ihn zärtlich. Sie tat das, was er bei so vielen Treffen mit Frauen versäumt hatte, sie ging aufs Ganze. Mit ihrem Vorstoß war der Abend gerettet. Sie unternahmen einen wunderschönen Spaziergang als frisch gebackenes Liebespaar zu den nahe gelegenen Isarauen. Die anbrechende Dämmerung verlieh ihrem stillen Bummel einen besonderen Zauber. Anschließend machten sie es sich in ihrer großen Küche gemütlich. Sie aßen Spaghetti, tranken italienischen Rotwein und küssten sich immer wieder. Beglückender hätte die Einstimmung auf ihre geplante Italienreise nicht verlaufen können. Nun, wo sie engere Kleidung trug als zuletzt, sah Alexander noch einmal, dass Angela über eine nette Figur verfügte. Sie tauschten innige Zärtlichkeiten aus, dachten aber noch nicht daran, miteinander zu schlafen. An diesem Herbstabend empfand Alexander ihr Zusammensein als reif, locker und heiter. Er trat zeitig die Rückfahrt an und erreichte – glücklich nach einem wundervollen Abend – bereits vor 23 Uhr sein Apartment.

Die nächsten Tage bescherten Alexander dann wieder ein dramatisches Wechselbad der Gefühle.

Am Tag nach ihrem Liebesabend musste er wieder viele Versuche unternehmen, bis er Angela im Büro erreichte. Sofort traf ihn wieder der Keulenschlag der so hinreichend bekannten Schaukelmentalität der weiblichen Singles. Am Vorabend seliges Liebespaar und nun mit riesigen Zweifeln konfrontiert: "Es war schön gestern. Aber ich weiß nicht, was aus unserer Beziehung wird und ob ich mit dir nach Italien fahren will. Wir kennen uns doch fast noch gar nicht."

Wieder einmal – zum wievielten Male eigentlich – sah er sich dem desaströsen Gefühlsleben einer seit ewigen Zeiten allein lebenden Frau gegenüber. Diese weiblichen Singles zerstörten sich und schlimmer – Andere. Alexander war jedoch entschlossen, sich nicht wieder von Phlegma und Schaukelkurs einfangen zu lassen, stattdessen Haltung zu zeigen und redlich um Angela zu kämpfen. "Weißt du was, ich komme heute Abend zu dir und dann reden wir drüber. Okay?"

Diesem Vorschlag konnte sie nichts entgegensetzen. Diesmal radelte er nach Feierabend zu ihr. Bereits an der Wohnungstür fielen sie quasi übereinander her, umarmten und küssten sich stürmisch. Bald streifte Angela Pullover und BH ab. Alexander liebkoste ihren üppigen, festen Busen. Es entwickelte sich einer der wenigen märchenhaft schönen Liebesabende des Lebens. Um sich nicht zu überfordern, vermieden sie es aber immer noch, miteinander zu schlafen.

Angesichts dieses Liebesglücks verzichtete Alexander auf das für diesen Abend angesetzte nächste Treffen des von ihm selbst ins Leben gerufenen Freizeitclubs. In dieser Situation opferte er die Ehrenhaftigkeit und das Pflichtbewusstsein dem außergewöhnlichen Erleben dieser Stunden. Unanständig verhielt er sich nach seiner festen Überzeugung auch nicht; die Mitglieder des Single-Clubs waren schließlich erwachsene Leute und würden auch ohne seine Anwesenheit zurechtkommen. Mitinitiator Rolf hatte sich ja ohnehin längst aus dem Staub gemacht.

Kurz vor Mitternacht hatte Regen eingesetzt. Angela überließ ihm ihren alten 3-er BMW, um nach Hause zu fahren.

Am nächsten Abend besuchte er Angela erneut. Legitimer Anlass: er musste ihr das Auto zurückbringen. Diesmal verführte sie ihn umgehend und sie schliefen miteinander. Wie in den meisten Beziehungen war "das erste Mal" problematisch. Die Fixierung auf das "Gelingen" ließ den Abend bei weitem nicht so beglückend verlaufen wie den vorangegangenen. Erstmals übernachtete Alexander aber bei Angela.

Am nächsten Morgen musste er ins Büro und zeitig aufbrechen. Völlig nackt stand Angela in der Küche und bereitete ihm ein kleines Frühstück. Auch bei der Umarmung zum Abschied hatte sie sich noch nichts angezogen, am liebsten hätte er auf der Stelle noch einmal mit ihr geschlafen.

Trotzdem verließ er sie mit keinem guten Gefühl. Nun hatten sie also miteinander Sex gehabt. Und doch konnte er sich in keiner Weise darauf verlassen, dass in seinem Privatleben endlich Ruhe einkehrte. Zu chaotisch hatte sich Angelas Gefühlswelt am Vortag dargestellt.

Im Büro setzte sich der Stress mit der Damenwelt ungebremst fort. Geschäftsführerin Frau Grün hatte wieder mal einen ihrer Tobsuchtsanfälle und ging geradezu auf Alexander los. Sie warf ihm eine Unmenge von Fehlleistungen vor, die sie und den Bestand des Unternehmens gefährdeten. Es war eine Kette von Unterstellungen und Absurditäten. Ihm war klar: sie wollte ihn loswerden. Der Druck am Arbeitsplatz wurde wie schon so oft massiv. Wie sollte Alexander die permanenten Verstrickungen in Beruf und Privatleben schultern? Es galt, Ruhe zu bewahren, aber das war natürlich leichter gesagt als getan.

Abends kam Angela erstmals zu ihm, aber nur zu einem kurzen Besuch. Sie wirkte sehr müde, aber nicht nur das. Ihm erschien sie weit weg – als wäre alles, was sie in den letzten Tagen miteinander erlebt hatten, pure Fiktion.

Übermorgen früh wollten sie gemeinsam verreisen. Sie hatten körperlich die größtmögliche Nähe aufgebaut, waren sich ansonsten aber weiterhin auf eine beunruhigende Weise fremd. Demnach sah Alexander ihrem gemeinsamen Unternehmen nicht entspannt, sondern gespannt entgegen. Diese Spannung zog sich dann über den ganzen folgenden Tag, an dem er Besorgungen machte, seine Koffer packte und weitere Reisevorbereitungen traf. Die gegenseitige Unsicherheit war so stark, dass sie sich vormittags noch einmal telefonisch bestätigen mussten, die Reise auch wirklich antreten zu wollen.

Am nächsten Tag holte Alexander Angela gegen 11 Uhr an ihrer Wohnung zur gemeinsamen Reise ab. Die beklommene Atmosphäre herrschte unverändert. Während der ersten hundert Kilometer wurde im Auto kaum gesprochen. So unwohl hatte sich Alexander zum Beginn einer Reise noch nie gefühlt. Sie fuhren durch Österreich und dann über den Brenner nach Italien.

Bei Rovereto Nord verließ Alexander die Autostrada und bald erreichten sie die Nordspitze des Gardasees. Die grauen Wolken wollten nicht weichen, so dass der bei deutschen Urlaubern beliebte See nichts von seinem südländischen Flair verströmte. In fast mürrischer Stimmung fuhren sie am Ostufer entlang. In Torre di Benaco saßen sie auf einer Café-Terrasse und schauten – immer noch wortkarg und ohne den Alexander angeborenen Reise-Enthusiasmus – auf die graue, leicht gekräuselte Wasserfläche des größten italienischen Sees hinaus.

Sie fuhren dann noch weiter am Ostufer entlang nach Süden. Kurz vor Garda, an einer kleinen Bucht des Sees, stiegen sie ab im palastähnlichen Hotel Terrazza. Sie bezogen einen riesigen gemeinsamen Raum im 4. Stock mit einer Terrasse. Zum Abendessen spazierten sie in den zauberhaften Ort Garda mit seinen engen Gassen und der schmalen Promenade am See. In einem kleinen stimmungsvollen Lokal aßen sie Vitello Tonnato und Kalbsleber; dazu gab es einen trockenen Weißwein. Die Gespräche wurden immer gelöster; endlich fühlten sie sich frei. Den Rückweg zum Hotel mussten sie bei strömendem Regen antreten. Dieser Rückweg erwies sich als wahres Geschenk des Himmels.

Sie schmiegten sich aneinander, lachend und scherzend. In ihrem riesigen Zimmer rissen sie sich sofort die Kleider vom Leib. Sie stiegen zusammen in die altmodische Badewanne. Beide spürten jede Faser des anderen Körpers. Es war ein himmlisches Vergnügen. Sie trockneten sich gegenseitig ab, hüpften in das riesige Bett und liebten sich endlich voller Übermut. Der schwierige Start in den Tag war vergessen, es gab nur noch Glückseligkeit.

Alexander wachte morgens normalerweise sehr früh auf. In diesem italienischen Palast schlug er die Augen auf und sah, dass bereits Tageslicht durch die riesigen stuckverzierten Fenster hereinflutete. Angesichts der fortgeschrittenen Jahreszeit musste es bereits nach 7 Uhr sein – für Alexander bedeutete das fast schon Vormittag. Er richtete den Blick nach rechts, dort wo Angela lag. Wie wenn sie sich abgesprochen hätten, öffnete auch sie in diesem Augenblick die Augen. Oder war sie schon länger wach? Beide lagen nackt im Bett, die Kissen bedeckten ihre Blößen. Neues Tageslicht schafft häufig eine neue Situation, mischt die Karten neu. Der irreal schöne letzte Abend war Vergangenheit. Und doch hatte – nach dem gegenseitigen Fremdeln während der stundenlangen Anreise – ein starkes Wohlgefühl von ihnen Besitz ergriffen. Ob man es bereits Vertrautheit nennen konnte? Wohl eher nicht, aber das angenehme Gefühl durchströmte sie, ließ sie sofort einander zuwenden. Behutsam und geduldig, dabei sensibel und lustvoll begannen sie mit neuen Liebesspielen, ohne viel dabei zu reden. Das Frühstück nahmen sie ein Stockwerk höher in einem weiteren riesengroßen Raum ein, überwölbt von einer verschwenderisch ausgestatteten Stuckdecke. Da es auf italienische Weise zubereitet und demnach knapp bemessen war, konnte sich Alexander als gewaltiger Frühstücker kaum daran erfreuen. Doch konnte an diesem besonderen Morgen nichts seine prächtige Laune trüben. Durch die großen Fenster genossen sie einen traumhaften Blick auf den tief unter ihnen liegenden See, auf dem sich nun einige Sonnenstrahlen wie helle Farbtupfer ausbreiteten. Zudem hatte er offenbar d i e Partnerin gefunden, die zu ihm passte – gebildet, sensibel, reise- und sexfreudig, außerdem gut gebaut.

Wiederum starteten sie erst am späten Vormittag. Auf der Autobahn ging es einige Hundert Kilometer weiter Richtung Süden. Hinter Florenz befuhren sie kleinere Straßen quer durch die berückend schöne Toscana mit ihren sanften Hügeln, gekrönt von endlosen Zypressenreihen und malerischen Landgütern. Sie passierten Weinorte mit klangvollen Namen, in denen in jedem dritten Haus der berühmte Chianti zur Verkostung angepriesen wurde. Bald türmten sich in der Ferne eigenartige Gebilde auf, wie kahle Baumstämme, die geradlinig und ungehindert in den Himmel strebten. Keine Frage – sie befanden sich vor den Toren von San Gimignano und wurden schon von weitem begrüßt von den berühmten Geschlechtertürmen, die den Ort unverkennbar prägen. Als sie die Stadtmauer erreicht hatten, wurde ihnen klar, dass für die nächsten Stunden das Auto außerhalb der kleinen Stadt würden parken müssen. Unbeschreibliche Menschenmassen ergossen sich aus Reisebussen und strömten der Stadtmauer entgegen. Da der Nachmittag bereits fortgeschritten war, stand die Suche nach einer Unterkunft an. Gab es angesichts dieses Andrangs überhaupt eine Chance, zwei freie Betten zu finden – zur Not würde ja auch eines reichen?

Sie gingen die Aufgabe offensiv an, parkten auf dem großen Platz vor der Stadtmauer traten ein in das mittelalterliche Juwel San Gimignano. Als sie die Piazza della Cisterna erreicht hatten, fragten sie in einer distinguiert ausgestatteten Privatunterkunft mit dem klangvollen Namen "Casa de Potenti" nach einem Zimmer für eine Nacht. Dabei ergänzten sie sich optimal. Jeder konnte ein paar Worte italienisch, zudem beherrschten beide die Grundregeln der italienischen Grammatik. Sie waren also nicht wie die meisten ausländischen Touristen darauf angewiesen, ins Englische (was ja immerhin d i e Weltsprache ist) oder gar ins Deutsche zu fliehen. Die gepflegte ältere Dame an der Rezeption honorierte ihre Bemühungen und gab ihnen den Zuschlag für ein kleines Zimmer mit dunklen italienischen Möbeln und einem hervorragenden Blick zum Hauptplatz, auf dem die zahllosen Besucher Fotos machten, die Gebäude bewunderten und dabei die Köpfe in den Nacken legten. Die Geräuschkulisse war fast beängstigend, wie sollten sie da nur Schlaf finden?

Auch dieser Tag fand dann eine außergewöhnlich schöne Vollendung. Sie holten ihre kleinen Gepäckstücke aus dem Auto – an ein Abstellen des Wagens in der Altstadt war nicht zu denken – und deponierten sie auf dem Zimmer. Dann begannen sie mit ihrer individuellen Besichtigung des Ortes. Zu ihrer Verwunderung stellten sie fest, dass die Touristen wie auf ein Kommando verschwunden waren und eine herrlich leere, fast intime Stadt zurückgelassen hatten. Sie bummelten durch die engen Gassen, vorbei an malerischen Tavernen und Trattorien, immer wieder die Köpfe fast senkrecht reckend zu den gewaltigen Geschlechtertürmen. Es gab noch 13 solcher Türme in der Stadt, im 14. Jahrhundert waren es 72 gewesen. Bei der nun eingekehrten Ruhe hallten ihre Schritte auf den steinernen Gehwegen, die eng beieinander stehenden und zum Teil hohen Gebäude gaben den Geräuschen ihrer Schritte einen fast unheimlichen Anstrich. Nach wie vor sprachen sie nicht viel, sie ließen sich einfangen vom Zauber dieser Stunde an diesem Ort. Sie hielten sich an den Händen und spürten die besondere Ruhe, die Harmonie zwischen ihnen. Immer wieder stoppten sie, sahen einander an und küssten sich. Die "Trattoria Paradiso" zog ihre Blicke an mit ihrer grauen, zurückhaltenden Außenfassade aus Naturstein. Sie kehrten ein und dinierten fein und recht teuer. Einander gegenüber sitzend genossen sie die gepflegte Gastlichkeit und konnten ihr Glück kaum fassen. Wer ansonsten ein Singleleben in München mit wenigen Höhepunkten und viel entbehrungsreichem Alltag führte, wusste solche Stunden an einem berühmten Ort wohl zu schätzen. Bisweilen richteten sie ihre Blicke nach links und rechts zu den anderen – überwiegend italienischen – Gästen in dem angenehm gefüllten Lokal. Meist jedoch hatten sie nur Blicke füreinander – voller Aufmerksamkeit, Rücksicht und Vorsicht gegenüber den Befindlichkeiten und eventuellen Empfindlichkeiten des Anderen. Der Bummel zurück zur "Casa de Potenti" durch die Stille der alten Gassen ließ sie noch einmal tief durchatmen und diesen weiteren besonderen Abend würdigen. Sie taten gut daran, denn schon bald sollte sich alles ändern.

Mitten in der Nacht wurde Alexander wach. Das Bett neben ihm war leer. Angela befand sich offenbar auf der Toilette und blieb dort ungewöhnlich lang. Alexander hatte mit Frauen so viele Wechselbäder der Gefühle erlebt, dass in ihm sofort eine seltsame Unruhe, ja Angst aufkeimte. War irgendetwas nicht in Ordnung? Führte sie etwas gegen ihn im Schilde? Telefonierte sie gar mit ihrem eigentlichen Freund? Als sie im dunklen Raum zu ihrem Bett zurückschlich, konnte er nicht an sich halten und fragte: "Was hast du gemacht? Hast du ein wichtiges Telefonat geführt?"

In der Dunkelheit konnte er ihr Gesicht nicht sehen. Sie antwortete lediglich, mit einer Mischung aus Erstaunen und Verdruss in der Stimme: "Was soll ich gemacht haben? Ich war einfach auf dem Klo!" Ja – was sollte sie sonst gemacht haben? Nach dieser Antwort kam Alexander aber zunächst nicht zur Ruhe. Was war los – mit ihm und mit ihr? Erst nach einer knappen halben Stunde schlief er wieder ein.

Am nächsten Morgen besichtigten sie nach dem Frühstück San Gimignano ein zweites Mal, nun bei Tageslicht. Wieder nahmen sie sich Zeit und ließen das außergewöhnliche Stadtbild noch einmal auf sich wirken.

Alexander war ein Mann mit feinen – manchmal zu feinen – Antennen für das Verhalten anderer Menschen. Das barg die Gefahr, dass er sich unterschwellig zu sehr nach ihrem Verhalten richtete statt einfach seinen Weg zu gehen. War es nur Einbildung oder hatte sich im Verlauf der Nacht subtil etwas verändert zwischen ihnen? Ein Quäntchen Aufmerksamkeit und Zuwendung schien auf der Strecke geblieben zu sein.

Mittags setzten sie die Tour Richtung Süden fort. Bald kehrten sie zum Essen in einer Trattoria hinter Siena ein. Es ging dann weiter nach Umbrien, ins "Grüne Herz Italiens". Sie fuhren und fuhren, passierten den Lago di Trasimeno und Perugia und erreichten ihr erklärtes Reiseziel: Assisi, die Stadt, in der der Heilige Franziskus gewirkt hatte.

Die Stadt war noch gezeichnet von einem erst kurz zurückliegenden Erdbeben. Dieses hatte auch den Dom nicht verschont, dessen graue Fassade fast komplett von Gerüsten eingefasst war. Der ebenfalls graue Himmel tat sein Übriges, an diesem Ort wollte einfach keine gute Stimmung aufkommen. Sie besichtigten das berühmte Bauwerk kurz. Erneut waren sie von Touristenheeren umgeben. Ihre mittlerweile seltsam mutlose Stimmung ließ Alexander und Angela einen Entschluss fassen.

Nach knapp einer Stunde verließen sie jenen Ort, der eigentlich das Ziel ihrer Reise und ihrer Sehnsüchte – zumindest auf dieser Kurzreise – gewesen war. Auf eine kaum merkbare und doch dramatische Weise war der Zauber der letzten Tage verflogen und hatte einem ernüchternden Überdruss Platz gemacht. In dieser Situation war Auto fahren das Einzige, was sich miteinander aushalten ließ. Dabei waren sie an diesem Tag wahrlich schon genug gefahren.

Aber sie fuhren weiter, immer weiter, nun plötzlich wieder nach Norden, durch das düstere umbrische Bergland, bis zur Adriaküste. Vielleicht würden sie hier, auch wenn schon Oktober war, einige Tage Erholung finden. Längst war es dunkel geworden, als sie den namhaften Badeort Bellaria erreichten. Alexander hatte dort vor 30 Jahren als Kind mit seiner Familie Urlaub gemacht.

Im Laufe der Jahrzehnte hatte sich viel verändert, das Niveau der Hotels und Restaurants war angehoben worden und die Strandpromenade gegenüber früher geradezu luxuriös aufgewertet.

Sie stiegen ab in einem 4-Sterne-Hotel mit wenig Charme direkt an der Strandpromenade. Parken konnten sie neben dem Haus. Das Zimmer war groß genug, strahlte aber keine Behaglichkeit aus. Im Foyer konnten sie zu dieser späten Stunde noch eine Kleinigkeit essen.

Welch ein Kontrast zu den beiden vorangegangenen Abenden! Sie saßen an einem kleinen Tisch - müde von der langen Fahrt, ernüchtert von ihrem verlorenen Reiseziel Assisi. Und auch ernüchtert von der möglicherweise schon wieder verlorenen Beziehung. Aber warum, es war doch überhaupt nichts passiert? Alexander hasste solche Stimmungen, er konnte sie nicht ertragen und war dann stets bestrebt, Klarheit – welcher Art auch immer – zu schaffen.

Nachdem sie beide ihre faden Pizzen verzehrt hatten, ergriff er das Wort: "Was ist heute eigentlich los mit uns. Wir sitzen hier wie nach sieben Tagen Regenwetter?" Alexander legte großen Wert darauf, nie vordergründig den anderen die Schuld an einer Missstimmung zu geben; stets nahm er sich mit ins Boot. Deshalb sagte er jetzt auch "wir" (und in diesem Fall stimmte es auch, irgendwie war er auch ernüchtert und niedergeschla-

gen). Angela zögerte kurz, bevor sie antwortete. Ihre Antwort traf ihn in dieser Heftigkeit dann aber doch ins Mark: "Das war ganz seltsam mit dir letzte Nacht. Warum hast du mich gefragt, was ich auf dem Klo mache. Vertraust du mir überhaupt nicht?"
 Nun befand er sich total in der Defensive, und er spürte, dass er aus dieser Ecke nicht mehr herauskommen würde.
 Wortlos gingen sie auf ihr Zimmer, und Angela blieb auch dort schweigsam. Das Fiasko setzte sich im Bett fort. Angela drehte sich auf ihre Seite und blieb unansprechbar. Mochten Alexanders Fragen in der vergangenen Nacht auch Misstrauen und Unsicherheit ausgedrückt haben, mochte die letzte Tagesetappe fad und zu lang gewesen sein – dieses Verhalten von Angela sprengte jeglichen Rahmen zivilisierten Umgangs miteinander, ja jegliche Form des Anstands. Sie hatte sich damit bereits als Außenseiterin und in Alexanders Augen als typische Münchner Singlefrau zu erkennen gegeben. Die Hoffnung auf eine reelle und tragfähige Liebesbeziehung war innerhalb weniger Stunden zur Illusion verkommen.
 Alexander schlief in dieser belasteten Nacht erstaunlich gut. Wieder wachten sie fast gemeinsam auf. Trotz der niederschmetternden Erkenntnisse des vergangenen Abends war er bestrebt, die Beziehung oder zumindest ihre gemeinsame Reise noch in gute Bahnen zu lenken.
 "Angela, ich glaube, gestern Abend gab es einige Missverständnisse. Was hältst du davon, wenn wir die jetzt einfach neutralisieren und den Rest unserer Reise genießen?"-Sie schaute ihn noch nicht einmal an, als sie ihm in mürrischem Ton antwortete: "Es gibt nichts zu neutralisieren. Für mich ist die Reise beendet und die Beziehung auch!"-Im Grunde hatte sie Recht. Wie sollte es nach solchen Irritationen mit ihnen weitergehen? Alexander sah die Situation völlig anders, mit einer Mischung aus Angst vor erneutem Verlust (dem wievielten eigentlich?) und reinem Pragmatismus. "Schau mal, wir hatten zwei wunderbare, einzigartige Tage miteinander. Da können doch nicht zwei dumm gelaufene Dialoge alles, alles zerstören."-"Ja, ich war zwei Tage so glücklich wie noch nie. Es war herrlich am Gardasee und in San Gimignano, aber jetzt ist es vorbei. Basta! Und es hat keinen Sinn, darüber weiter zu

diskutieren."-"Aber das gibt´s doch nicht. Du sagst, du seist so glücklich wie noch nie gewesen und willst einen Tag später alles zerschlagen und zerstören. Das ist doch schizophren."-"Es ist aber so, es ist aus."-"Es ist doch überhaupt nichts passiert, was einen solch extremen Sinneswandel rechtfertigen würde." Stereotyp wiederholte sie: "Es ist aus, und ich will sofort heimfahren." Mit der letzten Forderung mutete sie Alexander Ungeheuerliches zu.

Schließlich war er an dieser Reise ja auch beteiligt, und er sollte sie nun abbrechen, weil sie herum-wütete wie ein unreifer Teenager. Sie musste irgendein Trauma erfahren haben, an das durch seine Fragen in der Nacht von San Gimignano erinnert worden war. Es stand außer Frage, dass ein derart rigoroses und gnadenloses Verhalten krankhafte Züge trug. Konnte man mit einer solchen Frau seine Zukunft planen. Wohl nicht! Und doch – Alexander wollte einfach nicht mehr allein sein. Wider besseren Wissens um ihre Beziehungsunfähigkeit versuchte er sie zu bekehren.

"Gut, dann ist die Beziehung meinetwegen aus. Aber lass´ uns doch wenigstens noch ein paar erholsame Tage verbringen, zum Beispiel in den Dolomiten, da ist es toll im Herbst." Ein normal veranlagter Mensch hätte sich seinen Argumenten geöffnet und der Beziehung mit einem solch kompromissbereiten Mann eine noch Chance gegeben. Nicht so Angela. "Wir fahren heim."

Alexander war nun rechtschaffen wütend auf sie, mit Liebe oder Zuwendung hatten auch seine Gefühle nun nichts mehr zu tun. Die Angst vor dem erneuten Alleinsein ließ ihn jedoch in Monologe abgleiten, mit denen er versuchte, sie wenigstens von der Fortsetzung der Reise zu überzeugen. Ihm wurde bewusst, dass er sich damit nur erniedrigte – und das vor einer Person, die es in seinen Augen beileibe nicht wert war. So entstand eine fürchterliche, unerträgliche Atmosphäre zwischen ihnen.

Die Heimfahrt geriet zum Horrortrip. Es gab nur Schweigen sowie weitere Versuche von Alexander, sie zu einem Aufenthalt in den Dolomiten zu überreden. Damit wollte er vor allem seinen Urlaub noch retten. Das war sein gutes Recht, aber ob es noch Sinn gehabt hätte, unter diesen Vorzeichen gemeinsame

Bergwanderungen zu unternehmen? Als sie den Brenner überquert und Italien verlassen hatten, war das Thema passé und es herrschte nur noch Schweigen. Wenn sie ihm schon diesen blanken Horror zumutete, dann sollte Angela sich wenigstens auch hinter das Steuer setzten und selbst fahren. Dieser Forderung kam sie zwangsläufig nach. Hauptsache, sie waren bald wieder in München. Fast wortlos stieg sie vor ihrer Wohnung in Untergiesing aus und ließ Alexander ratlos zurück. In ihm tobte eine Mischung explosiver Gefühle – Wut auf Angela, Traurigkeit über einen weiteren gescheiterten Beziehungsversuch, Verzweiflung über seine offenkundige Unfähigkeit, eine Partnerin zu finden, Angst wegen der bedrohlichen beruflichen Situation. Wie sollte man eine solche Konstellation überhaupt aushalten? Alexander verstand Menschen sehr gut, die sich entschlossen, nicht mehr weiterzuleben, weil Schmerz und negative Einflüsse übermächtig wurden.

Ein solcher Entschluss war für ihn jedoch undenkbar. Aufgefangen wurde er durch den Glauben an das Fest des Lebens. Seine Religiosität bestand nicht in einer Bindung an eine kirchliche Gruppierung oder Glaubensrichtung, sondern in der Überzeugung, dass es etwas Großes gab – vielleicht war es Gott – das das Leben spendete und den Lauf der Dinge nach einem letztlich guten Muster lenkte. Darin bestand sein Gottvertrauen. Und auch sein Selbstvertrauen reichte aus, um sich jederzeit zuzutrauen, neue positive Wege einzuschlagen.

Als er seine Wohnung betrat, entschloss er sich, zunächst einfach bei sich zu bleiben, nicht sofort per Telefon Kontakte zu seinen Freunden zu aktivieren und ihnen zwangsläufig von seinem Fehlschlag zu berichten. Kurz nach 22 Uhr ging er ins Bett und schlief bemerkenswert gut.

Am nächsten Morgen – es war Donnerstag und er hatte ja noch Urlaub – stand er erst gegen 8 Uhr auf, sehr spät für seine Verhältnisse. Nach dem Frühstück blieb er am Esstisch im Wohnzimmer sitzen und schlug das Glückstagebuch auf, ohne auf spezielle Inhalte fixiert zu sein. Auf einem losen Blatt feinen Büttenpapiers, das er bisher kaum beachtet hatte, fand er ein Gedicht des indischen Dichters Kalidasa, der an der Schwelle vom 4. zum 5. Jahrhundert gelebt hatte.

"Achte gut auf diesen Tag, denn er ist das Leben –
das Leben allen Lebens.
In seinem kurzen Ablauf liegt alle Wirklichkeit
und Wahrheit des Daseins.
Die Wonne des Wachsens und die Größe der Tat,
die Herrlichkeit der Kraft.

Denn das Gestern ist nichts als ein Traum –
und das Morgen nur eine Vision.
Das Heute jedoch – recht gelebt –
macht jedes Gestern zu einem Traum voller Glück,
und jedes Morgen zu einer Vision voller Hoffnung.

Darum achte gut auf diesen Tag.
Das sei dein Gruß an jede neue Sonne."

Alexander ließ diese Zeilen auf sich wirken, die Weisheit und den Reichtum, der aus ihnen sprach.
Immer wenn er bereit war, sich ganz auf sich zu besinnen und die elementaren Fragen des Lebens, fühlte er sich von Kraft und Wärme durchströmt und unabhängig von dem, was andere sagten oder taten. Nicht ganz unabhängig, aber doch fast.
Er verbrachte einen beschaulichen Vormittag, tätigte kleine Einkäufe und überlegte, was er in den kommenden Tagen unternehmen würde. Mittags entschloss er sich, den Inbegriff aller Zufluchtsorte anzusteuern – die Heimat, sein Elternhaus.
Die lange Autofahrt machte ihm wie üblich nichts aus, und noch bei Tageslicht erreichte er den kleinen Ort am Niederrhein.
Aus der großen Entfernung wurde ihm wieder klar, dass das "Exil" in seiner Heimat ihm viel Halt gab und dass es die große Krise so nie gegeben hätte, wenn die Eltern in seiner Nähe gewohnt hätten. Freunde und auch Ehepartner konnte man verlieren, die Eltern blieben einem treu, so lange sie lebten.
Die ersten Tage nach seiner Rückkehr bescherten Alexander wieder große Turbulenzen.
Er telefonierte mit Margot. Sie teilte ihm mit, dass sie von ihm

schwanger gewesen war und eine Totgeburt im dritten Monat erlitten hatte. Welch eine Nachricht! Deshalb war sie so extrem abweisend zu ihm gewesen. Er hatte sie geschwängert und damit in Lebensgefahr gebracht.

Bei ihrer Krankheit konnte eine Schwangerschaft zu größten Komplikationen führen und das war offenbar auch geschehen.

Sie hatte in der vergangenen Woche bei Ärzten und im Krankenhaus viel durchgemacht – während Alexander mit Angela in Italien war und seine Katastrophe erlebte.

Alexander hatte das Gefühl, dass in Margot eine Veränderung vor sich gegangen war. Ihre Liebe blieb groß, sie fühlten sich weiterhin einander sehr nah. Er machte sich aber auch klar, dass er besonnen bleiben und bei ihren nun doch wieder anstehenden Treffen jegliches Drängen auf eine feste Beziehung unterlassen musste.

Am Freitag fuhren sie nach der Arbeit in ein kleines feines Hotel in Ebersberg, nicht weit entfernt von München. Dort verlebten sie einen wunderschönen Abend bei einem typisch bayerischen Essen und mieteten sich für die Nacht ein. Das Reizvolle: sie waren "irgendwo auf dem Land" untergetaucht und niemand kannte ihren Aufenthaltsort.

Die Nacht verbrachten sie in der tiefen Freude, einander wieder zu haben. Sie gaben sich Nähe und Wärme. Am nächsten Morgen frühstückten sie ausgiebig am Buffet. Im weiteren Tagesverlauf unternahmen sie bei herrlicher Oktobersonne einen Spaziergang im Ebersberger Land, besuchten den Biergarten im Münchner Ostpark und verbrachten den Rest des Tages in seiner Wohnung.

War Margot nach der Schwangerschaft noch liebevoller geworden oder handelte es sich nur um ein Strohfeuer?

Solange bei Margot keine klaren Verhältnisse herrschten, traf sich Alexander nach wie vor auch mit anderen Frauen. Sogar Angela rief ihn noch einmal an. Vermutlich hatte sie ein schlechtes Gewissen nach ihrem unsäglichen Verhalten während der Kurzreise nach Italien. Sie lachten miteinander am Telefon und verabredeten sich für einen der nächsten Abende beim "Spöckmeier".

Dieses Treffen beschäftigte Alexander bereits im Vorfeld. Einerseits strebte er unbedingt eine stabile und berechenbare

Beziehung an. Andererseits waren sein Verdruss und – ja – seine Wut auf Angela noch nicht verraucht. Zu viel hatte sie ihm in Italien zugemutet. Zu sehr hatte sie ihn mit ihrem Verhalten auch beleidigt. Er selbst mochte bisweilen überempfindlich sein und zu Monologen neigen, doch sein Selbstbewusstsein reichte allemal, um zu erkennen, dass sie die Verursacherin der desaströsen Rückreise gewesen war.

An diesem klaren, kalten Oktoberabend trafen sie sich pünktlich vor der Gaststätte. Sie schauten sich kurz und fast scheu an. Dann betraten sie das Lokal und fanden schnell einen kleinen Tisch für zwei Personen in der Nähe des Eingangs. Es war für Alexander ein sehr eigenartiges Gefühl, dieser Frau gegenüberzusitzen, die er kaum kannte, obwohl er mit ihr in kurzer Zeit gewaltige Höhen und Tiefen erlebt hatte. Unwirklich schöne, romantische Liebesabende am Gardasee und in der Toscana standen einer überstürzten und grausamen Rückkehr gegenüber. Würden sie diesen Ballast bei ihrer neuen Begegnung und vielleicht sogar doch noch in einer Beziehung schultern können?

Angesichts der Vorbelastung gingen sie zunächst behutsam, fast schonend miteinander um. In gewisser Weise fühlte sich Alexander aber wie in einer Savanne, wo sich zwei Löwen gegenüberstehen, die in trügerischer Selbstbeherrschung auf den Frontalangriff verzichten.

Das Gespräch plätscherte dahin, bis Angela in irgendeinem Zusammenhang sagte: "Bei deiner geringen Bereitschaft, Vertrauen zu schenken, würde das sicher ein Problem darstellen." Alexander wusste nicht, worauf sie sich bezog. Vielleicht hatte er in den Sekunden vorher auch nicht genau hingehört. Nach dem mit ihr Erlebten und da er ohnehin auf Kritik oft empfindlich reagierte, war für ihn das Fass in diesem Augenblick bereits übergelaufen. "Ich soll über eine geringe Bereitschaft Vertrauen zu schenken verfügen?" Sie hatte ihm zu viel angetan. Er legte die Stirn in Falten, seine Emotionen zogen wie ein Brandschwert durch seinen ganzen Oberkörper. "Wie steht es denn dann bei dir mit Vertrauen?"-Nun lösten sich auch in Angela alle mühsam angelegten Bremsen und sie fauchte ihm entgegen: "Wer hat denn Kontrollfragen gestellt, nachdem ich nachts nur auf der Toilette gewesen war?" An diesem Punkt war ihrem Treffen und jeglichem Gedanken an eine gemeinsame Zukunft bereits der Boden entzogen. Nun gab es auch für Alexander kein Einlenken mehr. Was er sonst nie tat – er schlug brachial mit der Faust auf den Tisch und donnerte sie an: "Mit uns das geht wirklich nicht. So gesehen hattest du Recht in Italien!" Dieser Ausbruch tat ihm körperlich gut. Angela schwieg betreten. Ob in der Nähe sitzende Gäste etwas mitbekommen hatten, war ihm völlig egal. Beide hatten kleine Getränke bestellt, was schon ihre Skepsis über den Verlauf des Abends andeutete. Nun waren ihre Gläser halb geleert. Alexander wollte nicht mal mehr den Rest trinken, er wollte nur noch weg von dieser Frau. Er legte den passenden Betrag auf den Tisch, stand auf, ließ Angela sitzen und verließ das Lokal.

47

Drei Tage später hatte er sich mit Annegret Helmer verabredet. Er besuchte die etwa 50-jährige attraktive Frau in Giesing in einer ganz einfachen, gemessen an den heutigen Ansprüchen sogar ärmlichen Wohnung. Das Treffen war über einen Kontakt mit seiner Therapeutin zustande gekommen. Ihm war bekannt, dass Annegret unter Panikattacken litt. In ihrem Gespräch taute sie auf. Alexander wusste, dass er inzwischen bei den Frauen gute Chancen hatte. Er "musste" keine mehr haben, strahlte daher eine souveräne Zurückhaltung aus. Trotzdem blieb das Ziel natürlich eine Partnerschaft. Aus der Feldenkrais-Methode hatte er für sich auch die Erkenntnis gewonnen: "Minimierung" im Verhalten, also fast zurückgenommenes und ruhiges Vorgehen, und damit mehr erreichen.
  Eine Beziehung mit Annegret durfte für Alexander kein Thema sein. Er hatte ja noch einen Kinderwunsch, und Annegret war mindestens 10 Jahre älter als er. Zudem stand ihre große Belastung durch die psychischen Probleme einer Partnerschaft bis auf Weiteres im Weg. Er konnte sie aber doch für eine Bergwanderung zu dritt gewinnen, an der mit Rolf ein zweiter Mann teilnahm.
  Sie fuhren bei bedecktem Himmel ins Alpenvorland nach

Wegscheid bei Lenggries und stiegen auf zur Kot-Alm. In der gemütlichen Alm-Hütte nahmen sie das Mittagessen ein. Auch ohne Sonne betörten die bunten Herbstfarben der Bäume. Annegret erwies sich bei dieser Tour als reizende **Frau** – attraktiv, klug und authentisch in ihren Ansichten.

Ihre Bekanntschaft bereicherte Alexander, doch sah er sie nach dieser Bergtour nicht wieder.

In diesen Herbsttagen verbrachte Alexander viel Zeit mit Margot. Sie übernachtete bei ihm, sie gingen gemeinsam einkaufen, führten fast eine "normale" Beziehung. Sicher waren viele Unternehmungen auf Grund ihrer körperlichen Beeinträchtigung schwierig. Doch die Liebe verlieh Alexander Flügel und die Regelmäßigkeit ihres Zusammenseins tat ihm gut.

Der Gewinn, den er aus seinen Feldenkrais-Erfahrungen und dem Glückstagebuch gezogen hatte und nun stetig zog, war unzweifelhaft. Immer klarer wurde ihm, dass er selbst auf die Lebensweise hinarbeiten musste, die er sich vorstellte.

Wenn er auf dem Fahrrad saß – seine liebste und gesündeste und produktivste Beschäftigung – fasste er geordnete Gedanken.

München bot eine Reihe von Vorteilen(vorhandener Job, passable finanzielle Situation, Freunde), doch war für ihn die Tendenz klar: er wollte zurück in seine niederrheinische Heimat. Dort sprach man seine Sprache, dort lebte man seine Mentalität, dort hatte er "seine" Fußballvereine.

Ende Oktober stand Besonderes an. Alexander wollte mit Margot erstmals zu seinen Eltern an den Niederrhein fahren. Sie sollte seine Heimat kennenlernen, um dann zu entscheiden, ob sie sich einen gemeinsamen Umzug vorstellen kann.

An einem grauen Freitag traten sie die weite Fahrt Richtung Nordwesten an. Wieder einmal hatte das Schicksal Besonderes vorgesehen. Schon auf der Strecke bis Stuttgart gerieten sie in mehrere verheerende Staus. Als sie schließlich Stuttgart passiert hatten und sich an der Verkehrssituation nichts zum Positiven änderte, gaben sie – zunächst für diesen Tag – ihre Pläne auf. Sie verließen die Autobahn und fuhren bei längst hereingebrochener Dunkelheit in den Nordschwarzwald.

Um 20:30 Uhr erreichten sie einen kleinen gemütlichen Gasthof in Stammheim bei Calw. Sie bezogen ein schönes Zimmer

und nahmen noch ein gepflegtes mehrgängiges Abendessen ein verdienter Lohn nach der zermürbenden Fahrt.
　Am nächsten Morgen genossen sie ein feines Frühstück. Die Besonderheit: sie bedienten sich nicht wie inzwischen üblich am Buffet, sondern wurden bedient und es fehlte ihnen an nichts.
　Der Verkehrshinweis verhieß auch am Samstagvormittag nichts Gutes. So beschlossen sie, nicht an den Niederrhein zu fahren und stattdessen einige erholsame Tage im herbstlichen Schwarzwald zu verbringen. Sie fuhren weiter und machten in einem kleinen Ort südlich von Freudenstadt Quartier in einer einfachen Pension, die idyllisch am Waldrand gelegen war. Das Zimmer verfügte über einen großen Balkon, auf dem sie die fast sommerliche Wärme genossen.
　Am Nachmittag fuhren sie die wenigen Kilometer ins nahe gelegene Freudenstadt. Sie saßen bei einem Café draußen und bestaunten das lebhafte Treiben auf dem ungewöhnlich großen, von stattlichen Schwarzwaldhäusern umrahmten Marktplatz der Kreisstadt.
　Den Abend verbrachten sie auf ihrem großen Zimmer mit Fernsehen. Margot überraschte häufig mit unkonventionellen Verhaltensweisen. An Alexander stellte das hohe Anforderungen. In den entsprechenden Situationen musste er meist aus dem Stegreif reagieren. Auch konnten sie wegen ihrer körperlichen Einschränkung vieles nicht unternehmen, was Alexander sonst sehr schätzte.
　Für ihn war es so wichtig, sich regelmäßig körperlich zu verausgaben. Das konnte ein schneller Lauf sein, ein zügiger Fahrradtrip oder ein steiler Berganstieg. Margot war intelligent genug, ihm seine Freuden zuzugestehen. Trotzdem fühlte sich Alexander als besorgter und rücksichtsvoller Mensch verpflichtet, fast immer an ihrer Seite zu bleiben. Das galt insbesondere auf gemeinsamen Reisen, wo Margot kein eigenes Betätigungsfeld hatte. Im Alltag konnte sie problemlos zu jeder Tageszeit ins Büro zu einem ihrer Auftraggeber fahren oder anstehende Dinge in ihrer Wohnung erledigen.
　Über allen Wenns und Abers stand für Alexander die Tatsache, dass er sie sehr liebte und gern mit ihr zusammen war. Er stellte sich auch nicht die Frage, ob diese Liebe hauptsächlich

der Flucht aus der Einsamkeit entsprang oder selbstlos und wahrhaftig war. Da er ruhiger und innerlich freier geworden war, gab es auch kaum noch aufgeladene und negative Situationen zwischen ihnen.

Am nächsten Tag besuchten sie das feudale Baden-Baden, das mit seinem exklusiven Charme in Deutschland ohne Konkurrenz war. Wenn sie eingehakt gingen, konnten sie miteinander beachtliche Strecken zurücklegen. Sie ließen in einem Café im Zentrum die noble, fast abgehobene Atmosphäre der Stadt auf sich wirken, marschierten dann zum Kurhaus und besichtigten kurz Deutschlands prachtvollstes Spielcasino. Die Uhren waren zur Winterzeit um eine Stunde zurückgestellt worden, es wurde vor 18 Uhr dunkel. So kehrten sie – nach einem neuerlichen Abstecher nach Freudenstadt – zeitig auf ihr geräumiges Hotelzimmer zurück.

An Allerheiligen fuhren sie bei spätsommerlichem Wetter auf Landstraßen durchs schwäbische Land und ab Ulm auf der Autobahn nach München. Erstmals hatten sie drei Wochenenden hintereinander zusammen verbracht. Man konnte also von einer festen, zumindest engen Beziehung sprechen. Danach hatte er sich gesehnt. Alexander wurde aber auch immer stärker bewusst, dass er - bei aller Zuwendung zu Margot – s e i n Leben weiterleben musste, ein Leben mit körperlicher Aktivität und Unternehmungen mit seinen Freunden.

In den darauf folgenden Wochen glitt Alexander zurück in sein diffuses Singleleben. Margot sah er nur im Büro. Häufig traf er in seiner Freizeit Freunde. In ihm festigte sich der Drang in seine Heimat zurückzukehren. Für die endgültige Entscheidung hatte er sich sogar den letzten Novembertag als Ultimatum gesetzt. Und doch bildete sich in seinem Inneren keine Entschlossenheit. In München hatte er sich tatsächlich ein eigenes Lebensumfeld aufgebaut. Er konnte eine ungekündigte, passa-bel bezahlte Arbeitsstelle vorweisen. Er hatte einen kleinen Kreis von Freunden, mit denen er regelmäßig seinen Interessen nachgehen konnte. Er befand sich in einer zwar nicht stabilen, aber ernsthaften Liebesbeziehung zu Margot, in der es ihm an sexueller Erfüllung nicht fehlte. Er lernte aufgrund seiner Aufgeschlossenheit und Kommunikationsstärke ständig neue Leute, ständig auch neue Frauen kennen. Das Einzige, was fehlte, war Alltag – grauer, eben "stabiler" Alltag. Aber war der so erstrebenswert?

Wenn Alexander ehrlich zu sich war, musste er einräumen, dass er, ob er wollte oder nicht, mittlerweile ein typischer Vertreter des Münchner Singlemarkts war. Er konsumierte die Wechselfälle dieses Lebens, auf Grund seiner Dynamik und seines Drangs nach neuen Situationen und Veränderungen vermutlich in stärkerem Maße als die meisten Alleinstehenden in dieser Stadt und anderen Großstädten. Dabei kam ihm die klare Lebenslinie immer mehr abhanden. Aber – verdammt noch mal: was bedeutete eine klare Lebenslinie? Eine Familie mit einer Durchschnittsfrau, zwei kleinen Kindern und einem Haus mit Garten? Das Haus mit Garten konnte er sich bei seinem Gehalt in München und Umgebung ohnehin nicht leisten. Wenn dieser Wunsch oberste Priorität genoss, dann musste er tatsächlich an den Niederrhein zurückkehren. Aber dort hatte er keinen Job.

Er war nicht mehr der Jüngste, zudem sah es dort auf dem Arbeitsmarkt viel düsterer aus als im Süden Deutschlands. Die Durchschnittsfrau? Lernte er hier etwa nicht Durchschnittsfrauen kennen? Eine Durchschnittsfrau sah vielleicht nicht aus wie – ja, wie wer eigentlich? Sie hatte aber vermutlich einen berechenbaren, stabilen Charakter, stellte Forderungen, war aber auch bereit, dafür etwas zu geben. Und Kinder? Ja, es war bereits seit vielen Jahren sein größter Wunsch, Vater zu werden, einen neuen Menschen zu zeugen, sein Heranwachsen zu begleiten und ihm alles zu geben, was er in seinem Lebens- und Erfahrungsschatz fand? Waren da nicht so viele, denen es davor graute, sein eigenes Leben und seine Freiheit einzuschränken, um den Nachwuchs an der Schule abzuholen und ihm abends vor dem Einschlafen etwas vorzulesen? Aber wie sollte man Freiheit definieren? Und war es Freiheit, was die Singles in der Großstadt lebten? Es war Ungebundenheit – sicher. Es war aber auch Losgelöstheit von Strukturen und Gemeinschaften. Hatte das nicht eher etwas Bedrohliches? Waren die Menschen nicht immer wieder daran gescheitert, die große Freiheit zu leben? Waren sie nicht oft daran zerschellt, nicht an die Grenzen von klaren Regeln und Ordnungen zu stoßen? Konnte Orientierungslosigkeit nicht mittelfristig zu

einem grenzenlosen Vakuum führen, das mittelfristig nicht mehr beherrschbar war?
Nein – für Alexander stand fest: Freiheit oder wie auch immer man es nennen wollte hatte er genug geschnuppert. Er war bereit, nein nicht nur bereit, er hatte sich entschieden für die klare Lebenslinie. Nur ließen sich die Rahmenbedingungen dafür nicht im Handumdrehen schaffen.

47

Die nächsten Wochen bestanden in typischem Singleleben. Margot sagte sich wieder mal von ihm los, er traf verschiedene Freunde und unternahm viel. Konstant arbeitete er mit dem Glückstagebuch, so konnte er eine passable Struktur in jene Gedanken bringen, die sich auf Lebens-perspektive und Lebensplanung bezogen.
Nach winterlichen Tagen in der zweiten Novemberhälfte war es pünktlich zum Dezemberanfang milder geworden und er konnte problemlos mit dem Fahrrad die fünf Kilometer zur Arbeit fahren - quer durch den Englischen Garten. Wie gewohnt arbeitete beim Radeln sein Gehirn intensiv und konstruktiv. Am ersten Dezember passierte er bei seiner Tour soeben den Chinesischen Turm(wo der außergewöhnlich schöne Christkindelsmarkt aufgebaut war), als er sich schlagartig die Erfolge in seinem bisherigen Leben bewusst machte. Es waren viele. Grund zu Überschwang bestand nicht, aber doch zu gesundem Selbstbewusstsein. Die vordringlichen Ziele galt es zu visualisieren, er musste sie sich also bewusst vor Augen führen. Eine nette Freundin finden, so schwer konnte das doch nicht sein. Spielerisch sein und etwas riskieren, er hatte nichts zu verlieren. Das große Ziel blieb erfreulicherweise konstant: ein ländlich-behagliches Umfeld am Niederrhein, der designierten Heimstatt seiner reifen Jahre.
Alexander machte dann Nägel mit Köpfen. Fast eine Woche vor Weihnachten reiste er in seine Heimat. Er ließ sich wie gewohnt in die Geborgenheit fallen, die ihm der Aufenthalt bei seinen Eltern bot. Hier wurde nichts gefordert von ihm.

Sie gingen wie immer häufig in Restaurants zum Essen. Die Gespräche mit seinem Vater blieben gewohnt unverbindlich. Doch hatte er mit ihm Frieden geschlossen nach den vielen Vorwürfen und verfehlten Ratschlägen zum beruflichen Werdegang, die ihn in seinen jungen Jahren so behindert hatten. Mit der Mutter lief alles wie gewohnt fast entgegengesetzt. Sie plauderten drauflos, fast ohne Ende, immer gerade heraus und dabei schnell in das gefährliche Fahrwasser der Emotionen geratend.

Nach dem Wochenende suchte Alexander in der Kreisstadt das Arbeitsamt auf, zudem rief er Zeitarbeitsfirmen an, um nach Beschäftigungsmöglichkeiten zu fragen. Bereits am Dienstag führte er in der Duisburger Innenstadt bei einer Personalvermittlung ein Vorstellungsgespräch mit der reizenden Frau Fischer. Sie beurteilte seine Vermittlungschancen am Niederrhein sehr positiv. Aber tun das nicht alle Mitarbeiter von Personalvermittlungsunternehmen? Und plötzlich spürte er in sich eine Denkweise, die typisch ist für viele Menschen. Wird ein lange ersehntes Ziel greifbar, so entsteht ein plötzliches Zaudern, häufig auch "Angst vor der eigenen Courage" genannt. In München hatte Alexander seit Jahren die Sehnsucht nach dem Niederrhein artikuliert und die Rückkehr dorthin immer wieder – wenn auch mit Verschiebungen und Modifikationen – zum prägenden Ziel für sein weiteres Leben ausgerufen. Und nun fiel ihn aus den unteren oder seitlichen Regionen seiner Persönlichkeit die zerstörerische Frage an: Will ich denn wirklich zurück an den Niederrhein? Oder ist München zur unentrinnbaren Droge in meinem Leben geworden?

Das war die große Frage. Und Alexander musste zu seinem großen Schrecken feststellen, dass er bei der Beantwortung dieser Frage eben doch noch gespalten war.

Am Mittwoch sprach er mit zwei Zeitarbeitsfirmen in der Krefelder Innenstadt. Danach war er so schlau wie vorher. Er wusste nicht recht, was er wollte. Natürlich stellte es auch nicht gerade eine verlockende Option dar, für einen geringen Lohn als Leiharbeiter tätig zu werden. Nun gut, eine Option konnte es sein, um in dieser Region den Einstieg zu schaffen. Dazu dann eine Zwei-Zimmer-Wohnung kaufen, um endlich sesshaft zu werden…

In letzter Konsequenz blieben diese Pläne dann doch wieder im Stadium des Ungefähren stecken. Seine Therapeutin hatte bei ihm einmal eine ausgeprägte Ambivalenz diagnostiziert, das bedeutete, dass er bei wesentlichen Entscheidungen oft in zwei Richtungen driftete? Aber zeichnete dieses Symptom nicht fast alle aus in einer Zeit, wo man sich fast alles nehmen und kaufen konnte?

Und Alexander gelang es, noch weiter weg zu kommen von zerstörerischer Selbstkritik. Stünde ein Arbeitsplatz mit auch nur durchschnittlicher Perspektive in Aussicht, würde er den großen Schritt wohl tun. Aber mit vagen Aussichten auf einen Schmalspurlohn bei einer Zeitarbeitsfirma? Das durfte er nicht machen, das ging nicht.

Demnach gab es zu München aktuell keine Alternative. Er würde zunächst bleiben, ob er wollte oder nicht.

Den Jahreswechsel verbrachte er mit Rolf in einem Viersternehotel in Tirol.

Tagsüber fuhren sie Ski bei hervorragenden Bedingungen. Es machte Spaß, doch Alexander stellte fest, dass es ihn nicht mehr in solchem Maße beglückte wie früher.

Beim Silvester-Menue saßen sie nur zu zweit am Tisch. Das Hotel bot ein beachtliches Programm zur trefflichen Mahlzeit. Aber die beiden Männer langweilten sich und kurz vor Mitternacht gerieten sie sich wegen einer Nichtigkeit in die Haare.

Am Neujahrsmorgen bestand Rolf auf sofortiger Abreise. Alexander wurde grausam erinnert an die Italien-Reise mit Angela, die erst wenige Monate zurücklag. Wieder blieb ihm nichts als sich zu fügen. Sie fuhren zügig nach München zurück. Alexander empfand die Vorfälle als schwere persönliche Niederlage. Doch schwor er sich, dass er mit solch kompromisslosen Personen keine größeren Unternehmen mehr planen würde. Es blieb die Frage: wie schnell entlarvte man solche Personen?

47

In den ersten Tagen des neuen Jahres sahen sich Alexander und Margot häufig am Arbeitsplatz. Einmal unternahmen sie direkt nach der Arbeit einen Spaziergang durch das umgebende Stadtviertel Lehel mit seinen hohen, reich verzierten Bürgerhäusern. An diesem kalten, heiteren Januar-Tag bummelten sie bis zum stimmungsvollen Sankt-Anna-Platz und kehrten in der Trattoria "Bellissimo" ein. Sie saßen nah beieinander, unterhielten sich offen, fast unbefangen über die Arbeit und die schönen Dinge des Lebens. Dabei tauschten sie immer wieder kleine Zärtlichkeiten aus, berührten einander an den Händen und küssten sich kurz. Ihre Beziehung hatte so viele emotionale Höhen und Tiefen durchlebt, dass sie sich nicht mehr in Kleinigkeiten und Rangeleien verlieren wollten. Margot hatte für sich eine Erkenntnis gewonnen, der sich Alexander anschließen konnte. Sie sprach gern von "Großzügigkeit". Dieses Wort verwendete sie nicht im Zusammenhang mit finanzieller Freigiebigkeit. Vielmehr sei darunter die Abkehr von Engstirnigkeit, Vergeltung und Kleingeist zu verstehen. Alexander, der immer gern auf sein Dasein als Humanist verwies, weitete diese Definition für sich aus. Er verstand unter Großzügigkeit auch die Bereitschaft, andere Menschen mit ihren Konturen und vor allem mit ihren Schwächen nicht nur zu tolerieren, sondern bewusst anzunehmen. Natürlich musste diese Haltung zumindest teilweise auf Gegenseitigkeit beruhen, um ein Miteinander in Beruf, Freundschaft oder Liebe zu ermöglichen. Der Begriff "Großzügigkeit" prägte Alexander in den nächsten Tagen; prompt ging ihm der Umgang mit anderen Menschen leicht von der Hand. Er empfand deutlich, wie Frauen positiv auf ihn reagierten, sah ihre Gesten und Blicke.

Dauerhaft konnte er diese erlösende Form der Gelassenheit jedoch nicht genießen. Die Beschwernisse der Beziehung zu Margot bauten sich stückweise wieder auf. Sie trafen sich wieder öfter, schliefen auch miteinander. An einem Freitagabend wollte sie zu ihm kommen. Das verzögerte sich aber um Stunden, weil ihr Freund sich noch in der gemeinsamen Wohnung befand und sie deshalb nicht fortgehen konnte. Was war das denn nun? Bisher hatte es zu Alexanders großem Erstaunen

kaum je ein Problem dargestellt, wenn sie die Wohnung verließ. Sie erschien schließlich um Mitternacht, völlig erschöpft und ausgelaugt.
    Bei aller Reife ihrer Beziehung und den Fortschritten auf emotionalem Sektor – Alexander konnte und wollte so letztlich doch nicht leben. Auf Dauer drohten ihn diese Verwicklungen zu zerstören.
    Wie wohltuend empfand er dann stets die Treffen mit Waltraud, bei denen keine Erwartungen an eine Liebe Druck ausübten. Man kannte sich lange und war froh, vielleicht etwas fade, in jedem Fall aber entspannende Stunden miteinander verbringen zu können. An diesem regnerischen Sonntag im Januar fuhr er gegen Abend in den Münchner Norden zu Waltraud und freute sich am Füttern der Enten am See.
    Wenige Tage später besuchte er erstmals einen Homöopathen in der Innenstadt. Er bezahlte wieder einmal viel Geld, im Grunde viel zu viel. Und doch war es vielleicht gut angelegtes Geld. Er empfand die 45 Minuten im Nachhinein als bedeutende Sitzung. Der Arzt war von untersetzter Gestalt und hatte ein zerknittertes Gesicht. Der runde Schädel wurde von einem blonden Haarkranz umgeben. Wie immer bei Lebensberatern, die er in den letzten Jahren aufgesucht hatte, trug er seine Lebenssituation und seine Einschätzung der Dinge vor. Es entwickelte sich dann ein ruhiger Dialog unter Männern. Der Homöopath vermied Beschönigungen und falsche Komplimente an Alexander, und genau das tat diesem gut. Als er – fast benommen – die schlichte Praxis verließ und sich in den Menschenstrom der Fußgängerzone einreihte, ging er sofort daran, seine Gedanken zu sortieren. Später würde er alles so gut wie möglich in seinem Tagebuch dokumentieren.
    Er musste weg von dem Drängen und den Emotionsspiralen, die ihm unsagbar schadeten, und stattdessen seine zur wirklichen Persönlichkeit werden. An die Stelle dieser Merkmale sollten Großzügigkeit und Loslassen treten. Der Homöopath hatte Alexander gar als Sonnyboy empfunden. Vielleicht sollte er bewusst wieder einen Schritt zurückgehen und "gehemmter" werden – fast so wie er es früher einmal war. Weniger aufgeschlossen sein und weniger zulassen – dann würde seine Persönlichkeit noch mehr Konturen bekommen.

Der Fluss an Einsichten setzte sich weiter fort. So viele Umdenkerfolge hatte es in den letzten Jahren gegeben, aber keiner setzte sich dauerhaft fest in seinem Innern. Nun würde endlich Heilung eintreten und ihm sein Zentrum und wirkliche Intuition zurückgeben.

Am darauf folgenden Tag hatte Alexander einen Termin bei seiner langjährigen Therapeutin. Hier kamen sie ebenfalls schnell an den entscheidenden Punkt – Alexanders Emotionstiraden. Laut der Therapeutin entstanden sie aus dem "Plazenta-Syndrom", der plötzlich aufflammenden Sucht nach Nähe. Sie führte aus, dass Alexander die anderen Menschen in diesen Situationen wehrlos machte und fesselte. In solchen Situationen würde er keine Wärme, sondern ganz im Gegenteil Kälte entwickeln. Wo vorher eine malerische Gebirgslandschaft war, tat sich plötzlich eine eisige Gletscherspalte auf. Da half den anderen nur noch Flucht. So habe es ja auch seine Ehefrau praktiziert.

Alexander war fest entschlossen, dieses Syndrom auszumerzen. Wenn die Selbstsicherheit wuchs(dies musste aber im eigentlichen Sinne des Wortes geschehen, er musste also wirklich seiner selbst sicher sein), dann würde die fatale Bedürftigkeit nach Nähe schrumpfen. Sollte doch plötzlich eine Tirade in ihm hervorbrechen, musste er alles daransetzen zu schweigen. Nur so konnte er die gewaltigen Schäden vermeiden.

Alexander stellte in den darauf folgenden Tagen fest, wie er immer mehr seinen Halt und seinen Kompass bei der Arbeit fand. Er spürte in sich ein solches Maß an Heiterkeit, Ruhe und Sicherheit, und das ohne erkennbaren äußeren Anlass, wie kaum je zuvor. Er brauchte die Unmenge an Kommunikation nicht mehr, und was er brauchte, fand er allemal, vor allem am Arbeitsplatz. Immer mehr kristallisierte sich heraus, dass die Auflösung vieler Probleme letztlich vor allem aus eigener Kraft und Kompetenz kommen musste. Wie viele Berater, Helfer und Freunde hatten ihm genau diesen Weg aufgezeigt. Warum musste es so endlos lange dauern, bis sich die rostige Tür der Erkenntnis langsam öffnete? Warum konnten Problemfelder im Leben wenn nicht mit einem Handstreich, dann aber mit überschaubarem Aufwand beseitigt werden? Warum musste das viele Jahre dauern?

Immer mehr zeichnete sich für ihn ab, dass er vor allem über Arbeit und Kompetenz Stabilität und Identität gewinnen konnte. Im Grunde hatte er bisher ein Lotterleben geführt, unter seriösem Etikett zwar, aber doch ziellos und zerfahren. Ein Jahrzehnt war Rosemarie sein rettender Anker gewesen. Aber dann...
Nun musste die Konsolidierung fortgesetzt werden, dann konnte er auch wieder einer neuen Partnerin Freundschaft und Liebe bieten.
In diesen strahlenden, eisigen Januar-Tagen bescherte der Alltag Alexander zwei Ärgernisse. Am Arbeitsplatz fiel das EDV-System aus und er musste Unmengen von Buchungen noch einmal erfassen. Bei einer Reparatur an seinem Auto musste er 500 Euro für die Instandsetzung von Beifahrertür, Kofferraumdeckel und Radkappen bezahlen – ein böses Loch in der Kasse als Durchschnittsverdiener in dieser teuren Stadt.

48

Die letzten Januar-Tage brachten einen Wetterumschwung von klar und kalt auf stürmisch mit Regen.
Alexander saß an einem Samstagmorgen im gemeinsamen Wohnzimmer mit Andreas beim Frühstück, als das Telefon schellte. Es meldete sich eine Claudia. Sie verfügte über eine helle Stimme mit allgäuerischem Klang. Nun erinnerte sich Alexander. Vor einer Woche hatte er auf eine Bekanntschaftsanzeige in der Süddeutschen Zeitung geantwortet- nach eigenem festen Entschluss zum letzten Mal. Er wollte nicht mehr eine Frau suchen, er wollte finden. Beide plauderten nur kurz miteinander und verabredeten sich noch für den Nachmittag des gleichen Tages. Alexander kehrte zu Andreas an den Frühstückstisch zurück und brummte: "Jetzt habe ich heute Nachmittag wieder so einen Stress mit einem Blind Date. Weißt du was, mir reicht´s. Das ist heute das letzte Mal."- Andreas hatte den Mund halb voll und brummte zurück: "Versteh´ich. Aber vielleicht wird ja was draus und du brauchst nie mehr ein Blind Date."

Alexander war ein wenig verstimmt und verkroch sich hinter die Samstagszeitung. Warum plapperte Andreas solche Allgemeinplätze daher. Wie viele Blind Dates und sonstige Dates hatte Alexander in den letzten Jahren erlebt! Und was war bis heute dabei herausgekommen?

EPILOG

Der Musikraum der kleinen Dorfschule fungierte zugleich als Aula. Hier wurden die großen Feste der Schule abgehalten. Etwa 100 Personen umsäumten den Innenraum, dessen Mitte von einem schlichten Klavier beherrscht wurde. Ein respektabler Herr Ende Fünfzig trat neben das Klavier und begrüßte die Gäste: "Liebe Eltern, Großeltern und sonstige Angehörige! Ich begrüße Sie ganz herzlich zur Einschulung Ihrer Kinder. Natürlich ist es ein ganz besonderer Tag, denn heute beginnt der so oft zitierte Ernst des Lebens. Mögen die Kinder viel lernen, vor allem aber auch viel Spaß haben an unserer kleinen, aber wie ich denke behaglichen und freundlichen Schule. Mehr Worte will ich jetzt gar nicht verlieren. Ich bitte unsere ABC-Schützen in die Mitte und werde mir erlauben, unser feierliches Zusammensein ab und zu am Klavier zu begleiten. Also Kinder, kommt zu mir!"

Auf dieses Geheiß strömten etwa 60 Schüler in die Mitte der Aula, alle fein gekleidet an diesem feierlichen Tag, alle stolze Besitzer einer Schultüte, die sie vor sich hertrugen. Einige wirkten von ihrer Schultüte schier erdrückt, so dass man ihre Gesichter und in einigen Fällen ihre Oberkörper kaum erkennen konnte. Es waren fast ausschließlich hübsche und gepflegte Kinder, mehr Mädchen als Jungen. In dem kleinen Ort konnte man fast von einer heilen Welt sprechen. Die Wirtschaftslage in dieser süddeutschen Region galt als ausgezeichnet, es herrschte praktisch Vollbeschäftigung. Es war faszinierend zu beobachten, wie die kleinen Personen teilweise noch tolpatschig, teilweise aber auch schon bemerkenswert selbstsicher ihre Rolle vor dem großen Publikum spielten. Ein Mädchen fiel besonders auf. Sie war noch ein wenig kleiner als die anderen, hatte braune Augen und ein fein geschnittenes Gesicht mit einer Stupsnase. Sie trug ein Dirndl mit blau gestreifter Schürze. Ihre Augen funkelten neugierig und verschmitzt zu den anderen Erstklässlern und den vielen Besuchern.

Alexanders Blick galt nur seiner kleinen Tochter. Paula war erst vor wenigen Wochen fünf Jahre alt geworden. Claudia war der Meinung gewesen, sie sei schon schulreif und hatte eine vorzeitige Einschulung beantragt. Der Schulrat des Landkreises hatte Paula getestet und sich dann der Meinung ihrer Mutter angeschlossen. So begann für Paula der Ernst des Lebens bereits im Alter von 5 Jahren. Die Kinder wurden einzeln aufgerufen und ihren jeweiligen Klassen zugeordnet. Paula kam in die Klasse 1/2A. Eine Besonderheit der Schule war es, dass die ersten und zweiten Klassen gemeinsam unterrichtet wurden. Dieses Lehrmodell hatte sich hier seit vielen Jahren bewährt. Es wurde ein schöner, feierlicher Vormittag, mehrmals untermalt durch Klaviervorträge des Schulleiters Herrn Falk. Gegen Mittag gingen sie zu Fuß die wenigen Hundert Meter zu ihrem schönen, repräsentativen Einfamilienhaus. Nun lebte in der kleinen Familie ein Schulkind.

Alexander hatte Claudia in einer Gaststätte in Neuperlach getroffen. Sie war eine attraktive, dunkelhaarige Frau mit recht kurzen Haaren. Alexander merkte sofort, dass sie nicht zu denen gehörte, die primär auf Äußerlichkeiten setzten. Sie war von einem zurückhaltenden, aber bestimmten Wesen. Vor allem vermittelte sie den Eindruck, dass sie es ernst meinte, dass sie wirklich eine Beziehung suchte – ganz im Gegensatz zu den unzähligen Männern und Frauen auf diesem Single-Markt, die in endloser Unverbindlichkeit und Unentschlossenheit verharrten.
Sie unterhielten sich gut, auf einem hohen, aber nicht zu abstrakten Niveau. Beim Abschied hauchte Claudia ihm einen Kuss auf die Wange, dann entschwand sie in ihrem dunkelgrünen Mazda-Coupé. Alexander sah ihr nach und fühlte sich wie benommen. Das war mal eine ganz andere Frau, die machte Nägel mit Köpfen. Aber den Karriere-Touch hatte sie auch, das sah man an ihrem Sportwagen.
Alexander wollte sie wiedersehen. Zwei Tage später rief er sie an, musste aber auf den Anrufbeantworter sprechen. Sie trafen sich zwei weitere Tage später, diesmal in der Nähe von Alexanders Wohnung.
Schon bei diesem Treffen kamen sie sich sehr nah, auch körperlich. So schnell war es bei Alexander noch nie gegangen.
Die nächsten Wochen waren geprägt von der neuen Beziehung zu Claudia. Sie besuchten Museen, Sport- und Musikveranstal-

tungen. Sowohl seelisch wie auch erotisch stellten sie eine beträchtliche Harmonie fest. Fast jede Nacht verbrachten sie miteinander. Alles lief eigentlich hervorragend.

Natürlich konnte Alexander nicht seinen Arbeitsplatz in der Innenstadt von einem Tag zum anderen aufgeben. Demnach blieb der regelmäßige Kontakt zu Margot zwangsläufig bestehen. Alexander teilte ihr mit, dass er nun sein Glück gefunden habe und sie nur noch am Arbeitsplatz sehen würde. In dieser Situation entwickelte sich ein typischer Mechanismus menschlicher Verhaltensweisen. Was einem nicht mehr sicher war oder zu entgleiten drohte, wurde plötzlich begehrenswert. Wie nie zuvor beteuerte Margot ihm ihre Liebe, deutete gar erstmals an, dass sie ihn heiraten wolle.

Für Alexander begann eine Zerreißprobe. Aufgrund des gemeinsamen Arbeitsplatzes konnte er den Kontakt nicht komplett abbrechen. Auch waren nach dem langen Miteinander und Gegeneinander noch nicht alle Gefühle für Margot versiegt. Gerade weil Anstand und Charakterfestigkeit für ihn höchste Priorität genossen, entwickelte sich für Alexander eine quälende Phase. Die neue verheißungsvolle Beziehung zu Claudia wurde schwer belastet. Claudia wusste bald, dass noch eine andere Person im Spiel war. Es begannen Vermutungen und Verdächtigungen. Da Alexander niemanden betrügen und hintergehen wollte, quälte er sich zutiefst. Irgendwann im Frühling ging er dazu über, die Abende allein zu verbringen. Er saß dann häufig in einem Stadtpark, ließ alle Gedanken durch sich hindurchfluten und spürte, dass es so nicht weitergehen konnte, dass er im Begriff war, seine letzte Chance auf eine glückliche Beziehung und damit ein berechenbares Leben zu verspielen.

Doch hatte sich Alexander im bisherigen Leben letztlich immer noch auf seinen ausgeprägten Kampfgeist verlassen können. Er wollte und würde nicht so trostlos enden wie die unzähligen Singles, die er in München kennengelernt hatte. Um die Situation zu meistern und sein weiteres Leben zu stabilisieren, musste er eine Entscheidung treffen, und diese Entscheidung konnte nur für Claudia fallen. Er liebte sie sehr und sie meinte es ernst mit einer Beziehung. Mit ihr konnte er zudem ein Leben mit einer für beide guten Qualität aufbauen. An einem arbeitsintensiven Dienstag im Büro teilte er Margot seine endgültige Entscheidung für Claudia mit.

Alexander und Claudia entschlossen sich dann, einen gemeinsamen Weg zu gehen. Die Turbulenzen der vorangegangenen Wochen hatten ihr Fundament jedoch ins Wanken gebracht. Sie mussten sehr behutsam aufeinander zugehen, um eine tragfähige Basis für ihr gemeinsames Leben aufzubauen.

Beim ersten gemeinsamen Skiurlaub in Südtirol zog sich Claudia eine schwere Verletzung im Becken- und Schulterbereich zu. Sie befand sich ein halbes Jahr im Krankenstand. In dieser Zeit reifte der Entschluss, München gemeinsam zu verlassen und ans andere Ende Deutschlands – in den hohen Norden – zu ziehen. Sie reisten mehrmals für einige Tage in die Holsteinische Schweiz und fanden schließlich eine Mietwohnung in einem hübschen Zwei-Familien-Haus mit roten Klinkern.

Das Haus befand sich auf einem Seegrundstück in Hanglage. Alexander war am Ziel seiner Wohnträume angelangt. Er liebte die Landschaft und könnte jederzeit mit seinem bescheidenen Schlauchboot auf dem einsamen See kreuzen. Sie entschieden sich für die Umsiedlung, mit der Arbeit würde sich schon etwas ergeben. Noch bevor sie München verließen, feierten sie Hochzeit in der wunderschönen Landschaft des Alpenvorlandes.

Mit der Umsiedlung 800 Kilometer fort von München hatten sie sich ein großes Projekt aufgeladen. Sie kannten sich nun über ein Jahr, aber ihr Zusammensein war immer noch überschattet von den Verwicklungen der ersten Monate.

Dann geschah das Wunder: nach wenigen Wochen am neuen Wohnort stellte Claudia fest, dass sie schwanger war. Zuerst konnten sie es angesichts des reifen Alters, in dem sie beide sich befanden, gar nicht glauben. Dann freuten sie sich nur noch und gerieten in einen Zustand freudiger und banger Erwartung. Würde alles gutgehen mit der Schwangerschaft. Und wie sähe es dann mit ihren beruflichen Plänen aus?

Die Stellensuche im hohen Norden gestaltete sich schwierig. Beide waren über 40 Jahre alt- auf dem deutschen Arbeitsmarkt praktisch ein Todesurteil – und Claudia zudem schwanger. Sie wurden Stammgäste bei der Arbeitsagentur. Angesichts der Hoffnungslosigkeit der Stellensuche schickte man Alexander schließlich nach Kiel in einen Kurs für Existenzgründer. Dieser erweiterte seinen Horizont außerordentlich und erwies sich als Ausgangspunkt für seinen weiteren beruflichen Werdegang.

Durch Empfehlung eines Dozenten erhielt Alexander seinen ersten richtigen Lehrauftrag bei der Wirtschaftsakademie Schleswig-Holstein in Lübeck. Er bereitete sich gewissenhaft vor und meisterte die Aufgabe souverän. Lukrative Anschlussaufträge folgten aber trotzdem nicht.

Während Claudias Schwangerschaft durchlitt Alexander vor jeder standardmäßigen Untersuchung Höllenqualen. Würde alles gutgehen? Er wusste, es war seine einzige Chance, doch noch Vater zu werden.

Es ging alles gut. Anfang Juli kam eine gesunde Tochter zur Welt. Es war ein wunderschönes Kind, und sie nannten es Paula.

Fortan führten sie dort ein bemerkenswertes Leben. Sie hatten keine geregelte Arbeit, im Grunde immer Freizeit. Alexander paddelte, wenn das Wetter es zuließ, über den herrlichen See. Sie unternahmen Ausflüge zur nahen Ostsee. Alle Gedanken und Handlungen kreisten um das Kind und ihre Beziehung, die ja auch immer noch jung und aufgrund des turbulenten Starts labil war. Unter diesen Vorzeichen blieb ihnen keine andere Wahl, als ihren Traum vom Norden und vom Seegrund-stück nach weniger als einem Jahr wieder aufzugeben und einen Umzug in Alexanders oder Claudias Heimat zu planen.

Schon bald führten ihre Fahrten zwangsläufig Richtung Süden. Das Kind sollte in Claudias Heimat im Kreis der Verwandtschaft getauft werden. Zunächst fuhren sie zum Niederrhein, besuchten Alexanders Eltern und betrieben dabei erste Recherchen für verfügbare Immobilien. Nun wäre für Alexander der ideale Zeitpunkt gewesen, endlich in seine Heimat zurückzukehren. Aber innerhalb weniger Tage konnten sie keine passende Immobilie finden, und Alexanders Eltern legten sich auch nicht gerade ins Zeug, um sie für einen Umzug an den Niederrhein zu begeistern. Enttäuscht zogen sie weiter nach Oberschwaben in Claudias Heimat. Die Taufe wurde feierlich in einer herrlichen Barockkirche gefeiert. Da Claudias jüngere

Schwester fast zeitgleich Mutter von Zwillingsmädchen geworden war, wurden an diesem regnerischen Herbstsonntag gleich drei Kinder getauft.

Claudias Eltern waren ganz erfüllt von ihrer neuen Rolle als Opa und Oma und sehr daran interessiert, Claudia wieder in ihrer Nähe zu haben. Auch waren sie deutlich jünger als die Großeltern vom Niederrhein und konnten tatkräftige Unterstützung in vielen Lebenssituationen versprechen.

Wie vor dem Umzug nach Norddeutschland begann nun eine Phase des Pendels zwischen Nord und Süd. An der Autobahn A7 kannten sie bald jeden Grashalm. Der lange Winter ging ins Land.

Sie unternahmen noch einige Ausflüge in die nahe gelegene Millionenstadt Hamburg, aber die Rückkehr in den Süden war nur noch eine Frage der Zeit. Als das Frühjahr gekommen war, wurde sie vollzogen. Sie zogen in ein schmuckes Einfamilienhaus im Landhausstil mit großem Garten. Es lag in einem kleinen Ort nicht weit von Claudias Geburtsort und ihren Eltern entfernt.

Alexander tat der Abschied von seinem Wunsch-Wohnort und dem Seegrundstück unsagbar weh.

Ihr neues Lebensumfeld entsprach gar nicht seinen Vorstellungen. Der Ort lag im Tal der Iller, das sich genau an dieser Stelle schier endlos weitete und aufgrund jahrzehntelanger Flurbereinigung kaum Pflanzen- oder Baumbewuchs aufwies. Er duckte sich an einen steil aufragenden Hügel, der das Tal nach Westen begrenzte, und war geprägt von verkommen wirkenden Bauernhöfen und lieblos hingeworfenen Wohnhäusern. Die Bewohner sprachen einen Dialekt, der kaum zu verstehen war – eine seltsame Mischung aus Schwäbisch, Allgäuerisch und Bayerisch.

Zwar hatten sie das Haus schuldenfrei erwerben können, doch kamen Alexander und Claudia ohne Job oder auch nur Aussicht auf einen Job in diese Region der fleißigen und wohlhabenden Menschen.

Die Nachbarn in den umliegenden Einfamilienhäusern ließen ihn, vor allem ihn ihre Distanz sehr deutlich spüren. Ein Zugezogener, der ihren Zungenschlag in keiner Weise praktizierte, sich ganz im Gegenteil, sehr gewählt und hochdeutsch ausdrückte, der zudem nicht morgens zum Schaffen ging, das passte überhaupt nicht in ihr Bild von einem adäquaten Nachbarn.

Nun hatte Alexander alles, was er sich in seiner Zeit als Single in München so sehr gewünscht hatte – eine Frau, sogar ein Kind, ein Haus mit Garten. Und doch empfand er die Anfangszeit dort wie ein Spießrutenlaufen. Wenn nicht Claudias Familie- ihre Eltern und ihre beiden Schwestern mit ihren Ehepartnern und Kindern - so aufgeschlossen und freundlich gewesen wäre, Alexander hätte es kaum ausgehalten in dieser Region, die er sich niemals als Bestimmung seiner reifen Jahre hätte vorstellen können.

Die Bewerbungen, die er zwangsläufig schreiben musste, führten nicht zum Erfolg. Nach fast einem Jahr ergab sich dann eine freiberufliche Zusammenarbeit mit einem Bildungsträger in der Kreisstadt. Alexander bekam einen Lehrauftrag und nutzte seine Chance. In Klassen mit Arbeit Suchenden, von denen es selbst in dieser wirtschaftlich kerngesunden Region einige gab, unterrichtete er kaufmännische Inhalte sowie EDV-Programme. Auch Claudia wuchs in diese Aufgaben hinein, das Kind konnte bei Bedarf den Großeltern anvertraut werden. Ihr Geschäft wuchs, mit allen üblichen Höhen und Tiefen. Alexander machte die Büroarbeit, er schrieb Rechnungen, brauchte schon nach zwei Jahren keinen Steuerberater mehr, war nun selbstständig, wirklich selbstständig. Es befriedigte ihn mehr als seine jahrzehntelange Rolle als Angestellter und er fragte sich oft, warum er erst so spät diesen Weg gegangen war. Warum überhaupt alles in seinem Leben so spät gekommen war.

Auch die Vaterschaft war so spät gekommen. Sie erwies sich für ihn als unbeschreibliches Glück.

Ja – sie hatte ihn mit allen Schwierigkeiten und Fehlschlägen versöhnt. Die Liebe zum eigenen Kind hatte eine Dimension, mit der keine andere Form der Liebe vergleichbar war. Sie war pure Großzügigkeit, sie forderte nicht, sie gab. Paula war ein Wunschkind gewesen, und sie erfüllte Alexander alle Wünsche der Vaterschaft. Sie war aufgeweckt, fröhlich, witzig, dabei aber nicht laut und aufdringlich und deshalb bei allen beliebt. Alexander fühlte einen grenzenlosen Stolz, ihr Vater zu sein. Claudia ging es nicht anders, auch sie hatte sehr spätes Mutterglück erlebt. Wie fast alle Mütter ging sie aber mit ihrer Tochter härter ins Gericht, kritisierte sie sehr schnell. Beide erzielten offenbar gute Erziehungserfolge. Das Kind verbrachte glückliche erste Lebensjahre, kam überall gut zurecht und wurde schon mit 5 Jahren eingeschult.

Das Schicksal schlug gnadenlos zu, als beide Großeltern schon nach wenigen Jahren, noch vor Paulas Einschulung, innerhalb eines Jahres an plötzlich ausgebrochenen schweren Krankheiten verstarben. Alexander und Claudia waren nun weitgehend auf sich allein gestellt. Tragfähige Freundschaften entwickelten sich an diesem Ort nicht. Ihre Ehe gestaltete sich oft schwierig. In Bagatellsituationen prallten ihre beidseitigen Empfindlichkeiten urplötzlich aufeinander und schufen schmerzhafte Auseinandersetzungen. Ihre gegenseitige Zuneigung und ihre hohe Sozialkompetenz ließen sie aber immer wieder schnell einen gemeinsamen Weg finden.

Zuhause drückte Paula die große Schultüte an ihre Brust. Ihre braunen Augen zwinkerten in einer für sie typischen Weise, als sie erst Mama und dann Papa anschaute: "Jetzt will ich aber endlich wissen, was da alles drin ist!"

Gespannt schauten Alexander und Claudia ihrer Tochter beim Auspacken zu.

München und der so genannte Singlemarkt waren ganz, ganz weit entfernt.

Herstellung und Verlag:
BoD - Books on Demand, Norderstedt
ISBN 978-3-7347-9205-2